KB071365

유령촌
幽靈村

김중태 소설문학선집

1

청어

절박하고 불가시적인 것들에 대한 신뢰

인생은 덧없는 허무가 가슴 시리게 엄습한다. 그럼에도 불구하고 나는 불가시적인 것들에 대한 신뢰를 걸고 글 쓰는 중노동을 그만두지 못한다. 언제나 재미있는 이야기꾼이 되기를 바라지만 쉽지 않다. 재미없는 진실은 소설이라고 말하기 어렵거니와 갈수록 독자를 잃어가는 시대에 더욱 그렇다.

선택적 정의라거나 공정, 상식과 진실에 대한 사회적 객관성의 타락, 가공할 자본주의의 지배, 지독한 이기주의에 대한 혐오, 가진 것 없는 자의 소외와 슬픔, 자기 시대에 책임을 지는 것은 작가의 사명이리라. 그 세계를 깊숙이 들여다보고 부당한 권력이 저지른 범죄와 어둠 속에 묻힌 진실을 밝히며, 인간을 타락시키는 것들에 맞선 과감한 용기와 신념을 가지고 고독한 싸움을 벌여야 한다.

우리는 비록 경제적으로 잘사는 나라지만 남과 북의 피붙이들이 헤어진 현실은 분명히 불행한 민족의 하나이다. 그 통한의 슬픔을 가슴에 안고 살아가는 작가는 분단 민족에 반드시 기여해야 한다.

민족에 대한 사명과 애정, 처음보다 끝이 아름다운 인간의 슬프고도 아름다운 호스피스 병동의 운명적인 비극, 인간이 떠난 자리에 생명이 꽃피는 사랑, 전 생애를 통해 오지 않는 기차를 기다리는 망향의 생애, 신비의 새(極樂鳥)를 찾아다니는 여류화가의 소시민적 환상, 생동적이고 친근하게 다가오는 운명들, 세태를 흐리는 사악한 탐욕 속에 고요한 양심으로 차분히 살아가는 사람들의 평화, 부당한 횡포에 죽음으로 맞서 살아가는 사람들의 생존일기를 상재上梓한다. 독자들이 떠나는 문학의 고독을 이기기 위하여.

2022년 겨울
북한산방에서 저자 김중태

차례

유령촌
幽靈村

　버스정류장 언덕 잡초 무성한 풀밭머리에 '청수리 1.7km'라고 마을 이정비가 볼품없이 풍화된 모습으로 서 있었다.

　마을버스를 줄곧 뒤따라 들어오면서 청수리 쪽으로 핸들을 꺾고 들어선 사내는 지프의 급브레이크를 밟아가면서 몹시 당황했다.

　청수리 들머리 길 초입에 긴 차단목이 가로놓여 있었다. 마을 길이 언제부터 폐쇄된 것인지, 차단목이 다 썩고 있었다. 지프에서 내린 사내는 잡초가 더부룩한 마을 길을 넘어 들어갔다. 마을 길은 차츰 울창한 나무숲으로 어두워지면서 산새들이 지저귀는 소리가 들려오고, 취할 것 같은 산 내음이 코끝에 물씬거렸다. 죽음의 안개와 혼탁한 미세먼지, 자연 속에 선 찾아볼 수 없는 잿빛 하늘, 그런 대기 오염 속에 찾아온 코로나 펜데믹에 하늘로 유배당하듯 39층 아파트 꼭대기에 갇혀 살던 사내는 꿈같은 신천지에 들어온 것 같았다. 그는 설레는 동심으로 생기발랄한 기분을 느끼고 있었다. 그는 주저없이 차단목이 가로 놓인 들머리 길로 돌아와 세워놓은 지프를 올라타고 질경이에 민들레, 개망초까지 흐드러지게 피어나 뒤덮인 마을 길을 신나게 달려들어 갔다.

청수리 고향을 찾아가면서 마을을 온전히 품고 있는 우봉산을 마주하고 달려가니 정겨운 청수골이 한눈에 들어온다. 깊숙한 산골짜기에서 졸졸거리는 실개천으로 시작하여 여울목을 세차게 휘돌아 흐르고, 깨끗한 금모래 위를 깔고 흐르는 시냇물이 햇빛을 받아 안은 은물결이 눈부시게 반짝거리고 있었다.

시냇물 건너 층계를 이룬 전답을 비스듬히 끼고 산기슭으로 올라붙은 골짜기는 마을 사람들이 갑자기 어디론가 모두 떠나버린 것처럼 고요하게 삽살개 한 마리 얼씬거리지 아니했다.

사람의 발길이 끊긴 마을 길은 군데군데 허물어지고 메마른 눈바닥에 토사가 쌓여 있었다. 지프를 몰아 시냇가로 내려온 그는 시냇물을 한 움큼 움키어 시원스레 얼굴에 끼얹으며 마을을 다시 바라보고 난 뒤 지프를 타고 시냇물을 건너갔다.

　마을은 놀랍게도 우부룩한 잡초에 묻힌 채 너절한 잡동사니들이 길목 이리저리 나뒹굴고 있었다. 그는 당혹스럽게 달려 올라갔다. 폐허였다. 마을은 아주 오래전에 전쟁이 휩쓸고 간 것처럼 황량한 폐촌이 되어 있다. 고갯마루에서 까맣게 바라보이던 것은 모두 검게 불탄 집들이었다. 서너 채의 집들은 앙상한 숯등걸로 남아 있었다. 바깥마당에 커다랗게 서 있는 모과나무는 절반쯤 불타버린 모습으로 성한 가지마다 익어가는 모과들이 주렁주렁 매달려 있었다. 파란 기와지붕에 스라브 단층집, 함석집이며, 겉모습들이 그런대로 성해 보인다 해도 양철 차양들은 거반 떨어져 나가 떨그럭거리고 있었다. 집 주위 텃밭들도 거친 잡초가 무성한 묵정밭이 되고, 희끗거리는 비닐 조각들이 나붙은 비닐하우스는 앙상한 골조만 남아 있었다.

　"마을이 왜 이렇게 되었을까?"

　그는 자신이 마치 황폐해버린 것처럼 허탈한 심정으로 시냇물이 흐르는 시냇가로 다시 내려왔다.

"신선한 공기, 속삭이듯 수런수런 흘러내리는 시냇물…."

그는 폐촌과 마주하고 있으면서도 찬탄이 절로 나왔다. 이웃지간에 다정다감하던 사람들이 떠난 집들은 흉흉한 폐가로 버려져 거미줄이 얼기설기 걸리고, 방초가 우거진 대지엔 자연이 싱싱하게 살아 있었다. 울창해진 수목들, 그는 갑자기 악몽에서 깨어나듯 정신이 산뜻해지는 기분이 들었다. 그는 얼른 등산화를 벗어 던지고 시냇물에 발을 담갔다. 발목 위로 물이 찰랑찰랑 올라오고, 발바닥 사이로 모래가 자꾸만 허물어지며 간지럽게 빠져나간다. 떼 지어 물살을 거슬러 오르던 피라미들이 쏜살같이 달아났다. 피라미 떼에 눈을 빼앗기며 안 골짜기 여울목을 올려다보던 그는 산자락 등성이에 희끗하게 바라보이던 것을 다시 바라보며 이상한 예감에 놀랐다. 푸른 묘역 앞자락 하얀 것은 분명히 사람이었다. 그는 한순간 머릿속의 아련한 기억이 피어나면서 먼바다 백파白波처럼 밀려들고, 그 형상에 기억의 한 소녀가 오버 랩이 되면서 그는 자신도 모르게 소스라쳤다.

"그 소녀다. 연희?"

시냇물 속에 발을 담근 채 그는 움직일 줄을 몰랐다. 하얀 모습의 사람은 움직임이 없이 앉아 있었다.

"설마, 연희가?…."

그는 터무니없는 환영에 쫓기고 있었다. 돌이켜보면 한 인생이 아주 멀리 지나버린 세월이었다. 아무도 살지 않는 폐촌에서 사람을 볼 수 있다는 것만으로도 그는 신기했다. 그는 두 손에 시냇물을 움키어 얼굴에 쫙 끼얹었다. 연희는 아주 귀엽고 청순했다. 그는 지난 세월의 기억 속에 갇혀 있던 그녀를 그려보았다. 아직 기억 속에 아련히 머문 소녀라면 그녀는 아마 지금쯤 귀밑머리가 희끗거리는 지천명 쉰 줄의 나이가 되었을 것이었다.

"연희가 맞을까?"

참으로 알 수 없는 일이었다. 그는 또 다시 생각했다. 연희이기를 바랐다. 연희는 가을 들녘의 달빛 같은 우수에 잔잔한 눈매가 아름다웠다. 그녀를 처음 만난 건 개울물이 세차게 휘돌아 흐르는 된여울 여울목 골짜기 언덕이었다. 읍내에서 마을 윗머리로 돌아오며 여울목 골짜기로 접어들었을 때였다. 난데없이 여자 울음소리가 애처롭게 들려왔다. 이상하다 싶어 발걸음을 멈칫하고 여울목 주위를 둘러보는데, 묘지 푸른 잔디밭에 한 소녀가 까닭을 알 수 없이 구슬피 울고 있었다.

"왜 그렇게 울어요?"

그는 여학생 가까이 다가가 물었다. 소녀는 누가 곁으로 다가오는 것도 모른 채 울고 있었다.

"왜 그렇게 우느냐구요?"

"아사녀가 너무 불쌍해서요."

소녀는 슬픔에 젖은 목소리였다. 소녀 앞자락엔 두툼한 소설책 한 권이 놓여 있었다.

"아사녀요? 소설에 나오는 아사녀 말인가 보군요?"

"아시는군요."

소녀는 아사녀 얘기를 계속했다.

"사비성(부여)에서 탑을 짓기 위해 서라벌에 온 석수장이 남편(아사달)을 만나려고 멀고 먼 천 리 길을 노잣돈 한 푼 없이 노숙해 가며 찾아온 아사녀는 여자의 부정한 몸으로 불국사에 들어갈 수 없다면서 문전 박대하는 문지기 말에 남편을 만나고 싶거든 지금 남편이 짓고 있는 석가탑의 그림자가 비치는 '그림자 연못影池'을 찾아가 보라고 하였지요. 그 문지기의 말을 철석같이 믿고 갖은 고생 끝에 그림자 연못을 찾아간 아사녀는 그만⋯."

소녀는 슬픔에 겨운 나머지 말을 잇지도 못하고 은구슬 같은 눈물을 뚝뚝 떨어뜨렸다.

"큰 그림자 연못은 거울같이 맑은 달빛 아래 찰랑거리는 은물결은 아사녀를 어서 오라며 부르는 듯하였지요. 그 은물결이 하얗게 일렁이는 연못을 바라보는 순간 아사녀는 설레는 가슴을 안고 마지막으로 불국사 쪽을 돌아 보았답니다. 슬픔을 머금은 아사녀는 자비에 가득 찬 보 살의 눈동자와도 같았지요. 나는 가요. 저 물속으로…, 내 시신 위에나마 당신의 피와 살로 이룩한 석가탑의 그림자 를 비춰주어요. 그 말 한마디를 남기고 아사녀는 그림자 연못에 풍덩 몸을 던졌답니다. 죽은 자기 시신 위에 당신 (아사달)의 피와 살로 이룩한 석가탑의 그림자를 비춰 달 라면서요."

소녀는 못 견딜 듯이 큭 하는 소리로 울음을 터뜨리며 슬피 울었다. 소녀가 읽은 소설은 현진건의 '무영탑無影塔' 이라는 작품이었다.

그 소녀에 대한 기억이 확연해지자, 그는 된여울 산자 락 모퉁이로 단걸음에 달려 올라갔다. 언덕길을 숨차게 헐 떡거리며 여울목 바윗등에 올라선 그는 이마에 맺힌 땀을 훔치며 잔디밭에 단아하게 앉아 있는 여인을 바라보았다. 밝은 새색 옷차림으로 허리를 곧게 피고 앉아 있는 여인 의 기품이 예사로워 보이지 않았다. 그 곁에 여인을 지키 고 있던 백구白駒 한 마리가 낯선 사람의 기척을 먼저 알아 채고 킁, 하는 소리로 두 귀를 쫑긋 세웠다. 아무런 미동을 보이지 않던 여인은 한 손을 들어 백구의 머리를 쓰다듬었 다. 때를 같이하여 바윗돌 사이를 쿨럭쿨럭 흐르는 개여울

물소리가 소란스럽게 들려오고 있었다. 수행자처럼 단아한 모습으로 앉아 있던 여인은 곁으로 가까이 다가온 사람의 숨기척을 알아차린 듯 천천히 고개를 들고 바라보았다.

"…?"

가느스름한 눈으로 지그시 바라보던 여인의 눈이 차츰 커지는가 싶더니 놀라운 낯빛으로 긴장했다. 혈조 한 점을 엿볼 수 없이 백지장처럼 창백한 얼굴, 우수의 찬 그 눈매에 풀잎에 맺히는 이슬방울처럼 눈물이 초롱초롱 맺히고 있었다.

"저어 혹시?"

긴가민가 여인을 유심히 바라보던 그는 불을 일으키는 화경火鏡 같은 눈으로 움직일 줄을 몰랐다.

"연희?"

그는 놀란 입을 다물지 못하고 여인 앞으로 다가갔다. 여인은 열여덟 살 소녀의 둥근 얼굴 전형을 고스란히 간직하고 있었다. 이순耳順을 바라보는 여자라면 조금씩 쪼그라들어가며 늘어나는 잔주름으로 심리적, 신체적 변화가 시작되는 갱년기를 지나 늙음이 시작되는 때일 수도 있겠으나 아직은 얼마든지 아름다워질 수 있는 여인의 모습이었다.

"이 사람은 노형민이라오."

그는 꿈인지, 생시인지 좀처럼 분간이 되지 아니했다.

"나를 알아보겠어요?"

전혀 남 같지 않은 연분이면서도 그는 낯선 여자를 문득 마주하듯이 멋쩍고 어색하기만 하였다.

"알아보다마다요. 저 연지예요."

"우린 정말 인연인가 보구려. 그동안 보고 듣고 항상 곁에 붙어살지 않았어도 심장을 뚝 떼어준 것처럼 언제나 마음이 이끌리던 세월도 벌써 다 지나가고 있구려."

그들은 어색하고 서먹서먹하던 상면 분위기가 금방 스스럼없이 바뀌었다.

"아까부터 마을로 들어오는 자동차를 무심히 바라보면서 사람이 아무도 살지 않는 마을에 누가 애써 찾아오나 했답니다."

"서로 멀리 떨어져 있어도 마음과 생각이 전해지는 심령현상이 있다더니 우리가 아마도 그랬나 보오."

"아무도 마을에 남아 사는 사람들이 없다는 걸 아셨을 것도 같은데 갑자기 청수골엔 웬일이세요?"

남들 모르게 사랑의 비밀을 품고 가족을 따라 홀연히 고향을 떠났던 사람이 뜻밖에 나타난 충격을 당황스럽게 수습하며 그녀는 물었다.

"오래전부터 서울을 떠나 남은 인생을 살아야 하겠다고

생각하다 코로나가 창궐하면서 일상생활에까지 마스크를 쓰고 생활 통제까지 받아가며 살다보니 도회지 생활이 더욱 힘들어지더이다. 마스크를 쓰고 살면서 거북한 것도 그렇거니와 먹고 마시며 사는 것이 미물 같다는 생각이 다 들지 않겠소."

그는 어처구니없이 웃었다.

"가족을 두고 혼자 이렇게 나오신거에요?"

그녀는 이상하고도 놀랍게 물었다.

"세상 산다는 게 다 그런 것인지 경황없이 살다 보니 자식들은 다 커서 제살이를 나가고, 안 사람마저 일찍 세상을 떠나고 보니, 나 혼자 덩그렇게 남더이다."

세상에 영구불변하는 것이 없다고 하더니, 인생사가 그야말로 허망하기 그지없었다.

"그렇게 되셨군요."

그녀는 나직한 소리로 고개를 가슴에 묻었다.

"이제는 제가 당신 가슴에서 마음 놓고 한바탕 신명 나는 광대춤을 추어 볼 수도 있겠군요."

그녀는 아프게 지난 세월을 잠깐 생각했다.

"당신 마음껏 춤을 추어보구려."

그들은 서로 의미심장한 말을 주고받았다.

"아무래도 귀양살이를 잘못 오신 것 같아요. 당신이 살아온 도시문화가 시골구석까지 들어와서 순박한 시골 사람들이 모두 도회지로 떠났답니다. 청수골은 이제 아무도 살지 않는 폐촌이 된 지가 벌써 오래되었지요."

도시는 컴퓨터 인터넷, 로봇, 핸드폰이 활개를 치는 첨단 문명의 세상이었다. 사회관계망(SNS)을 통해 다양한 사람들과 요란한 관계를 맺고, 어느 시간과 공간에 상관없이 빠른 정보를 공유할 수 있었다. 그에 따라 갖가지 범죄에 노출될 수도 있는 세상살이, 그 생활의 편리성으로 말미암아 인간 본질의 순수성을 무섭게 잃어가고 있었다.

"이 청수골엔 당신이 살고 있지 않소."

"모두 떠난 이 마을에 저 하나 산다고 무슨 의미가 있겠어요. 저 잠깐 당신 어깨 좀 빌릴 게요."

그녀는 몸이 피곤한 듯이 노형민의 한쪽 어깨에 머리를 기대었다.

"뜨고 지는 해와 달처럼 우린 정말 영원히 못 만날 줄 알았어요."

열여덟 살 소녀의 청순한 감정을 고스란히 바쳤던 순애보, 사랑하는 사람과 가까이 있으면 불에 타 죽고, 멀리 떨어져 있으면 얼어 죽는다고 했던가. 그녀는 언제나 얼어 죽는 쪽에 머물러 있으면서 춥고 외롭고, 시린 가슴을 죽도록 끌어안고 살았다. 사무치는 그리움에 끝 모를 사랑의

미로를 헤매면서 꿈속에서만 모든 것이 가능했다. 그 오랜 그리움과 기다림, 갈망의 세월 끝머리에 그녀는 그동안의 소원이 한꺼번에 이루어지는 것일까.

"우리의 40년 가까운 세월이 순식간에 바람처럼 지나갔구려."

소중한 인생을 되여울 빠르게 휘돌아나가는 물살처럼 속절없이 덧없이 흘려보낸 세월, 비정하고 야속한 세월이 아닐 수가 없었다.

"당신이 마을을 떠난 뒤 저는 산중 절집을 찾아가 삭발하고 속세 인연을 모두 끊었지요."

"스님이 되었다구?"

노형민은 펄쩍 놀랐다.

"놀라시긴요, 결국 환속하게 되었지만 가볼 만한 길이었어요."

그녀는 입산(출가)을 하면서도 어디로 무엇을 찾아가고 있는 것인지, 몇 번씩이나 가슴이 미어지는 한숨을 토해가며 주저앉아 울고 또 울기도 하였다. 사랑은 모든 업과 번뇌의 싹이 되고, 그 번뇌에서 벗어나는 것은 오직 육체의 완전한 멸절뿐이라고 했지만, 그녀는 그럴만한 용기가 없었다. 한 소녀의 마음에 알록달록 새겨진 사랑이 가져다주는 번뇌의 싹을 아주 잘라 버리겠다고 산중 절집을 찾아

삭발한 비구니로 물 따라 구름 따라 사바세계를 떠돌며 보낸 무위의 시간들, 그 무지한 허무와 절망의 심연. 그녀는 말을 더 잇지 못하고 머뭇거리다 다시 말을 이어 나갔다.

"사실은 절집에서 계戒를 받아 승려가 되기 전에 예비 승려 행자行者 생활을 하면서 몇 번이나 마음을 바꿨는지 모른답니다. 끝내 눈물을 줄줄 흘리며 삭발하고 사미계沙彌戒를 받았지요. 위대한 자가 되기 위한 포기는 스스로 가난을 선택한 것이지요, 그런 출가수행자의 길을 잘못 들었다는 생각이 들진 않았습니다. 오히려 그 정반대였지요. 속세의 인연을 끊고 자르고 떠난 수행자를 걸사乞士라고도 하지만 어느 날부턴가 몸이 안 좋아지는 것 같더니 건강이 갈수록 악화되는 거에요. 불제자로 수행이 어렵게 되었지요. 속세 인연을 끊고 불문에 든 걸식 비구니가 수중에 무슨 돈이 있고, 가진 게 있겠어요."

그녀는 고요한 마음으로 번뇌의 속박에서 벗어나 안정을 얻고, 검손으로 자비와 사랑을 베푸는 삶을 살고자 하였지만 더는 절집에 비구니로 머물 수가 없었다.

"막상 사정이 그리되고 보니 몸 붙일 곳조차 없더군요. 배운 학벌도 없으려니와 수중에 가진 돈도 없다 보니 사바세계 속인으로 살기도 어렵더군요."

그녀는 환속하여 사바세계 중생으로 살더라도 마음만은

세속의 욕망을 떠나 심출가心出家한 보살로, 남을 이롭게 하는 보살행으로 여생을 살고자 하였다.

"사정이 그러하니 어찌하겠어요. 오라버니가 계신 청수골로 다시 돌아올 수밖에요."

청신한 산골짜기, 신선한 공기, 개여울, 맑은 시냇물이 흐르는 청수리에서 고요하게 자연치유를 하다 보노라면 몸이 건강해질 수도 있을 것 같은 생각이 들기도 했다. 그런 생각이 적중했는지, 곧 죽을 것만 같던 그녀는 죽지 않고 살아 영원히 못 만날 것 같던 사랑의 인연을 만난 것이었다.

"이게 꿈이라면 깨어나지 말았으면 좋겠어요."

그녀는 말끝마다 안도의 한숨을 내쉬었다.

"그런데 사람 사는 건 한 치 앞으로 모른다더니, 제가 청수골로 돌아온 이듬해 교직에 계시던 오라버니가 돌연히 심장 지병으로 돌아가시고, 저 혼자 청수골에 남아 살고 있는 거지요. 사람은 인연 따라 왔다, 인연 따라 문득 떠나는 것이 아니겠어요."

그녀는 뒤늦게 깨달은 것이 있다면 가엾은 존재의 자존심 같은 건 청산에 훨훨 흩날려 버리고 청량한 자연의 품에 살다 자연으로 돌아가는 것이 아니겠어요. 그것이 제반 모순을 초월하여 고요하고 청정한 경지요, 바로 열반적정(니르바나)이었다.

청수골에 남으리

아침이슬에 목을 축인 매미
나뭇가지에 울고
빗자루 거꾸로 박아놓은 듯
냇둑 키 큰 미루나무
가엾이 지는 잎새
허공을 구르며 춤춘다

은보석 하얗게 쏟아지는
개여울 금모래 깔아
시냇물 찰랑찰랑 흐르고
마른 잎새 물결 따라
떠나는 바다 여행하네
이 몸은 여울목 바위 되어
영원히 청수골에 남으리

그녀는 이야기를 하는 중에 시를 아름답게 읊었다.
"이곳에 살면서 청수골을 노래하는 시인이 되었구려."
"시인이라니요? 그냥 재미 삼아 취미로 좋아하는 거지

요."

그들이 시를 읊고 대화하는 도중에도 시냇물에 텃새들이 떼 지어 날아와 머리를 물속에 처박고 깃털을 적시며 신나는 목욕을 즐기고 있었다. 건넛산 메숲에서 뻐꾸기가 뻐꾹 뻐빽꾹, 두견새가 울고, 꾀꼬리가 맵시를 뽐내며 갯둑 우거진 덤불 숲에서 참새, 멥새, 오목눈이, 직박구리, 딱새가 나뭇가지를 번갈아 날아가며 조잘거리는데, 박새 한 마리가 거미줄에 대롱대롱 매달려 있었다.

"어머나, 저걸 어째?"

그녀는 기겁했다. 거미줄에 걸리면서 나뭇가지 아래 버둥거리던 박새는 금방 땅에 떨어지는 것 같더니 어느결에 거미줄에서 벗어나 포르륵 날아갔다. 둥지 새끼들이 노란 주둥이를 쩍쩍 벌리고 먹이를 다투는 새끼 둥지에 나타난 어미 딱새는 이놈 저놈 새끼들의 입에 먹이를 번갈아 넣어주는 듯하다 되뺏는 짓을 거듭 되풀이하고 있었다.

"배고픈 놈을 확인하면서 새끼들의 부리에 힘을 길러주려는 거에요."

하고 그녀가 말했다. 새들의 우짖는 소리와 함께 여울목에 쏟아져 내리며 휘돌아나가는 여울물 소리가 격렬하고 박진감 있는 골짜기 자연 교향곡 화음을 이루고 있었다.

"청수골은 진짜 생명의 골짜기에요. 수정같이 맑은 시냇물과 텃새들의 고향이고 지상낙원이랍니다. 곧 죽음을 불러올 것처럼 탁한 미세먼지와 차량의 매연 공해로 오염된 도시 생활에 만성이 되어버린 사람들에게 아름다운 자연의 소리와 향기를 만끽할 수 있는 골짜기이기도 하지요."

"마을 사람들이 모두 떠난 청수골에 당신이 남아 사는 것을 이제야 알 것 같구려."

온갖 시름과 번뇌를 시원한 골짜기 바람에 날려 보내기도 하고, 외롭고 슬픔이 가슴에 찾아들 땐 시냇물이 정겹게 달래며 볼 고랑을 타고 흐르는 눈물을 닦아주기도 하였다. 비가 오면 빗소리와 함께 속삭이고, 깊어가는 가을밤엔 산짐승들이 먹고 남은 알밤을 주어다 화롯불에 구워 먹고 했다. 아늑한 마을 둥지를 버리고 모두 어디로 떠나버렸는지 그녀는 알다가도 모를 일이었다.

"마을 윗머리 산언덕에 어깨를 나란히 하고 기대앉아 마을을 바라보고 있으니 우리가 청수골의 주인인 것 같군."

노형민은 머리를 어깨에 기대고 있는 연희의 어깨에 팔을 둘렀다. 그녀는 모처럼 심신이 편안한 기분으로 이야기를 계속했다.

"마지막 남아 있던 모과나무집이 떠난다기에 마을에 이젠 나 홀로 남는구나 했는데, 어느 날 그 모과나무 집에 큰 불이 났지 뭐겠어요. 시뻘건 불길이 바람을 타고 이웃집들로 옮겨붙는데 온 마을 빈집들이 다 타버릴 것만 같더군요. 그렇게 아래윗집들이 모두 다 불타버리고 며칠이 지났을까, 꺼먼 잿더미들이 이리저리 바람에 흩어져 날아간 자리에 모과나무 집 할머니 불탄 시신이 보이지 않겠어요. 그 할머니가 치매를 앓고 계시다는 말을 일찍 듣긴 했는데 설마 집에 혼자 남아 계시다 돌아가실 줄은 정말 몰랐지 뭐에요. 일찍 찾아 돌봐 드렸어야 하는데….”

그녀는 아직도 모과나무 집 할머니의 참상이 뇌리에 떠오르듯 한숨에 안타까운 눈물까지 보였다.

“널브러진 서까래 숯덩어리처럼 까맣게 불타도록 했으니 지연희가 청수리 마을 사람이라 할 수가 있겠는지요.”

“그런 참사가 다 있었구려.”

“그 일뿐만이 아니에요. 한번은 황폐한 마을에 읍내 경찰관들이 불쑥 나타나지 않았겠어요. 마을을 떠난 사람들 가운데 살기 어려운 사람들이 있었나 봐요. 흉악한 범죄를 저지르고 도망을 다니다 고향 집으로 몰래 숨어들어왔던 모양인데, 경찰관들이 그걸 어떻게 알아챘는지 벼락같이 찾아와 잡아가질 않았겠어요. 그 이후론 별다른 흉사가 없었어요.”

“혼자 많이 힘들었겠구려?”

“힘들 거야 뭐 있겠어요. 아무도 살지 않고 나날이 허물어져 가는 폐촌의 빈집들이라고 해도 주인들이 엄연히 있지 않겠어요. 누가 함부로 손을 댈 수조차 없는 거죠. 빈집 안팎의 과일나무에 매달린 과일이라고 누가 마음대로 따 먹을 수도 없을 뿐 아니라 떨어진 걸 주워 먹기만 해도 절도죄가 된다는군요. 세태가 야박해진 것이 어제 오늘이 아니긴 하지만요. 서정이 그러니 질병이 창궐한 동네 도깨비 세상이라고, 폐촌에 야생 짐승들만 살판이 난 거죠."

하고 그녀는 덧붙여 말했다.

"사람 사는 세상이 정말이지 야박해졌다는 생각이 들어요."

"그게 다 메마른 자본주의 소산이랄 수밖에…."

"아무튼 척박한 시골에서 힘든 농사일에 얽매여가면서도 타고난 숙명처럼 진득하게 사는 것보다 도시에 나가 돈 많이 벌어 잘살고 싶은 욕망을 탓할 수는 없겠지요. 사람은 누구나 똑같으니까요."

마을을 떠나는 사람들 누구나 하나같이 내뱉던 말이었다.

"앞으로 우리나라 인구 대부분이 대도시로 몰려고 작은 소읍들은 모두 사라질 거라고 하더구먼."

큰 도시가 누구나 그렇게 돈 많이 벌어 잘사는 곳일까, 쾌적하고 지속 가능한 환경을 위한 도시가 되어야 할 도회지는 자연에는 없는 검은 잿빛 하늘, 누런 황사, 미세먼지에 흙비, 회반죽처럼 오염된 대기 속에서 하루하루 소중한 생명이 시들고, 콩나물시루에 갇혀 사는 사람들, 해일처럼 휩쓰는 악성 전염병이 창궐하고 나면 언제 그랬느냐는 듯이 또 다른 질병이 유행하는 팬데믹에 저당 잡힌 가엾은 생명들, 소리 없이 찾아드는 죽음의 도시, 안락한 보금자리는 어디에 없을까. 끊임없는 생각 끝에 신선한 산골짜기 보금자리를 찾아온 노형민은 지금 자신이 꿈을 꾸고 있다면 제발 깨어나지 말기를 바랐다.

"벌써 해가 지는군요."

어제 헤어졌다 다시 만난 연인들처럼 임의롭고 다정다감한 정담으로 시간 가는 줄 모르고 있었다.

"오늘 하루가 어느새 그렇게 되었군."

풀기를 잃은 해가 미륵 형상을 닮은 우봉산 봉머리 너머로 다 기울어가며 축축한 산그늘이 지고, 지저귀던 숲속의 새들도 잠잠해지고 있었다.

"새들도 둥지로 다 돌아갔나 봐요. 우리도 들어가요."

그들은 누가 먼저랄 것 없이 자리에서 일어났다.

"저 위쪽 골짜기에 보이는 주황색 기와집이에요."

"마을이 한눈에 보이겠군. 나는 잠깐 차를 이쪽에 옮겨 놓고 곧장 뒤따라가리다."

"바로 올라오세요."

그녀는 백구를 데리고 마을 고샅길 쪽으로 돌아섰다. 그녀는 모진 고난을 이겨내고 성공적인 해피 엔딩을 맞이한 신데렐라라도 된 것처럼 발걸음이 가볍게 사뿐거렸다. '우리가 지난날처럼 다시 사랑할 수 있을까?' 그녀는 떨리는 가슴으로 한 남자만을 생각하며 자신에게 물었다. '사랑하는 마음에 시간과 공간이 따로 있는 것일까?' 반문의 메아리가 들려왔다. 그녀는 달콤한 신데렐라의 사랑을 꿈꾸던 소녀의 이미지를 떠올렸다. 새로운 삶을 싹 틔울 생애의 소망, 꿈이 한꺼번에 이루어질 것 같은 예감에 그녀는 가슴이 설레었다. 집 앞에 가까이 들어온 그녀는 텃밭으로 달려가 가지와 오이를 따고, 더덕을 캐고, 시금치와 고추를 따가며 푸짐한 반찬거리 준비했다.

그와 같은 때를 같이 하면서 지프의 글러브 박스(glove box)에서 세면도구를 꺼낸 노형민은 물 맑은 시냇가로 내려왔다. 은빛으로 반짝거리던 시냇물은 황금빛 놀이 타고 있었다. 그는 얼굴에 거무스름하게 번진 수염 먼저 말끔히 면도한 다음 양치질과 세면을 마치고, 매무새를 가다듬으며 마을 고샅길로 달려 올라갔다.

서너 그루의 질박하고 풍성하게 나란히 서 있는 개울 언덕길을 서둘러 올라온 노형민은 나지막한 돌담을 길게 끼고 들어왔다. 양지바른 산발치 졸졸거리는 개울을 끼고 아담하게 들어선 기와집엔 태양광 패널이 설치되어 있었다. 갯골 섶을 따라 찔레, 산딸기나무가 엉킨 덤불 숲 위로 옛날 선비들이 봉황새가 날아오기를 기다리며 심었다는 벽오동나무 서 있었다.

"시골집이라 이래요."

서둘러 저녁밥을 짓는 중에 노형민의 숨기척을 민감하게 알아채고 달려 나온 연희는 사립문을 활짝 열었다.

"잠깐이라도 집을 비워 놓으면 산짐승들이 집 안을 어지럽게 헤집어 놓고 해서."

그녀는 매우 상냥스럽게 노형민을 맞이했다.

"아무리 둘러봐도 마을에 연희밖에 사는 사람이 없는 것 같아."

"사람은 사람 속에 함께 어울려 사는 게 좋은데, 그래도 외롭다는 생각을 별로 들지 않아요."

"요즘엔 잘 먹고 잘들 산다지만 예전처럼 사람 사는 맛이 없다고들 하더군. 오히려 사람의 싫증과 혐오를 느낄 때가 많다더군. 인간이 지닌 고유한 본질, 우리는 그 인간성을 상실해간다는 것도 되겠지. 물질문명과 자본주의에 횡포에 의해서."

하고 그는 아주 얄망궂은 세상을 비판했다.

"우리 마당 가운데 평상에서 저녁밥을 먹어요. 평상에

올라앉으면 마을 저 아래 시냇물까지 다 바라보여요."

돌아서 집 안으로 다시 들어간 그녀는 잠시 만에 밥상을 무겁게 차려 들고 마당으로 나왔다.

"퍽 시장하셨을 것 같아요."

그녀는 우물 같은 보조개를 파며 생긋 웃었다.

"난데없이 폐를 끼치는구려."

"무슨 말씀이에요. 나 무거워. 얼른 밥상이나 좀 받아요."

그녀는 무겁게 밥상을 들고 다급스레 재촉했다.

"이리 줘요."

잠깐 딴생각을 하며 밥상을 쳐다보고 있던 노형민은 얼른 두 손으로 밥상을 받아 평상에 내려놓았다. 구수한 밥 냄새가 미각을 물씬 자극했다. 오동통하게 잘 기른 콩나물국에 더덕구이, 산나물에 가지나물 같은 반찬들이 맛깔스럽고 정갈하게 밥상 가득 올라와 있었다.

"입맛에 맞으실지 모르겠어요."

그녀는 부끄러운 생각을 지니고 말했다.

"그게 무슨 소리요. 그 새 이런 밥상을 다 차려오다니."

가공식품들이 만연한 세상에 이처럼 싱그럽고 푸짐하고 정성 가득한 만찬이 어디에 있을까. 조용한 초가을 저녁 향기롭고 시원한 골바람에 더불어 살림을 차린 여치와 귀

뚜라미, 풀벌레들이 함께 노래하고 초저녁 밤하늘에 별들이 하나둘 반짝거렸다. 그야말로 별유천지요, 선경의 만찬이 아닐 수 없었다.

"신선이 따로 없는 것 같네."

두 사람은 다정다감한 부부의 짜임새로 겸상했다.

"이건 잘 익은 오디와 산딸기로 담아 놓았던 거예요. 그동안 마실 사람이 없이 그냥 놓아두었던 것인데, 맛이 어떨는지 잘 모르겠지만 한잔해 보세요."

그녀는 섬섬옥수로 술을 따랐다.

"당신은 잔이 왜 없소? 거기 앞에 있는 물컵을 비우면 되겠구려."

하고 노형민은 물컵을 비우고 술을 가득 채워 그녀 앞에 가져다 놓았다.

"저는 술을 입에 대본 적이 없어요."

"약밥에 약술이라, 이런 운치가 어디 있겠소."

그는 모처럼 행복한 정감을 지니고 있었다.

"이런 자리는 저도 난생처음이에요."

그녀는 뜻밖의 행복에 고개를 묻으며 눈시울까지 붉혔다.

"오늘 이 시간은 영원히 잊을 수 없을 것 같아요."

그들은 사랑과 축복의 술잔을 부딪쳤다. 동녘 하늘에 두 사람의 사랑을 축복하듯 둥근 달덩이가 덩실 떠오르고 있었다.

"가을밤 오붓한 축배로 / 우리가 함께한 이 시간 / 뜨거운 사랑의 비밀은 / 행복한 가슴에 남으리, / 영원히 잊지 못하리."

사랑의 축배를 들어가며 저녁 식사를 다 마치고 집 안으로 들어온 그녀는 벌건 불덩이처럼 뜨겁게 화끈거리는 얼굴에 찬물을 좍좍 끼얹었으며 설거지를 끝내기 무섭게 욕실로 달려갔다.

거울 속에 비친 몸매는 매끄러운 탄력이 거의 없이 건조하고 야위었다. 멋모르고 마신 술기운이 올라와 발그스름하게 혈색이 피어난 얼굴은 장미꽃처럼 화사하고 아주 건강해 보였다. '내가 축배를 들면서 이상한 마법에 걸린 걸까?' 술기운이 전신의 모세혈관까지 흐르면서 일찍 시들어버린 육신을 재생시켜 생명력을 불어넣고 있었다. 기적 같은 일이었다. 생명이 짧게 남을수록 치열하게 살아야 할 이유가 생겨난다는 말이 그녀는 새삼 떠올랐다. 하지만 거들떠보기도 싫은 자신의 모습은 생명이 다 꺼져가는 병자처럼 가엾기까지 했다. 볼품없는 모습은 죽음의 그림자였다. 생존이 다한 자신의 생명은 이미 벌써 마지막 한계에 다가와 있었다. 내일 아침이면 예정대로 병원에서 데리러

올 것이었다. 재검이라지만 이번에 실려 가면 그녀는 다시 돌아올 것 같지 않았다.

'이를 어쩌나?' 이래도 저래도 그녀는 처절한 결말밖에 남아 있지 않았다. '아무 말도 해선 안 돼!' 그녀는 깊은 내부에서 소리쳤다. 오랜 세월에 걸쳐 지독하게 애태운 애증, 미치도록 믿고 기다렸던 갈망, 그는 끝내 돌아서 달려올 줄을 몰랐다. 모든 것이 허황한 바람이었다. 내 생명이 과연 얼마나 남았을까? 견딜 수 없는 기다림, 미칠듯한 그리움을 넘어 죽음의 목전에서 찾아온 사람, 물론 야속하고 원망스럽기도 했다. '어쩌면 이제서 염치없이 찾아올 수 있을까?' 한 번도 온전한 여자의 인생을 살아보지 못한 생애, 그녀는 공허한 자신의 이미지들이 한꺼번에 허물어지는 죽음이라는 환상이 엄습했다. '이미 달아나버린 생명의 시간을 몇 번이고 세어본들 무슨 소용이 있을까.' 어느 것 하나 의미 있는 것이 없는 보잘것없는 여자의 생애, 언제 어느 곳에 머물러 있어도 사랑하는 그의 따뜻한 품속에 있었던 시간들, 가슴속 깊은 곳에 두고 끝없이 사랑하며 사무치게 그리웠던 사람 노형민, 돌이켜 보면 자신은 기실 그의 그림자였다. 열여덟 살 소녀가 그토록 애태우던 사랑을 이제야 이루어낼 시간이 째깍째깍 심장을 울리며 다다르고 있었다.

그녀는 앞에 남은 시간을 눈물을 짜지 않고 따뜻하고 사랑스러운 여자가 되어 사랑의 비밀을 영원히 간직한 신화를 이루고 싶었다. 뜻밖에 그를 만나는 순간부터 그녀는 마음 깊은 곳에서 사랑의 메아리를 들으며 그런 계획을 세우고 있었다. 다만 그에게 떳떳하고 자신 있게 남아 있는 것은 순수의 영역, 온전한 처녀로 남아 있는 것이었다.

그녀는 벌거벗고 서 있는 몸뚱이를 거울에 비춰보았다. 백옥처럼 하얀 살결, 선홍빛으로 아름답게 피어난 얼굴과 다르게 몸매는 야위고 종잇장처럼 가냘팠다. '내 눈이 그렇게 보이는 것일까, 내 머릿속의 생각이 그런 것일까.' 젖가슴은 여전히 아름다운 제 모양을 간직하고 있었다. 다행이었다. 아랫배는 탄탄하게 미끄러지듯 내려가 그런대로 보아줄 만했다. 자글자글 눈가에 늘어난 주름살, 윤기 없이 시들고 쪼그라든 피부, '조금이라도 실망하면 어쩌나? 그래, 그거야.'

그녀는 방에 들어가기 전에 밝은 형광등은 꺼놓을 생각이었다. 늙으면 죽는다는 엄숙한 생명의 질서처럼 젊으나 늙으나 욕망은 평등한 것이었다. 그녀는 이불속에 들어가는 모습을 환상적으로 떠올려보았다. 그는 지금까지 아내를 곁에 두고 살면서 여자의 모든 것을 자기가 원하는 대로 소유해 본 남자였다. 그녀는 초보였다. 신비스러운 기대

감보다 어떤 실수를 범하지 않을까 싶은 두려움이 찾아 들고 있었다. 구애에서 사랑의 행위로 들어가면 그는 부드럽게 잘 이끌어줄 것 같기도 하였다. 혼자 신비의 환상에 빠져 있던 그녀는 그를 너무 오래 마당에 두고 있다는 생각이 번쩍 찾아들었다. 그녀는 빨리 옷가지를 주워 입고 마당으로 뛰어나왔다.

"연꽃처럼 동녘에 걸려 있던 달이 벌써 둥근 달덩이로 떠올랐군요."

그녀는 그의 겨드랑이에 슬그머니 한쪽 팔을 찔러넣으며 팔짱을 끼었다. 휘영청 달 밝은 밤이면 빈 집마다 숨을 죽이고 깃들어 있던 유령들이 한꺼번에 몰려나와 우봉산 산신령이 대노할 짓을 한다면서 이것들의 사지를 찢어놓아야 한다고 고래고래 고함을 치르던 모과나무집 할머니가 문득 뇌리에 떠올랐다.

"달 밝은 밤이면 어둠 속에 묻혀 있던 빈집들의 유령이 모두 뛰어나와 한바탕 소름이 끼치는 난리를 떨고 한답니다."

가뜩이나 음산한 솔부엉이가 부엉부엉 우는 가운데 그녀는 빈집의 유령 얘기를 꺼냈다.

"산속의 솔바람이 불 때면 나뭇가지들이 허튼춤을 추듯 흔들리는 그림자에 주인을 잃은 야생 개들이 사방에서 나타나 짖어대는가 하면 곳곳에 널린 스티로폼, 플라스틱 바가지, 농약병들이 떼구루루 나뒹굴고 떨어진 문짝이며 녹슨 양철 조각들이 덩달아 떨그럭거리면 비었던 마을은 도깨비들 세상이 되지요."

그녀는 믿을 수 없는 소리를 했다.

"도시의 아파트단지들도 머지않아 불 꺼진 창문들이 하나둘 나타나기 시작하면 똑같은 도깨비 세상이 될 겁니다. 이미 전국에 남아도는 빈집들이 수두룩하고 아무리 천문학적인 돈을 쏟아부어도 출산율은 급속도로 떨어지는 인구절벽이 코앞인데 한편에선 들어가 살 아파트가 없다고 난리를 떠는 세상이라니, 참으로 알다가도 모를 부조화가 아닐 수 없구려."

어두운 산골짜기 나무숲에서 부엉이의 음산한 울음소리가 아까부터 그칠 줄 모르고 있었다.

"우린 다시 헤어지는 일이 없겠지요?"

"죽음이 갈라놓기 전엔…."

"정말 그랬으면 얼마나 좋을까요."

그녀는 철없는 소녀 같기도 했다.

"밤이 차가워지네요. 그만 들어가자구요."

그들은 마당 가운데 평상에서 전등불이 켜진 집 안으로 들어갔다. 거실은 편안한 안정감을 가져다주었다.

"집 안은 생전 오라버니의 책들뿐이에요. 여긴 그전에도 텔레비전이 잘 나오지 않고 그랬어요. 핸드폰도 사용하기 힘들기는 마찬가지구요. 저는 오직 책이나 읽고 살았지요."

말하는 도중에 극심한 현기증이 일어나듯 그녀는 몸의 중심을 잃고 비척거렸다.

"제가 오빠를 만나더니 갑자기 말수가 늘었네요. 먹을 줄 모르는 술까지 마셔서 더 수다스러워졌나 봐요. 몸도 이상해진 것 같구요."

"연희는 꽃보다 아름다운 걸."

그는 연희가 애잔해 보이면서도 참으로 아름다운 여자라는 생각이 들었다.

"지금 한 말 거짓말하는 거 아니죠?"

그녀는 눈을 크게 뜨고 놀랍게 반응했다.

"제가 술을 너무 많이 마셨나 봐요."

그녀는 화끈거리는 얼굴을 자꾸 매만지고 고개를 묻어 가며 죽어가는 새처럼 가쁜 숨을 할딱거렸다. 침대 머리맡에 놓인 전기스탠드 불빛이 따스하게 번져 있었다.

"우리 다시는 헤어지지 말아요, 이제는 서로 떨어져 그리워할 시간도 남아 있지 않잖아요. 생전에 한번은 청수리 고향에 찾아올 거라는 생각을 하고 있었어요. 그래서 저도 이렇게 청수골에 들어와 살고 있구요?"

"나도 항상 마음은 고향에 두고 살았다네."

"저도 당신이 이 연희를 찾아올 것만 같은 예감이 떠난 적이 없었답니다. 청수골은 우리들의 영원한 고향이니까요."

그녀는 진지한 표정으로 말했다.

"당신을 잊을 수 없는 그리움 때문에 승복을 벗어 던지고 속세로 돌아오면서 자신을 완전히 잃어버리는 것은 아닐까? 몇 번이고 무서운 생각이 들고 했지요. 하지만 뒤집는 일은 한 번도 일어나지 않았어요. 끊어지지 않는 인연, 당신의 그림자 같은 인생으로 고단한 사랑의 미로를 너무나 오랜 세월 서성이며 살아왔어요. 날이 갈수록 당신을 향한 마음이 점점 멀어지는 것이 아니라 정반대로 사무치는 그리움이 더 깊어만 가는 것을 어찌합니까. 내 힘으로 나를 이기고 견디는 수밖에요."

"나도 연희와 똑같이 그랬다네."

노형민은 자신이 정작 해야 하고, 하고 싶은 말들을 연희가 모두 다 대변하고 있었다. 속절없이 보낸 그리움, 그 긴 세월의 인생을 바람처럼 구름처럼 다 흘려보내고 마음의 이끌림으로 만난 운명적인 인연, 그건 지고지순한 사랑의 연분이 아닐 수가 없었다. 한평생을 살아도 사랑을 모르고 사는 인생보다 사랑을 알고 사는 하루가 더 행복한 것을 그들은 익히 깨달아 알고 있었다.

"그동안 우린 왜 그렇게도 어리석은 바보들이었는지 모르겠어요."

그건 분명한 사실이었다.

"우리 살아온 것보다 이제 더 오래 살아요."

그들은 서로의 얼굴에 숨을 끼얹고 들이마시며 뜨거운 사랑을 속삭였다.

"물론 그래야지, 그런데 우리에게 그런 시간이 얼마 남지 않았으면 어쩌시려우?"

그녀는 이 순간 모든 것들을 영원한 망각 속에 깊숙이 파묻고 싶었다.

"그게 지금 무슨 소리요?"

그는 문득 이상한 육감을 느끼며 물었다.

"신경 쓰지 말아요. 제가 그냥 해본 소리예요."

그녀는 눈길을 딴 데로 돌리며 말끝을 흐렸다.

"이 세상에 생명이 있는 것처럼 아름다운 것은 어디에도 없을 거예요."

그녀는 벌거벗은 몸에 그의 손길이 닿을 때마다 긴장한 숨을 멈칫거리며 몸을 파들파들 떨었다. 젖가슴에 머물던 그의 손길이 아랫배로 빠르게 미끄러져 내려가고 있었다.

감미로운 말초감각이 전신에 흘렀다.

"이런 감성은 처음이에요."

밤은 신비로웠다. 그녀는 낯선 모든 행위에 민감한 반응을 보이며 입술을 깨물었다. 자신의 몸속에서 벌어지는 일들을 낱낱이 감지하며 뜨거운 숨결이 폭풍처럼 거칠어지고 마침내 그 숨결이 멎을 것 같은 신음을 발했다.

"나 어떡해?…."

그녀는 정신이 혼미한 소릴 질렀다. 달콤한 망각, 온몸이 전율하는 환희에 견딜 수가 없는 몸부림을 치며 그녀는 남자의 허리를 끌어안고 두 눈을 질끈 감았다.

이 신비롭고 비밀스러운 사랑, 전 생애 동안 단 한 번도 느끼고 경험할 수 없던 격정의 폭풍, 상쾌하고 행복한 쾌감이 절정으로 치달으며 그들은 우아한 역사를 만들었다.

"우린 끝내 바라던 사랑을 이루었어요."

사형 직전 사형수가 마지막 한 모금의 담배 연기로 온 생애를 다 이루듯이, 그녀는 하룻밤에 전 생애의 사랑을 다 이룬 것이었다.

"우린 새로운 삶의 싹을 틔웠어요."

그들은 새로운 계절의 발아發芽와 같은 생애를 이어가듯 마주 바라보고 누워 얼굴과 목, 가슴을 쓰다듬으며 부드럽고 따뜻한 사랑의 밀어로 열정의 키스를 퍼부었다. 푸른 달빛의 우수처럼 아름다운 눈매에 눈물을 매단 그녀는 전 생애를 아름답게 보람있게 장식한 미소를 지었다. 그들은 그렇게 도란도란 달콤한 사랑을 속삭이며 날이 샐 무렵 혼곤한 잠에 빠져들었다.

이튿날, 늦은 잠에서 깨어난 노형민은 허전한 잠자리를 의식하며 그녀를 찾아 손을 더듬어 보다 몸을 벌떡 일으켰다. 그녀는 잠자리에 없었다. 집 안 어디에도 그녀는 보이지 않았다.

"어디를 갔을까?"

노형민은 다시 그녀를 찾아 집 안 구석구석을 살펴보다 조그맣게 거울이 달린 화장대 옆자리 책상에 놓인 메모지를 발견했다.

─다시 돌아오지 못할 것 같습니다.─

깨끗한 노트 장에 '顚倒夢想'이란 글이 함께 쓰여 있었다.

'무슨 일일까?' 그는 있을 수 없는 일이 일어난 것처럼 이상한 생각을 번복하다 새벽녘 어렴풋한 잠결에 바깥에서 사람들이 웅성거리는 소리가 흐릿하게 떠올랐다. 그는 천둥소리에 놀라듯 방을 차고 뛰어나왔다. 평상이 놓인 마당엔 아무도 보이지 않았다. 그녀 곁을 항상 따라다니던 백구도 눈에 뜨이지 아니했다. 홀연히 사라진 메아리처럼 그는 허무하게 먼눈을 들고 하늘을 바라보는데, 새 한 마리가 푸드드득 깃을 치며 날았다. 벽오동나무에 앉아 있던 멧비둘기 한 쌍이 마당 담장을 너머 날아가면서 아직 푸른 낙엽 한 잎이 기우뚱거리며 떨어지고 있었다.

<창작노트>

개여울 세차게 부서지며 바위틈을 휘돌아나가는 물소리, 눈부신 보석을 한 바구니 쓸어 담고 싶은 은물결 반짝이는 시냇물 금모래, 죽은 듯이 고요한 여름날 오후 내내 냇둑 미루나무 쓰르라미 울던 고향이 간혹 전설처럼 느껴지곤 했다. 그때 그 청순한 문학소녀의 사랑에 바치는 헌사獻詞라면 어떨까?

顚倒夢想(전도몽상)은 반야심경에 나오는 구절로써 꿈을 꾸고 있을 땐 분명히 현실 같지만 꿈이 깨어나면 허망한 착각이라는 걸 알게 됨.

설촌 雪村 가는 길

어둠이 한 꺼풀씩 벗겨지면서 거리는 차츰 제 모습을 드러내고 있었다. 사내는 이쪽이나 저쪽이나 모든 것들이 낯설었다. 밤새껏 어디로 얼마나 먼 길을 숨차게 달려왔는지 알 수 없는 사내는 새벽하늘에 반짝거리는 샛별을 바라보며 지친 한숨을 훅 토했다. 그는 쓰디쓴 소금을 한 주먹을 입에 털어 넣은 것처럼 극심한 갈증을 느끼며 어둠이 짙은 길목을 주의 깊게 살펴보고 난 뒤 불이 밝게 켜진 상점으로 걸어갔다.

상점엔 손님이 하나도 없다. 사내는 상점의 출입문을 지그시 밀고 매장 안으로 들어갔다. 매장은 죽은 듯이 고요하다. 사내는 계산대에 혼자 피곤하게 졸고 있는 점원 가까이 다가갔다.

"말 좀 물어보갔습네다."

이른 새벽 난데없는 손님의 낯설고 투박한 말소리에 놀란 점원은 두 눈을 번쩍 치떴다.

"설촌을 가자믄 어드메서리 버스를 탑네까?"

"설촌요?" 하고 점원은 의아한 눈빛으로 손님을 뚫어지게 쳐다보았다.

"강원도 산간 설촌 말입네다."

사내는 재차 말했다.

"자 잘 모르겠는데요."

새벽 손님의 당돌한 말투에 기가 죽은 점원은 잠긴 목소리로 대답했다. 고요하던 매장 안에서 갑자기 여자 손님 하나가 나타나 다 먹은 라면 컵을 쓰레기통에 집어넣고 밖으로 나가면서 사내를 얼핏 살펴보았다. 불안정하게 눈길이 마주친 사내는 어색하게 머뭇거리다 곧장 상점을 뛰어나갔다.

"설촌을 가시나 봐요?"

상점을 나온 여자는 사내 쪽으로 말을 던지며 도로변에 서 있는 승용차로 다가갔다.

"그렇습네다."

사내는 놀랍게 반응했다.

"편의점에서 얼핏 들으니까 강원도 설촌에 가시는 것 같은데 괜찮으면 제 차로 함께 가지요."

여자는 설촌이 초행인 것 같은 사내에게 호의를 베풀었다.

"그게 덩말입네까?"

사내는 펄쩍 놀랐다.

"저도 설촌 가는 길이에요." 하고 여자는 승용차 뒷문을 열어주었다.

"고맙습네다."

사내는 어쩔 줄을 모르고 승용차에 올라탔다.

"실례디만 내레 물을 한 모금 얻어 마실 수 있갔습네까?"

사내는 운전석의 물병을 넘겨다보며 말했다. 여자는 생수병을 집어 어깨너머로 건네주었다. 반갑게 물병을 받아 든 사내는 쿨럭거리는 된여울 같은 물소리를 내며 단숨에 생수병을 비웠다.

"갈증이 아주 심하셨던 모양이군요." 여자는 대화를 이어갔다. "사람이 사람을 만나는 것만큼 큰 인연이 없다고 한 스님이 말씀하시더군요. 요즘엔 그런 말이 다소 의문이

들기도 하지만 말입니다." 하고 그녀는 동녘 하늘에 곱게 번지는 선홍빛 아침놀을 바라보았다.

"내레 꿈만 같습네다."

승용차에 올라탄 사내는 불안에서 벗어나 안정감을 느끼고 있었다.

"말씀을 들어보니 탈북하신 지가 얼마 안 되는 것 같아요."

여자는 룸미러로 사내를 넘겨다보며 말을 건넸다.

"하나원에서 한국에 대한 교육을 많이 받았을 것 같은데 북한 사투리가 여전한 것 같아서요."

"내레 말투가 이상한가 봅네다. 조선린민공화국에서 남조선 드라마를 많이들 보믄서리 서울 말씨를 들었댔는데 막상 서울에 들어와 서울말을 하자니 새각처럼 입에서 말이 잘 나오딜 않습네다. 긴장하니 더욱 기렇구만요."

사내는 자기보다 뒤 서너 살 누이동생쯤으로 보이는 남조선 에미나이의 도시적인 세련미에 말끔한 얼굴이 꽃잎같이 고우려니와 처음 만나 아무런 허물을 모르는 남정네에게 친절한 인정을 아낌없이 베푸는 마음씨에 무척 호감을 느끼고 있었다.

"들기에 북한, 특히나 평양 사람들은 서울 말투에 옷차림들까지 많이들 비슷해지고 있다고 들었습니다. 생일파티

라든가 결혼식도 남한 격식을 따라서 하고 있구요." 하고 여자는 다시금 룸미러로 사내를 흘깃 넘겨 보았다.

"기래서리 집중단속을 자주 벌이고 기랬디요."

"그런 사건들은 조선민주주의 반체제 혁명조직 활동과 도 무관하지 않다고들 하더군요?"

여자는 그렇게 익히 들은 귀가 있었다.

"기런 건 내레 잘 모르갔습네다."

사내는 대답을 회피했다.

"사실 그런 사건들은 안에 있는 사람들보다 밖에 있는 사람들이 더 잘 기도하지요." 하고 여자는 웃음을 지으며 어색한 대화를 가볍게 마무리했다.

"설촌은 무슨 일로 가십네까?"

사내는 뒤늦게 물었다.

"저는 방송국 기자예요. 조민숙이라고 합니다. 리포터지요. 설촌리에서 남북한 민족 화합의 대동제大同祭가 있어서 취재를 가는 중입니다."

"기자님이시군요? 반갑습네다." 하고 사내는 덧붙여 물었다.

"대동제가 뭐 하는 겁네까?"

"설촌리 대동제는 한마디로 말해서 우리 대한민국 남북한 민족이 다 함께 어울리는 민족 화합의 큰 축제지요. 다른 기자들은 어제 벌써 대동제 행사장으로 들어갔는데 저는 어젯밤 남북 간에 연예단 교차공연을 하고 있는 평양교예단의 야간 마지막 공연을 보다가 이제야 바쁘게 서둘러 달려가는 중이랍니다."

룸미러로 사내를 흘깃거리며 대화를 몇 마디 나누던 조민숙 기자는 차츰 맑은 햇빛이 들기 시작하는 고속도로를 미끄러지듯 내달렸다.

"공화국의 조선 국립 평양교예단 교예 공연을 재미나게 보셨습네까?"

어딘가 모르게 눈빛이 자주 흔들리며 긴장감을 엿보이던 사내는 차츰 밝은 화기가 비치고 있었다.

"고유의 민속적 소재에다 기발한 연극적 상상력으로 다채롭게 꾸며진 서커스 공연이 정말이지 환상적이었어요. 처음 시작부터 울려 퍼지는 아리랑이 가슴 벅차게 감동을 안겨주더니, 금강산 선녀들로 형상화한 배우들이 높은 공중에서 창공의 새들처럼 훨훨 날아가며 아슬아슬하게 쌍그네를 타는데, 그 묘기가 정말 놀라웠어요. 손에 땀이 하도 많이 나서 못 볼 정도였어요."

"틀림없이 기랬을 겁네다. 조선린민공화국 금강산 선남선녀들의 쌍그네는 몬테카를로 세계 교예대회에 황금 배우상을 타 개디구 더욱 빛나디 않갔시오. 눈꽃 조형, 원통

굴리기, 인간 탑 쌓기 하며 널뛰기에 이르기까지 어느 종목 하나 빠짐 없이 경탄할만 하디요."사내는 몹시 반갑게 자랑했다.

"서커스를 아니, 교예를 어쩌면 그렇게 잘 알고 계세요?"

조 기자는 놀랍게 물었다.

"조선민주주의 린민공화국엔 조선린민군 교예단까디 웬만한 딕장들마다 딕장교예단들이 다 있디 않갔습네다. 딕장에서 교예를 잘하게 되믄 평양교예단, 모란봉교예단 같은 중앙 교예단으로 뽑혀 올라가고 기럽네다."

최전선 DMZ(비무장지대) 민경부대에서 남한 동향감시, 공작 침투요원을 안내하는 피스톤부대원으로 길라잡이 임무 수행하면서 은밀히 남조선을 오가던 조부는 남조선 국군에 의해 첩자로 사살당하고, 뒤늦게 복귀한 아버지는 함경도 격오지隔娛地 벌목장으로 끌려가 교화 노동을 하게 되었는데, 그 산중 울창한 나무숲 속에 쌍그네를 매고 이 나무 저 나뭇가지를 번갈아 건너뛰는 원숭이 축지법 흉내를 내가면서 공중그네 타는 곡예기술로 직장교예단을 이끌어가며 아들에게 대물림으로 공중그네 타는 교예를 전수한 것이었다.

"묘기 중에 공중그네 타기는 네다섯 겹의 공중회전과 급회전하는 곡예에서 관객들의 환호와 탄성이 굉장한 절정을 이루더군요. 공중그네에서 탄력을 받아 훌쩍 뛰어오른 다음에 하늘의 새들처럼 훨훨 날아가며 손과 손을 맞잡고, 그네를 자유자재로 걷어잡으며 회전을 거듭하는데 정말이지 아주 놀라웠어요."

조 기자는 평양교예(서커스) 공연을 극찬했다.

"마지막에 우리나라 전통 민속의 다채로운 색깔들로 아름답게 꾸며진 공연 배우들의 고별무대에선 우리 민족이 하나 되어버린 감동과 흥분으로 두 손을 흔들어가며 아쉬운 작별의 눈물을 펑펑 흘렸답니다."

조 기자는 아직도 평양교예단 공연의 감동이 생생하게 남아 있었다.

"아마 설촌이 초행이신 것 같은데 이른 새벽부터 무슨 일로 바쁘게 찾아가세요?"

조 기자는 사내에게 물었다.

"내레 할아바디 때부터 설촌리와 인연이 아주 깊다 말입네다."

"그러시군요. 설촌은 최전방 민통선 접적지역이지만 평화로운 마을이지요. 산골짜기를 조금 나오면 북쪽에서 흘러내리는 한탄강 지천을 끼고 넓은 민들레벌판이 펼쳐져 멀리 북녘땅 골짜기까지 바라보이죠. 겨울엔 유난히 눈이 많이 내리는 곳이기도 하구요. 겨울엔 온통 순백의 설원으로 하얗게 뒤덮이지요. 북녘에서부터 휘몰아치는 설한풍은 매서운 칼바람이에요. 설촌리는 북한에 고향을 두고 떠나온 실향민들이 오랜 세월 향수병에 시달리며 살고 있기도 하구요."

"기렇군요."

사내는 3대에 걸쳐 남, 북한 분단 민족 이산가족의 참담한 비극 속에 살고 있었다. 인연인지 악연인지 모르겠으나 삼팔선을 넘어간 할아버지의 생사를 알아야 제사라도 모시든지 말든지 할 것이 아니냐면서 비무장지대, 전방 곳곳에 음흉한 땅 귀신처럼 깔린 부비트랩, 목함지뢰에 줄줄이 매달아 놓은 깡통, 가시철조망에 생살이 찢기는 생사의 갈림길에서 죽은 할아버지는 남조선 외진 산골짜기 '적군묘지'에 묻혀 있었다. 그 뒤 오랜 지병으로 쇠약해질 대로 쇠약해진 아버지는 정신이 흐리마리할 때도 '가족들이 의초롭게 오순도순 한솥밥을 먹고 살았으믄 좋으련만…' 수시로 한탄하면서 신신당부했다.

"언제든디 그분을 찾아가 만나 뵈야 되디 않칸?"

그러니까 사내가 지난밤 남조선 잠실실내체육관에서 공연을 마치고 빠져나온 건 고별무대 직전 공연 배우들의 긴장이 이완되면서 잠시 어수선해지던 막간이었다.

밤거리는 거대한 원형 실내체육관 공연장이 서울 시민들을 한꺼번에 빨아들이듯 길거리는 행인 한 사람이 없이 텅 비어 있었다. 스산한 밤공기 속에 창백하게 서 있는 가로등, 밤하늘 높이 솟아오른 빌딩과 빌딩, 첩첩이 쌓이고 쌓인 고층 아파트들. 공연장에서 곧 봇물 터지듯 풀려나오게 될 인파와 차들로 거리는 일대 혼잡을 이루고, 동시에 이탈자가 발생한 평양교예단은 초비상 상대에 놓이고, 긴박하게 이탈자 추적에 나설 것이었다.

"다음 기횐 없갔디. 없고 말구."

사내는 천재일우와 같은 기회를 놓칠 수가 없었다.

"이 거이 어드메로 가야 되는 기야?"

다급하게 탈출로를 궁리하던 사내는 숙박 호텔에서 버스를 타고 잠실 가설공연장으로 이동하는 동안 건너오던 한강 다리를 뇌리에 떠올렸다.

"맞아. 기렇구만 기거이야."

사내는 무릎을 쳤다. 그는 지체 없이 한강 다리 쪽으로 죽어라 뛰었다. 낯선 공포의 밤길을 어디로 얼마나 숨차게 헐떡거리며 달려왔을까, 그는 온몸에 땀이 흠뻑 젖어 두 다리가 후들거렸다.

"여기가 어드멘가?"

사내는 고개를 들고 동쪽 새벽하늘에 반짝거리는 샛별

을 바라보며 찾아갈 진로를 가늠했다. 어둑새벽 뜻밖에도 불이 환하게 켜진 상점이 하나 눈에 들어왔다. 남조선 어드메를 가나 자리하고 있는 편의점이었다. 불이 환하게 켜진 편의점은 갈피를 모르던 공포 지경에서 방송국 조민숙 기자를 길동무로 만나게 해준 구원처와 같은 곳이기도 했다.

"그동안 한국에서 살아보니 어떠세요?"

조 기자는 탈북한 사내에게 호기심을 느끼며 끊긴 대화를 계속했다.

"좋디요." 하고 사내는 묵묵히 생각에 잠겨 있던 고개를 번쩍 들었다.

"뭐가요?"

조 기자는 되짚어 물었다.

"승용차를 타고 앉아 있는 거이 꿈만 같아 개디구 기럽네다."

사내는 딴소리하듯 응수했다.

"그래요?"

조 기자는 말을 이었다.

"어둑새벽 길거리에 서 있던 내레 영락없이 이슬찬 아침 거미줄에 걸린 나방 같았디 뭡네까. 밤새껏 찬 이슬에 젖어 개디구 몸꼴이 말이 아니었디요."

"부자유한 북한의 공산주의 통제 속에서 벗어나 한국에서 누구의 통제도 받지 않고 자유롭게 살아보니 어때요?"

조 기자는 탈북민에 대한 평소의 호기심을 가지고 물었다.

"아덕 뭐이가 뭐인디 잘 모르갔습네다."

사내는 적당히 얼버무렸다.

"남한에 산 것이 얼마 되지 않았으면 그럴 게예요. 하지만 살다 보면 돈이 있어야 사람대접을 받는 곳이라는 것도 알아두는 게 좋을 거예요. 한국은 자본주의 사회니까요. 돈만 있으면 강아지도 멍첨지가 되는 세상이기도 하지요."

조 기자는 우스갯소리를 섞어가며 대화를 계속 이어 나갔다.

"갑자기 한국에 생활하다 보면 모르긴 해도 민주주의가 때로 무질서한 방임주의 같기도 할 거예요. 크고 헐렁하게 옷을 입고 다니는 청소년들이 있지를 않나, 멀쩡한 청바지를 너덜너덜하게 찢어 입어 무릎이 나오는 헌 바지를 만들어 입고 다닐지를 않나 그러거든요. 알고 보면 과거 가난한 미국 흑인 할렘가 애들이나 그러고 다니던 걸 말이에요. 아무튼 모든 생산 수단이 사적 소유에서 오는 계급투쟁보다 개인적인 잇속을 챙기는 부패에 더 실망할 것 같기도 하군요. 한마디 덧붙이고 싶은 건 정신이 고리타분하게 이상한 사람들이 많기도 하거든요. 봉건사회, 군사독재 시절에 살아온 사람들이 더욱 그러니 무엇이 잘못되었나 싶기도 하고 그렇다구요. 아무튼 지금 한국은 선진국이 되어 살기 좋은 세상이니까 멋지게 한번 잘살아보세요."

이전의 탈북민들과 다르게 사내는 다소 의뭉스러운 구석이 아주 없지도 않았다. 투박한 평안도 사투리의 강한 억양에 어설프고 어색하니 불안정한 거동을 보면 차라리 산간 시골 오지 사람처럼 순박한 사내라는 것이 옳을 것 같기도 했다.

"자본주의 경제는 잘 나가다가도 경우에 따라 간혹 불안정해지고 하는 거니까 잘 알아서 대처하며 살아가야 할 거예요. 불황과 호황을 반복하면서 때로 극심한 침체와 심각한 공황이 찾아오기도 한다구요. 그런 일이 자주 찾아오는 건 아니니까 크게 걱정할 것까진 없어요. 한반도에 핵전쟁이 일어나기 전에는 말이죠." 하고 조 기자는 푸푸 소리를 내어 웃었다.

"조선민주주의 린민공화국에도 수시로 물건을 사고파는 장마당이 있습네다."

사내는 곧장 응수했다.

"솔직히 말하믄 공화국의 경제구조도 요즘은 남한의 자본주의와 별로 다를 거이 없습네다."

사내는 평양 장마당의 자본주의를 입에 담았다. 조 기자는 그럴 수도 있으리라는 생각을 했다.

"북한 주민들도 그동안 중국을 통로로 해서 남한 자본주의 경제에 자극을 많이 받았을 것으로 봐요. 문제는 자본주의라는 것이 따뜻한 인간미가 별로 없다는 것이 문제이긴 하지만요. 많이 갖고 부富를 누리는 자들은 신종 하층민들을 끊임없이 만들어내죠. 간혹 보면 심지어 개, 돼지로 여기는 경우까지 생겨나니까 말이에요. 정의라거나 도덕성도 때 낀 발바닥이긴 마찬가지랍니다. 모든 게 포악한 승자 독식이니까요. 개인주의에서 오는 살인적인 이기주의는 때로 피도 눈물도 없다구요. 그래서 하는 말인데 나이가 든 사람들 가운데, 예전에는 배가 좀 고프긴 했어도 사람 사는 맛이 있었다고 하는 사람들이 있더군요. 조선 후기에 서양 여행자가 조선이라는 나라는 어딜 가나 먹고 잠을 재워 준다는 소릴 했다고 하더니… 요즘 사람들이 살아가는 걸 보면 정서가 메말라 쩍쩍 균열이 난데다 품성이 형편없이 떨어지고 따뜻한 마음을 지닌 인정이라거나 양심이 아주 각박해져서 그럴 거예요."

조 기자는 이런저런 화제를 바꿔가며 대화를 나누었다.

"공화국 린민들도 길티요. 내레 리익을 위해 사는 거이 자연스러워디믄서리 옛날 김일성 수령 동무 때처럼 조선

린민공화국을 위해 희생하믄서 목숨을 바치려고 들디를 않습네다."

사내는 사실대로 말했다.

"북한도 사람 사는 세상인데 안 그렇겠어요." 하고 조 기자는 웃었다. "아마 모르긴 해도 북한 주민들 역시 날이 갈수록 통제와 세뇌에서 벗어나려고 하겠지요. 인간의 진화 자체가 그러니까요. 누가 뭐라고 해도 자유롭게 살 수 있다는 것 하나만으로도 한국은 충분히 살만한 가치가 있습니다."

대화하면서 조 기자는 사내가 탈북민이 아닐 수도 있다는 생각이 문득 찾아들었다. 사내가 북한의 남파간첩이라면 유창한 서울 말씨는 물론이요, 어색하고 불안정한 거동을 엿볼 수조차 없을 터였다. 지난 과거 한때는 남파간첩이라면 엉엉 울던 아이가 울음을 뚝 그치는가 하면 머리에 뿔 달린 도깨비, 극악무도한 살인마로 여기던 군사독재 정권이 있긴 하였다. 피에 흠뻑 젖은 육이오전쟁 세대들은 치가 떨리는 몸서리를 치고도 남을 일이겠지만 그동안 혁신적인 진보와 많은 변화를 겪어온 지금은 완전히 다른 세상이었다.

동구라파 여러 공산 국가들의 잇따른 붕괴에도 불구하고 북한은 모진 인권과 폐쇄된 공산주의 체제로 경제 파탄

을 가져와 수많은 인민이 비참하게 굶어 죽어가고, 꽃제비
(거지)들이 길거리에 넘쳐나는 '고난의 행군'에도 불구하고
핵무기를 만들었다고 자랑하지만 고도의 경제성장을 이룩
한 한국은 결코 전쟁게임의 상대가 되지 아니했다. 북한의
세습정권은 굶주리는 인민들을 우선 구제하기보다 자력갱
생을 부르짖으며 미제에 맞서 핵무기가 우선일 수도 있겠
지만 동족의 머리 위에 투하할 핵폭탄은 결코 아닐 터이었
다. 굳이 핵전쟁의 공포를 입에 담는다면 남해 연안에 깔
린 원전(원자력발전소)은 더 큰 위협의 요소가 될 수도 있었
다. 그중에 원자로 하나에 피폭당하거나 천재지변으로 잘
못되는 사태가 벌어진다면 가공할 방사능의 확산은 메가
톤급 원자폭탄이나 다름이 없을 것이었다.

  인공위성이 지상의 개미 새끼 한 마리까지 잡아내고, 남
북 정상의 판문점 군사협정으로 비무장지대 휴전선(군사분
계선)이 열리고, 쌍방의 초소(GP)를 상호폭파하면서 경계
병력들까지 철수하는 작금이었다. 어디 그뿐이던가. 수만
의 탈북민들이 한국 사회 전반에 걸쳐 살아가면서 북한의
가족들과 통화는 물론 금전까지 주고받을 수도 있는 마당
에 남파간첩은 무엇이요, 불순세력의 준동에 사회 혼란이
가당키나 한 것인가.

  "설촌을 가자믄 얼마나 더 가야 합네까?"

초행길에 호기심에 가득 찬 눈빛으로 차창 밖 전원풍경을 구경할 법도 하건만 사내는 뒤 저린 사건에 쫓기듯 눈빛이 자주 흔들리며 불안정한 태도를 보이고 있었다.

"무슨 일로 설촌에 가는지 모르겠지만 마음이 퍽 급한가 봅니다." 하고 조 기자는 의도적으로 말을 건넸다. 사내는 줄곧 긴장감을 엿보일 뿐 무슨 대꾸가 없었다. 차는 앞이 탁 트인 고속도로를 미끄러지듯 달리고 있었다. ○○시 500m라는 이정 표지판이 스쳐 지나가고 있었다. 곧바로 진입로에 이르자 조 기자는 ○○시로 핸들을 돌렸다.

"설촌을 다 온 겁네까?"

뒷좌석의 사내는 민감하게 물었다.

"아니에요. 여기에 잠깐 들릴 곳이 좀 있어서요."

"기렇습네까?"

사내는 다시 불안한 긴장을 드러냈다.

"오래 걸리지 않을 거예요. 잠깐이면 됩니다. 잠시만 앉아 계시면 될 거예요."

조 기자는 사내를 이해시키며 다시 대화를 이어갔다.

"북한은 지난 경제5개년 계획도 완전히 실패로 끝났다고 하던데 주민들의 생활이 갈수록 더 어려워지겠어요."

"기티만 지난번 고난의 행군 같은 사태를 또다시 겪갔습네까. 그 이후 나라 경제를 확고한 상승 괘도에 올려놓으려고 가열 찬 투쟁을 펼쳐 나가고 있습네다. 머디않아 경제건설을 성공적으로 촉진할 수 있을 기라요. 내레 기걸 확신합네다."

사내는 막힘이 없는 장담을 했다.

"동구라파를 비롯해서 사회주의 여러 나라들이 급속도로 붕괴가 되고 있는데 북한은 이상하게도 그런 기미가 전혀 보이질 않더군요. 현 체제의 붕괴 공포가 이만저만이 아닐 텐데 말이에요."

조 기자는 민감한 문제를 꺼냈다.

"북조선 공화국은 다릅네다. 문제는 경제와 군사력이 약해서리 그런 거이 아니라 제국주의자들의 사상 문화적인 침투 책동을 한동안 방심한 데서 부르주아 사상문화와 생활양식들이 침투해 개디구서리 사회주의 근간이 심각하게 흔들리고 있다고 봐야 되갔디요."

사내는 대답이 진지했다.

"나라 밖의 소문이 하루가 다르게 풍설을 타고 날아드는 세상인데 일방적인 권력으로 막는다고 되겠는지요?"

"드라마에 비치는 남조선 건물에다 화려하고 시민들의 자유분방한 거리, 패션과 헤어 스타일, 만난 음식에다 핸드폰 같은 전자제품들을 보게 되믄 눈알들이 화경火鏡처럼 휘둥그레디디요." 하고 사내는 자기가 남한 드라마를 보면서 받았던 충격을 털어놓았다. "디금은 남한 영상물을 유포하게 되든 사형당하게 된다 말입네다. 영상물을 보믄 15년 징역살이에 처하는 반동사상 문화 배격법을 엄격하게 제덩하딜 않았갔시요. 사태가 다급해디다 보니 린민들을 종전처럼 섣부르게 놓아두딜 않고서리 문화통제 고삐를 아주 바싹 죄고 있다 말입네다. 린민들 사이에서리 '백공구(109) 그루빠'라는 검열단이 밤낮을 가리지 않구 한류문화를 통제하구 감시를 한다 말입네다."

"바람이 잔뜩 들어간 풍선들을 계속 짓누르게 되면 언젠가는 펑 하고 터져버리지 않겠어요?"

"내레 바로 기런 말입네다. 아무리 눈깔을 시퍼렇게 뒤까구 단속한다고 해도 남한 류행을 막딜 못합네다. 한국 드라마를 한번 보게 되믄 누구든 쉽사리 끊어내딜 못한다 말입네다. 남조선 문화를 동경하는 신세대 청년들의 감성을 어케 막을 수 있갔나 말이야요."

"물론 그렇겠지요." 하고 맞장구를 치며 조 기자는 앞으로 다가온 ○○시로 달려 들어갔다.

○○시는 직장인들의 출근과 학생들의 등교 시간이 지난 때라서 거리는 한산한 편이었다. 전방 교차로 왼쪽으로 경찰서 안내 표지판이 나붙어 있었다. 조 기자는 천천히 속력을 줄이고 좌회전하면서 경찰서 진입로를 따라 들어가

다 주택가에 주차했다.

"시간이 없으신 것 같은데 미안합니다. 잠깐이면 됩니다. 조금만 앉아 계세요. 금방 나올 겁니다." 하고 승용차에서 내린 조 기자는 경찰서를 향해 달려갔다. 지난달 관내 주택단지를 조성한다면서 무단 벌목으로 산림을 훼손한 사건을 취재, 방송한 이후 뇌물을 받고 불법 개입한 산림과 공무원이 뒤늦게 고발된 사건을 확인한 뒤 곧장 경찰서를 나온 조 기자는 주차해 놓았던 승용차 문을 벌컥 잡아 열었다. 차 안에 앉아 있어야 할 사내가 없다.

"어디 갔을까?"

조 기자는 당황했다. 그녀는 곧장 큰길로 달려 나와 이쪽저쪽을 살펴보며 사내를 찾았다. 사내는 눈에 뜨이지 않았다. 바쁜 시간에 쫓기듯 조바심을 보이던 사내는 택시를 잡아타고 설촌으로 달려간 것 같았다. "알아서 잘 찾아가겠지." 하고 조 기자는 승용차를 내몰고 ○○시내를 벗어나 고속도로 진입로를 빠르게 달려 올라갔다.

고속도로 접어들면서 가속페달을 막 밟으려는 그때였다. 30여 미터 전방에서 고속도로를 질주하는 승용차에 달려들어 필사적으로 손을 흔들고 있던 사람이 쾌속으로 내달리는 차량을 차례로 놓치면서 얼핏 고개를 돌리던 사내가 막무가내 달려들었다.

"이봐요, 당신 미쳤어?"

조 기자는 소리를 빽 질렀다.

"기자님이시구래."

차에 바짝 붙어선 사내는 능청스럽게 말했다.

"지금 도대체 뭐 하자는 겁니까?

기겁했던 조 기자는 입을 딱 벌리고 어이없는 소리로 물었다.

"내레 급해서리 그럽네다."

고속도로 아스팔트 뜨거운 햇빛 속에 서 있던 사내는 얼굴이 벌겋게 익어 있었다.

"내레 설촌을 다녀 오자믄 시간이 너무 촉박해서리 고속도로 차를 한 대 잡아타고 가려구 기랬습네다."

"왜 그렇게 말뚝처럼 서 있어요, 빨리 타지 않구?"

조 기자는 사내를 다시 만나 반가우면서도 밉살스럽게 다그쳤다.

"감사합네다."

사내는 허겁지겁 차에 올라탔다.

"어디 다친 덴 없어요?"

한순간 창백하게 핏기가 가셨던 조 기자는 사내 쪽으로 걱정스럽게 물었다.

"일 없습네다. 기자 선생이레 고운 눈매를 칼끝처럼 곤두세우구 소릴 지르니 내레 단박에 반해버리갔시요.”

사내는 넉살 좋은 너스레를 떨었다.

“내레 소피가 몹시 급해 개디구 위생실(화장실)을 찾아 여기저기 찾아 헤매디 않았갔시요. 기케 시간을 너무 많이 디체해 개디구 어카갔시요. 고속도로로 차를 한 대 잡아탈 요령을 했댔습네다.”

사내는 무안스럽게 몹시 지친 한숨을 돌렸다.

“내레 나쁜 사람이 아입네다. 이상하게 의심할 거 없습네다.”

“이상하게 보긴요. 도중에 딴 일을 보며 지체한 제가 미안하지요.”

조 기자는 한차례 모질게 다그친 사내에게 사과했다.

“아딕도 설촌이 멀리 남았습네까?”

“이젠 얼마 남지 않았어요.”

“기렇군요. 기자님은 설촌을 잘 아시는가 봅네다?”

사내는 뒤늦게 궁금스레 물었다.

“평소 존경하는 선생님이 한 분 계십니다.”

조 기자는 한순간 딸꾹질처럼 발작하던 감정을 차분히 누그러뜨리고 말했다.

“사람에 대한 참으로 정이 많은 분이세요. 사람을 털끝만큼도 의심하실 줄을 모르신답니다. 꼭 그런 마음가짐 때문만은 아니겠지만 오래전 한때 전방에 사시면서 우연히 만난 분이 계셨는데, 북한 간첩으로 사살당한 뒤 고정간첩 덤터기를 뒤집어쓰고 오랜 감옥살이를 하고 나오셨지요."

"기렇습네까?"하고 놀랍게 낯빛이 변하던 사내는 가슴이 푹 꺼지는 한숨을 밀어냈다.

"인터뷰하면서 그런 사실을 모두 알게 되었지요. 그렇게 평생을 사신 분이 어디 또 있을까 싶더군요. 언제 봐도 똑같이 기억하면서 친절하게 반기는 분이세요. 최전방에 살기 전엔 세상 물정을 아무것도 모르는 시골뜨기 산처녀였다고 하시더군요. 그런 무지렁이 시골뜨기 운명이 하루아침에 곤두박질을 치면서 알게 된 세상이 아주 요지경 속이더랍니다."하고 조 기자는 이야기를 하다 말고 오목한 보조개를 깊게 파며 웃었다.

"와 기케 우스십네까?"

이야기를 듣던 사내는 의아쩍게 물었다.

"당신의 지난 과거사를 털어놓으면서 웃던 선생님이 생각나서 저도 모르게 그만 웃게 되었네요."

조 기자는 이야기를 줄곧 이어 나갔다.

"오랜 감옥살이를 하는 동안 인권을 말살하는 군사독재에 맞서 민주화운동하던 재야인사와 사상적인 신념이 문제가 된 양심수들을 만났다고 하시더군요."

조 기자는 이번에 김 선생과 나누던 대담을 상기했다.

"죄짓고 감옥에 들어온 인사와 수형자들을 만나면서 사람 사는 세상에 눈을 떴구먼. 잘못된 세상에 한이 많고 깊다 본께 그런 것인가, 꽉 막힌 것 같던 목구멍에서 쩌렁쩌렁헌 소리가 터져 나와 폭풍이 휘몰아치는 휘모리 소리꾼이 되더란 말이네." 하고 선생님은 허허허 웃었다.

"그때 저는 선생님이 아주 걸출한 여장군이 되셨구나 했어요. 명주실 타래처럼 풀려나오는 선생님의 재미스럽기도 하구."

조 기자는 분통이 터지는 선생님 이야기를 계속해서 들었다.

"꽈배기처럼 뒤틀린 세상, 개똥 바다에 사나운 악귀와 제 세상 만난 도깨비들이 창궐헌께 나도 모르게 살풀이 춤꾼, 신들린 광대로 날뛰게 되든구먼은."

말씀이 금방 춤마당이라도 벌일 것처럼 재미가 있었다.

"날이 갈수록 몸이 자꾸만 허약해지는구먼. 사람이 늙으면 가을 낙엽과 같다네. 가느다란 나뭇가지 끝에 안쓰럽게 간당간당 매달린 나뭇잎이 바람에 떨어져 구르는 것처럼 사람 사는 세상사가 물거품처럼 덧없더라구."

선생은 연세가 드니 별의별 생각이 다 드는가 보았다.

"나이가 들고 늙으면 곱게 물든 낙엽처럼 아름다워야 허

는 것을…. 허접헌 모양새로 마음은 항상 미치광이 같기만
허다네, 그럼서 온화헌 훈풍이 불어와 따뜻해진 봄날 아지
랑이 같기도 허덜 않는가, 한평생 사는 것이 허깨비 같기
도 허구. 늙은 몸이 허물어지고 정신이 떠나버릴 것 같으
먼 한 줌 흙으로 돌아가겄제. 그저 잠깐 머물다 가는 인생
인 것을…, 아무 것두 없으면서 많이 가지고 있는 것처럼
생각허는 미망迷妄에 한평생 어리석구 무지헌 방황만 실컷
해분 것이제. 미친 바람이 든 방황 말이여."

　설촌 김 선생의 한 많은 삶을 얘기하는 동안 승용차는
한탄천漢灘川을 낀 도로를 돌아나가고 있었다. 언젠가 조
기자가 설촌 선생을 다시 찾았을 때였다.

　"진실과 정의, 사람의 양심이라는 거 말이여." 하고 설촌
선생은 사람들 사는 세상이 형편없는 모순덩어리라는 말
을 꺼냈다.

　"사람 사는 세상에 진실과 정의라는 것은 항상 상주불
변常住不變허는 진리가 아니든가. 사람의 양심은 바르구 곧
아야 허는 것이구. 그란디 진실을 거짓으루, 거짓을 진실
루, 양심은 시시때때루 변하믄서 시끄럽기 짝이 없는 데다
이리저리 생각을 짜낸 잔꾀와 사술로詐術 살아가는 사람들
의 역사가 아주 뒤죽박죽이더란 말이시, 그중에 친일파들
이 제일 죽일 놈들이제. 우리 민족이 가장 비참했던 것은

대한제국을 마지막으로 나라가 없어져 버린 때가 아니겠는가. 나라 없는 설움을 가슴에 떠안은 떠돌이들을 생각해 보믄 참으로 기가 막힌 노릇이제.”

“무슨 말씀이세요?”

조 기자는 모를 듯이 물었다.

“우리나라가 왜놈들의 식민지가 되구, 전쟁 미치광이들 때문에 나라가 남북으로 갈라지덜 않았는가 말이여. 그 단초를 제공헌 것이 간악헌 왜놈과 떼놈이구, 미제 양키와 로스께 아닌가 말이시.”

“카쓰라— 태프트 밀약 말씀이시신 것 같군요?”

“조 기자도 아는구먼. 백 년이 지나 세상에 드러난 미일제국의 비밀외교가 아니든가. 일제가 청, 러일전쟁에서 이기고, 열강들의 각축전이 한창일 적에 필리핀 쪽에서 힘이 쭉 빠져부러 갖고 죽을 맛이던 미국이 일제의 필리핀 침탈을 봉쇄하려구 한국을 왜놈들에게 홀랑 양보해 버린 것이 아닌가 말이여. 그것은 결국 우리나라를 제물 삼아 왜놈들의 속국으루 지배허도록 승인해 버린 것이제. 처쥑일 놈덜 같으니, 그때 이토 히로부미란 놈이 곧장 한국에 들어와 갖구서 을사늑약이란 악성 종양을 콱 박어불덜 않어불덜 않았는가. 게다가 열강 놈들의 못된 탐욕은 2차 세계대전의 전후처리를 허믄서 우리나라 38도선을 분할 점령허도록 만들어 부렸구먼."

"그 카쓰라— 태프트 밀약 현장을 지켜본 미국 한 외교
관은 그 협약을 끝내기 무섭게 침몰하는 배의 쥐새끼들처
럼 한국을 버리고 도망쳤다고 하더군요. 조선을 일제에 넘
겨준 루즈벨트는 동양평화에 기여헌 공로로 노벨평화상까
지 받았구요. 그런 비밀외교는 루즈벨트 대통령이 죽을 때
까지 세상에 알려지지 않고 역사의 음습한 뒤안길에 묻혀
있었는데, 미국 국회도서관에서 발견되었다고 하네요. 미
국은 한국의 좋은 우방이라는 신화적인 이미지를 지키면
서 말이에요."

"조 기자는 그 뒷일까장 자세히도 알고 있구먼."

"역사학자들 사이에선 그런 밀약이 하나의 신화에 불과
한 얘기라는 말들을 한다는군요."

"우리나라엔 친일 매국노 본성을 아직도 버리지 못헌 놈
들이 득실거리고 있딜 않는가. 시대적 사명을 짊어진 죄가
크구먼이라. 음흉허게 감춰 지구 뒤틀린 세상이 허리를 곧
게 펴구 일어서야 헐 것인디 말이여. 어칫거나 지난 세월
은 이 무지렁이 촌것에게 올바른 참교육을 많이도 시키더
구먼. 서당개 삼 년에 풍월을 헌다구 줄창 감옥살이에 실
헌 공부를 참 많이도 했구먼. 모진 고문을 당할 적엔 금방
몸이 부서져 산산조각이 날 것 같드먼이라. 촌것으로 태어

난 팔자소관에 너무나 험악시런 시상 구렁텅이에 빠져 허우적거림서 살어온 것이여. 나라에 해가 될 만헌 말은 입도 뻥끗헌 일도 없으련만 빨갱이가 되구, 간첩 공작원이 되구, 천하에 죽일 년이 되었더란 말이시. 질곡의 세월을 참으로 억울허게 역겹게 살어오면서 다 늙구 본께 이잔 세상이 질그릇 같다는 생각이 드는구먼. 병든 몸은 나날이 시들어 여울물처럼 빠르게 치달리구. 후우—."

지난 세월을 돌아보듯 멀리 눈길을 던지고 있는 김 선생의 고요한 눈엔 노년의 회한과 질곡의 슬픈 역사가 담겨 있었다.

"이제부터 군인들의 최전방지역으로 들어갑니다." 하고 조 기자는 잠잠하히 앉아 있는 사내에게 말을 건넸다.

개천은 매끈매끈하게 깔린 자갈돌들 위로 수정처럼 맑은 물이 흘러내리고 있었다. 개천 언덕으로 군데군데 허물어진 철길 노반이 산기슭을 따라 휘움하게 돌아나가는데, 기괴한 바위 절벽 위로 절경을 이룬 활엽수들이 누르스름해진 나무숲 속에서 새들이 즐겁게 지저귀는 소리를 들으며 조 기자는 설촌 민족대동제를 향해 열심히 달려가고 있었다.

"여기에도 금강산 가는 길이 있습네다."

사내는 고개를 들고 잡초 속에 묻힌 기찻길 노반을 살펴보며 물었다.

"끊긴 지가 오래된 철길이지요. 레일이 없는 노반이 지금껏 제 모습을 간직하고 남아 있다는 것이 신기하지요."

"철길 노반 언덕에 '금강산 가는 길'이라는 글자판이 보여 개디구 내레 물어 봤습네다."

"저 경원선은 우리나라를 식민지로 만든 일제日帝가 군용철도로 부설했다고 하던군요. 북한 쪽의 함경선咸鏡線 연결로 금강산, 원산 해수욕장이 관광명소가 되었다고도 하구요."

조 기자는 경원선京元線 내력을 알고 있는 대로 말했다.

"방금전 흐르던 개천은 한탄강 지류입니다. 한탄강은 용암과 끊임없이 흐르는 물줄기, 시간이 빚어낸 기암절벽으로 이루어진 강이라서 이름이 은하수 한漢자와 큰 여울 탄灘자를 써서 한탄강漢灘江이라고 부른다고 합니다. 어떤 사람들은 남북분단을 탄식하면서 '恨歎(한탄)'이라 부르기도 한다는군요. 금강산 가는 평화열차가 우렁찬 기적소리로 달리는 철길이 하루 빨리 연결되어야만 할 텐데 말이죠."

"기래야 우리 북남 간 민족이 하나로 잘 살디 않갔습네까."

"경원선 복원은 남북 쌍방이 이해관계가 거의 상충되지 않을 거예요. 남쪽 구간은 남한 정부가 복원을 하면 되구요."

조 기자는 경원선 애기를 거듭 꺼냈다.

"북쪽은 조선린민공화국이 철길을 이어 원산 일원의 해수욕장하구 마식령스키장을 국제적인 관광레저 디구로 만들믄 좋갔디요."

"경원선은 서울에서 최단 거리로 원산을 지나 시베리아 횡단철도와 연결이 되는 강점을 지니고 있어요. 한반도 종단철도 연결과 유라시아 새로운 계획의 추진동력을 위해서라도 경원선은 반드시 복원되어야만 합니다."

"리북 나진 특별시나 청진이 시베리아 횡단철도와 중국의 동해 진출 관문이 되갔습네다."

"바로 그거예요. 지리적 이점을 최대한으로 활용해서 국제화물 중개라거나 수출가공업, 금융 중심 지역으로 만들면 좋겠지요. 그렇게만 된다면 우리 민족은 항구적으로 아주 부유한 나라가 될 겁니다."

"기렇게 되믄 후손들의 복이 터디갔습네다."

두 사람은 서로 한마디 어긋남이 없이 하나가 되어 항구적인 미래를 설계하고 있었다.

"남북통일은 대박이라면서 한때 경원선 복원 개통식까지 벌이는 법석을 떤 일도 있었지요. 그땐 사실 가슴이 설레기도 했지만 말이에요. 그러더니 언제 그랬느냐는 것처럼 흐지부지 끝나버리고 말더군요."

두 사람의 대화는 점점 더 희망의 날개를 펄럭거리고 있었다.

"이곳은 우리나라 배꼽 같은 곳이지요. 지난 육이오전쟁 말기에 우리나라는 엄연한 당사국이면서 휴전협상 테이블에 끼지도 못한 채 지지부진한 협상으로 난항을 겪는 동안 철원평야 고지(365)에서 중공군과 벌인 혈전은 세계 전사 戰史에 유래 없을 정도로 치열한 지역전투였다고 합니다. 고지 주인이 일곱 번씩이나 바뀌는 격전으로 만 명이 넘는 전사자들의 무덤이 된 '철의 삼각지(철원, 김화, 평강)' 그 평야지요. 조금 더 가면 우아한 아치 다리 하나가 나올 것입니다. 그 다리는 퍽 재미있는 다리죠." 하고 조 기자는 기이한 다리 이야기를 덧붙였다. "아, 벌써 저 앞에 그 다리가 보이는군요." 조 기자는 고개를 들며 계곡의 아치 다리를 가리켰다.

"지금 저 아치교가 아름다워 보이지 않아요? 전쟁이 나기 전엔 이곳이 38선 이북이었다고 합니다. 인민군 공병대가 말굽 모양의 아치를 달아 한탄강 가운데까지 교각을 세워 놓았었는데, 휴전 직후 남한의 공병대가 저 아치 다리를 완성했다고 하는군요. 재밌잖아요. 치열했던 남북전쟁의 상징, 마치 우리의 슬픈 자화상 같기도 하구요. 서로 다른 두 얼굴의 승일교承日橋 말입니다. 다리 공사를 북한 김일성이 먼저 시작했다고 해서 日(일)자와 남한 이승만이 완성했다고 이승만李承晩의 承(승)을 조합해서 붙인 이름 말입니다. 우리 잠깐 차에서 내려 저 아치 다리 구경 좀 하고 갈까요?"하고 조 기자는 사내에게 제안했다.

"아닙네다. 다리 구경은 다음에 하고 오늘은 날레 가자요. 내레 정해던 시간이 촉박해서리 기럽네다. 리해하시라요."

사내는 한시가 다급한 소리를 했다.

"시간이 없다는 것을 제가 그만 깜박했군요."하고 조 기자는 가속 페달을 밟았다. 지난 전쟁으로 무고한 젊은이들의 선혈이 얼룩진 '철의 삼각지' 철원평야 오곡이 막바지 햇볕을 탐닉하며 무르익어가고 있었다.

"최후의 접적지역이었던 관계로 여긴 한국의 안보를 위한 관광지들이 산재해 있지요. 조금 더 가다 보면 별 쓸모 없어 거대한 댐 하나가 나타날 거예요. 전두환 군사정권의 신군부는 북한이 남한 침공 목적으로 방대한 수량의 금강산댐을 건설한다면서 평상시 댐의 최대저수량(59억톤)의 절반 정도만 방류해도 여의도 63빌딩 중간까지 물이 차올라 서울이 온통 물바다가 되는 충격적인 발표를 했더랬지요. 계엄사의 사전 검열을 받아야만 했던 당시 언론들은 앵무새처럼 따라 줄줄이 보도했고, 국민들은 날벼락 같은 공포에 휩싸였지요. 전두환 정권은 북한 금강산댐의 수공 마케팅을 펼쳐가면서 대대적인 국민 성금을 걷어 들여 북한의 금강산 물막이용 '평화의 댐'을 만들었지요. 국민들을 감쪽같이 속이면서 막아놓은 저 산골짜기 '평화의 댐' 이야기를 꺼내는 것은 남쪽이나 북쪽이나 탐욕에 빠진 권력 기반과 부당한 짓들을 아주 적나라하게 보여주고 있기 때문이에요."

"공화국은 가뜩이나 산악지역이 많아 개디구 경작면적이 적은 데다 한랭 기후와 수해로 말미암아 린민들 양식이 해마다 형편없이 모자라 날린데, 기렇게 엄청난 물을 가둘 금강산댐을 만들기도 어렵갔디만 그따우 미친 짓을 와 하갔시오."

사내는 남한의 수공 마케팅이 가당찮은 반응을 드러냈다.

"신군부 정권은 국민들을 상대로 미친 광기로 사기를 친 것이었지요. 얼마 되지 않아 터무니없는 졸속 공작이었다는 것이 백일하에 드러나니까 이번엔 또 허울 좋게 거대한 공룡처럼 철근콘크리트 덩어리를 쌓아놓고 '평화의 댐'이란 이름의 안보 관광물을 만들어 놓았지 뭡니까. 남한 군사독재정권도 미친 광기와 폭압, 권력 사유화를 마음껏 누려왔지만 21세기 세계 국가들 속에 백두혈통 세습 정권이라는 것도 우스꽝스럽고 놀랍기만 합니다. 남쪽으로 백 오십 미터 땅굴을 파고 내려온 것은 진짜 배꼽을 움켜쥐고 웃다 못해 허파가 터질 일이었어요. 제가 하는 말이 거짓말처럼 들리거든 가짠지, 진짠지 직접 한번 땅굴을 꼭 구경해 보세요."

조 기자는 남침 땅굴에 대한 비난을 신랄하게 퍼부었다.

"남조선에서 미제와 합동군사훈련으로 전쟁놀이를 벌이게 되든 공화국 린민들은 머리 위에 금방 폭탄이 떨어디구 평양이 온통 시뻘건 불바다 디옥이 될까 봐서리 사시나무처럼 바들바들 떤다 말입네다. 디난 혁명전쟁에서리 미제 B29 비행기들이 평양 상공에 새까만 까마귀 떼처럼 날아와 개디구 무차별적으로 융단폭격을 퍼부어대디 않았나 말입네다. 그 시뻘건 불바다 디옥에서 용케도 살아난 그때 린민들이 아딕두 기걸 똑똑이 증명하고 있다 말입네다. 사정이 그와 같은데 또 이번엔 '죽음의 백조'라는 초음속 전략폭격기 편대가 눈에 보이디 않는 하늘 귀신처럼 평양 상공에 날아와 개디구 메가톤급 폭탄을 소나기처럼 퍼붓는다고 한번 생각해 보시라요. 조선린민공화국은 한순간에 새까만 잿더미로 날아갈 판인데 언놈의 아새끼들 좋으라구 기런 전쟁놀이를 벌인단 말입네까?"

사내는 시퍼런 적의를 드러냈다.

"지난 육이오 남북전쟁으로 피에 젖어 원한에 사무친 세대들의 심정을 충분히 이해하겠지만 이제 공산당 빨갱이에 대한 보복심리를 한 발씩 뒤로 물러나 화해와 용서를 해야 한다고 봐요. 우리 조국의 후손들을 위해서 말이죠. 과거 피 묻은 감정을 가슴에 품고 공산당을 쳐부수고 무찔러야 하는 절대 악으로 생각해선 민족통일을 결코 이를 수가 없기 때문입니다. 냉전시대는 이미 전세기 유물로 사라져 버렸지요."

"바로 기겁네다. 미제美帝고 중화中華고 전혀 간섭을 받디 말구 우리 민족끼리 문화적으로 똘똘 뭉쳐야 한다 말입네다."

"그렇게 되기 위해서는 세계에서 가장 많은 군대와 밀집된 살상무기, 요새화된 진지, 철책 장벽을 허무는 문제부터 해결이 되어야 합니다. 그런데 문제는 전시 작전 권한도 없는 데다 국가안보를 미국에 너무 의존하고 매달린다는 것이에요."

"바로 보았습네다. 기것도 길티만 공화국에서 텔레비전 드라마를 보게 되믄 대번에 눈이 까뒤집힐 지경이란 말입네다. 오직 자신을 희생해서리 조국과 최고 령도자를 받들던 공화국 신세대들도 이젠 아주 많이 달라졌다 말입네다.

남한의 경제구조와 자유분방한 생활문화를 더는 억누르기 힘들게 확산이 되구 있다 말입네다. 요즘 공화국 린민들이 노래마저 자본주의 풍으로 부른다 말입네다."

미처 몰랐던 사실을 털어놓는 소리를 들으면서 조 기자는 우리 민족끼리의 자주적 통일이 가까이 다가오고 있다는 걸 느끼고 있었다.

"북한에선 그 어떤 무엇보다 남한의 대중문화가 위협적으로 작용하고 있는가 봅니다. 그래서 말인데 우리 민족에겐 신선한 자극이 필요하다고 봅니다. 외부의 충격적인 자극 말입니다. 비교 대상도 없고, 목적도 없이 살아가는 북한 인민들이 장마당에서 신선한 경제구조를 깨닫듯이 자본주의와 민주주의를 깨우치는 일대 혁명이 일어나야 되구요. 새로운 사고와 의사 소통방식, 인지혁명 같은 거 말입니다. 과거 몸서리치는 이데올로기, 전쟁의 피 한 방울 묻어 있지 않은 오늘날 신세대들의 신선한 현실성 있는 감각이야말로 우리의 자주적인 평화통일을 이루어 낼 수 있을 것입니다. 친일과 친미 사대 매국의 본성을 버리지 못한 자들, 죽고 죽이던 원한이 찌들대로 찌들어 가지고 죽어도 화해할 수 없는 귀신들이 아니라 그야말로 이상적인 타협을 이룰 수 있는 신세대들 말입니다. 그들이야말로 우리 민족의 자주적 남북통일을 이룰 수 있지 않겠어요?"

조 기자는 그런 확신을 품고 있었다.

"기렀습네다."

사내는 무릎을 쳤다.

"디난번 평창 동계올림픽을 보시라요."

사내는 남북이 잠깐이라도 한 덩어리가 되어 행복했던 평창동계올림픽을 꺼냈다.

"맞아요. 남북이 함께 어울려 박수를 치며 신바람 나게 응원을 펼쳤던 기억이 지금도 아주 생생합니다."

평창동계올림픽은 민족통일의 길목에서 모처럼 남북이 하나 되었던 감동의 신바람이었다. 게다가 정말 감동적인 것은 평양 능라도 경기장 문재인 대통령의 연설과 평양선언이었다.

"문 대통령이 뎐격적으로 평양에 와 개디구 기런 연설을 할 중은 내레 꿈에도 몰랐다 말입네다. 기땐 금방 통일이 될 것 같댔디요. 그때처럼 통일에 대한 열망과 희망을 품어본 적이 없다 말입네다. 뎡말로 참신하구 딘디한 문재인 대통령의 연설이었디요. 조선린민공화국 린민들 모두의 가슴마다에 낙관적인 평화통일의 희망을 간딕하게 되었다 말입네다. 세상에 기런 선물이 어드메 또 있갔습네까."

"맞아요. 우리 민족에게 꿈과 희망을 가슴 벅차게 안겨 주었지요."

조 기자는 그때의 흥분과 감동을 한평생 잊지 못할 것 같았다. 베를린의 콘크리트 장벽을 쇠망치로 깨부수고 뛰어넘은 것은 바로 끊임없는 통일을 염원과 갈망으로 살아온 동, 서독 민중들이 아니었겠는지요."

지금 같아선 최고 권력의 주체들에게 민족통일을 바란다는 것은 요원한 환상에 불과한 결론에 조 기자는 도달해 있었다.

"외세 눈티는 절대로 보디 말구서리 우리 북남 린민들이 한 덩어리가 되어서리 강철같은 정신 무장으루 떨쳐 나서야 합네다. 기런데 한 가지만 물어보갔습네다. 공화국은 친일파 놈들을 다 때려잡아 구경할 수가 없는데 남조선 한국은 와 기렇게 토착왜구, 친일파 놈들이 미티광이들처럼 기고만장하게 날뛰는 겁네까? 기런 매국노 아새끼들은 공화국처럼 씨를 남기디 말고 때려잡아야 합네다. 기래야 우리 조선 반도의 미래가 있다 말입네다."

사내는 지극히 아픈 곳을 날카롭게 자극했다.

"빨갱이란 말은 과거 반민족 처벌법에서 살아나기 위한 친일파 매국노들의 생존용어지요. 그런데 오늘에 이르기까지 걸핏하면 빨갱이 소릴 입에 달고 상대방을 적수로 공격하며 제압하려고 든답니다. 기고만장 날뛰어 봐야 송장메뚜기에 불과하지만 말이에요."

불같이 토하는 사내의 친일 매국노, 빨갱이 소릴 듣다 보니 조 기자는 쥐구멍이라도 머리를 처박고 들어갈 지경이었다.

"알만 합네다. 우리는 마음의 장벽을 허물고, 휴전선 비무장지대 초소 몇 개가 아니라 남, 북방 한계선 철책 장벽까지 모두 허물어야 합니다."

사내의 입에서 전혀 기대하지 않던 말이 튀어나왔다.

"그래야지요. 남북으로 헤어진 이산가족들이 피 끓는 마음으로 주체가 되어야만 합니다."

"바로 기거입네다."

사내는 전격적으로 찬동했다.

"우리는 평창동계올림픽을 반드시 기억해야 합네다. 기래야 마음적으로 하나가 된다 말입네다. 판문점, 평양선언을 절대루 잊디 말아야 한다 말입네다. 기 거이 북남이 하나로 마음의 문을 활짝 열어 평화통일로 가는 지름길이 아니갔습네까?"

"기탄없는 대화를 하다 보니 어느새 설촌에 다 왔군요."

마음이 들뜬 흥분 속에서 서로 꿈같은 이야기를 나누다 보니 달려온 차가 낮은 산허리 고갯길을 넘고 있었다.

"저 앞이 설촌 삼거리에요."

차가 고개를 넘어 완만한 산기슭 도로를 달려 내려오면

서 조 기자는 내내 조바심을 떨던 사내에게 반가운 소리를 했다. 설촌 삼거리는 여남은 채의 민가와 도로 연변으로 찻집과 간이식당, 슈퍼마켓, 단란주점, 잡화점 앞에 버스정류장 표지판이 서 있었다. 길거리는 오가는 사람들이 별로 없는 십자 거리 한복판에 교통 헌병이 둥근 파라솔 밑에서 자동인형처럼 움직이고 있었다.

"날레 가자요." 하고 사내는 조급을 떨었다.

"대동제가 시작된 걸 보니 우리가 많이 늦은 것 같군요."

조 기자는 좌회전을 하면서 비포장도로를 따라 들어갔다. 맞은편 산골짜기로 안온하게 들어앉은 설촌 마을이 고요하게 바라보였다. 최전방 군인들이 비상이 걸리면 주민들도 따라서 비상이 피난 갈 짐을 꾸린다는 소리를 하더니만 마을 사람들이 갑자기 어디론가 모두 피난을 떠나버린 것처럼 설촌리는 고요한 적막에 잠겨 있었다.

"저기 정자나무가 있는 곳에 사람들이 많이 모여 있습네다." 하고 사내는 몸을 앞으로 끌어당겼다.

동구 밖 널찍한 정자 마당에 큰 백차일을 친 것처럼 사람들이 하얗게 모여 있었다. 전면에 '우리는 하나다'라는 구호와 '설촌 대동제'란 현수막이 크게 내걸려 있었다. 시간이 촉박하게 조바심을 떨던 사내는 무슨 까닭인지 두 눈에 눈물이 글썽하게 번지고 있었다.

"날레 가기요." 사내는 다급히 채근했다.

설촌 대동제 행사장 북쪽 커다란 너럭바위 주위를 연해 무성한 갈대숲이 둘러싸여 있었다. 개천 끼고 펼쳐진 푸른 갈대밭 벌판을 가로지른 철책선 너머 고요하게 흘러간 북한 산야가 안개 속에 묻히듯 아득히 바라보였다. 민족상잔의 피로 붉게 물든 대지, 휴전협상이 교착상태에 빠진 동안 피아彼我 간에 치열한 격전으로 막을 내린 군사분계선을 기점으로 쌍방의 2km 비무장지대 안팎에서 이름 없이 죽어간 고혼들을 위한 위령제가 한창 진행되고 있었다. 조 기자는 갈대밭에 임시 마련된 주차장에서 빈자리를 찾지 못하고 머뭇거리는 중에 타고 들어앉았던 승용차에서 펄쩍 뛰어내린 사내는 행사장으로 달려갔다.

"이봐요, 어딜 가요?"

조 기자는 사내를 향해 소리쳤다. 그 소릴 들은 둥 마는 둥 쏜살같이 내달리던 사내는 행사장 군중들 속으로 번개처럼 사라져 버렸다.

"도대체 무슨 일이람."

순식간에 사내를 잃어버린 조 기자는 갈대밭 쪽으로 나와 승용차를 세워 놓고, 설촌제에 앞서 들어 온 방송국 촬영기사를 찾아 만났다.

"미안해요, 제가 너무 늦었네요. 여기서부터 바로 들어가죠."

미안쩍은 사과와 함께 조 기자는 마이크를 손에 잡고 현장 중계에 들어갔다.

"지난 육이오전쟁에 산화한 영령들을 위한 위령제가 방금 시작되었습니다. 위령제가 끝나면 계속해서 설촌 김 묘순 선생님과 일곱 명의 무희들이 펼치는 살풀이춤이 이어지겠습니다. 죄가 될만한 허물이 없이 죽어서도 다음 세상에 들지 못하고 구천을 떠도는 넋들의 왕생을 바라는 스님의 독경 소리가 낭랑하게 들려오고 있군요.

설촌제를 처음 시작한 설촌 김 선생님은 자손이 귀한 5대 독자에게 시집와 시모嫂母를 모시고 살다 전방 군부대 남편 씨받이 면회를 왔지만, 남편은 대간첩작전 도중에 전사하게 되자 시어머니마저 그 충격을 이기지 못해 돌아가시고 오갈 데가 없어진 묘순 씨는 산골짜기 빈 너와집에 혼자 들어 살게 되었답니다. 그러던 어느 날 우연히 산중 심마니로 알고 만났던 남자는 북한에서 넘어온 남파간첩이었고, 군인들의 대간첩작전에 사살당하면서 사실관계가 드러난 묘순 씨는 하루아침에 고정간첩의 누명을 쓰고 오랜 수형생활 끝에 오늘 이와 같이 분단 민족의 평화통일을 기원하는 설촌 대동제 개최하게 되었다고 합니다.

지난 몇 년 동안 김 선생님을 비롯해 몇몇 분들의 도움으로 개최해 오던 설촌제를 금년부터는 사단법인 '한국 민족평화통일연합회'에서 개최하게 되었다고 합니다. 위령제 뒤에 제2부로 이어지는 민중 살풀이 한마당과 민족 화합, 평화통일의 염원을 담은 펫창과 모닥불 놀이, 지역주민들의 음악제, 단막 뮤지컬로 이루어진 '평화의 폭풍'이 계속되겠습니다.

여러분, 채널을 돌리지 마시고 끝까지 시청해주시면 감사하겠습니다. 최전방 설촌제 현장에서 시민방송 조민숙입니다. 아, 잠깐만요. 저쪽에서 갑자기 무슨 소란이 일고 있는데 가까이 가보겠습니다."

곧바로 취재현장이 바뀌었다.

"이보시라요, 내레 우리 할마니를 만나야 합네다. 야박하게 내쫓디 마시라요."

눈 깜짝할 사이에 번개처럼 행사장으로 사라지던 사내가 실랑이를 벌이고 있었다.

"이놈이 여기가 뭐 하는 덴 줄 알구 뛰어들어 난리를 피우는 거야?"

"그놈 빨갱이 아니야?"

"하는 짓이 빨갱이가 틀림없구먼."

늙숙한 사람들이 커다랗게 희번덕거리는 눈알을 부라리

며 입에 거품을 물었다.

"이보라요, 아재비, 내레 빨갱이 아닙네다."

사정이 다급해진 사내는 손가락을 냅다 입에 밀어 넣고 깨물었다.

"이보시라요, 내레 아재비들 몸속 피와 똑같디 않습네까."

사내의 손가락에서 피가 뚝뚝 떨어지고 있었다.

"제정신이 아닌 놈이로구먼. 미쳐도 보통 미친놈이 아니야. 썩 꺼지거라, 이놈아?"

"내레 할마니를 만나게 해주시라요. 우리 아바디의 간절한 유언입네다. 아재비들, 내레 이케 두 손을 싹싹 빌갔습네다. 우리 할마니를 만나게 해주시라요."

두 손을 파리발처럼 들어 올리고 싹싹 빌며 한사코 매달리는 사내의 소동을 목격한 조 기자는 순간적으로 직업의식이 발동했다.

"저 사람은 미친 빨갱이가 아니라 헤어진 가족을 만나러 온 사람입니다." 소리치며 조 기자가 막 달려들던 때였다. "저리들, 비켜요, 비켜?" 뒤 서너 명의 사내들이 벼락 치듯 뛰어들었다.

"당신, 강재민 씨 맞지요?"

매섭게 다그치는 소리와 동시에 사내의 손목에 수갑이 철컥 채였다. 한 사람이 사진 한 장을 손에 꺼내 들고 번갈아 살펴보았다. 그의 손엔 들린 사진은 공중그네를 타는 서커스 공연 장면이었다.

"이 사람, 맞아. 평양교예단에서 빠져나온 배우가 맞다구."

두 사람이 양쪽에서 평양교예단 배우의 팔을 바싹 끼고 다붙었다.

"와 이러십네까?"

사내는 두 눈을 뒤집고 당황했다.

"당신, 여기에 나타날 줄 알았어. 소란 피우지 말고 어서 갑시다."

"이러디 마시라요, 내레 잘못한 거이 하나도 없습네다. 내레 할마니를 만나러 왔습네다."

사내는 참담한 몰골로 애원했다.

"시청자 여러분 보고 계십니까?"

조 기자는 본격적인 취재에 돌입했다. 촬영기사는 리포터를 따라 카메라 앵글을 잡아가며 평양교예단 배우의 애처로운 정경들을 한순간도 놓치지 않았다.

"보시는 것처럼 지금 이 장면은 바로 우리 민족분단이 가져온 현재의 모습입니다. 보시는 이 남자는 다름 아닌 우리 남북 한민족의 우호와 협력, 유대강화를 위해 상호 연예예술단 교차공연을 하고 있는 북한 국립 평양교예단의 교예 배우, 그러니까 민속악극단과 함께 우리가 오래전 재미있게 구경하던 공중그네를 타는 배우인 것입니다. 여러분들께서 방금 보아 아시는 것처럼 우리 민족은 삼팔선이 갈라진 이후 백 년이 다 되도록 수많은 이산가족들이 살고 있는 것입니다. 바로 그 이산가족의 참담하고 애달픈 현장의 비극을 여러분들은 아주 적나라하게 보고 계신 것입니다.”

난데없이 생벼락을 맞듯 덜미가 잡혀 두 손목에 수갑을 차고 강제로 끌려가는 북한 교예 배우를 상황중계하는 동안 조 기자는 가슴이 막히고 몸이 떨리는 충격을 견딜 수가 없었다.

우연히 만나 불과 서너 시간 동안 설촌까지 동행하는 동안 내내 불안정한 조바심을 떨던 사내를 뒤늦게 부끄럽게 이해하면서 조 기자는 눈물을 흘렸다. 순백의 설원, 햇솜 같은 순수의 영역에서 기탄이 없던 대화, 알게 모르게 가슴을 적시던 정감에 새삼 놀라며 조 기자는 갈피를 잡을 수가 없었다.

“시청자 여러분, 그러면 지금부터 우리 남과 북 민족의 가슴마다 한 맺힌 살煞이 무엇인지, 민중살풀이 춤마당으로 가보겠습니다. 민중 살풀이춤은 즉흥성을 가장 많이 살려낼 수 있는 춤이며, 춤추는 사람에 따라 다양한 움직임

으로 구사되는 것이 바로 민중 애환의 살풀이춤이라고 합
니다."

조 기자는 애처롭게 끌려가는 사내의 정경을 자꾸만 눈
에 밟혀 어렵사리 방송 멘트를 마쳤다.

북, 장고에 맞춰 느린 진양조 장단 춤사위에서 점점 급
해지는 중모리, 자진모리로 이어지는 소리에 일곱 무희들
이 둥근 반원으로 줄줄이 이어지면서 우르르 쾅쾅 포성이
천지를 진동하는 소리에 애처로운 해금의 비명이 자지러
들고, 수건 자락이 허공에 펄럭, 어깨걸치기, 뒤꿈치 올리
며 발 들기에 뒤로 도는 사위로 너울거리며 그려나가는 춤
사위로 들어온 설촌댁의 소리唱가 격렬한 휘모리로 들어가
고 있었다. 일곱 명의 무희들은 가혹한 삶과 죽음의 고통
에 허물어지는 민중의 한恨을 풀어내는 살풀이춤 한마당이
크게 펼쳐지기 시작하였다.

간다 간다 나는 간다
나를 버리고 가신 우리님은
기다리고 기다려도 오시지를 않네
가시철조망에 가로막혀 못 오시나
이산 저산 높고 높아 못 오시나
한 많은 강이 깊고 깊어 못 오시나

푸른 갈대 벌판으로 울려 퍼지는 소리는 철책선 너머 북녘땅 먼 골짜기로 흘러들어 애잔한 여운이 끊어질 듯 길게 지고, 깊은 한이 맺혀 애절하게 피를 토하는 소리는 전장의 참혹성을 그대로 형상화한 무희들의 살풀이춤을 따라 아쟁이 애간장을 녹이며 구슬피 울고 있었다.

평양교예단에서 탈출한 교예 배우를 최전방 설촌리 민족대동제 현장에서 체포한 대공수사관들은 그를 은밀히 위장 잠입한 남파간첩으로 몰아가고 있었다.

"평양교예단에서 왜 탈출했나?"

수사관은 날카롭게 심문했다.

"내레 할마니를 찾아뵈려고 기랬습네다."

"솔직히 말해, 너 북한에서 내려보낸 공작원이지?"

"내레 말씀드렸디만 덩말로 그런 거이 아닙네다."

"평양교예단에서 위장 탈출했잖아? 공작 임무가 뭐야?"

"내레 기런 거 모릅네다."

"그럼 최전방 접적지역엔 왜 들어갔어? 군사시설을 탐지하려고 들어간 거 아닌가 말이야?"

수사관은 예리하게 몰아세웠다.

"아시갔디만 조선국립평양교예단은 호텔에서 아침밥을 먹고 10시 반 정각에 평양으로 출발하게 되었댔디요."

"그런데?"

수사관은 다그쳤다.

"그 시간에 맞춰 설촌을 다녀올 생각을 했댔는데 암만해도 낯선 초행길에 안 되갔더란 말입네다. 기래 개디구 남조선 마디막 공연을 다 마틴 직후 공연장을 살그머니 나와서리 어둡고 낯선 밤길을 밤새껏 헤매면서 날이 다 샐녘에 용케 방송국 여 기자를 만나 승용차를 고맙게 얻어 타고 우리 할머니 사는 설촌까디 갔다 말입네다. 기 거이 뭐가 잘못 되었나 말이야요?"

"북한에 사는 놈 할머니가 왜 강원도 산골짜기에 살아?"

"내레 분명히 묻갔디만 우리 아바디 할머니 같이 북조선과 남조선 땅으로 헤어져 개디구 사는 린민들이 어데 한둘 입네까? 우리 가족두 기케 되었다 말입네다. 덩말입네다. 믿어주시라요?"

"좋아, 믿어줄 테니 사실대로 말을 해. 알았어?"

"내레 공작딜 한 거이 없습네다. 기런데 어케 무슨 말을 하고 자수를 합네까?"

사내는 눈물겹게 사정했다.

"이거 안 되겠구만."

"내레 잠깐이라도 할머니를 찾아뵈려구 교예단을 나왔단 말입네다. 믿어주시라요."

"설령 북한 공작원이 아니라고 해도 당신은 분명히 대한민국 불법입국자다. 이말이야."

수사관은 언성을 크게 높였다.

"디금 그 말을 내레 덩말 듣기 거북합네다. 내레 어째서리 불법입국자란 말입네까? 제발 기런 말을 하디 마시라요. 우리레 한반도 똑같은 한 민족아닙네까? 내레 엄연히 한반도 땅 국민이라 말입네다. 한반도가 북, 남으로 잘렸다고 해도 이웃이 아닌가 말이야요. 우리 서로 생긴 것도 똑같구, 말하는 것도 똑같은 단군할아바디 조상에 한 핏줄 한 민족이 아닌가 말입네다. 기런데 불법입국자라니요? 잠깐 동안 남반부 땅을 밟았기로 승냥이 모양으로 족티믄서 옴니암니 따딜 거 뭐 있는가 말입네다?"

사내는 오히려 큰소리를 치고 나왔다.

"헛소리 지껄이며 알량한 수작 부리지 말아라."

수사관들은 어이없는 코웃음을 쳤다.

"이 보시라요, 말이 안 통하는 건 바로 그쪽 입네다. 엄밀히 말하자믄 북남간 평화통일의 원칙은 자유민주적 기본질서라는 나라 헌법의 대전제를 해치디 말아야 한다 그 말입네다. 북과 남이 각각 정티 이념이 다르구, 국가보안법이 있디고 해두 내레 범죄를 저지른 거이 하나도 없거니와 무슨 기밀 따위를 탐지한 일두 없다 그 말입네다. 평양에 살든, 함경도 오디에 살든 똑같은 린민이구 백성이 아닌가 말이야요. 북조선 공화국 국적을 가진 사람두 대한민국 국민으로 인정해야 한다고 명시적으로 되어 있다는 말을 내레 일찍이 어른네들 한테 들은귀가 있다 말입네다. 딱한 립장에 놓인 이놈을 대한민국 국민의 한 사람으로 인권과 생명을 보호해주시믄 안 되갔습네까?"

사내는 배짱이라기보다 평소 소신을 말하고 있었다.

"폐쇄된 북한 사회에서 동구라파로 해외 공연을 돌아다니며 보고 들은 게 있어 말솜씨가 아주 제법이구만. 그만하면 모든 걸 솔직히 털어놓고 대한민국에서 자유롭게 한번 살아보는 게 어떤가?"

수사관은 부드럽게 설득했다.

"개 꾸짖듯 족치디 마시라요. 비밀지령이고 공작질이고 기딴 거 내레 일 없습네다." 하고 사내는 답답한 가슴을 두 주먹으로 퍽퍽 두들겼다.

"내레 비밀 디령이고 뭐이구, 별도루 만난 사람 하나 없다 말입네다. 남조선으로 공연을 내려와서리 만난 사람이 있다믄 오딕 지난 어둑새벽에 불 밝은 편의점인디 하는 상점에 찾아 들어가 개디구 졸고 앉아 있는 판매원에게 설촌 가는 차편을 한마디 물어본 거 하구, 운 좋게 인정을 쓰는 여 기자를 만나 승용차를 얻어 타구 설촌까디 간 거밖에 없습네다."

"우리 한국은 가는 곳마다 상품들이 산더미처럼 쌓여 있는 거 봤을 아닌가? 하루 세끼 밥도 못 먹고, 장마당에 꽃제비들이 우글거리는 곳보다 풍족하게 잘 먹고 잘사는 한국에서 한번 살아볼 마음 없느냐 이 말이야?"

"익히 알고 있습네다. 가딘 거이 많은 사람들은 살기 좋은 천당, 만당인디 잘 모르갔디만, 가진 거이 없는 남반부 적수공권 린민들이 구차한 삶을 견디다 못해서리 자살한다는 소릴 내레 많이 들었댔수다. 조선린민공화국 길거리에 볼꼴 없는 꽃제비들이 있다믄 남조선은 기차 력전, 지하도 콩크리트 바닥에 상거지 노숙자들이 즐비하디 않은가 말이야요. 내레 조선국립 평양교예단 배우로 남조선 중산계급 부럽디 않게서리 공화국에서 아쉬운 거이 하나없이 잘살고 있습네다. 기런 걱정 마시라요."

"이봐, 당신이 만나려고 찾아간 설촌리 할머니가 어떤 노인넨 줄 알아?"

수사관은 설촌 김 선생 이야기를 꺼냈다.

"군부대 인근 독가(외딴집)에 살면서 단기 공작으로 침투하는 남파간첩들과 접촉해온 고첩(고정간첩)이었어. 지금은 비록 교도소에서 형기를 다 마치고 나온 것이 얼마 되지 않았지만 말이야."

"그 말씀은 내레 용서 못하갔습네다."

사내는 갑자기 얼굴이 시뻘겋게 물들었다.

"이 빨갱이 새끼야, 용서를 못하면 어쩔 테야?"

수사관은 두 눈을 부릅뜨고 소리쳤다.

"영락없이 입에 도끼를 물고 사는 사람 같습네다. 기케 시퍼런 살기로 족쳐대믄 큰 재앙을 받아 불지옥에 떨어진다 말입네다. 죽이든 살리든 마암대로 하시라요."

"꽉 막힌 자로군."

며칠 동안 달콤한 회유와 난폭한 다잡기를 반복하던 수사관은 계산된 심문이 한계에 다다른 것처럼 부드럽게 태도가 바뀌어 책상 위에 놓인 종이와 볼펜을 쓱 밀어주었다.

"잘 한번 생각해 보라구."

수사관은 모를 듯한 회심의 미소를 지었다.

"뭘 더 생각해보갔습네까. 디금은 공화국이 여러 조건과 환경이 불리하디만 덩티적 안정과 활력, 당찬 기백으로 실정에 맞는 정책을 계속해 나간다믄 어떤 난관이나 도전도 성과적으로 극복하고서리 머디않아 공화국 린민들두 남조선 한국처럼 잘먹고 잘 사는 낙원을 반드시 이룰 것입네다. 내레 기걸 절대적으로 믿습네다."

"자, 우리 내일 다시 만나자구."

이튿날 서슬이 시퍼렇던 수사관은 부드러운 얼굴로 나타났다.

"오늘 점심 곰탕이 먹을만했는지 모르겠네?"

인사말과 함께 수사관은 볼펜이 구르는 책상의 종잇장에 먼저 눈길을 주었다.

"고맙게 잘 먹었습네다."

사내는 약간 무안스러운 낯빛으로 띠고 말했다. 그때 사무실 문을 똑똑 두드리는 노크 소리가 낭랑하게 들려왔다.

"들어와요."

수사관의 대답 소리와 동시에 사무실 출입문이 벌컥 열리면서 낯익은 여자가 단정한 모습으로 걸어 들어왔다.

"여길 어케?"

사내는 커다란 눈동자를 움직일 줄 모르고 여자를 바라보았다.

"우리가 만난 것은 우연이었지만 마음이 아픈 이별도 없을 것 같군요."

조 기자는 사내를 보며 말했다.

"우리라니? 벌써 두 사람이 그런 사이가 되었나?"

수사관은 싱긋거리며 말했다.

"조그만 선물 하나 드리려고 찾아왔어요."

조 기자는 손가방에서 USB 메모리 하나를 꺼냈다.

"우리가 영상을 함께 보았으면 좋았을 것을 정말이지 안타깝네요. 북한으로 돌아가거든 펼쳐보세요."

조 기자는 사내가 북한으로 돌아가 메모리에 내장된 영상을 펼쳐보며 아쉽거나 억울한 마음으로 울지 않기를 바랐다.

"감사합네다."

사내는 순박한 소년처럼 다소곳하게 눈시울을 붉혔다.

"배웅하는 것도 생각처럼 쉽지 않더군요."

조 기자는 울고 싶고, 가슴으론 벌써 울고 있었다. 그녀는 부푼 감정을 애써 다잡아 수습하면서 진지한 표정으로 입을 떼었다.

"잘 가요, 강재민 씨. 저는 여기에서 이렇게 배웅할 게요."

조 기자는 사내가 북한으로 돌아가게 되면 뒷생각에 며칠이고 방구석에서 꼼짝하지 않고 울고 또 것만 같았다. 불과 몇 시간 동안 사내를 너무나 몰랐던 그녀는 보드랍고 따스한 손을 사내에게 내밀었다. 사랑에 빠진 여자의 얼굴로.

"고마왔시오, 언젠가 우리레 다시 만날 날이 있갔디요."

사내는 영원한 사랑이라도 기약하듯 조 기자의 작은 손을 덥석 받아 쥐었다.

"한국이 얼마나 자유분방하게 살 수 있고 풍족한 나라인디 내레 잘 알고 있습네다. 길디만 송충이는 솔잎을 먹어야 산다고 하딜 않습네까. 내레 한국에 탈북민으로 살자고 해도 공중그네 타는 교예(서커스)밖에 별다른 재주가 없어 개디구서리 자본주의 경쟁 사회에서 굶어 죽기 딱 맞디 않갔습네까. 기것두 길티만 하루 세 끼 고깃국에 흰 쌀밥에 일신의 편안함으로 살 수는 없디 않갔습네까. 내레 공화국으로 돌아가서리 우리 식대로 교예공연을 하며 열심히 살 갔습네다. 리해하시라요. 조선린민공화국이 당장은 힘들구 가난하갔디만 머디않아 잘 사는 린민의 낙원이 되디 않갔시오."

솔직한 심정을 털어놓는 사내의 말은 조 기자의 뭉클거리는 심장을 끌어당겼다.

"듣고 보니 그럴 수도 있겠군."

수사관은 평양교예단 교예 배우를 다시 한번 쳐다보았다.

"공중그네 하나는 기막히게 잘 타더군."

수사관은 뒤늦게 경이로운 찬사를 덧붙였다.

"내레 꼭 한마디 하고 싶은 말이 있습네다. 누가 뭐라고 해도 피붙이는 서로 자주 만나야 합네다. 만나디 않으믄 우애와 정분이 버성기고 설면해지면서리 금방 남남이 된다 말입네다. 기케 되믄 각박한 자본주의 무한경쟁 사회에서리 나 아니믄 모두 짓까부수구 이겨야 사는 세상이 되딜 않갔나 말입네다. 이제부터라도 남한이니 북조선이니 기딴거 따디믄서리 사나운 승냥이처럼 헐뜯디 말구 자주 오가믄서리 의초롭게 살자우요."

사내는 갈망의 절정에서 우러나오는 마지막 소원을 선언했다.

이튿날, 사내는 서울을 떠나 아무도 오고 가는 사람이 없이 적막하게 비어 있는 판문점 군사분계선을 넘어가면서 설핏 한번 뒤돌아본 뒤 아무도 반기거나 환송하는 사람이 없는, 그러나 누군가 가만히 속삭이는 소리를 귀담아들으며 내일을 걸어가듯 그는 쓸쓸히 자유의 다리를 걸어갔다.

〈창작노트〉

「설촌 가는 길」은 우리 민족의 항구적인 평화와 민족통합의 길입니다.

뿔뿔이 흩어져 사는 가족이 가장 불행하다면, 가족을 만날 수 없이 헤어져 사는 민족이 또한 불행한 민족일 것이다. 그러한 정경을 강 건너 불 보듯 바라보는 것도 옳지 않다. 다소 불현할지도 그들의 애달픈 삶과 함께하며 기여하는 작가의 마음 역시 편치 않다.

작가는 한때 최전방 GOP부대에서 근무하던 적이 있었다. 민족분단의 적나라한 현장을 보고 듣고 경험한 상황들을 재구성하여 장편소설 『장벽』, 『설촌별곡』 등 중단편들 가운데 「설촌 가는 길」은 「설촌별곡」 후속으로 집필한 작품이다.

마지막 여정

― 기다리던 이별은 다가오고

세상에서 가장 슬프고
죽기보다 힘든 이별

　오늘도 한 사람이 떠났다. 다른 사람이 또 터미널에 들어와 잠시 머물다 떠날 것이다. 머나먼 여정을 고달프게 걸어온 사람들이 계속 들어오면서 무거운 짐을 내려놓고 잠시 동안 머물다 영원한 여행길을 떠날 것이다.
　자식 하나를 낳아본 일 없이 인생이 싹둑 잘려버린 서른 일곱 살의 여자는 가족이랄 만한 사람 한 명이 없었다. 그녀는 뛰어난 패션 감각과 출중한 미모와 사회적 능력을 두루 갖춘 세련된 도시적 이미지로 은막의 여배우처럼 독신녀로 화려하게 살아온 여자였다. 그녀는 모양새가 손가락처럼 가늘고 수많은 돌기가 불규칙하게 생겨나는 유두암과 오래된 여포암이 분화의 방향이 바뀌어버린 역형성逆形成 갑상선 암이었다. 그녀는 끝없이 살을 저미는 고통 속에 시달리며 죽어갔다. 골드미스로 당당하게 성공한 그녀는 주위 사람들부터 언제나 부러운 찬사를 받고 살았지만 자기가 태어난 생일과 무슨 기념일엔 아무도 없이 텅 빈 집의 홈바(home bar)에서 혼자 쓸쓸한 축배를 들었다. 그녀는 그런 모습으로 언제나 혼자였고, 가슴 시린 추위와 적막한 고독 속에서 살았던 것이다. 29일간을 호스피스 병동에 머무는 동안 그녀는 채광이 좋은 아침이면 창가 침대에 비스듬히 누워 창밖으로 올라온 은행나무와 파란 하늘에 흘러가는 흰 구름을 바라보곤 했다.

"난 오래 살지 못하겠지만 살아온 인생에 대한 후회 같은 건 없어요. 다만 살아 있는 동안만이라도 아프지나 않았으면 좋겠어요."

그녀는 언제나 입버릇처럼 안타까운 소리를 거듭했지만 애달픈 하소연을 모두 다 들어 줄 방법이 없었다.

가엾은 그녀의 넋이라도 아픈 고통 없이 안락하고 자유로운 세상에서 태어나도록 지성껏 영가(靈駕: 넋)의 괴로움과 걱정 없이 안락하고 자유로운 극락에 들도록 천도遷度를 빌어주고 암자를 나온 윤 명지는 떠나는 사람들이 가져

다주는 상실의 허무와 슬픔을 달래 볼 겨를도 없이 호스피스 병동으로 다시 돌아왔다

언제나처럼 호스피스 병동은 고요했다. 너무나 고요한 나머지 산 사람들조차 무덤 속에 들어와 있는 것 같은 느낌이 들었다. 짧은 생애를 마치고 홀연히 떠나버린 골드미스에 대한 애달픈 상심이 좀처럼 마음에서 가시지 않는 명지는 그동안 줄곧 견딜 수 없는 고통에 시달리며 눈물겹게 떠난 그녀의 병상이라도 다시 한번 보고 싶어 호스피스 완화의료 병동을 찾았다.

얼굴에 똑같이 고무호스가 얼기설기 얽힌 늙은 부부는 언제나 야윈 얼굴로 곱게 누워 있었다. 골드미스가 임종을 마치고 떠날 때까지 고통에 지친 얼굴로 누워 창밖에 올라온 정원수 싱싱한 잎새들이 노란 잔양에 반짝거리는 풍경을 매일 같이 바라보면서 경이로운 소리를 하던 골드 미스 생각이 떠올랐다.

"난 내 인생을 아름답고 멋지게 살만큼 잘 살았어요."

창백한 그녀의 얼굴엔 잔잔한 미소가 떠오르고 있었다. 가엾은 생명을 어렵게 연명해 가며 오래도록 사는 것이 환자나 가족들에게 반드시 좋은 일은 아닐 수도 있었다. 그녀의 마지막을 떠올리며 고통스럽게 누워 있던 병상으로 가까이 다가가던 명지는 발걸음을 멈칫했다. 골드미스가

떠난 침대엔 벌써 다른 환자가 들어와 누워 있었다. 가족이 한 사람도 곁에 없이 홀로 쓸쓸이 누워 있는 환자는 벌써 운명한 것처럼 아무런 미동조차 없었다.

"설마?…."

핏기 한 점 없이 해쓱하게 가라앉은 모습으로 잠잠히 누워 있는 환자의 침대로 다가가던 명지는 우뚝 발길을 멈추고 창백한 얼굴로 얼어붙었다.

"아, 아니야?"

명지는 머리를 절레절레 내저었다.

"그 그럴 리가?…."

아직 초로初老의 환자는 우묵하게 들어간 두 눈을 꼭 감고 고요하게 엄숙하게 누워 있었다. 명지는 얼른 침대로 다가가 환자를 일깨워보고 싶었지만 생각처럼 몸이 말을 듣지 않았다.

"그래, 아니야. 여기 혼자 들어와 누워 계실 교수님이 아니야. 아니고 말구."

명지는 자기가 갑자기 엉뚱한 환상을 착각하고 있다는 정신을 차리며 설마?… 하고 침대 가까이 다가갔다. 환자의 얼굴이 눈에 익었다. 교수님…. 그동안 어디에서 어떻게 살고 계셨는지 알 수 없었던 손봉주 교수가 분명했다. 어디에도 생명이 깃들 만한 곳을 찾을 수 없이 앙상한 뼈마디로 왜소하고 가냘프게 몸이 야윈 손 교수는 지그시 감은 눈으로 잠잠히 누워 있었다. 이미 연명치료를 중단한 불치의 환자에게 어떤 충격도 주지 않으려고 가만히 다가간 명지는 환자의 코끝에 가만히 한쪽 볼을 가져다 잔잔한 숨결을 확인한 다음에 귓가에 입을 가져갔다.

"손 교수님?"

명지는 나직하게 속삭이는 소리로 불렀다. 아무런 반응이 없다 싶던 환자는 잠잠히 누운 그 모습 그대로 눈꺼풀을 천천히 밀어 올리던 손 교수는 귓전의 목소리가 조금은 귀에 익었던지 눈을 번쩍 떴다.

"교수님, 명지예요, 알아보시겠어요?"

전혀 예기치 않은 호스피스 병동의 환자로 손 교수를 만난 명지는 뜻밖의 재회에 당황스러운 감정을 힘들게 자제하며 입술을 깨물었다.

"이게 누군가?"

사랑하는 명지를 두 번 다시 만나지 못하고 먼 저승길을 떠날 줄 알았던 손 교수는 항상 마음속에 품고 살았던 명지를 눈앞에 마주 바라보면서 반가운 생기를 반짝 띠었다.

"교수님을 영영 못 만날 줄 알았어요."

명지는 마치 숙련된 연기자처럼 눈물이 젖은 얼굴을 얼른 밝고 반가운 표정으로 바꿔가며 감격했다.

"명지를 볼 수가 없기에 재출가再出家 하여 다시 절집으로 돌아갔나 했지."

손 교수는 푹 꺼진 두 눈에 눈물이 가득 고여 올라왔다.

"저는 교수님을 영영 보지 못할 줄 알았어요."

명지는 손 교수를 만난 기쁨과 행복이라기보다 세상에 이처럼 비극적인 운명이 어디 있을까 싶었다.

"마지막 떠나는 병원에 들어와 있으리라곤 상상을 못했구먼."

손 교수는 여전히 사랑스런 명지를 깊고 평안하게 바라보았다.

"제가 한때 오갈 데없이 교수님 아파트에 머물 때 그런 말씀을 하셨지요."

"무슨 말을?"

손 교수는 궁금스레 되물었다.

"깨달음이란 진정한 삶의 지혜라고 제게 말씀하셨지요. 불가피한 사정으로 재가로 되돌아가는 환속을 했다고 해도 애당초 본마음은 부처의 깨달음을 얻어 큰 사람이 되고자 했던 것이 아닌가? 속세에 눈 닫고 귀 막은 산중 수행도 좋지만 진리를 따라가는 마음이라면 악독한 지병과 혼신으로 싸우다 죽어가는 중생들의 비명을 들어봐야 하고, 고독에 갇혀 슬프고, 늙고 병든 중생들에게 헌신으로 자비를 베푸는 것만큼 진정한 수행이 어디 있겠느냐고 하시며 그런 곳에 바로 부처가 있다는 말씀을 하셨지요. 비구니 스님이었던 제가 듣기에도 교수님은 제게 참으로 놀라운 말씀을 해주셨어요."

그때 손 교수의 말을 마음속 깊이 간직하고 온갖 궂은일로 전전하면서 요양보호사 자격증을 취득하고, 완화의료학회의 교육프로그램까지 이수한 다음 한 수녀의 소개로 호스피스 병원에 들어온 것이었다.

"그때 저에게 말씀하신 수행처가 바로 이런 곳이 아니었는지요?"

"아무리 심출가心出家한 보살이라 해도 마지막 연명치료를 끊고 들어온 환자들과 있다 보면 똑같은 지병의 고통과 슬픔이 마음에 찾아들어 퍽 힘이 들고 고단할 텐데 견딜 만은 한지 모르겠구먼?"

"예, 교수님. 견딜 만합니다."

"마음과 마음이 통하는 전이轉移의 진리를 잘 알고 있구먼."

손 교수는 매우 반가운 기색을 띠었다.

"내가 다 죽어가는 사람으로 명지를 만나선 안 되는 것을…."

손 교수는 눈시울을 붉히며 말을 다 잇지 못했다.

"내가 참으로 비정하고 모진 사람이 되고 말구먼."

손 교수는 마음이 심히 아픈 듯했다.

"아닙니다. 저는 오늘 교수님이 여기 누워 계신 걸 보고 아름답고 행복한 꿈을 꾸고 계시구나 하는 생각이 들어 깨우지 않고 가만히 지켜봤어요."

명지는 세상에 이렇게 야속하고 비정한 만남이 또 어디 있을까 싶었다.

"방금 하얀 학 한 마리가 내 품에 날아드는 꿈을 꾸었어. 명지를 만나기 바로 직전에."

"아, 그러셨군요. 제 예감이 꼭 들어맞았네요."

명지는 무척 놀라웠다.

"하얀 학 한 마리가 커다란 날개로 너울너울 날아오더니 나래를 접고 단정하게 품에 들지 않겠나."

"정말 행복한 꿈을 꾸셨군요."

"그런 꿈을 꿔보기는 처음이야."

손 교수는 가슴이 답답한 듯이 깊은 숨을 쉬고 나서 천천히 말을 이었다.

"그 백학을 품에 안고 꿈을 깨어보니 놀랍게도 그 얼어붙은 산골짜기 약수터에서 처음 만난 명지스님이 학의 모습으로 앉아 있질 않은가."

"교수님의 꿈 얘기를 듣고 있으니 명지도 행복하네요."

손 교수의 아파트에서 남편의 위세를 떨고 나타난 남자에게 머리채를 휘어 잡혀 끌려간 이후 만신창이가 되었던 그녀는 겨우 신변을 수습하고 안정감을 되찾아 살던 중에 다시 만났던 손 교수와 또다시 영원한 이별을 앞에 두고 있었다.

　"나는 마치 목마른 나그네가 우물을 만나지 못하듯이 명지를 마음에 품고 살아왔다네."

　"저도 그랬어요, 교수님."

　누런 살빛이 보이던 손 교수의 얼굴이 갑자기 밝은 생기로 화평해 보이면서 목에 잠기던 말소리도 조금 힘이 붙어 있었다.

　"교수님, 지금 아주 좋아 보이세요."

　하고 명지는 편안한 눈빛으로 말했다. 잠시 동안 타인의 사무적인 위로와 위안을 받으며 가엾은 시한부 생명의 삶을 영위하다 다시 돌아올 수 없는 길을 영원히 떠나는 마지막 인생 여정이 바로 호스피스 죽음의 병동이었다. 사랑하는 손 교수와 예기치 못한 뜻밖의 만남, 운명치고 더할 나위 없이 야속한 운명이었다. 명지는 시시각각 죽음과 이별이 가져다주는 비정하고 잔인한 충격을 어떻게 견딜까 전율했다.

　손 교수의 몸에 깃드는 죽음, 생명의 시간이 과연 얼마나 남았을까. 한 달 남짓, 그런 시간은 호스피스 병동의 환자들에게 가장 긴 최대치의 시간이었다. 3주일, 1주일, 아니 안타깝게 며칠을 견디지 못하는 환자들도 있었다.

손 교수에게 생존의 시간이 얼마나 주어져 있을까. 인간의 정신세계를 살아온 사람은 좀 더 긴 시간이 남아 있을 것 같은 생각을 해보기도 했다. 설령 그렇다고 해도 시간이 너무 촉박했다. 모든 것을 혼자 감당해야 하는 명지는 가슴이 막히고 혼란스런 생각들로 모든 게 뒤죽박죽이 되고 있었다. 하얀 회벽에 소리 없이 돌아가는 전자시계의 가느다란 초침이 1초씩 째깍째깍 넘어갈 때마다 그녀는 온몸이 바들거리는 경련을 일으키고 있었다.

초침이 초간을 건너갈 때마다 악마군단을 형성한 암세포는 손 교수의 생명을 쉼 없이 빨아 마실 것이다. 마지막 최후의 한순간까지…. 생각이 거기에 미치자 명지는 자신도 모르게 또다시 부르르 몸서릴 쳤다. '어떡하지, 어떡해…' 싸늘한 죽음이 지켜보는 사람에게 던져주는 침묵은 가혹했다. 아무런 말이 없는 침묵의 공포, 마음 작용이 끝없이 일어나는 상실과 괴로운 심행心行, 그리움을 남기며 지상에서 영원으로 떠나는 이별, 생각하고 바라보며 이야기할 수 있는 시간이 얼마나 남은 것일까. 지금 이 순간도 소중한 순간이 살처럼 달아나고 있었다. 무엇을 생각하고 말 시간이 없었다. 숨을 쉬고 살아 있어야 하는 한순간이 절박했다. 1초를 아끼며 값지게 써야만 한다. 생명이, 아니 허공의 바람처럼 사랑이 소멸하는 죽음과 이별이 동시에 목전에 육박해 오고 있었다. 당장 무엇을 어떻게 해야 하고 잘할 수 있을까. 명지는 생각조차 차분히 가다듬을 수가 없었다. 생애를 마치고 떠나는 사람을 위해 무엇이든지 심혈을 기울여야 했다.

"교수님, 하얗게 쌓인 눈이 얼어붙은 산골짜기 약수터 생각나시지요?

하고 명지는 손 교수의 기억을 상기시켰다.

"나는 그때 처음으로 신비스러운 인연을 경험했다네. 쌓인 눈이 하얗게 얼어붙은 산골짜기에 단아한 모습으로 나타난 비구니 스님을 보는 순간 나는 알 수 없이 자력의 흡인력 같은 신비스럽고 강렬한 끌림에 마음을 빼앗긴 뒤 그 비구니 스님을 마음에 품고 살아왔다네."

손 교수는 정신이 흐릴 것 같은 데도 그때의 인연을 생생히 기억하고 있었다.

"이 명지도 교수님과 똑같이 그랬답니다."

명지는 밝은 미소로 화답했다.

"그날 이후 나는 마음에 품고 있는 스님이 위안이고 기쁨이고 평화와 행복이었구먼. 이제 비로소 말이지만 나는 명지스님에게 못된 마구니(마귀)였다네."

손 교수의 눈가엔 이슬 같은 눈물이 방울져 맺히고 있었다.

"모든 업은 자기 스스로 짓는 것이 아닐는지요."

첫눈에 서로 감정을 나누고 또 몰수당한 이후 두 사람은 오랜 부재의 시간을 넘어 모질고 비정한 운명을 맞이하게 된 천생연분이었다.

그해 겨울 동안거에 들었던 명지스님은 선방 좌선을 풀고 한가로이 포행하면서 산골짜기 약수터에 오르고 있었다. 잔설이 하얗게 얼어붙은 약수터에 오른 명지스님은 커다란 사슴 한 마리가 먼저 맑은 약수터 물을 마시려고 찾아온 것을 놀랍게 바라보았다. 인근 산속에 사슴농장이 있다는 말을 법당 불목하니에게 얼핏 들은 명지스님은 아마도 그 사슴농장에서 우리를 벗어난 수사슴이라는 생각을 하면서 신기하게 바라보는 그때 도저히 일어날 수 없는 일이 갑자기 벌어지면서 커다란 수사슴은 마치 갈색 등산복 산행객으로 둔갑하듯 키가 훤칠한 산행객이 후두 모자를 푹 눌러쓴 채 약수터로 들어서고 있었다.

"내가 왜 갑자기 엉뚱한 착시를 하는 것일까?"

명지는 자신의 착시를 도무지 이해할 수 없다 생각을 하면서 산행객에게 먼저 약수를 양보하고 몸가짐을 바로 잡앗다. 산행객은 조롱박을 걷어들고 얼음을 탁탁 털어낸 뒤 방울방울 떨어지는 약수를 가득 받아든 조롱박을 명지스님에게 내밀었다.

"아닙니다. 먼저 드십시오."

흠칫, 몸을 도사리면서 뒤로 한 발 물러선 명지스님은 다소곳한 겸양으로 약수 조롱박을 산행객에게 되레 밀어 주었다.

"요 아래 절에서 올라오신 스님 같은데, 저번에도 산을 내려가다 먼발치로 뵈었지요."

산행객은 약수가 찰랑거리는 조롱박을 다시 내밀었다. 커다란 수사슴으로 비친 산행객의 후덕한 인상과 선한 안광에 손끝 하나 꼼짝달싹할 수 없이 녹아들듯 어찌할 바를 모르며 조롱박을 받아든 명지스님의 손은 작고 뽀얀 섬섬옥수였다.

"산길이 얼어 몹시 미끄럽군요. 조심해서 내려가세요."

산행객의 말이 채 떨어지기도 전에 명지스님은 불현듯 나타난 산짐승에게 쫓기듯 약수터를 황황히 달려 내려왔다.

선방 밖에 나와 있는 스님들이 하나도 없이 모두 선정에 들어 있었다. 뒤늦게 선방에 든 명지스님은 조심스러운 몸가짐으로 결가부좌를 했다. 그때 갑자기 이상한 목소리가 귓전으로 흘러들었다.

"저번에도 먼발치로 잠깐 뵈었지요."

남자의 목소리가 어디에서 나는가 싶어 명지스님은 번쩍 고개를 들고 주위를 훔쳐보았다. 방금 전 약수터 산행객의 목소리가 미묘하게 귓속으로 흘러드는 것이었다. 명지스님은 자기도 모르게 붉게 달아오르는 얼굴로 당황했다. 선방의 스님들은 하나같이 허리를 꼿꼿이 세운 결가부좌를 하고 있었다.

명지스님은 다시 선정에 들어 마음 자세를 바로잡았다. 정신을 집중하여 무념무상의 상태로 접어들어야 했으나 산행객의 목소리가 또다시 귓전으로 흘러들었다. 맑은 의식으로 화두를 의심해야 했으나 가슴만 두근거릴 뿐 정신 집중이고 무상무념이고 되질 아니했다.

"내가 왜 이럴까?"

명지스님은 마음의 혼란을 도무지 다잡을 수가 없었다. 터럭만큼이라도 음란한 마음을 지니고 화두를 들어 참선하는 것은 모래를 가마솥에 쪄서 밥을 지으려는 것과 같고, 아무런 생각 없이 살생을 저지르면서 참선을 하는 것은 마치 제 양쪽 귓구멍을 틀어막고 소리를 지르는 것과 똑같다고 하였다. 사정이 그러할 진데 화두를 가볍게 밀어내며 들어앉는 것은 산행을 나온 사람의 편안한 인상에 맑고 미묘한 목소리였다. 명지스님은 심장을 덜렁 떼어준 허깨비 육신으로 가부좌를 틀고 앉아 있는 것 같았다. 산행객의 목소리는 귓전에서 떠날 줄을 모르고 있었다.

"아직도 나에게 추악한 속세의 욕망이 남아 있더란 말인가."

명지스님은 캄캄한 무명에 갇혀 중생들의 거칠게 찌든 숙명적 번뇌에 물들고 있는 자신을 질타했다. 가난한 시골 농가에서 고등학교를 졸업하고 어디 무엇인가 인생을 부딪쳐 걸어본 일이 없이 시골에 처박혀 막막하던 나날들, 산다는 게 무엇인가. 나는 어디서 왔으며, 무엇이고, 누구이며, 어떤 존재란 말인가? 부질없는 생각에 매달리다 젊은 날의 헛된 소망과 꿈을 미련 없이 버리고 명지는 집을 나서 절집 산문山門을 들어섰던 것이다.

"뜨겁게 끓고 있구나."

은사스님의 첫마디였다. 고등학교를 갓 졸업한 그해 열아홉 살의 나이로 한창 성숙한 처녀이고 보면 은사스님은 충분히 그런 말씀을 할 수 있었다. 입을 굳게 다물고 앉아 있던 순미(속명)는 자리를 벌떡 일어나 세 번 절을 하고 무릎을 꿇었다.

그로부터 절밥을 얻어먹기 십수 년, 명지는 무상한 구름 따라 물 따라 사바중생계를 떠돌아다니는 비구니 스님이었다. 추운 한겨울 참신하게 깨어있는 의식으로 동안거 결제 불퇴전의 용맹정진에 들었으나 절실히 의심해야 할 화두는 혼란스럽게 사라지고, 그 자리엔 진부한 속세의 망상 번뇌만이 자리하고 있었다.

"마구니다."

수행을 방해하는 마구니를 멀리 내치기 위해서 명지스님은 염불로 마음을 다잡고 했지만 마군魔軍은 한 치도 물러가지 아니했다. 명지스님은 부정한 세속적 감정들을 달래고 뿌리치며 고개를 절레절레 흔들고 하였지만 마구니의 농간과 유혹에서 벗어나지 못하고 계속되는 망상번뇌 끝에 동안거가 풀리는 해제를 맞이하게 되었다.

"자유로운 산散철이라지만 우리들에겐 여전히 춥고 고단한 계절이지 뭐야."

어디 수행자를 받아들여 머물게 하는 방부房付를 드려봐도 사중 형편을 들어 반기는 절집을 찾기가 힘든 시절이 되고 있었다. 깨달음을 찾아 돌아다니는 납자(수행승)들은 산철이 아니라 언제부턴가 가엾이 빌어먹어야 하는 걸승乞僧 철이 되어 있었던 것이다.

해제 철의 행각(行脚: 승려가 道를 닦는 한 방편)을 위한 여비를 절집에서 얻어 살고 하였지만 야박한 세속을 따라 승속도 갈수록 각박해지면서 객실을 폐쇄하는 절집들이 자꾸만 늘어가고 있었다. 사정이 어려워진다고 해서 이미 인

연을 끊고 출가한 속가俗家의 피붙이들에게 구차하게 생활
비를 얻어 쓸 수도 없거니와 간간이 아르바이트로 생활비
를 버는 것도 쉽지 아니했다. 그도 그렇지만 입산 스님이
무슨 직업적인 생산능력이나 지닌 재주가 있어 돈벌이를
해 본 일도 없거니와 사정이 급한 나머지 노동 품을 팔아
보려고 해도 선수행禪修行에 염불이나 하던 스님의 신체조
건이 그에 미치지를 못하였다.

"요즘 수좌들의 운명이 마치 가파른 벼랑 끝으로 내몰리
고 있는 형국이 아닌가."

"처지가 난망일세."

두 수좌 스님은 불확실한 미래에 절망하고 있었다.

"어디 보낼 곳이 마땅치 않거든 내가 지금 맡아서 하고
있는 정화사 탱화 작업이 거의 다 되어가고 있는데, 명지
스님도 불화에 소질이 있지 않은가. 나하고 며칠 더 여기
에 머물면서 탱화 마무리를 도와주고 함께 나가는 게 어
떠신가?"

명지는 법우法友 선우스님의 제안대로 일주일을 더 머물
며 탱화작업을 다 마치고 정화사靜華寺를 나왔다. 그동안
동안거를 보낸 정화사 산골짜기 깊은 곳에는 아직도 희끗
희끗 얼어붙은 얼음들이 곳곳에 남아 있었다.

"결제 안거安居가 끝낸 선방에 무슨 미련이라도 남은 거

야?"

　발걸음을 지칫거리며 자꾸만 정화사 뒷산 골짜기를 뒷
눈질로 돌아보는 명지스님을 조금 이상한 눈빛으로 선우
스님은 물었다.

　"미련은 무슨….."

　명지는 흠칫, 바르지 않은 음심淫心이라도 들킨 것처럼
말을 흐리게 얼버무렸다. 사실 명지스님은 안거를 하는 동
안 포행布行을 하면서 약수터 골짜기를 몇 번 더 올라갔었
다. 그 시간이면 약수터에서 언제나 꼭 만날 것만 같던 산
행객을 다시 만날 수가 없었다.

　"이웃에 대한 예수의 사랑은 고전이 된 지 몇 세기가 흘
렀고, 부처의 자비 또한 부처의 법어에 묻힌 유물이 되면
서 예수의 사랑이 없고, 자비가 사라진 곳엔 내집단의 사
악한 편파성에다 자본주의 악령들이 잇속을 다투며 피를
흘리고 있지 않은가?"

　게다가 선원에선 안거 중에 속인들과 될수록 접촉하지
말도록 권유하고 있었다. 혼탁한 속세의 부정한 물이 스며
든다는 것이 그 이유였다. 승가는 엄격한 계율로 폐쇄된
특수사회였다. 하지만 하루, 한 해가 바뀔수록 급변하는 세
태에 승가라고 이기적인 자본주의가 비켜 서 있을 수 없는
노릇이었다.

"사정이 그러니 머리를 깎고 중이 되겠다는 자들이 갈수록 줄어들 수밖에."

선우스님은 파멸의 위기로 치닫고 있는 종교의 현실을 신랄하게 비판했다.

자연의 순리는 불변의 진리였다. 겨우내 얼어붙고 메말랐던 땅 거죽에 작은 균열이 나면서 움이 트고 헐벗은 나뭇가지 봉긋해진 봉오리들이 터지고 새순이 자라면서 싱그러워진 녹음(젊음)은 분별을 모르는 감정이 폭발하고, 욕망이 꿈틀거리는 청춘이라면, 신록이 질박하게 우거진 중년은 인생 황금기의 뜨거운 열정이 불타올라 펄럭거리고, 오곡이 실하게 여물어 서서히 고개를 숙이고 저물어 천명天命을 아는 것이며, 열매 맺는 지혜로 원숙한 경지에 이르고 활동이 멈추는 침묵의 계절(겨울)에 생애를 다하는 고요한 죽음 평화가 다가와 팔만사천 번뇌를 여위는 열반涅槃이었다. 그와 같이 한시적인 인간의 4계절 흐름을 닮아 다시 움이 트고 새순이 돋아 자라는 윤회로 되풀이되어 이어지는 것이었다.

화두라는 말머리가 지닌 생각은 도대체 무엇이고, 머릿속의 뇌를 쥐어짜고 피를 말리는 고뇌가 가져다주는 깨침의 경지는 또 무엇이란 말인가. 선문답의 반문주의와 반지성주의, 설법할 때 감태나무 지팡이 주장자柱杖子의 할(喝:

고함)과 방(棒: 몽둥이)이라는 어리석음을 꾸짖는 소리, 말과 글로 부처님의 가르침을 도무지 알아듣지를 못해 마음과 뜻으로 알려 주기 위한 방편이라지만 그것이 21세기 초 문명 사회 중생들의 삶을 위한 중생제도가 과연 쇠털 같은 영향이라도 미칠 수 있을까.

"시대가 변하고 인간의 삶이 바뀌면 종교도 바뀌고 변하는 인간의 생활을 따라가야 하는 것일 터인데 종교계에 던지는 중생들의 충고가 마치도 개가 뼈다귀를 핥는 소리로 들린다면 뼈다귀를 핥은 개고기는 어떤 맛일까?"

두 비구니 스님은 시중 중생들이 꼴불견 같은 종교의 여러 추태와 낯이 두꺼운 타락을 가엾고 불안하게 바라보며 염려하고 걱정하는 이야기를 길게 나누며 산문 가까이 걸어 나왔을 때, 앞서 걸어가던 처사處士 한 사람이 반듯한 몸으로 돌아서서 대웅전 부처님을 향해 반배半拜를 하고 고개를 들더니 갑자기 놀란 모습을 하고 다가오는 비구니 스님들을 뚫어지게 바라보았다.

"저어, 거사님 아니세요?"

산문 앞에 우뚝 서서 바라보고 있던 처사를 먼저 알아보고 놀란 건 명지스님 쪽이었다. 손 교수는 지극한 합장으로 인사를 했다.

"반갑습니다, 처사님."

명지는 산골짜기 약수터에서 엉뚱한 사슴으로 착시하면서 만났던 산행객이 환영 이미지로 줄곧 떠올라 자신도 모르게 친근한 인연으로 이어지고 있었다.

"어릴 적 친구가 정화사에 스님으로 계셔서 잠시 만나보고 나오는 길입니다."

"정화사에 자주 찾아오시겠군요."

명지스님은 서로 일정한 거리를 두고도 가까운 친밀감이야말로 자연스러운 인연이 아닌가 했다.

"손봉주라고 합니다."

손 교수는 뒤늦은 인사와 함께 명함을 건네주었다.

"교수님이시군요. 소승은 명지明智입니다."

"명함이 지난해 것입니다. 은퇴했는데 미처 명함을 바꾸지 못했습니다."

"가만히 생각해 보니까 도서관에서 교수님 특강을 들은 적이 있습니다. 지금도 그 강의를 하고 계신지요?"

선우스님이 먼저 손 교수의 특강을 기억했다.

"맞아요. 강의 제목이 '인간과 예술'이었지요. 생명은 신비에 싸여 있다면서 인간은 과학과 의학, 사고체계로 다 말할 수 없는 신비, 그 무엇인가의 영역을 다양한 예술로써 표현된다고 말씀하셨지요."

몇 마디 대화를 나누면서 정화사 산길을 다 내려온 때를 맞춰 정류장으로 버스가 막 달려들어 오고 있었다.

"교수님, 저희들은 아르바이트를 하고 있어서 먼저 실례를 해야겠습니다."

선우스님은 명지스님의 팔을 잡아끌며 버스가 정차한 버스정류장으로 서둘러 돌아섰다.

"다음에 뵙겠습니다, 교수님."

명지스님은 다시 손 교수를 뒤돌아보며 인사를 했다. 손 교수는 답례를 하고 나서도 두 손을 모은 합장을 풀지 않고 두 비구니 스님을 싣고 달려나가는 버스의 뒷모습을 바라보고 있었다.

2

주말 일요 법회에 참석하면서 명지스님은 마구니의 혼란스런 망상 번뇌에서 벗어나 수행 승려 본연의 모습을 되찾고자 은사스님을 찾았다.

"얼굴이 수척해진 것을 보니 어디가 아팠던 모양이로구나. 수행도 깨달음도 우선 건강한 몸으로 살고 봐야 이룰 수 있느니라."

상좌를 앞에 두고 바라보는 은사의 눈빛은 따뜻했다.

"내가 처음 주던 말을 기억하느냐?"

은사스님의 어감엔 강한 질책을 내포하고 있었다.

"제 몸이 뜨겁게 타고 있다고 하셨습니다."

은사스님 앞에 두 무릎을 꿇고 다소곳하게 앉아 있던 명지스님은 혼탁하게 오염된 속세에 물들고, 속인과 같이 망상 번뇌에 시달리며 승려의 본분을 저버린 저간의 사실을 고백하였다.

"뜨겁게 타는 불이 꺼지고 나면 거기에 무엇이 남겠느냐?"

은사스님 말씀 이전에 갈망과 갈애(5욕: 괴로움의 원인)의 불을 꺼야만 했다. 거세게 밀려드는 본능의 욕망, 펄럭거리는 정념의 불길을 일찍이 잡아 꺼버렸어야 했지만 명지스님은 불길이 잡히지도 않고, 잡을 수도 없었다.

"한 생각 잘못으로 가사 장삼을 벗어 던지지 마라. 네가 지금 무엇을 찾아가고 있는지, 어디를 가고 있는지, 맑은 정신을 가다듬고 다시 생각해 보아라."

산행객의 고아하고 선한 눈빛에 이끌린 인연과 그 갈망에 따른 연정으로 받아들인 것은 단순한 생물학적인 색정에 매달린 것이 아니라 본능에 따른 순응이었다.

"큰 스님, 소승은 이제 어찌해야 합니까?"

"사랑에 빠진 여자는 사랑하는 남자를 가슴에 품고 꿈꾸

듯이 행복한 미소를 짓고 걸어가면서 저 혼자만의 세계를 만들어 절반은 신神이 되는구나. 자기 남자 말고 다른 남자들은 모두 야만인들이지. 남녀의 사랑은 눈이 멀고, 귀머거리가 되는구나. 어리석은 도둑이 귀중한 보배를 버리고 썩은 나무토막을 짊어지고 내빼는 짓과 무엇이 다르겠느냐."

은사스님은 지엄함이 다소 누그러지는 듯하였다.

"중의 삶이란 무명에 가린 중생들에게 봉사하는 것이며, 가없는 자존심이면 어떠하냐. 온갖 욕망을 떠나는 것은 위대한 포기이니라. 망상번뇌와 외도外道, 마구니들의 농간에 추호도 동요하지 마라. 시방삼세가 뒤숭숭하니 갈 길이 고달플 것이지만 지극한 겸손으로 자비를 베푸는 삶을 살아가라."

명지스님은 은사님의 말끝에 무릎을 펴고 일어나 저린 무릎을 꺾어 엎드리며 이마를 붙이는 오체투지 3배를 다시 올렸다.

"여자의 몸을 쓰고 사는 동안 남자에 무심하기가 어려울 것이다. 또한 사랑에는 숱한 번뇌들이 따라다닐 것이다. 사랑으로 말미암아 근심이 생기고, 사랑으로 말미암아 괴로우니 사랑하는 애정만 떼어 던지면 근심 걱정이 무엇이며, 불안과 공포가 무엇이냐. 모든 인연을 깨뜨리면 무상한 허공이라. 연못에 진흙이 없으면 물이 고요해지고 청정하듯이 하늘에서 내리는 비는 한결같이 깨끗하고, 뜨겁게 타는 잉걸불덩이 같은 욕망이라도 열병이 다 나으면 폭풍 같은 음욕이 일던 마음도 고요해지느니, 다 건너간 강에는 언덕이 있구나."

지그시 감은 눈으로 단주를 몇 번 굴리고 난 은사스님은 자애로운 눈으로 지그시 바라보았다.

"비구들이 음행을 하려면 법복을 벗은 뒤 세속 옷을 바꿔 입은 다음에 음행을 해야 하느니. 음행할 인연을 생각하더라도 내 허물이 아니며, 여래가 세상에 계실 때도 비구가 음행을 하고 해탈을 얻은 이가 있고, 죽은 후에 천상에 태어나기도 하였으며, 옛날이나 지금이나 있는 일이라고 부처님께서 열반경에서 말씀하셨구나. 명심하여라. 꿈에서라도 애욕의 마음을 내지 않는 것이 사문의 법이구나. 연인을 사랑하는 번뇌를 멀리 여윌 것이며, 만일 꿈에서라도 음욕을 행하거든 깨어나서 반드시 뉘우칠 일이다. 이미 음욕을 지었거든 빨리 벗어라."

은사스님의 조용한 말씀은 감미로웠다.

"사랑은 폭풍과 같다. 거센 폭풍은 높은 산을 흔들고 진동하며 뿌리가 깊게 박힌 나무를 뽑느니, 야욕의 폭풍은 그와 같아서 나쁜 마음을 낸다는 것을 알아야 한다. 다만 사랑하는 것을 열심히 닦으면 생명을 빼앗는 일을 끊고,

가엾이 여김을 닦으면 채찍질하는 일을 끊는다. 또한 사랑하는 마음을 잃어버리기는 달아나는 들판의 사슴과 같구나. 애욕에 빠진 사람은 생사의 속박을 영원히 끊을 수 없느니라."

상좌가 알아들을 만큼 충분히 말씀하신 은사스님은 요란한 폭풍이 다 휩쓸고 지나간 연못의 연꽃 같은 얼굴로 천천히 단주를 굴렸다. 고요하되 싸늘하게 식은 잿더미 속에서 훈기가 피어오르고 불씨가 살아나는 생명력, 육신이 지닌 욕망을 극복할 수 없다면 본능에 자연스럽게 순응하는 것이 진여(眞如: 궁극적 진리)와 같은 이치로 이해하는 불교는 그야말로 초超윤리적이었다.

3

이듬해 동안거가 해제된 산철에는 추위가 유난히 매서웠다. 종단의 장학금을 받아 ○○대학교 불교대학원을 다니며 생활하던 원룸을 나와 결재에 들었던 명지스님은 결제와 해제를 되풀이할 때마다 막연히 찾아드는 불안과 공허감에 절망을 느끼곤 했다.

"원룸을 나왔으면 내가 사는 방으로 가 있어. 난 어머니

지병을 수발할 사람이 없어서 고향으로 내려가야 될 것 같
아. 그래서 방을 내놓을 생각이었는데 잘 되었네."

　풀기를 잃은 하루해가 맥없이 누런 잔양을 깔며 서편으
로 기울어 어두워지는 저녁 돌아갈 둥지를 잃은 철새처럼
발걸음이 쳐지던 명지스님은 당분간이라도 더부살이 신세
를 지자고 선우스님의 반지하 셋방으로 들어왔다.

　"어머님 병환이 좋아지면 다시 올라올게."

　선우스님이 고향으로 내려간 뒤 허드렛일이든 뭐든 군
이 가릴 것 없는 아르바이트로 방세와 생활비를 충당하고
살면서 명지스님은 이것이 가엾은 비구니의 삶인가 하는
회의가 찾아들었다.

　"지난 17년 세월 동안 나는 무엇을 찾아 헤맨 것일까. 생
각해봐도 구멍 없는 피리와 같았다. 명지는 하안거 결재를
앞두고 건강이 안 좋아진 몸에도 불구하고 몇 군데 절집에
방부를 드렸지만 역시 사중寺中들의 불편한 형편에 곤혹스
러운 피로를 느끼고 있었다. 명지는 지난 세월을 정리하고
싶었다. 혼자 걸어가야 하는 멀고 고달픈 길을, 위대한 포
기를 접어야만 했다.

가엾은 여정旅程

가람의 문턱을 넘어
부처의 자비에 머문 날들이
허공에 그린 그림이었다
옷깃을 스치는 바람에
문득 깨어 보니 꿈이었다

개가 썩은 뼈다귀를 깨무는
까닭은 익숙한 습관인 것을
풍랑의 바다에 가랑잎이 춤추는
의지할 데 없고 매인 데 없는
홀몸의 가엾은 비명이 슬픈데
해 저문 핏빛 낙조가 물드누나

어둠이 깃든 마을 덤불 숲에
온종일 소란하던 하루의 바람이
황황히 몰려와 잠이 들고
홀로 강변을 거닐다 떠난
백조는 바람의 인사를 남기고
성벽을 허문 궁전에 들었다

고달픈 철새가 잠깐씩 머물던 둥지를 떠나듯 명지스님은 아무것도 남길 것이 없었다. 강변을 거닐다 떠난 백조처럼 훨훨 날아서 사바세계 민중의 바다로 떠났다.

출가 전부터 늙은 어머니가 혼자 살사는 시골 고향 집으로 명지는 내려왔다. 눈에 익숙한 풍경들이 반겨주는 탓인지 포근하고 아늑한 느낌이 들었다. 칠순의 홀어머니는 깊은 산골짜기 포실한 안개에 묻혀 살다 보니 몸도 마음도 홀가분하니 좋기도 하였지만 손바닥만한 밭뙈기를 일구며 날품을 팔아온 날들이 얼마나 고단하고 외로웠을까 하는 생각에 명지는 눈물이 앞을 가리었다.

"엊저녁 꿈에 도포를 입은 느이 아버지가 다 보이고, 이른 아침엔 늙은 감나무에 까치가 날아와 울어쌌드면, 스님이 찾아오려고 그랬나 보다. 추위가 당최 물러갈 중을 모르는디, 뭔 일로 갑작시레 시골 노인넬 다 찾어 온 거여?"

늙은 어머니는 속세 인연을 끊고 출가한 딸이 그동안 연락 한번 없다 불쑥 나타난 까닭을 당최 알 수 없이 물었다.

"절집에 출가한 중도 사람인데 어머니가 어찌 보고 싶지 않겠어요."

사실 그랬다.

"농사일 고된 품을 팔아먹고 살아도 살먼헌께 그런 염려 말어라."

독실한 재가불자인 노모는 어쩐지 알 수 없는 불안이 찾아들었다.

"날씨가 풀릴 때까지 머물다 갈게요, 어머니."

"늙은이 신세를 진다는 생각을 말어. 누구 하나 찾어오는 사람 보기 힘든 시골구석에서 스님을 모시고 살면 큰 복을 타고난 것이구먼."

불교에 귀의한 사람들은 누구나 부귀 명예보다 부처와 같은 경지에 가까이 도달하려는 스님을 믿고 따르는 것이 신행의 모범이었으므로 늙은 여자는 스님을 가장 가치 있고 귀중한 보배로 지성껏 받드는 것이었다.

"어머니 혼자 살기도 힘드신데 제가 머물게 되어 죄송합니다."

잠시 머물다 떠나려니 했던 스님은 한두 달이 지나면서 푸른빛을 띠고 반들거리던 스님의 삭발 머리에 머리숱이 검게 자라 덥수룩해지고 있었다.

"시상이 갈수록 야박시러운께 사부대중四部大衆들의 형편도 예전 같덜 않다고들 허드면은."

늙은 어머니는 속가에 오래 머무는 명지스님에게 혹여 무슨 사정이라도 생긴 것은 아닐까 하여 넌지시 한마디를 건네었다.

"요즘 절집들도 그래요."

"사람 사는 시상은 어디나 다 그렇겄지만서두 속가에 너무 오래 머무는 것은 아닌지 모르겄구먼?"

어머니는 얼굴이 어두웠다.

"다음 안거 결재까진 돌아가야지요."

명지스님은 수행 선원으로 돌아가겠다는 말과 다르게 검게 자란 머리를 말끔히 삭발하고 승복을 꺼내 입는 것이 아니라 어머니가 평상복으로 차려입던 옷가지에 출가 전에 입고 다니던 청바지를 꺼내 입었다.

"아주 승복을 벗을 모냥인가베?"

노모는 마음이 편치 않은 말소리였다.

"시내 좀 나갔다 오려구요."

세상 밖으로 나갔던(출가) 딸이 검게 기른 머리에 청바지를 입었다고 눈 푸른 비구니 스님이 곧장 딸 순미로 바뀌는 것은 아니었지만 노모는 서로 자기 잇속을 챙기며 볼꼴 사나운 세상의 다툼과 거짓말로 혼탁하고 부정한 것이 가득한 세상의 물정을 모르는 스님의 모양새가 마치 물가에 뛰어나가는 어린아이 같고, 사나운 짐승들이 득실거리는 벌판으로 뛰어나가 곧 철부지 같았다.

"눈감고 귀 닫고 침묵하며 열심히 불도를 닦던 스님이 도량에서 뛰어나오면 속세에 하얀 백지상태가 되고, 사바세계 중생들이 살아가는 속세간엔 아무 분별을 못하는 철부지 아이들과 하나도 다를 것이 없는 거구먼."

속가俗家에 잠깐 다니러 온 스님이 갑자기 모질고 거센 세상에 생사의 고통과 번뇌에 속박되려고 하는지, 어머니는 마음이 조마조마하였다.

"걱정하지 마세요, 어머니. 제가 알아서 잘할게요."

명지는 생활비가 떨어진 것이 벌써 오래였다. 출가하여 위대한 존재가 되어보겠다고 집착과 괴로운 번뇌를 버리고 세상 곳곳을 돌아다니는 고행과 행각, 용맹한 정진을 거듭하면서 처절한 구도의 길을 헤쳐나갔지만 그런 시간들이 마치 누구의 간사한 유혹에 넘어가 사기를 당한 것 같기도 하였지만 따지고 보면 모든 것이 자신의 경솔한 마음가짐과 허황한 욕망에서 비롯된 것이었다.

S시 외곽 시골집에서 나온 명지는 버스는 탔다. 누비 점퍼와 희읍스름하게 색깔이 바랜 청바지를 입고 나선 그녀는 자신의 모습이 어딘지 모르게 어색하기만 했다.

"내가 지금 무얼 하자는 걸까?"

명지는 자신의 모습을 봐도 어이가 없고 우스꽝스럽기까지 했다. 거리는 이쪽이나 저쪽으로나 오가는 행인들이 별로 없었다. 그녀는 문득 쏴— 솔바람이 부는 산중의 신선한 공기를 마시며 푸성귀로 생명력을 유지하고 교법敎法에 따라 시중에 해악이 되는 악법을 행함이 없이 오로지

청정한 깨달음을 위해 수도에 전념하던 날들이 뇌리를 스쳐 지나갔다.

"나는 이제 수도에 전념하는 사문도 비구니, 수행자도 아니야."

명지는 그동안 민숭하니 번번한 삭발머리에 까맣게 자란 머리숱을 만져 보았다. 생명체의 기능과 온갖 욕망이 함께 짓눌리던 승복이 속인들의 옷가지로 바뀌어버린 모양새를 다시 살펴보며, 그녀는 마치 자신이 따뜻한 봄날 석회질의 알껍데기를 갓 깨고 나온 햇병아리처럼 세상의 모든 것이 신기했다.

"모든 게 마음에서 일어나는 허상이다. 매우 어려운 줄은 안다만 뜨겁게 타고 끓는 몸을 다잡고 부디 속세의 망상 번뇌를 끊도록 하여라."

명지는 큰 스님이 환속을 막아서듯 눈앞에 떠올랐다.

"아닙니다. 소승은 법복을 다시 입기에 늦었습니다. 이제 사문으로 되돌아갈 자신이 없습니다."

명지는 자위와 차책을 번복했다. 거리엔 온화한 미풍이 미끄러지고 있었다. 고등학교를 다니던 정경들이 일시에 우르르 달려 들었다.

"어디로 가볼까?"

명지는 멋쩍게 머뭇거리며 버스정류장 광고판에 나붙은

종업원 모집 광고를 살펴보았다. 경제가 발전하고, 나라의 수출이 늘어나면서 각종 소규모 공장들이 거반 지방으로 내려왔다더니 종업원을 모집하는 봉제공장, 가방공장, 제과공장이 한결같이 종업원을 모집하고 있었다. 그녀는 별다른 기술이 없는 사람이라도 아르바이트를 할 수 있지 않을까 싶은 제과공장에 먼저 전화를 걸어볼까 망설이다 골목 어귀 가까운 제과공장을 직접 찾아 들어갔다.

"광고를 보고 찾아왔습니다."

갈색 소파에 두툼한 살집으로 배를 내밀고 앉아 있는 남자가 물었다.

"이력서 가져왔죠?"

책상의 명패에 '박 성식'이란 이름이 보였다. 책상 앞으로 다가간 명지는 준비한 이력서를 내밀었다.

"보기 드문 미인이십니다. 혹시 이력서 나이를 잘못 적은 것이 아닙니까? 훨씬 더 젊어 보여서 드리는 말입니다."

사장은 반가운 기색을 보였다.

"부끄럽습니다."

속인들의 사회에 첫걸음을 떼어놓은 명지는 출가 이전의 임 순미로 행세하고 있었다. 제과공장에서 일할 종업원을 면접하는 자리라고 하지만 예의범절과 다소 거리가 있어 보이는 남자의 태도가 거슬리긴 해도 시원시원한 말씨에 밝은 성품이 퍽 인상적이었다.

"지석리라면 시내에서 조금 들어간 곳에 사는군요. 용모가 단정하고 손이 고운 것을 보니 공장일 같은 걸 해본 것 같지 않군요."

사장은 받아든 이력서를 다시 살펴보았다. 명지는 이력서 학력을 S여자고등학교를 쓰고 나머지는 깨끗이 비워둔 것이었다.

"무슨 일이든 열심히 하겠습니다."

명지는 당장 앞가림할 생활비가 떨어진 상태였다.

"우리 회사는 여러 종류의 빵과 과자를 만들지만 주로 값싼 국민간식 건빵을 다양한 방식으로 만들고 있어요."

"지금까진 소규모로 빵공장을 운영해왔지만 앞으로 과학적이고 체계적인 식품 안전 관리제도 인증을 획득한 해썹(HACCP)으로 식품위생에 적합한 자동설비를 구축해서 소비자들에게 믿음이 가는 건빵을 제공할 생각입니다. 이번 자동설비는 하루 생산량이 10톤 정도가 될 거예요. 신규 공장 설비는 빵을 굽는 가스 오븐 길이가 50미터쯤 됩니다. 제품도 국내 최초로 세라믹을 설치해서 원적외선으로 건빵을 구울 거구요."

박 사장은 제빵에 대단한 자부심을 가지고 있었다.

"건빵은 예나 지금이나 국민의 간식이지요. 요즘 컵라면처럼 건빵도 봉지를 조금 터서 따뜻한 물을 부어 놓으면 말랑말랑한 고급 빵이 됩니다."

건빵 자랑을 숨차게 늘어놓던 사장은 이력서를 다시금 펼쳐보았다.

"가족은 모친뿐이시고, 임순미 씨는 아직 미혼인가 보군요."

"아직…."

명지는 나직하게 대답했다.

"요즘은 시대가 그런 것인지, 늙으나 젊으나 무슨 조건에 얽매이는 결혼을 하지 않고 혼자 자유롭게 사는 풍조들이 만연하고 있더군요."

"다들 자기 개성대로 사는 것이겠지요."

박 사장의 시원시원한 말소리 끝에 명지는 한마디 응수했다.

"우리 함께 보람제과를 멋지게 한번 이끌어가 보십시다. 물론 갑작스런 소리로 들릴 수 있겠지만 지방 사업가들은 인재 하나를 구하기가 하늘에 별 따깁니다. 저도 사업을 하는 사람이라서 사람을 조금 볼 줄 압니다. 그래서 말인데 임순미씨 같은 분이 우리 보람제과를 도와주신다면 제과 사업이 틀림없이 불일 듯 큰 성공을 할 것입니다."

박 사장은 단도직입적으로 나왔다.

"말씀은 고맙지만 저는 아닌 듯합니다. 좋은 사업을 하시는데 저같이 마흔 살의 여자가 무슨 도움이 되겠는지요."

오직 고요한 마음 하나로 반평생 사바세계를 정처 없이 떠돌아다니며 살아온 명지는 모든 것이 초보에 불과한 처지에 무엇을 안다고 자본주의 사회 적자생존에 뛰어들까 싶었다.

"부탁입니다. 오늘부터라도 당장 저와 함께 일을 한번 해 보십시다."

박 사장은 농담인지 진담인지, 거침이 없이 말했다.

"훌륭한 인재를 찾아보시지요. 저는 이만 돌아가 보겠습니다."

명지는 습관적인 합장으로 인사를 하고 돌아서 나왔다.

"내일 꼭 나오시는 겁니다?"

박 사장은 모처럼 귀하게 찾은 사람을 놓치기라도 할까 봐 뒤쫓아 나오면서 간청했다.

명지는 집으로 돌아오면서 박 사장의 호방한 성품을 다시 생각해 보았다. 나쁜 사람 같지는 아니했다. 언뜻 보기에 우둥퉁한 살집으로 폭력배 같은 기질이 엿보이기도 하고 생각 없이 떠벌이는 표정이 순박한 청소년 같기도 하였다. 설령 그렇다고 해도 그녀는 자신이 먼저 자신 있게 나설 수가 없었다. 어머니 말대로 자신은 사바 속세에 아무런 물정을 모르는 물가 어린아이일 수밖에 없었다. 그녀는 몇 날 며칠을 두고 정신적인 고통과 속세의 현실적인 괴로움에 시달렸다.

"평범한 사람들이 사는 세상인 것을."

명지는 어차피 되돌아온 속세에 한 번 부딪쳐 볼 수밖에 없을 것 같았다. 그녀는 사나흘을 더 고심하던 끝에 거친 풍랑의 바다에 풍덩 뛰어드는 심정으로 보람제과를 다시 찾아갔다.

"나와 주었군요."

박 사장은 반색했다.

"나오셨군요. 임순미 씨를 많이 기다렸습니다. 이렇게 나와 주셔서 정말 감사합니다. 이 사람은 임순미 씨가 끝내 나오지 않으면 어쩌나 하고 얼마나 노심초사했는지 모릅니다."

아닌 게 아니라 박 사장은 지난밤 잠을 제대로 이루지 못한 사람처럼 얼굴이 부숭부숭해 보이기까지 했다.

"미리 말씀드리지만 저는 나이만 들었다뿐이지 아무것도 모르는 사람입니다. 잘 부탁드립니다."

사실 명지는 염불이나 할 줄 알았지, 일반 중생 형편을 거의 알지 못했다.

"간청이 하나 있는데 어처구니없는 사장이라고 나무라지 말고 꼭 좀 내 부탁을 들어주면 고맙겠습니다."

"무슨 말씀이시기에?"

사장의 단호한 말에 명지는 어리둥절했다.

"저는 결혼에 한 번 실패한 사람입니다. 이런저런 것들일랑 모두 거두절미하고, 이참에 우리 결혼하는 것이 어떻겠습니까? 솔직히 말씀드리면 박성식은 순미 씨를 처음 볼 때부터 이미 마음속에 결혼할 사람으로 작정하고 있었습니다. 너무 성급한 일방적인 부탁이라는 것도 잘 압니다. 그렇지만 순미 씨가 내 맘에 쏙 들어서 그러는 것을 어찌합니까."

"지금 무슨 말씀을 하시는지 저는 잘 모르겠습니다."

뜻밖의 청혼에 명지는 머릿속이 텅 비어버린 것처럼 멍할 뿐, 어떻게 처신해야 좋을지 몰랐다.

"순미 씨, 우리 결혼합시다."

박 사장은 일방적으로 다그쳤다.

"결혼요? 나쁠 거 없죠."

타락한 세속주의를 고스란히 닮아가듯 명지는 싱겁게 웃으며 맞장구를 쳤다.

"정말이죠, 순미 씨?"

"그럼은요."

무슨 대답을 그렇게 했는지 명지는 자신을 알 수 없이 얼떨떨했다.

"순미 씨, 고맙습니다, 정말 고맙습니다."

박 사장은 통나무 같은 두 팔을 쩍 벌리고 임순미를 덥석 끌어안았다. 깜짝 소스라친 순미는 박 사장의 완악한 품에서 빠져나오려고 버둥거렸지만 사나운 솔개의 발톱에 낚인 비둘기처럼 놀란 가슴만 할딱거렸다.

"쇠뿔도 단김에 빼랬다고, 우리 당장 합칩시다. 남자 말 한마디는 중천금이라 했는데, 굳은 언약이 풍선껌이 되는 일은 없을 것이니, 오늘 당장 혼인신고를 하고 결혼식일랑 다음에 좋은 날을 잡아 치릅시다."

두 사람은 제과공장 종업원이 아니라 곧장 우아한 신부로 달콤한 신혼생활에 들어갔다.

"노쇠한 장모님을 낡은 시골집에 혼자 사시게 할 것 없이 거기 집과 땅을 팔아버리고 시내 아파트를 사서 우리가 장모님을 모시고 삽시다."

박 사장은 신혼 초부터 아낌없이 후한 마음을 썼다.

"그까짓 시골 밭뙈기를 팔아야 몇 푼이나 된다고 아파트를 사겠어요."

"부동산에 알아보니까 거기 땅값이 제법 나가더라구. 아파트를 담보로 은행융자를 받으면 제빵공장 자동화 설비를 할 수 있을 거야. 아파트 소유권 등기야 순미 당신 이름으로 하면 되구."

명지는 늙은 홀어머니를 시골집에 두고 고된 농사일로 여생을 보내는 어머니가 항상 마음에 걸리던 순미는 그런 어머니에게 효도하는 기쁨도 잠깐, 드높은 아파트를 들고 나는 것도 번거롭거니와 현기증이 나서 도무지 못 살겠다고 어머니는 다시 시골 빈집으로 들어간 것이었다. 그런 와중에 동남아 피서지로 뒤늦은 신혼여행에서 돌아와 며 며칠이 지났을까?

"여기가 박 사장 아파트 맞지요?"

네댓 살배기 남매를 달고 불쑥 나타난 여자는 다짜고짜 거친 말투로 나왔다.

"누구세요?"

명지는 갑자기 창백해진 얼굴로 물었다.

"이 여자 반반한 여우 낯짝을 보아하니 보통이 넘겠군. 애들아, 여기가 너희들 아버지 집이다. 어서 들어가라."

아이들을 앞세운 부인은 무턱대고 집안으로 밀고 들어왔다.

"이봐요, 누구신데 그러느냐구요?"

"귓구멍에 말뚝을 쳤나, 방금 애들 아빠라는 소리 못 들었어? 나, 박 사장 부인이야. 잘난 박 사장인지, 박 병신인지는 두 애들 아빠구. 처자식 새끼 몰래 알량한 신혼살림을 차려 물고 빨 줄만 알았지, 마누라 개 잡듯 두들겨 패서 내쫓았으면 생활비 몇 푼이라도 줘야 애새끼들을 키우구 살 거 아니냔 말이야?"

부인은 싸구려 선술집 마담 같은 언사로 입에 북적거리는 거품을 물었다.

"나가요, 나가! 당신이 박 사장 부인이든 뭐든 난 모르는 일이니까, 내 집에서 나가요."

명지는 고요하던 선정禪定의 마음자리에 자신도 모르게 탐하고 어리석고 소리치는 속인의 사나운 마음이 자리하고 있었다.

"흥, 자기 집 좋아하네. 어디 몇 조금이나 가나 두고 보실까?"

숨넘어갈 것처럼 흥분한 부인은 핑핑 콧방귀를 불었다.

"뭐해요, 빨리 나가라고 했잖아요?"

사바세계 부정한 것이 가득한 예토穢土에 제법 적응해가는 것일까, 명지는 자신도 모르게 두 눈에 퍼런 서슬을 달고 소리를 질렀다.

"반반한 낯짝을 보니 찰떡 뭉치처럼 뭉개져 쫓겨날 날이 코앞에 바싹 당도했구먼."

부인은 상스러운 욕지거리로 코웃음을 치며 천박한 야

유를 퍼부었다.

"이것 보세요, 나는 당신처럼 쫓겨나고 말 여자가 아니니까 어서 나가세요."

"똑똑하고 잘난 여자야, 신혼 좋아하지 마. 썰렁한 집구석에 독수공방하고 있는 꼬락서니를 보니 네 신세도 뻔하다 뻔해, 이 불쌍한 여자야. 밑구멍 살맛 좋을 땐 돈 몇 푼 던져줬겠지만 잘난 박 사장 그 인간 더럽게 무식한 깡패야, 그거 똑바로 알고 살아도 살아. 밤업소 여자들이나 등쳐먹는 깡패 새끼였다는 것을 알라구. 모르긴 해도 아마 지금쯤 그 박 사장 놈씨는 도박장 주변에서 구걸하는 비렁뱅이가 다 되었을 거라구."

박 사장 부인이라면서 두 아이를 달고 나타난 여자가 한바탕 험악한 악다구니를 퍼붓고 돌아가기를 기다렸다는 듯이 두 눈에 쌍심지를 박은 빚쟁이들이 악귀 떼처럼 문전성시를 이루었다.

"내가 이 무슨 날벼락이람?"

제과공장 자동화 시설에 동분서주하는 것으로 알고 있던 남편이 그동안 어디서 무엇을 하고 다니는지 도무지 알 수 없더니 난데없이 부인이라는 여자가 아이들을 달고 벼락치듯 나타나 한바탕 난리를 떨고 돌아간 뒤에 남편이 거지꼴을 하고 집에 기어들어 온 것이었다.

"그동안 어디 가서 무엇을 하다 들어오는 거예요?"

"이봐, 남편이 사업을 하면서 허허벌판 미친개처럼 돌아다니다 들어왔는데 뭐가 못마땅해서 짖는 거야?"

남편은 술에 취한 고주망태가 되어 있었다.

"많이 취하셨군요."

남편의 옷가지에선 금방이라도 코피가 터질 것 같은 악취와 술 냄새가 풀풀 풍기고 있었다.

"취했다구? 네년이 언제 나한테 술을 사 줬어?"

딴사람이 되어 거나한 취기로 집에 들어온 남편은 날카롭게 곤두선 눈매로 뚫어지게 쏘아보았다.

"당신 말대로 사업하느라 몹시 피곤하신 것 같은데 목욕부터 하세요."

술이 만취하고 신경이 날카로운 사람을 굳이 자극할 필요 없다는 생각에 명지는 남편이 벗어 던진 옷가지를 걷어들고 돌아섰다.

"부족한 사업자금을 마련해 보려다 내가 요 모양이 되었는데, 네년까지 날 웃기는 놈으로 보이는 거야, 뭐야?"

사업자금을 노름으로 몽땅 날려버린 남편은 오히려 땡고함을 질렀다.

"우리만 사는 아파트가 아니에요. 제발 당신 목소리 좀 낮추세요. 이웃들 보기 민망하고 창피해서 못 살겠어요."

불현듯 박 사장 부인이라고 나타난 여자에게 혀라도 깨물고 싶도록 모욕을 당한 것을 생각하면 명지는 바락바락 악을 쓰며 앙갚음이라도 하고 싶지만 그런 생각을 내는 자신이 먼저 부끄럽고 추악해질 것 같았다.

"이게 보자 보자 하니까 터진 주둥이라고 부처 같은 소리 지껄이긴…."

사나운 짐승처럼 으르렁거리는 남편의 시퍼렇게 곤두선 눈발이 심상치 않았다.

"제 말이 듣기 서운했다면 미안해요."

명지는 숨을 죽이며 사과했다.

"미안한 짓을 왜 해, 이 쌍년아?"

아무리 무식한 남자라고 해도 제 아내에게 퍼붓는 욕설이 너무 어처구니가 없고 기가 막힌 나머지 얼빠진 몰골을 들고 바라보는데, 남편의 육중한 주먹이 휙 날아들었다.

"에이쿠우."

주먹뺨을 세차게 얻어맞은 얼굴을 두 손으로 감싸며 벌렁 나동그라졌다.

"염병할 년, 흠씬 두들겨 맞아야 남편 깔보는 눈깔 치뜨고 지껄이는 주둥일 다물겠군."

야심 찬 자동화 설비로 보람제과 공장을 큰 기업체로 키워보겠다던 남편은 어렵사리 마련한 사업자금을 도박으로 모두 날려버리고 밤낮이 없는 술주정뱅이, 아수라의 악마가 되어가고 있었다.

"네년이 그 곱살한 낯짝 쳐들고 고분고분할 때부터 날 우스운 촌놈으로 보았던 거 알아. 시커먼 코피가 터지고 찢어진 입술 피를 물고 나뒹굴면서도 쳐다보는 네년의 얼음장 같은 냉소와 경멸이 주먹을 번 거야. 그거 알겠어?"

일이 잘 안 풀리고, 화가 나면 남편은 닥치는 대로 주먹을 휘두르다 모자라면 식칼까지 들고나왔다.

"내가 당신 눈에 그런 여자로 보였거든 매질을 그만두고 아주 죽여버려요. 차라리 그게 속이 후련하지 않겠어요."

남편은 냉큼 머리채를 휘어잡고 사정없이 주먹을 휘둘렀다. 감정조절을 못 하는 정도가 아니라 완전히 이성을 상실한 사람 아닌 짐승이었다.

"네년이 아무리 가랑이가 찢어지게 도망쳐봐야 부처님 손바닥이야."

남편은 억센 주먹질을 하며 기염을 토했다. 방 가운데 널브러진 명지는 하염없는 눈물을 쏟았다. 중생들이 살아가는 사바세계娑婆世界 삼독(욕심, 성냄, 어리석음)과 번뇌를 감내하고 참아가며 살아가는 인토忍土라고 하지만 야수의 소굴처럼 거칠고 사납고 야속한 사람살이가 어처구니없고, 다시 추스를 수 없이 허물어지고 타락한 자신을 생각하면 그녀는 견딜 수가 없었다.

"핏발이 곤두선 눈으로 쏘아볼 것 없이 그냥 한 입에 꿀꺽 삼켜버려요."

명지는 눈물이 흠뻑 젖은 얼굴을 들고 남편을 처연히 바라보았다. 무지하고 못난 남편을 가엾이 비웃는 것이 아니었다. 기름이 다 타면 펄럭이던 불꽃이 마침내 꺼지듯 터무니없이 끓는 분노와 울화가 차분히 가라앉고, 불같은 성미가 자지러들기를 기다리던 부처의 인자한 자비와 가엾음이었다. 애당초 신중하지 못했던 것이 괴로운 고통이요, 파멸의 원인이었다. 명지는 심신이 만신창이 되어버린 다음에야 한 생각을 잘못 빚어 가사 장삼을 벗어 던진 것이 어리석은 짓이었음을 뒤늦게 깨달은 것이다.

4

S시 종합버스터미널을 출발한 서울행 막차는 1시간 넘게 중부고속도로를 달리고 있었다. 막차를 놓치면 어떡하나 마음을 졸이던 명지는 죽음의 소굴을 탈출하는데 성공하였다.

그녀는 핸드폰을 켜고 시계를 보았다. 밤 10시 30분이었다. 이제 순미라는 시골 촌뜨기는 사람 아닌 야수에게 무참히 잡아 먹힌 것이었다. 요란한 허세와 능수능란한 사기꾼, 사람 아닌 짐승과 악마 소굴에 멋모르고 뛰어든 순미는 불쌍하게 억울하게 죽은 것이었다.

버스가 서울에 도착하자면 아직도 1시간 넘게 남아 있었다. 사나운 짐승처럼 때 없이 발작하듯 폭력을 휘두르는 한 남자의 굴레를 쓰고 살아온 생지옥에서 천신만고 벗어나긴 하였으나 서울 버스터미널에서 내리고나면 어디로 발걸음을 옮겨야 할지 막막하기만 했다. 새로운 삶을 살아보려고 했던 희망과 의지는 불과 몇 달 만에 무참히 짓밟혀 만신창이가 되어버린 것이었다. 짐승 같은 남자의 난폭한 주먹과 발길질에 방구석으로 가랑잎처럼 날아가 나동그라질 때 차라리 죽었어야 했다.

"모두가 업인 것을…."

명지는 못난 자신의 어리석음을 탓하며 차창 밖의 차가운 어둠 속에 스쳐 지나가는 가로등을 망연자실 바라보며 눈물을 흘렸다.

"나쁜 사람 같으니."

짐승에게 마닐마닐하게 잡아먹히던 순미는 이미 죽고 없는 마당에 지난 과거를 곱씹어 원망하는 어리석음을 두 번 다시 짓지 말자고 마음을 추스르며 그녀는 자꾸만 흘러내리는 눈물을 훔치고 또 훔쳐 닦았다.

"어디로 가야 하나?"

정처 없는 인생이었다. 몇 안 되는 막차의 승객들이 잠이 들거나 저마다 묵묵히 앉아 있는 차내는 히터의 열기가 메스꺼운 냄새를 풍기며 헛구역질을 자꾸만 끌어올렸다. 속세를 떠나 무상한 운수납자로雲水衲子로 사바세계를 떠돌아다닐 때는 그래도 종단의 사찰이 아니면 포교당 어디라도 방부를 청해 하룻밤 머물 수 있고, 여인숙이든 여관이든 밤이슬을 피해 할 수가 있었지만 맺어 안 되는 불매인과不昧因果로 파탄 난 아수라의 지옥을 황황히 도망쳐 나온 여자의 수중엔 쩔렁거리는 동전 한 닢이 없었다.

"아마 부처님께서 시련을 주시는 걸 보니 큰 스님으로 만들려는 모양이다."

늙은 어머니는 아직도 출가한 딸자식에 대한 기대와 소망을 저버리지 않고 있었다.

"3년 안에만 돌아가면 된다고 들었는데 그만 속세를 접고 다시 절집으로 돌아가는 것이 좋을 것 같구나."

죽기 살기로 도망치는데 온 정신이 팔렸던 그녀는 시골집에 혼자 남겨진 어머니에게 떠난다는 인사말 한마디 못한 불효가 가슴을 저미었다.

"도망쳐봐야 어디로 갈 곳도 없는 것을."

암담한 절망이 황폐해진 심신을 짓눌렀다. 오랜 세월 가없은 자존심을 팔아가며 공양(사찰 음식)을 도적질하듯 축내던 절집들도 푸른 삭발 머리에 잿빛 승복을 걸치고 있을 때나 의지할 수 있던 곳이었다. 난감한 생각으로 시름겹게 차창 밖을 바라보던 그녀는 문득 뇌리를 스쳐 가는 한 생각에 얼른 핸드폰을 꺼내 들고 전화번호를 찾아 눌렀다. 신호음이 작동하면서 반가운 상대방의 목소리가 귓전에 꽂혔다.

　"명지스님이군요?"

　먼지가 켜켜이 올라앉을 만큼 서로 이렇다는 말 한마디를 나누지 못하고 깜깜히 헤어져 낯선 곳에 살아온 손 교수의 목소리가 무척 반가웠다.

　"늦은 밤중에 갑자기 전화를 드려서 죄송해요, 교수님. 저 명지예요."

　"알아요, 알아. 내가 한 번이라도 일찍 먼저 전화를 드렸어야 하는데, 잡인들을 멀리하는 수행 스님에게 번거로운 방해가 될까 하여 전화 한 번을 못 했네요."

　"막차를 타고 서울로 가는 있는 중입니다."

　"무슨 일로 퍽 늦으셨나 보군요?"

　"어쩌다 늦은 막차를 타게 되었습니다. 서울에 도착하면 아무래도 밤이 늦을 것 같군요."

"말씀을 듣자니 아마도 계실 곳이 마땅치 않은 모양이군요?"

"사실은 그래서…"

처지가 급한 명지는 예의염치조차 가릴 여유가 없었다.

"무슨 말씀인지 알겠어요. 저는 지금 친구가 갑자기 상喪을 당해 지방에 내려와 있습니다."

"집에 안 계시다구요?"

다급한 마음에 염치없이 전화를 걸었던 명지는 손 교수가 서울 아파트에 없다는 말에 가슴이 덜컥했다. 밤은 자정이 넘어가고 있었다.

"아파트를 비워두고 지방에 내려온 것이 마침 잘 되었네요. 괜찮으시다면 제 아파트 위치와 현관문 키 번호를 문자로 전송해 드릴 테니 찾아가 보시지요."

차가운 밤이슬 속에 하룻밤을 보낼 일이 암담하던 명지는 이를 데 없이 반가웠다.

"교수님 아파트는 저도 대충 알고 있습니다."

"그러시다면 다행이군요."

"아파트는 정화사에서 멀지 않아요. 밤이라도 아파트단지를 찾는데 어렵지는 않을 겁니다. 부담을 갖지 마시고 찾아가 편히 쉬십시오. 친구 장례를 마치는 대로 올라가겠습니다."

"고맙습니다, 교수님."

명지는 편한 마음으로 안도했다. 밤이 이슥하니 깊어 서울 버스터미널에 도착한 명지는 손 교수의 아파트를 찾아가는 데도 그다지 어려움이 없었다.

손 교수가 보내준 아파트 자물쇠 키 번호를 차례로 누른 다음 현관문을 열고 들어서자 어두운 집 안에서 퀴퀴한 냄새가 낯선 불청객을 밀어내듯 덤벼들었다. 커튼이 양쪽으로 밀려 있는 거실은 바깥 불빛이 희미하게 번져 있었다. 명지는 핸드폰을 켜 들고 전등 스위치를 찾아 눌렀다.

거실 천정에 둥그렇게 매달린 LED전등 불빛이 눈부시게 밝았다. 집안 공기가 썰렁했다. 거실엔 단조로운 소파와 탁자, 그 전면에 텔레비전이 놓여 있었다. 그녀는 힘들었던 긴장과 무겁게 지친 몸을 소파에 풀썩 던졌다. 막차를 타면서 그때까지 아무것도 먹지 못했던 허기와 갈증을 느낀 그녀는 소파에서 일어나 주방으로 들어가 식탁 위에 놓인 컵을 집어 들고 수돗물을 받아 벌컥벌컥 들이마셨다. 버스를 타고서도 난폭한 남편에게 쫓기던 불안과 공포가 조금 진정이 되었다. 비로소 정신이 드는 것 같았다. 그녀는 차츰 마음의 안정감을 찾으면서 방문이 비스듬히 열려 있는 방안을 슬그머니 들여다보았다. 손 교수가 고향 친구 부음을 듣고 얼마나 크게 놀라 황급히 달려갔는지, 침대 이부자리가 몸만 빠져나간 채 그냥 놓여 있었다.

"아직도 혼자 살고 계신 것인가?"

명지는 자신이 지금 무슨 생각을 하고 있는 것인지 모를 일이었다. 그녀는 다시 소파에 몸을 던져 누웠다. 그동안 남편의 난폭한 공포에 떨던 긴장, 육도 아수라 파멸의 소굴에서 죽도록 시달려온 심신의 피로가 노곤하게 몰려오고 있었다.

"인연은 복잡하게 얽힌 사연事緣의 번뇌를 낳는 것을…."

명지는 한때나마 비구니 스님의 승복을 입고 손 교수에게 아늑한 마음으로 연정을 품었다. 물론 부질없는 망상 번뇌였다. 승복을 벗고 되돌아온 속세에서 몸과 마음이 허물어질 대로 허물어지면서 만신창이가 되어버린 그녀는 소파에 쓰러진 채 혼곤한 잠에 빠져들었다.

얼마나 깊고 오랜 숙면에 빠져들었을까? 명지는 어렴풋이 잠이 깨어나면서 아파트 현관문 소리에 벌떡 이러나 쫓아나가다 우뚝 멈춰 섰다. 현관문을 열고 막 들어서던 남자는,

"죄송합니다."

몹시 민망하게 당황하면서 고개를 들지 못하고 곧장 돌아서 나갔다. 남의 아파트를 잘못 찾아 들어온 것처럼 한 층 위로 뛰어 올라가던 그는 다시 내려와 현관문을 벌컥 열고 들어왔다.

"저어, 누구신지요?"

손 교수는 까만 머리에 청바지를 입고 서 있는 여자를 쳐다보며 물었다.

"벌써 올라오셨군요."

거실 소파에 쓰러져 혼곤한 잠에 빠져들었던 명지는 어렴풋한 비몽사몽 간에 날이 훤하게 샌 걸 뒤늦게 알아차리고 놀랐다.

"누 구구신지?….."

손 교수는 자기 아파트에 들어와 있는 여자가 누구인지 어리둥절하게 바라보았다. 여자는 고개를 가슴에 묻고 있었다. 언젠가 취중에 한번 아랫집 아파트를 잘못 들어가는 실수를 범했던 손 교수는 자기 집에 들어와 있는 여자를 다시 쳐다보았다.

"저 명지예요, 교수님."

"뭐라구요?"

손 교수는 머리가 까맣게 덮힌 여자를 긴가민가하게 살펴보았다. 잠깐 얼굴을 들었던 여자는 다시 고개를 푹 숙였다.

"저 명지 맞아요, 교수님."

그랬다. 예전의 비구니 명지스님이 분명했다. 지나간 날들이 엊그제 같건만 중생들의 속세와 부처의 법계가 한순간에 뒤바뀌듯 몰라보게 일변한 모습에 당황한 손 교수는 까만 머리에 푸른 청바지를 입고 서 있는 속인을 얼없이 바라보았다. 흰 눈이 하얗게 얼어붙었던 겨울 산골짜기 약수터에서 온 감정을 빼앗겼던 인연이 연정으로 발전하면서 보고 싶고 궁금하고, 그립던 마음 같아선 두 팔을 벌려 품에 끌어안고도 남으련만 손 교수는 그저 얼떨떨하게 바라보기만 하였다.

"뭐라고 드릴 말씀이 없습니다."

명지는 축축히 젖은 목소리로 말했다.

"속인으로 돌아왔구려."

손 교수는 한숨으로 말했다. 그의 뇌리엔 깨끗한 보름달처럼 맑고 단정하던 비구니의 모습이 좀체 눈앞에서 지워지지 아니했다. 어찌하여 부정한 속세의 인연을 끊고 팔만사천 번뇌, 죽고 사는 속박에서 벗어나 고요하게 살던 선승이 속세의 고통을 참고 견디어야 하는 인토 사바세계로 되돌아온 것인지, 눈앞에 빛바랜 청바지에 검은 머리의 여자를 망연자실 바라보았다.

"얼굴은 또 왜 그런가?"

검게 먹피가 진 여자의 몰골에 손 교수는 가슴이 철렁 무너져 내렸다. 선善과 부처의 자비를 품은 승복이 아닌 속인의 옷가지를 걸친 여자의 목에 구렁이가 감기듯 검푸른 핏발이 얼룩진 상처를 보며 손 교수는 까무러칠 것처럼 몸을 비척거렸다.

"저를 용서하세요, 교수님…."

명지의 두 눈에서 굵게 떨어지는 눈물이 발등을 때리고 있었다.

"사는 게 몹시 힘들었든가 보구면."

"이렇게 부끄러운 모습을 보여드려서 죄송합니다."

"지금 내 앞에서도 몸을 벌벌 떨고 있딜 않은가. 그 일그러진 얼굴의 상처는 또 어느 야만인의 짓이란 말인가?"

시퍼런 눈퉁이와 터진 입술, 목 뒤로 돌아가며 붉게 핏발이 얼룩진 상처를 보면서 손 교수는 경악했다.

"인업의 응보입니다."

마음대로 자르고 끊을 수 없는 게 사람의 인연이던가, 행복한 사랑이 무지개처럼 물들던 한때의 그 애정이 식어버린 잿더미에서 또다시 훈기가 피어올라 사랑의 불씨가 살아나듯 손 교수는 명지의 얼굴에 흐르는 눈물을 닦아주었다.

"속세로 돌아왔으면 속인으로 조용히 살았어야 하는데 경솔하게 그만….”

명지는 달리 할 말이 없었다.

"사바세계 중생들이 사뭇 비비대기를 치고 살다 보면 잇속을 다투는 일들이 다반사처럼 벌어지고 하는 거라네. 모든 것이 세속에 어둡고 서툴러 생긴 일들이니 마음에 두지를 마우.”

"몸의 상처들이 예사롭지 않은데 병원에 가봐야 겠구먼?”

"아닙니다. 하루 이틀 지나면 낫겠지요.”

성미가 워낙 급하고 거친 다혈질의 남편은 몸은 비록 사람이라지만 짐승 같은 존재였다. 말마디라도 귀에 거슬리게 되면 난폭한 주먹질로 나오는 사람과 살을 섞고 살면서 무명에 갇힌 딱한 중생이려니, 털끝만큼의 교만이나 행티를 보이는 일을 애써 조심하던 배려가 오히려 오만방자한 콧대로 잘난 잡년이 되고, 하늘 같은 남편을 얕잡아보고 무시하는 계집이 된 것이었다. 명지는 처음 얼마 동안 모든 일들은 속세의 원만한 삶을 살기 위하여 통과 의례쯤으로 여겨온 것이었다.

"아직도 혼자 사시나 봐요?”

명지는 몇 번 망설이다 물었다.

"번거로운 삶이 싫었구먼."

동족상잔의 남북전쟁에 가족이 풍비박산, 전쟁고아로 혈혈단신 월남하여 자수성가한 손 교수는 결혼에 실패한 이후 애달픈 망향의 한을 가슴에 끌어안고 혼자 살아온 것이었다.

"내가 오늘같이 놀랍고 반갑고 즐거운 적이 없어."

"갑자기 무슨 말씀이세요?"

"푸른 삭발 머리 비구니 스님이 갑자기 까만 머리에 청바지를 입은 모습을 보니, 이게 꿈속인지 생시인지 도무지 모르겠어."

"사바세계 중생들의 삶이 그렇게 각박하고 험한 줄은 미처 몰랐습니다."

환속한 세상에서 살아온 날들을 돌이켜 보면 자신이 얼마나 중생들의 속세에 어둡고 무지몽매한 바보였는지 명지는 알 것 같았다.

"다른 데로 어렵게 갈 생각을 말게. 오래전에 명지스님이 잠시 살던 집으로 돌아왔다고 생각하면 좋겠구먼."

"보시는 것처럼 저는 이제 스님이 아닙니다. 비록 머리를 검게 기르고 옷가지가 바뀐 속인이 되었다지만 이제 마음이라도 여일한 비구니로 남아 살고 싶습니다. 계戒를 받은 불가의 종전 법명法名 그대로 명지明智라고 불러주세요."

손 교수의 부드럽고 따뜻하고 아늑한 사랑이 주는 감동을 느끼며 명지는 눈시울을 적셨다.

"저간에 살아온 날들을 돌이켜 보면 사는 것이 죽는 것만 못하답니다."

명지는 죽고 싶도록 절망하고 있었다. 부질없는 탐심과 무명에 갇힌 채 무시로 찾아드는 숙명적 번뇌를 참고 받아들일 수밖에 없는 세상 중생들의 감인토라고 하지만 견딜수 없도록 허물어지고 망가진 자신이 너무나 애처롭고 비참하였다.

"저는 교수님을 흠모했습니다."

한겨울 춥게 얼어붙은 산골짜기 약수터에 물을 마시려고 나타난 사슴의 눈빛에 순수한 여자의 마음에 마법처럼 빨려든 사랑은 지금껏 지울 수 없이 청정한 연못의 연꽃처럼 피어 있었다.

"말씀은 안하시지만 교수님도 저와 똑같았잖아요. 우린 정말 그렇게 사랑하지 않았나요? 아니면 저 혼자만 그랬나요? 그게 아니잖아요? 교수님도 마음속에 자리 잡고 곱게 물든 사랑이 저와 똑같잖아요. 한겨울에 얼어붙은 바위의 굳센 영혼처럼요."

명지는 빠져나올 수 없는 마음의 깊은 심연深淵에서 부르짖고 있었다.

"우린 서로 말을 하지 않았지만 분명히 그랬어요. 서로 그런 속내를 속일 수가 없잖아요. 저는 그렇게 항상 혼자가 아니었어요. 물론 교수님두 그랬을 거라고 봐요. 그동안 우린 비록 서로 낯선 곳에서 외롭고 사무치는 그리움을 안고 살아왔지만 결코 혼자가 아닌 두 사람의 마음속으로 살아왔잖아요?"

명지는 지금까지 태도와 다르게 사람의 본질과 속성에 쌓인 감정을 실토했다. 첨단 물질문명에 소중한 인간성을 잃어버린 허깨비, 그 어느 누구라도 혼자 외롭지 않고, 서럽게 늙어가지 않는 것만큼 바람직하고 바람직한 것이 있을까? 혼자 먹고 혼자 잠자고, 어디를 걸어 다니거나 서 있거나 앉았거나 눕거나, 밤이나 낮이나 어둡거나 밝거나 항상 혼자 시간이 정지된 것 같은 공간의 고적감에서 헤어날 수 없이 방황하는 그림자, 맑은 아침 햇빛에 속절없이 스러지는 안개처럼 언제 어느 때 어떻게 죽을지 모르는 고독사의 망령에서 벗어날 수 있다는 것만도 부처의 어진 자비요, 만약 신이 있다고 가정한다면 그 신이 내린 최고의 영광스러운 축복이 아닐 수 없었다.

두 사람은 마음과 마음이 하나로 이어진 사랑이 아름답게 우아하게 자라온 것이었다. 소망과 욕망은 꿈속의 뭉게구름처럼 피어나고, 파노라마처럼 펼쳐지는 인생이었다.

"그래, 늦지 않았어."

손 교수는 마음속으로 아름다운 사랑을 속삭였다. 은연중 마음이 이끌리는 인연이고 불러온 사랑이었다.

아파트 꿈의 보금자리는 꿈결같이 행복한 삶의 나날이 시위를 떠난 살처럼 빠르게 지나가고 있었다.

명지는 손 교수와 즐거운 쇼핑과 산책, 나들이를 하면서 살아가던 어느 하루 손 교수가 지방 초청 강연을 떠나고 혼자 남아 있던 명지는 베란다 화초에 물을 주고 있었다.

현관 인터폰이 울렸다. '벌써 오셨나?' 하고 명지는 현관으로 달려나갔다. 손 교수는 현관문을 열고 들어오지 않았다. 인터폰 스크린에 방문객의 모습도 보이지 아니했다.

"누구세요?"

"택배입니다."

나직하게 쉰 목소리였다.

"알았어요."

손 교수가 주문한 택배라는 생각을 하며 명지는 현관문 빗장을 풀었다. 그 순간 현관문이 벌컥 열리며 험상하게 인상이 굳은 남자가 불쑥 나타났다. 남편 행세를 해온 박 사장이었다.

"다 당신이 여길 어떻게?"

혼겁한 명지는 두 눈을 하얗게 뒤집으며 부들부들 몸을

떨었다.

"도망치면 내가 못 찾을 줄 알았지?"

남편은 냉큼 한입에 집어삼킬 것처럼 포효했다.

"나와, 이 년아?"

남편은 머리채를 휘어잡았다."

"왜 이래요? 난 당신한테 할 만큼 한 사람이에요. 제발 이러지 말아요."

명지는 손 교수의 전화번호가 들어 있는 핸드폰을 방치한 것이 결정적인 실수였다.

"이혼 좋아하네, 이혼은 네년 혼자 하냐? 넌 아직 혼인신고서 잉크도 마르지 않은 내 마누라야. 그거 알겠어?

사태는 험악한 극단으로 치닫고 있었다.

"하라는 대로 할 테니 이러지 말아요."

"염병 떨지 말고 순순히 따라와. 늙은이가 집에 없다는 것도 다 알고 있어. 계속 앙탈을 부리면 여기에서 맞아 뒈질 줄 알아."

때와 장소가 어디든 간에 남편은 난폭한 주먹질로 나올 기세였다.

"날 좀 제발 놔줘요."

명지는 두 손을 피 나도록 빌어가며 애원했다.

"애걸복걸할 거 없어. 순순히 따라오면 살려줄 테니까

어서 나와."

남편은 미친 야수처럼 으르렁거렸다.

"내가 뭘 더 어쩌라는 거에요?"

청천 하늘에 날벼락처럼 부지불식간에 들이닥친 재앙은
그동안 안정 속에서 피어나던 그녀의 인생이 또다시 짓밟
히고 있었다.

5

눈 부신 햇빛 속에 싱그럽게 반짝거리던 나뭇잎들이 누
렇게 퇴색하면서 한두 잎 마른 낙엽이 허공에 기우뚱거리
며 떨어지고 있었다. 크고 넓어 보이는 침대에 깊숙이 가
라앉은 노부부에게 두 수녀와 함께 찾아온 10대 소녀가 슬
픈 바이올린을 연주를 하는데, 그 노래가 일본 제국의 식
민이었던 우리 민족의 애창곡 '봉선화'였다.

울 밑에선 봉선화야
네 모양이 처량하다.
길고 긴 날 여름철에
아름답게 꽃 필 적에

어여쁘신 아가씨들
너를 반겨 놀았도다.

똑같은 곡이라도 연주하는 사람과 장소에 따라 저마다
감정이 실려 분위기가 바뀌는 것처럼 지난 일제 치하의 우
리 민족에게 널리 불리던 '봉선화'의 가냘프고 아련한 노
래였다. 죽음에 가까이 이른 노 부부는 어떤 감정으로 듣
고 있을까. 하루가 다르게 낙엽이 지면서 변하는 가을풍경
을 바라보며 바이올린 연주를 듣고 있던 병상의 손 교수는
눈가에 맺히는 눈물을 훔치며 끊겼던 이야기를 계속했다.
 "지방에서 강의를 마치고 돌아올 때마다 반갑게 쫓아 나
오던 당신의 숨기척도 들을 수가 없더구만 잠깐 어디 나
갔나보다 하고 들어서는데 이상하게 썰렁하니 피비린내가
느껴지지 않겠어. 정신이 번쩍 들더구먼. 집안 곳곳을 살펴
보는데 현관 타일 바닥에 피가 묻어 있지 않겠어. 깜짝 놀
랐지."
 손 교수는 말을 쉬어가며 천천히 이어 나갔다.
 "그제야 명지에게 큰 문제가 생겼다는 걸 알아차렸지 뭔
가. 그때 문득 생각나는 것이 전혀 모르는 사람한테 몇 번
잘못 걸려 온 전화를 받은 적이 있는데, 별다른 생각 없이
전화를 끊고 난 뒤 이상한 생각이 머릿속에서 떠나지를 않

더니 바로 그 괴한이 바로 당신을 납치해갔다는 생각이 들더구면."

"모두 다 지난 일들이에요. 이제 그런 끔찍한 일들은 모두 잊어버리세요."

지난 일들을 모두 잊어버려야 한다면서도 당사자인 명지는 쉽게 잊히질 않았다. 달아난 제 마누라를 손에 피를 묻히며 강제로 데려가더니 자기를 거지꼴로 만들어 놓았으니 먹여 살리라면서 행패를 놓던 남편은 어두운 찻길에 만취한 고주망태로 네 활개를 펴고 드러누워 있다가 비명횡사한 것이었다.

"그 이듬해 서울에 올라와 교수님 아파트를 찾아갔더니 다른 데로 이미 이사를 하셨더군요."

명지는 그때처럼 오갈 데 없이 막막한 절망을 느껴본 때가 없었다.

"끝없이 몰리고 풀리며 거리에 넘쳐나는 행인들이 모두 사라져간 밤거리는 황량한 벌판처럼 살을 에는 삭풍만 몰아치더군요."

추위 속에 보고 싶고 궁금하고, 금방이라도 눈앞에 나타날 것만 같던 교수님의 환상에 미치도록 그리워 흘린 눈물이 명지는 무시로 강을 이루었다.

"지방에서 강의를 마치고 돌아온 그때부터 이제나저제

나 기다리고 기다려도 돌아오지 않더구먼. 그 뒤로 병이 든 몸으로 죽음을 앞두고 있다가 병원에 누워 있다가 정리할 것을 모두 다 정리한 다음에 호스피스 병동으로 들어왔다네."

"저는 그런 것도 모르구…."

명지는 아린 속 눈물로 가슴을 적셨다. "교수님, 오늘은 말씀을 너무 많이 하신 것 같아요. 편안히 좀 쉬세요."

명지는 흘러내린 침상의 담요를 끌어 올렸다.

"제가 교수님을 지키고 있을게요. 예나 지금이나 저는 교수님 속에 살아온 사람이에요. 교수님을 바라보고 있으면 무슨 생각을 하고 계시는지, 또 무슨 말씀을 하시려는지 다 알아요. 눈빛만 봐도 어떤 감정을 품고 있는지도요. 사랑해요, 교수님."

명지는 따뜻한 물수건을 가져다 손 교수의 얼굴과 양쪽 손을 부드럽게 닦아주면서 마른 피부가 촉촉한 습기를 유지할 수 있도록 바디 오일을 가볍게 발라주었다.

"교수님에게 하고 싶은 말들이 얼마나 많았는지 몰라요. 그런데 막상 교수님을 보고 있으면 제가 무슨 말을 하려고 했는지 까맣게 다 잊어버리고 하나도 생각이 안 난다니까요. 그게 무슨 조화인지 모르겠어요."

명지는 입술을 가져다 거슬거슬한 손 교수의 입술을 촉

촉하게 적셔주었다.

"저는 교수님을 이렇게 바라보고 있을 때가 제일 행복해요."

사랑하는 손 교수와 서로 마주 바라보고 있는 시간, 다시 오지 않을 시간들이 한순간 한순간 속절없이 지나가고 있었다. 명지는 어떻게 정신을 차릴 수가 없었다. 손 교수의 생명이 남아 있는 시간, 서로 마주 보며 눈으로 말하고 얼굴로 대답하고, 가슴으로 느끼고…. 그럴 수 있는 시간이 얼마나 남아 있을까? 벼랑 끝에서 가냘픈 생명의 끈을 아슬아슬하게 붙잡고 있는 것처럼 그녀는 날이 갈수록 긴박한 초조와 불안이 엄습하고 있었다.

"교수님은 여길 너무 일찍 찾아오셨어요."

명지는 야속한 원망을 한다는 것이 그만 억울한 생각이 솟구쳐 목구멍이 미어지는 눈물을 삼켰다.

"명지 얼굴을 한 번이라도 보려고 그랬나 봐."

손 교수는 얼굴에 잔잔한 미소로 머금고 말했다.

"바보 같은 이 명지를 봐서 뭘 하시게요?"

"바보라서 더 보고 싶은 걸."

"바보가 여기 있는 줄은 어떻게 알구요?"

"보고 싶은 마음이 깊어지면 예지능력이 생기는 법이야."

"진짜요?"

"그렇고 말구."

"저는 미처 몰랐네요."

"명지가 보고 싶으니까 그런 예지능력이 생기더구먼. 언젠가 내가 그런 말을 했었지. 아마."

"무슨 말씀을요."

"명지가 속세로 되돌아왔다고 하지만 심출가한 보살님이 아니신가. 보살이 절박한 생사의 갈림길에서 고통받는 환자들 곁에서 함께하는 것만큼 아름다운 수행처가 어디 있을까 하고 말이야."

"그 말씀대로 제가 지금 이렇게 교수님을 마주 보고 있잖아요. 비밀스럽고 오붓한 둥지의 새들처럼요."

"그 말이 씨가 되어 우리가 지금 이렇게 되어나 보구먼."

지난 세월의 우여곡절을 뒤돌아보면 명지는 부처의 가르침에 의하지 않고 혼자 수행하여 깨달음을 얻은 벽지불 僻支佛 성자 같은 손 교수와 맺어진 인연이야말로 감동적인 운명이 아닐 수 없었다. 호스피스 완화병동의 마지막 여정에서도 함께 동행할 수 있다면 그 모습이 얼마나 아름다운 천생연분일까 하는 생각이 그녀는 찾아들고 했다.

"새는 날아서 고향으로 돌아가고, 산야를 떠돌던 여우는 죽을 때 머리를 저 살던 굴을 향해 둔다고 하지 않는가. 아쉬운 것은 끝내 가보지 못한 북녘땅 고향이야."

"혹시 누가 알아요. 그리운 고향에 한번 가보실 수 있을지도요."

"그게 무슨 말인가?"

손 교수는 귀가 번쩍 뜨이는 생기를 보였다.

"요즘 의학이 하루가 다르게 발전하고 있잖아요. 그래서 드리는 말씀이에요."

명지는 두 번 다시 슬픈 눈물을 흘리지 않으려고 어금니를 억세게 깨물었다.

"내가 눈을 감기 전에 그런 날이 온다면 고향에 돌아가 묻히고 싶구면."

미소를 짓는 손 교수의 눈시울에 이슬방울 같은 눈물이 맺혀 있었다.

"한 치 앞을 내다보지 못하는 게 사람의 운명이라고 하지 않겠어요. 그래서 사람에겐 언제나 희망이 존재한다고 합니다."

손 교수에게 얼마 남아 있지 않은 생명을 두고 명지는 무엇을 생각하고 어쩔 시간이 없었다. 아직 못다 한 이야기를 위해 1분 1초라도 유용하게 아껴가며 써야만 했다.

"저에겐 언제나 교수님밖에 없었어요. 아무도 비집고 들어올 틈이 없었답니다."

"그건 나도 똑같았다네."

손 교수의 창백하게 야윈 얼굴이 너무나 안쓰러웠다.

"희망을 버리시면 안 돼요, 교수님. 희망은 삶의 의지가 된답니다. 저는 교수님 곁에서 한시도 떠나지 않을 겁니다. 제가 잡고 있는 손을 놓으시면 절대로 안 돼요, 교수님."

명지는 간절히 바랐다.

"사람은 오고 감이 없다지 않는가. 나고 죽는 것은 죽는 것이 아니라고 하더구먼. 그런 이치는 물론 또 하나의 죽음을 전제로 하는 것이겠지."

그랬다. 모든 생각과 기억이 흐릿하고 아득할 터인데도 손 교수는 부처의 가르침을 또렷이 기억하고 있었다. 나고 죽는 것은 되풀이되는 것이며, 수레바퀴처럼 돌아가는 윤회는 모든 생명체는 생사의 법칙에 따른 순환의 대세요, 윤회의 현실이 곧 고요한 열반이었다. 바로 내가 살아가는 제반 행위 자체로 끝나는 것이 아니라 그 행위가 낳은 업業이 된 시간 속에서 일체중생이 영속하는 것이었다.

"줄곧 말씀하시기 힘들지 않으세요? 우리 서로 쳐다보기만 해요. 눈과 얼굴로 얼마든지 이야기를 할 수 있잖아요?"

"지금처럼 이렇게 이야기를 나누는 것이 좋아. 명지를 이렇게 바라보며 누워 있는 것도 좋구."

손 교수는 얼굴에 희색이 보이고 있었다.

"그 겨울 산행길의 얼어붙은 약수터에서 비구니 스님을 처음 만난 이후 나는 혼자가 아니었다네."

"저도 그랬어요. 제가 지금처럼 언제나 교수님 곁에 있을게요."

"삼생(전, 금, 내생)에 매듭 하나 없이 미륵 세상으로 훨훨 날아갔으면 좋겠어."

손 교수는 잠을 청하듯이 지그시 눈을 내리감았다.

"우린 서로의 심장을 품고 살았나 봐요. 아주 긴 부재의 시간이 찾아온다고 해도 우린 영원히 자유로운 영혼으로 사랑을 노래하며 즐거운 춤을 추고 살 거예요."

명지는 손 교수의 귓가에 가까이 입술을 붙이고 속삭였다.

6

또 하루가 지나갔다. 어제 목욕하고 개운한 몸으로 잠이 들었던 손 교수는 잠이 자주 깨어나던 평소와 다르게 깊은 숙면을 하고 나서 또렷한 눈빛으로 바라보았다.

"기분이 좋으신 걸 보니 지난밤에 달콤한 꿈을 꾸셨나

봐요."

명지는 반가운 기쁨으로 말했다.

"하얀 백조가 헤엄치는 호수에 명지와 보트를 타고 노를 저어 가는 꿈을 꾸었다네."

"우리가 언젠가 호수공원으로 나들이를 하면서 타던 보트를 다시 또 탄 거야. 그런데 그 꿈을 막 깨기 전에 명지가 보트에서 감쪽같이 사라져 버리지 뭔가. 그래서 나는 잃어버린 명지를 찾아 죽어라 노를 젓는데 노가 그만 뚝 부러지는 거야."

"저 여기 있어요, 교수님."

하고 명지는 생긋 웃었다.

"그렇구먼. 물이 출렁거리는 보트에서 당황하다 정신을 차려보니 보트를 타던 호수가 아니라 구름바다인 거야. 햇솜이 뽀얗게 깔린 것 같은 운해雲海 말이야. 내가 옥황상제다 싶은 그때 갑자기 시커먼 먹구름이 하늘을 온통 뒤덮더니 우르르 꽝꽝 뇌성벽력이 요동을 치면서 와르르 무너지는 하늘에 나는 죽어라 노를 젓고 있었지 뭔가."

"어제 말씀을 너무 많이 하셔서 고단하셨던가 봐요."

꿈 얘기를 듣던 명지는 창밖으로 눈길을 돌렸다. 파란 하늘에 뭉게구름이 우아하게 피어나고 있었다.

"오늘 바깥 날씨가 퍽 좋은데 밖에 나가보고 싶지 않으세요?"

유난히 기분이 좋아 보이는 손 교수를 보며 명지는 넌지시 의중을 떠보았다.

"시원한 바람을 좀 쏘이고 싶은데 내가 거동할 수 있으려는지 모르겠구먼."

시원한 공기 생각만 들어도 손 교수는 답답하게 짓눌리던 가슴이 확 트이는 것 같았다.

"나뭇잎들이 붉게 물든 단풍 구경을 하기도 좋은 날씨에요."

몸과 마음이 허물어질 대로 허물어진 병상의 절망 속에서 잠시만이라도 벗어나 자존감을 찾아 자연스러운 삶을 누릴 수 있도록 명지는 세심한 정성을 기울였다.

"정말 병원에서 한번 나가볼 수 있을까?"

하고 손 교수는 반색을 보였다.

"제가 휠체어에 모시고 나갈 게요."

손 교수를 휠체어에 태우고 나갈 준비를 다 해 놓고 나자 의사가 병상으로 찾아왔다. 의사는 청진기로 환자의 용태를 이곳저곳 더듬어 진찰을 다 마치고 물었다.

"지금 환자의 상태가 어떠신지 알고 계십니까."

"압니다. 시원한 바깥 공기를 한 모금 마시고 싶네요."

손 교수는 나직하게 가라앉은 목소리로 대답했다.

"안타깝게도 제가 해드릴 수 있는 말은 좋은 얘기는 아닙니다만 그래도 들어보실 마음이 계십니까?"

의사의 말뜻을 알아챈 손 교수는 눈썹 한 가닥 흔들리지 않는 체념으로 고개를 가로저었다.

"나 혼자 한 발짝이라도 걸어봤으면 좋겠어요."

"그러시겠지요."

의사는 옆으로 조금 비켜섰다. 환자 곁으로 다가온 간호사는 환자에게 진통제를 놓아주었다.

"교수님은 충분히 바깥나들이를 하실 수 있어요. 몸을 조금 움직여 보세요."

하고 명지는 간호사의 도움을 받아 손 교수의 침대를 비스듬히 눕혀 놓았다.

"괜찮으시지요? 제가 얼굴을 좀 닦아 드릴게요."

명지는 따뜻하게 적신 물수건으로 손 교수의 이마와 얼굴, 양손을 차례로 닦은 다음 침대에 누워 지내면서 눌린 머리숱에 물기를 조금 적시고 헤어 드라이어로 단정하게 빗어주었다. 누렇게 메마른 피부, 핏기가 한 점 없는 얼굴에 윤기 나는 화장품으로 매끈하게 단장을 시키고 나서 미리 준비해 놓은 베이지색 양복을 말쑥하게 입혀주었다. 단정해진 손 교수는 병상의 환자가 아니라 초로의 신사였다.

"교수님, 보기 아주 좋으세요."

몸치장까지 말끔하게 마치고 난 명지는 손 교수를 휠체어에 태우기 위해 침대에 누워 있는 손 교수의 어깨와 허리 밑으로 손을 밀어 넣고 가만히 들어 올리는데 가슴이 섬뜩할 정도로 야위었다. 아직 초로에 불과한 남자의 몸이라서 조금은 무거울 줄 알았던 손 교수는 생각보다 왜소하게 붙어 있는 근육이 거의 없이 꺼슬꺼슬한 피부와 앙상한 뼈마디로 남아 있었다.

"병원을 나갈게요. 기분 좋으시죠?"

명지는 손 교수를 살펴보며 물었다. 손 교수는 고개를 가볍게 끄떡거렸다. 명지는 선선해진 가을 날씨가 환자에게 추울 수도 있고 임종을 앞둔 환자의 상태가 갑자기 나빠질 수 있기에 미리 폭신한 담요를 한 장을 더 준비해서 천천히 휠체어를 밀고 병원을 나섰다.

공원은 한적하게 산책객들이 별로 없었다. 파랗게 높아진 하늘엔 초가을의 새털구름이 깔려 있었다. 키 크게 자란 은행나무와 단풍나무들이 군데군데 수림을 이루고, 솔가지가 이리 휘고 저리 뻗으며 외틀어진 노송들은 운치를 자아내고 있었다. 녹색의 연잎들이 떠있는 연못엔 그새 꽃잠자리가 날고 있었다.

"나무 숲의 신선하고 향기로운 공기를 내가 언제 마셔보았던가?"

손 교수는 그동안 병상에 누워 있던 날들을 반추하며 덧없이 바뀌고 변하는 생멸生滅의 허무를 느끼고 있었다. 그랬다. 산뜻하고 쾌청한 공원 나무숲 속의 신선한 공기를 마시는 중에도 그의 임종은 시시각각 다가오고 있었다. 손 교수는 고개를 들고 나무숲 사이로 조각난 하늘을 우러러보면서 자연의 향기와 우아한 아름다움에 새삼 신비스러움을 느끼고 있었다.

"산책객들도 별로 없이 쾌적하군요."

둘레길이 나 있는 산자락까지 널따랗게 나무숲이 우거진 공원의 산책로를 따라 명지는 천천히 휠체어를 밀고 들어갔다. 군데군데 벤치에 앉아 있거나 여유롭게 산책을 즐기고 있는 사람들 가운데 병원에서 잠시 나온 경상 환자들이 링거 수액이 걸린 폴대를 한 손에 잡고 거닐거나 벤치에 앉아 담소를 나누기도 하고, 회복 중인 환자들은 간병인의 부축을 받으며 조용히 거닐고 있었다.

온화하게 미끄러지는 미풍에 꽃들은 방싯거리며 피어나고, 신록의 질박한 나무들로 우아해지고 나면 가을 황금빛으로 물든 낙엽이 우수수 허공에 춤을 추고 떨어지면서 헐벗은 나뭇가지에 하얀 눈꽃들이 탐스러울 때, 눈 덮인 설원의 대지는 잠에 빠져 행복한 사랑의 꿈을 꿀 터이었다.

"내게 주어진 시간이 얼마나 남았을까?"

손 교수는 파란 가을하늘을 다시 우러르며 긴 한숨을 내쉬었다.

"여자의 삶을 제대로 살아보지 못한 저는 속세의 만신창이가 되고 난 뒤에 비로소 교수님의 깊고 소중한 사랑의 아름다움을 알았답니다."

명지는 벌써 비정한 이별의 아픔을 느끼고 있었다.

"이 손봉주도 명지와 다를 게 없다네."

하고 손 교수는 말을 덧붙였다.

"어머니 품속같이 아늑한 북녘땅 고향을 떠난 전쟁고아로 자라 대학 강단에 서서 잡소리나 지껄이는 허깨비가 되어 허튼춤을 추며 살아온 것 같구먼."

손 교수는 어쩌면 한 시대의 인간 정신에 확실히 메시지를 던지며 살아온 철학자였다. 그는 고요함 속에서 고독을 즐기며 덕과 지혜가 뛰어난 성자聖者요, 어느 누구의 가르침에도 의하지 않고 혼자 수행으로 깨달음을 얻은 벽지불僻支佛이었다.

"속세 중생들이 하나같이 버림받은 소외와 번뇌에 방황하고 몸부림치면서도 못난 사람 하나 없고, 저마다 잘나고 출중하지만 황량한 광야에 고독한 삶으로 적막하고, 세상 사는 모습들이 하나같이 허깨비 허튼춤을 추고 있다는 생각이 들곤 합니다."

공원을 걸으면서 이야기를 나누는데, 간간이 곁을 스치며 지나가는 사람들이 휠체어의 환자를 보며 가엾은 눈길을 던지고 했다.

"단풍이 퍽 곱지요, 교수님."

명지는 붉게 물든 단풍나무를 고갯짓으로 가리키며 말했다.

"가을의 열정이야. 아 참. 내가 얘기를 하다 깜박 잊을 뻔했구먼."

손 교수는 문득 무슨 생각이 떠올랐는지 휠체어를 멈추게 했다.

"몸이 불편하신 건 아니시구요?"

"내게 남은 시간이 별로 없다는 걸 알고 있어. 죽은 사람은 산 사람의 부담스런 몫으로 남을 텐데 어쩌나?"

"별걱정을 다 하세요. 저하고 재미 있는 얘기를 해요."

"내 베개 밑에 서류 봉투가 하나 있어. 그걸 보고 당신이 내 모든 걸 알아서 정리를 해주면 좋겠구먼."

손 교수의 말소리가 갑자기 가늘고 어눌해지면서 상태가 놀랍게 급변하고 있었다.

"많이 피곤해 보이시는데, 이제 말씀을 그만 하세요, 교수님."

명지는 당황스럽게 손 교수의 말을 잘랐다. 손 교수는

갑자기 고개를 힘없이 꺾으며 앞가슴에 묻었다.

"교 교수님?"

명지는 기겁했다.

"…?"

손 교수는 아무런 반응이 없었다.

"교수님?"

명지는 서둘러 휠체어를 밀고 병원으로 달려갔다. 휠체어를 타고 있는 환자가 맥없이 축 늘어진 모습을 보고 막다른 임종을 예감하듯 간호사들이 화급히 달려들면서 병동으로 이동했다.

"언제부터 그랬어요?"

황급히 달려온 의사가 물었다.

"말씀을 잘하시는 것 같더니 갑자기…."

명지는 경황없이 몸을 부들부들 떨었다. 눈을 감은 손 교수는 미동이 없었다. 눈을 열어보던 의사는 환자의 동공이 풀렸는지, 얼른 청진기를 가슴으로 가져다 더듬었다.

"혼수상탭니다."

청진기를 한 손에 거둬 쥔 의사는 환자의 마지막 생명이 다한 임종을 입에 올렸다. 명지는 눈앞이 암흑으로 일변했다.

"지금 뭐라고 말씀하셨어요?"

명지는 말을 잘못 알아들은 것처럼 의사에게 물었다.

"가족에게 연락하세요."

"임종이신가요?"

다그쳐 묻는 소리에 의사는 고개를 끄떡였다.

"아닙니다, 아직은 아니에요."

명지는 허물어지는 몸을 가눌 수가 없었다. 손 교수의 용태가 눈에 뜨이게 나빠지고 있었다. 너무 일찍 찾아온 임종이었다.

"시간을 좀 더 아낄 것을…."

생명이 가냘프게 남아 있는 순간들을 가을 단풍이 물든 공원의 수려한 자연 속에서 함께 할 수 있도록 배려한 것은 인류의 위대한 스승 부처의 어진 자비요, 성자 벽지불의 영혼이 좋은 곳에 승천하도록 내린 지고의 선물일 것이었다.

"못난 비구니가 당신을 사랑한 게 죄였나 봐요? 사랑은 죄가 아닌 것을 아시면서 어쩌면 그렇게도 야속하게 재촉해서 여정을 떠나십니까. 조금만 아니, 그토록 떠나는 여정이 급하셨다면 10분, 아니 1분이라도 더 머물다 떠나셨어도 제 마음이 이토록 아프진 않을 것입니다."

남은 생명을 한시도 가만히 놓아두지 않고 절박하고 잔인한 이별, 소리치고, 울부짖을 것도 정녕 아니었다. 명지는 경건한 마음속으로 애도했다. 서로 뜨거운 격정의 숨을 들이마시며 행복했던 사랑의 비밀, 그 모든 것들이 영원히 자신의 가슴에 남아 잊지 못할 것이었다.

"교수님, 눈을 한 번만 떠보세요."

명지는 점점 차가워지는 손 교수의 손을 잡고 조금이라도 따뜻하게 체온을 나누려고 손을 가져다 양 볼에 번갈아 비볐다.

"이 가엾은 여자를 매정하게 홀로 두고 떠나시려 합니까? 이 명지는 당신의 명지였습니다. 명지를 데리고 가세요."

두 눈을 꼭 감고 잠잠한 손 교수는 어디로 무엇을 찾아 헤매고 있는지, 길고 가느다란 숨을 천천히 쉬어가며 깊은 심연으로 빠져들고 있었다.

"당신은 한 번 더 명지를 돌아보지 않고 모질게 가시렵니까?"

하소연도 부르짖음도 아무런 소용이 없었다. 고요히 가라앉은 침묵의 시간은 숨 막히게 지나가고 있었다.

"기어이 당신 혼자 번뇌의 결박을 끊으시고 평화로운 열반의 꽃밭에서 즐거운 기쁨을 누리시렵니까? 저에겐 이 차가운 손에 잔인한 침묵만을 남기시구요? 야속합니다. 정말 야속합니다. 오실 적에 마냥 기쁘고 가실 적에 슬프거든 애당초 오시지나 말았으면 돌아서 가실 일도 없었을 것을."

하소연과 원망을 해도 손 교수는 두 눈을 꼭 감은 모습으로 말대꾸 한마디 없었다. 명지는 혼자 넋두리를 계속했다.

"교수님, 지금까지 명지가 당신 곁에 있듯이 당신 곁에 있겠습니다."

시간이 흐르면서 손 교수의 숨소리는 느리고 가늘어지고, 생명이 자지러들면서 파르르 떠는 경련으로 사지를 뻗고 죽음의 자리를 잡아가면서 마지막 숨을 뚝 멈추었다. 새벽어둠이 한 꺼풀씩 벗겨지기 시작하면서 여명이 밝아오는 아침 05시 27분이었다.

"기어이 가셨군요."

명지는 더 울지 않았다. 슬픔에 겨워 흐느껴 울 기력도 남아 있지 않았다.

"멀고 먼 길 혼자 떠나는 당신은 얼마나 고단할까. 당신을 따라가자 해도 억세게 부여잡는 손길 야속하게 뿌리치고 떠난 사람, 다시 돌아오지 못할 길을 보내는 이 마음의 슬픔이 크고 깊고 깊어 한없이 흘러내리는 눈물이 강이 되어 흐릅니다."

명지는 꺼억 꺽 흐느껴 울면서 못다한 애정의 슬픔을 이

기지 못해 노래를 지어 불렀다.

"모든 것이 고통스럽고 덧없네 / 오직 고요한 평화 즐거우리 / 깨끗하고 아름다운 열반정토 / 당신 먼저 고이 드시구려 / 가엾이 홀로 남은 이승 / 사랑하는 당신의 명지 / 부정한 것 가득 찬 / 인간 세계 감인토堪忍土에 잠시 머물다 / 당신을 따라가오리다."

사랑과 죽음, 영혼을 이야기하며 마지막 정거장에 머물던 나그네처럼 떠나버린 손 교수의 장례는 널리 부음을 전하지 아니하고 평소 자별하던 몇몇 학계 문상객들의 애도로 간소하게 마무리한 후에 명지는 영정과 화장한 유골을 품에 안고 손 교수를 처음 만나던 정화사 산골짜기 눈이 하얗게 얼어붙었던 약수터 골짜기를 거슬러 올라 눈 밝은 선객 하나 찾지 않는 암자를 찾아들었다.

겨울 추위가 일찍 찾아온 산골짜기는 가느다란 눈발이 희끗희끗 나부끼고 있었다. 암자는 정화사 말사末寺라고 하지만 찾는 선객 스님이 없이 방치된 전각은 낡을 대로 낡아 금방이라도 허물어질 것만 같았다. 명지는 전각 어두운 동굴에 촛불을 밝히고 석불 오른쪽에 손 교수의 영정과 유골을 정중히 안치하고, 향을 사른 다음 물러나 지극한 마음으로 오체투지 3배를 올리고 좌복坐服 위에 허리를 곧게 피고 앉았다.

"부무상계자 입열반지요문 월고해지자항 시고 일체제 불…."

인생길 마지막 정거장에 잠깐 머물다 떠난 손 봉주 교수가 속세의 번뇌에서 홀연히 벗어나 깨끗한 정토에 태어나도록 명지는 지극한 마음으로 무상계無常戒 염불을 하였다.

허망한 사대육신 인연 따라왔다 인연 따라 가니, 사바고해 괴로운 고통은 바람에 흩날리고 서방정토 왕생하여 아미타불 친히 뵙고 부디 성불하기를 하염없는 눈물로 빌며 밤을 지새운 명지는 어두운 새벽 가부좌를 풀고 일어나는데, 푸드드득 힘찬 날갯짓 소리와 함께 커다랗고 하얀 새 한 마리가 동굴 밖 부잇한 여명 속으로 날아가고 있었다.

<창작노트>

   사람의 생명이 마지막에 이른 호스피스 완화병동 만큼 슬픈 곳이 없을 터이다. 절친의 병문안을 갔을 때 호스피스 병동처럼 무겁게 가라앉고 고요한 곳이 없었다. 사람의 마지막이 그렇게 엄숙한 것인가 보았다.

<불교용어>

천도(遷度): 죽은 이의 영혼을 좋은 세계로 보내고자 행하는 불교 의식.

포행(布行): 승려들이 참선하다 잠시 몸을 풀며 걷는 일.

불목하니: 절에서 허드렛일을 맡아서 하는 사람.

화두話頭 : 참선 수행자가 깨달음을 얻기 위하여 참구(參究:진리를 찾음).

벽지불(辟支佛): 부처의 가르침에 의하지 않고 혼자 자신만의 노력으로 깨달음을 얻은 성자 혹은 독각獨覺.

방부(房付): 수행자를 받아들여 머물게 하는 것.

열반(涅槃): 번뇌가 소멸된 상태 또는 완성된 깨달음의 세계를 의미함.

운수납자(雲水衲子): 돌아다니는 승려를 무상한 구름과 물에 비유함.

예토(穢土): 부정한 것이 가득 찬 인간 세계를 이르는 말.

감인토(堪忍土): 중생이 갖가지 고통을 참고 견뎌야 하는 세상.

무상계(無常戒): 영가(靈駕: 죽은 사람의 넋)에게 무상의 진리를 설하여 생사에 대한 집착을 버리고 열반의 즐거움을 찾게 하기 위한 법문.

생
과
사
의
비
망
록

이른 봄날 회반죽 같은 안개가 악마의 냄새를 풍기며 온종일 음산하더니 저녁 무렵이 되자 세찬 비바람을 몰고 오면서 시장 사람들이 썰물 지듯 빠져나간 거리에 빈 좌판 몇 개만 썰렁하게 남았다.

굵은 빗방울이 좌판 파라솔을 후드득 두들기며 떨어지는가 싶더니 금세 굵은 장대비를 퍼부으며 흥건한 시장바닥 빗물이 이리저리 갈피 없이 흘러내린다. 사나운 저뤼가 찾아들듯 질긴 코감기를 달고 사는 정임네는 자꾸만 흘러내리는 콧물을 훌쩍거리며 모닥모닥 쌓아 놓은 양파와 호

박, 감자, 나물 바구니를 거둬들이기에 정신이 없다.

"날씨가 시도 때도 없이 별쭝맞은 변덕을 부리는지 모르겠네."

돈벌이도 시원찮은 노점에 날씨마저 극성을 부리는 심술에 정임네는 거둬들인 물건들에 천막을 덮어가며 속이 타는 울상을 지었다.

"우라질 사내는 어디서 꾸물거리고 자빠져 아직 안 나타나는 거야?"

빗발은 더 거세지고 있었다. 쏟아지는 빗발에 쫓기며 좌판을 거둬 장짐을 싸놓고 어두운 빗길을 바라보던 달희네는 싸느랗게 곤두선 눈매로 사나운 성깔을 터뜨리는데, 시장 길목으로 타이탄 트럭이 나타나면서 빗속을 쏜살같이 달려온다.

"이 썩을 인간아, 낮인지 밤인지 분간도 못 해? 어디 자빠져 꾸물거리다 이제 오는 거야?"

양쪽 볼이 오동통하게 부어오른 달희네는 마을을 돌며 과일 행상을 하고 돌아온 남편에게 질그릇 깨지는 소리를 쏘아붙였다. 성깔이 불같은 마누라에게 당한 남편은 쩍말 없이 주눅이 든 강아지 마냥 두 눈을 끄먹거리며 파라솔 아래 꾸려놓은 장짐을 번쩍 들어다 트럭 짐바리에 실었다.

"우리 먼저 갑니다. 낼 또 봐요."

남편을 모질게 잡도리하던 달회네는 언제 그랬냐는 듯이 훈훈한 말씨로 사근사근 바뀌어 남편 트럭에 올라타고 손을 흔들며 빗속에 표표히 사라진다.

굵은 장대비는 계속해서 주룩주룩 퍼붓는다. 노천시장에 남아 있는 장사꾼 하나 없다. 정임은 단골식당에 배달해 줄 배추와 대파를 비닐 부대에 담아 오토바이에 실어 놓고 팔다 남은 물건들이 새벽 추위에 얼지 않도록 천막을 덮어 놓았다. 먹장을 갈아 부은 듯 어둠에 싸인 시장바닥으로 그칠 줄 모르는 장대비가 주룩주룩 쏟아지고 있었다. 어물전 좌판에서 흘러내리는 생선비린내와 쓰레기더미에서 풍기는 악취와 함께 어둠이 까맣게 고인 구석에서 흉측한 괴물이 뛰어나올 것만 같았다. 주문한 물건을 어서 갖다주자고 배달 오토바이를 끌고 나온 정임네는 억수같은 빗발 속으로 시커멓게 기어 나오는 것을 보고 멈칫했다.

"저 저게 뭐람?"

어두운 빗발 속에 꿈틀거리는 물체와 함께 시장바닥이 긁히는 소리에 정임네는 등골이 오싹했다.

"저 저게 도대체….."

간혹 만취한 주정뱅이가 시장바닥에 네 활개를 펼치고 나뒹구는 꼬락서니를 보긴 했어도 괴물처럼 흉측한 것은 보도 듣도 못한 것이었다. 한쪽 흐릿한 시장바닥 보안등 불빛 속으로 번질번질하게 꿈틀거리는 것이 보인다.

"차르르륵 차르르륵…."

정임네는 혼겁한 전율이 척추를 따라 쭉 흘러내렸다. 머리의 화이버를 두들기며 흘러내리는 빗물을 한 손으로 훔치며 그녀는 장대비 속에 연신 꿈틀거리는 것을 다시금 바라보았다.

"저 사람은?…."

시커먼 괴물에게 냉큼 잡아먹힐 것처럼 간담이 서늘하던 정임네는 빗물이 번질거리는 괴물의 정경에 그만 입을 딱 벌리고 놀랐다. 무릎 아래 두 다리가 없는 몸으로 시장바닥에 목판을 밀고 다니는 방물장수였다. 그는 시장바닥에 깔린 목판 수레에 수세미, 행주, 고무장갑, 이쑤시개, 면봉, 방향제, 좀약, 등속의 물건들을 팔아 어렵사리 살아가는 사내였다. 그는 무릎 아래 두 발이 없는 허벅지에 고무 튜브와 타이어 조각을 두른 상체에 나막신을 낀 양손으로 시장바닥을 기어 다니는데, 언제나 흘러간 옛노래를 틀어놓고 돌아다녔다.

"쯔쯔, 산다는 게 뭔지?"

줄기차게 쏟아지는 장대비가 목판 방물장수를 두들기고 있었다. 차가운 시멘트 바닥에 납작하게 깔린 몸은 사정없이 두들기는 빗줄기에 찢기고 부서져 빗물에 다 씻겨버린 내일 아침이면 그 자리엔 젖은 물걸레만 남아 있을 것 같았다.

"사람이 산다는 게 그리 애처로운 것을."

날이 어두워지기 무섭게 퍼붓는 장대비 속에 아무리 정신머리가 없기로 목판 방물장수를 괴물로 여긴 자신의 경박한 소행머리를 알아차린 정임네는 끌고 나가던 오토바이를 얼른 잡아 세웠다.

"웬 비를 이렇게 다 맞고 다니세요?"

정임네는 너무나 가엾은 마음을 가누지 못하고 비옷을 대신할 만한 비닐 자락이라도 어디 없을까 주위를 살펴보다 자기 몸에 걸친 비옷을 벗어 방물장수에게 덮어주었다.

"날씨가 사나운 때는 일찍 들어가지 않으시구요."

정임네는 비에 흠뻑 젖은 방물장수가 안쓰럽다 못해 역정이 실린 소리를 했다.

"저는 괜찮습니다. 이 비옷을 다시 걷어 입으시고 어서 들어가시지요."

방물장수는 얼굴을 쳐들 수 없이 쏟아지는 빗발 속에 머리를 조아리며 고마워했다.

"차가운 비를 많이 맞아 병이 안 나실지 모르겠네요."

고달픈 인생살이의 서러운 고통을 감추고 사는 정임네

는 한마디 덧붙였다. 방물장수 사내의 얼굴을 적시며 줄줄 흘러내리는 빗물이 차라리 험난한 세상살이가 서러워 흘리는 눈물이라면 정임네는 값싼 동정을 쓸 것이 없이 못 본 척 그냥 지나쳤을 터였다.

"한 푼이라도 벌어야 살지요."

방물장수는 틀림없이 그럴 것이었다.

"감기, 몸살 따위야 세상에 살만한 사람들이나 걸리는 호강병이지."

기실 그러했다. 세상살이에 지친 불구의 방물장수 사내는 쉴 사이 없이 불구의 몸을 힘들게 끌고 돌아다니며 오죽잖은 푼돈 장사라도 해야 먹고 살 수 있을 것이었다. 정임네는 시장바닥 사람들 사이를 비집고 자벌레처럼 꿈틀꿈틀 기어 다니는 방물장수를 볼 때마다 안쓰럽기 이를 데 없었다. 많은 사람이 번거롭게 북적거리는 시장바닥에 흘러간 옛노래가 들려오면 방물장수가 나막신을 거머쥔 손을 성한 사람이 두 발 삼아 어김없이 돌아다녔다. 시장 사람들은 복잡한 시장바닥을 거추장스러운 애벌레처럼 꿈틀꿈틀 기어 다니는 방물장수를 보며 가엾은 혀를 차기도 하고, 기이한 생김새에 놀라듯 슬쩍슬쩍 곁눈질로 비켜 가면서 수세미나 행주 같은 목판 물건 하나 쉽게 사주는 것을 보기 어려웠다.

"세상 사는 게 누구나 그래요. 사지가 멀쩡하게 생겼어도 견디기가 힘들고, 추악한 고통을 끌어안고 사는 사람들이 많구요."

정임네는 가슴 아픈 한숨을 지었다.

"사람은 저 생긴 대로 사는 게 아니겠는지요."

목판 방물장수는 어두운 빗속을 드르륵 드르륵 목판을 밀고 기어나가면서 말했다.

"그렇긴 하지만요."

정임네는 오토바이를 타지 않고 방물장수를 따라 시장을 걸어 나갔다.

"저를 길바닥을 기어 다니는 벌레처럼 불쌍히 여기지 말아주세요. 저는 시장 사람들이 징그러운 애벌레처럼 보든 흉한 괴물로 여기든 아무렇지도 않습니다. 그건 제 자신이 그런 미물로 여기고 생각하는 것이 아니라 남들 나름대로 보고 생각할 뿐이지요. 제가 기어 다니는 벌레처럼 생각하고 비관한다면 하루 한시를 살 수가 있겠는지요. 벌써 혀라도 깨물고 죽었겠지요. 생명이 있는 것들은 여러 가지 모양을 하고 살잖아요. 저는 두 발로 걸어 다니는 사람들과 두 손으로 기어 다니는 차이뿐이에요. 저게 인정을 쓰시느라고 비를 많이 맞으셨군요. 고맙습니다."

방물장수는 담담한 말끝에 먼저 인사를 하면서 시장바

닥을 나갔다.

"내일 또 뵙지요."

정임네는 목판장수를 뒤로 하면서 오토바이를 타고 동네 길목 식당에 야채를 배달해 주고 곧장 집으로 들어오는데, 아파트부인회 간사가 앞을 막아섰다.

"비 오는데 늦으셨네요. 비까지 흠뻑 맞으시구요. 어서 좀 집으로 올라가 보세요. 아까 우리 집 베란다에서 뭐가 깨지는 소리가 나서 나가 보니까 위층 유리창이 깨진 것 같더라구요."

부인회 간사는 몹시나 불안스러운 소리를 했다.

"집에 남편밖에 없는데 그런 일이 없을 텐데요?"

정임네는 의아한 불안을 느끼며 말했다.

"우리 집도 아파트 바람벽이 사방이 갈라지고 화장실도 물이 줄줄 새서 난리예요. 녹슨 베란다 난간은 녹이 까맣게 슬어 흔들거리는 것이 언제 떨어져 나갈지도 모르겠구요."

"그래서 말인데, 도대체 아파트 재건축은 언제 한다는 거예요?"

"안전진단이 나와야만 한대나 봐요. 아파트 재건축을 빨리해야지, 수도 녹물이 뻘겋게 나오질 않나 정말 못 살겠어요."

아파트부인회 간사는 불만을 쏟아놓으며 현관을 바쁘게 걸어 나갔다. 아파트 간사의 불만을 덜미에 달고 아파트 15층 꼭대기로 엘리베이터를 타고 올라오면서 정임네는 가난한 서민들만 서러운 생각이 들었다.

"에구머니, 집 안이 왜 이래?"

정임네는 아파트 현관을 들어서기 무섭게 집안을 휘젓는 찬바람이 서리를 끼얹듯 달려들었다. 거실 밖 베란다 유리창이 깨져나가 비바람이 들이치고 있었다. 남편의 휠체어가 놀랍게 베란다에 나가 있었다.

"여보?"

청임네는 불길한 예감이 번개처럼 스쳤다. 그녀는 남편의 휠체어로 달려갔다. 휠체어 등받이에 비스듬히 몸을 기대앉은 남편의 우둥퉁한 얼굴이 푸른 납빛으로 얼어 있었다.

"아휴, 정말 미치겠네."

까탈스럽고 유난해진 남편의 심통에 정임네는 날이 갈수록 힘들게 지쳐가고 있었다.

"내가 전생에 무슨 죄를 짓고 살았다고 이런 험악한 꼴을 보고 살아야 하는지 모르겠네."

정임네는 카랑카랑한 목소리로 투덜거리며 방 안의 이불을 가져다 추위에 퍼렇게 언 남편을 감싸주었다. 어떤 어려움이라도 굴복하지 말고 억척보두로 한 푼이라도 더 벌어보자고 하루 온종일 노천시장에서 변덕이 요란한 가을 날씨에 부대끼다 집에 돌아오면 구석구석 남편의 똥오줌이 찌든 구린내가 먼저 달려들곤 했지만, 정임네는 그동안 이맛살을 찌푸리고 콧등 한번을 씰룩거리며 불구의 남편 병수발을 해본 적이 없었다.

"온종일 싸고 뭉개건 말건 그냥 방 안에 놓아두는 것을 커다란 사내 휠체어에 태워주고 나간 내가 바보 같은 년이지."

남편의 까탈스럽고 유난해지는 심통에 정임네는 조금씩 지쳐가고 있었다. 속이 펄펄 끓어오르는 불만을 억세게 참고 견디며 휠체어 까칠한 남편을 방에 데려다 놓은 정임네는 씨름 장사가 배지기를 하듯 두 손으로 육중한 남편의 허리띠를 꽉 움켜잡고 방바닥 보료에 뉘어 놓고, 가스비가야 얼마가 나오든 정임네는 방이 후끈거리도록 보일러를 틀어 놓았다.

"마음대로 움직일 수 없이 답답하거든 내가 잠깐씩 집에 들어올 때 창문을 좀 열어달라고 해요. 위험하게 베란다는 왜 나가요?"

정임네는 담요 한 장을 꺼내 들고 베란다로 나가 깨져나간 유리창을 임시방편으로 막아 놓았다.

"당신 똥오줌 냄샐 맡기 싫거든 먼저 꼭 말을 해요. 갑자기 무슨 별난 골풀인지 심통인지 부리며 휠체어를 밀고 나가 바깥 유리창을 깨 놓지 말구요. 알았지요?"

집 안에서조차 한 발짝도 거동할 수 없는 남편을 배려하여 푸르고 싱싱한 행운목에 테이블야자, 하얀 꽃대가 일년 내내 올라오는 화분과 연산홍을 함께 올려놓았던 화분대가 남편의 휠체어에 넘어지면서 공기 청정 효과가 탁월한 산세베리아 화분까지 넘어져 유리창을 깬 것 같았다.

"당신 재활원 몇 군데 돌아다니다 회복이 불가능하다는 소릴 듣고 돌아오더니 이제 아주 죽을 마음이라도 먹은 거요?"

전신 마비 불구가 되어 휠체어에 앉아 있던 남편이 혹여 아파트에서 떨어져 죽으려고 그랬나 하는 생각에 정임네는 화가 나는 소릴 질렀다. 구차한 삶의 절망이 극도에 달한 나머지 남편은 병든 닭처럼 고개를 축 늘어뜨리고 눈물을 흘리는 꼴이 오히려 정임네 울화를 촉발한 것이었다.

"나도 말을 안 해서 그렇지 정말 당신 보기 지겨워 죽겠어요. 집에서 나가든지, 아파트에서 떨어져 죽던지, 소갈딱지 사나운 여편네 걸핏하면 황소 눈깔을 부릅뜨고 소리칠 때처럼 차라리 한바탕 화풀이를 하라구요. 그게 낫지 이건 내가 마치 고문을 당하고 사는 것 같다구요. 당신 하는 꼴을 보면 나도 구역질이 올딱올딱 뱃속 창자를 달고 올라오는 집구석에서 뛰쳐나가든지 함께 칵 죽어버리든지 양단간에 결단을 내야지 더는 역겨워 못 살겠다구요."

노 부모 병수발에 효자 없다고, 운명적인 부부의 애정은 어느 때부턴가 싸늘하게 식어 내리고, 애오라지 전신불구의 남편에게 바치던 희생과 사랑이 어디론가 사라지면서 정임네는 그동안 잘 버티고 견디어온 인내심이 속을 뒤집고 올라오는 울화로 바뀌면서 더는 참고 살기가 힘이 들었다.

"그렇게 죽고 싶으면 나한테 골풀이 심통을 부리지 말고 혀라도 깨물고 칵 죽어버려요. 그래야 나도 하루라도 속 편히 살아볼 거 아니에요."

그동안 고단한 몸에 켜켜이 쌓인 울화가 기어이 터져 버린 정임네는 거침없는 악다구니를 쏘아붙였다.

"나도 내 인생이 억울해 죽겠어요. 당신이 쓰러진 것이 벌써 5년째예요. 그동안 정말이지 하루도 빠짐없이 코피가 쏟아질 것 같은 당신의 똥오줌 속에 진절머리 나게 살았다구요. 당신 병수발을 하고 살다간 당신보다 내가 먼저 쓰러져 죽게 생겼어요. 그렇게 사람 구실을 하기가 싫다면 이 싸가지없는 여편네도 다른 여자들처럼 신바람 잡고 한 번 살아보게 그토록 죽고 싶거든 어서 죽어요. 베란다 창문을 열고 뛰어내릴 힘이 없으면 내가 등을 떠밀어줄 테니까 죽지 못해 안달하지 말고 마음대로 떨어져 죽어버리라구요."

정임네는 울고불고 목구멍이 찢어지는 피눈물을 꺼억꺼억 삼키었다.

"당신 말대로 나보다 당신이 먼저 죽게 생겨서 몇 번이나 나를 내다 버리라고 했잖아. 지금 당장이라도 동네 이웃들 몰래 어디 골목에 내다버리든지, 다른 동네 공원 같은 데다 휠체어를 태워 버리라구. 그 뒤는 걱정하지 말구."

남편은 줄곧 눈물을 흘리고 있었다. 정임네 역시나 노천 시장에서 수시로 집을 오가며 남편 수발을 들고 사는 게 너무 힘이 들 땐 차라리 남편이 타고 있는 휠체어에 밀고 나가 공원이든지 길가에 슬그머니 버리고 싶은 마음 또한 없지 아니했다. 그 시점에 정임네는 '한 생각을 바꾸면 세상이 달라지고, 사는 게 달라진다'던 법당스님의 법어를 떠올랐다.

"생명은 함부로 끊는 것이 아니라고 했어요. 팔이 없는 사람은 발로 살고, 발이 없는 사람은 손으로 살고, 손도 발도 없는 사람은 입으로 사는 사람들을 텔레비전에서 본 적이 있어요. 그때는 물론 측은지심이 생기기도 하였지요. 그런데 눈먼 사람이 그림을 그리고, 귀가 안 들리는 사람이

202

피아노를 치는 것을 봤어요. 사람은 그렇게 생명이 소중한가 봐요. 그러니까 귀가 안 들리면 감각과 외부 환경에 민감해져서 소리의 진동을 감지하며 피아노 음반을 두드리는 것이었어요. 박쥐가 초음파를 쏘아 돌아오는 반응으로 먹이를 잡을 수 있는 것처럼요."

정임네는 두 다리가 없이 사나운 빗속의 기어 다니는 방물장수를 생각하며 말을 계속했다.

"사람은 어떡하든 살 수가 있고, 살아야 하는 거라구요. 사지가 없으면 불편할 따름이지 살 수 없는 건 아니잖아요. 그렇게 습관이 되고 익숙해지면 불편할 것이 하나도 없는 거라구요. 남을 보고 따라 사는 것도 아니고, 내가 나를 위해 사는 것을요, 당신은 억센 마음가짐으로 살아볼 생각을 하지 않고 왜 자꾸만 나약한 심정으로 죽으려고만 해요?"

남편이 사지가 마비된 짐 덩어리 같았으면 버리지 말라고 해도 열 백번도 더 내다버렸을 것이었다. 죽든 살든 헌신짝처럼 내다 버리지 못하면 정임네는 벌써 야반도주라도 했을 터이지만 딱 내외 단둘이 살면서 곁에 누가 없으면 살 수 없는 불구의 남편을 두고 집을 나가버린다면 생사람을 굶겨 죽이는 살인이며, 천인공노할 만행이 아닐 수 없었다.

"당신을 어디 내다 버릴 줄 몰라 안 버리는 것이 아니에요."

행티가 사나운 남자라면 나가지 말아 달라고 부여잡고 매달린다 해도 정임네는 아직은 젊다 싶게 반반한 얼굴을 흔들어가며 춤추고 떠났을 것이었다.

"그동안 누구보다 당신이 가장 힘들었을 텐데 제가 너무 심한 말을 해서 미안해요."

차마 해서도 안 되고, 할 수도 없는 말을 가혹하게 쏘아붙이고 난 정임네는 자신의 의지로 몸을 움직일 수 없는 남편을 바라보려니 가엾은 측은지심이 폐부를 찔렀다. 자식이 곁에 있어도 흐늘흐늘 쳐진 성기를 붙잡아 방광이 팽창한 소변을 빼 줘야 하고, 똥 싸고 뭉갠 사타구니를 씻기며 질퍽한 똥 범벅이 된 옷가지를 누가 빨아줄 것인가. 어쨌거나 살을 섞고 한 몸으로 살아온 아내가 할 수 있는 뒷바라지에 진구덥 일수밖에 없었다. 유다르게 몸집이 큰 남편을 한 번씩 휠체어에 태우고 내려놓자면 두 팔이 빠져나가고, 허리가 우지끈거리며 부러질 것 같아도 소가지 사나운 여편네가 끝내 남편을 잡아먹었다는 악담을 들을 수 없었다.

"밥 한술도 내 손으로 입에 떠넣지 못하고, 누가 떠먹여 줘야 하는 몸꼴로 언제까지 이런 모양새로 살라는 거야?

벌레만도 못하게 목만 살아 끄떡거리는 내가 어디 사람이냐구? 그야말로 고깃덩어리가 아닌가 말이야?"

남편은 가슴이 떨리는 소리를 질렀다.

"그런 당신이 어때서요? 두 다리가 없는 사람도 시장바닥에 방물 좌판을 밀고 기어 다니며 사는 사람도 있어요. 그거 아시겠어요. 그런 사람에 비하면 당신은 팔다리 사지가 다 붙어 있잖아요."

오로지 죽고 싶은 비관밖에 할 줄 모르는 절망에 빠져 허우적거리는 것을 생각하면 남편을 이해 못 할 것도 아니면서 정임네는 마음에 없는 못된 성깔머리로 포악을 떨었나 싶기만 했다.

"사지가 붙어 있으면 뭐 하나, 차라리 없는 것만 못한 것을."

남편은 척추를 형성하는 목 경추頸椎가 잘못되어 전신 마비가 온 것이었다.

"내가 잘못했어요. 다시는 안 그런다고 하면서도 못된 소갈머리가 또 불어 터졌나 봐요. 앞으로 다시는 안 그럴게요."

정임네는 남편의 부리부리한 퉁방울눈에서 흘러넘치는 눈물을 보다 못해 수건을 가지다 닦아주었다.

"당장은 힘들고 불편하겠지만 언제 그랬냐는 것처럼 멀

쩡하게 몸이 나을 수도 있잖아요. 사지육신 멀쩡해도 아무
런 희망이 없는 사람이라면 가을 들녘에 두 팔을 쩍 벌리
고 서 있는 허수아비와 뭐가 다르겠어요. 우리 함께 희망
을 품고 살아봐요. 당신에게 예기치 못한 기적이 일어날지
누가 알아요. 내 예감이 틀림이 없다면 당신에게 뜻밖에
기적이 일어날 것도 같아요."

그제야 정임네는 시장에서 비에 젖었던 옷을 갈아입고
남편의 바지와 속옷을 모두 벗겨 똥오줌이 범벅이 된 기저
귀를 함께 들고나와 화장실 변기에 대충 헹궈 놓고, 함지
박에 더운물을 받아 방으로 들어갔다.

"여보, 좀 씻어야지요."

정임네는 커다랗게 벌거벗고 누워 있는 남편의 엉덩이
와 사타구니 축 늘어진 낭심과 성기를 말끔히 닦아주었다.

"오늘 집에 늦게 들어와 마음에 없는 난리를 떨어서 진
짜 미안해요."

시장 옆자리 달희네에게 잠깐 가게를 좀 부탁해 놓고 집
에 달려오려고 했던 정임네는 오늘따라 갑자기 사나워진
날씨에 배추 한 포기를 사놓고 배달까지 해 달라는 바람에
오늘은 일찍 집에 돌아와 남편을 돌보지 못한 것이었다.

"잠깐만 그러고 계세요."

하고 정임네는 벌거벗은 남편의 몸에 수건을 덮어주고

사타구니를 씻은 함지박을 밖에 내다 놓은 뒤 이번엔 남편 욕조에 더운물을 받아 다시 방으로 들어갔다.

"매일 바쁘다는 핑계로 당신 목욕을 자주 시켜 드리지 못해서 미안해요. 시장에 나가 있는 저를 번거롭게 하지 않으려고 물을 너무 적게 마시거나 먹는 음식을 줄이지 말아요. 앞으론 보리차를 끓인 물통에 호스를 연결해서 휠 체어에 매달아 놓을 테니, 목이 마르거든 빨아 마시고 하 세요, 먹고 싶은 것도 있으면 주저하지 말고 말씀하시구 요. 배변도 참기 힘들거든 기저귀를 채워드릴 테니 편하게 보구요. 똥오줌을 제때 누지 않으면 병이 된다고 하잖아 요."

신경이 마비된 몸으로 매일같이 보료에 누워 지내면서 무른 피부가 썩어들어가는 욕창이 걱정스러워 태워준 휠 체어를 마음대로 움직이지 못하는 것을 생각하면 정임네 는 남편이 애처롭고 가여웠다.

"더운 물에 목욕을 하니까 어때요, 개운하죠?"

따뜻하고 부드러운 손길로 목욕을 시키며 보들보들하고 매끈해진 남편의 몸을 매만지며 정임네는 물었다.

"사람이 산다는 게 별 게 아니더라구요. 둘이 서로 이렇 게 마주하고 다정다감하게 얘길 하며 사는 것만으로도 우 린 행복하잖아요."

정임네는 깊어가는 가을밤에 나누던 이야기, 함박눈이 펑펑 쏟아지는 겨울 긴긴밤 화롯불에 군밤이 투닥거리며 익어가던 정경을 떠올리며 도란도란 이야기를 하고 있었지만 남편은 얼굴이 무겁고 어두워 보이었다.

"죽는다느니, 내다 버리느니, 앞으로 몹쓸 생각 같은 걸 절대로 하면 안 돼요. 당신이 건강한 몸으로 되돌아오기를 매일같이 기도하고 있어요."

남편에게 무서운 것은 자학과 암울한 절망이었다. 극에 달한 절망 속에서 한 번도 들어가 보지 않고, 들어가 볼 수도 없는 죽음에 대한 막연한 동경은 지극히 망령된 환상에 불과하였다. 인생을 화려하게 수놓았던 날들, 사랑스럽고 아름답고 애틋했던 순간들, 그런 삶을 살며 줄곧 살고 싶은 삶에 대한 희구와 굳은 의지, 참신한 갈망이 남편에겐 당장 절실했다.

"당신은 일어날 수 있어요. 당신은 누구보다 건강한 몸으로 일어날 수 있고 말구요. 그런 희망을 절대로 버려선 안 돼요. 요즘 병원 의술이 아무리 만능 같아도 사람은 자신의 한계를 뛰어넘을 수 있는 신념과 의지가 있어야 한다고 했어요. 당신은 이겨낼 수 있어요. 이겨내지 못한다고 해도 괜찮아요. 이가 다 빠지고 없으면 잇몸으로 씹어먹고 살 듯이 엊그제도 우리가 두 손이 없는 사람이 입에 연필을 물고 컴퓨터 자판을 치고, 발가락에 붓을 쥐고 그림을 그리는 화가를 텔레비전에서 봤잖아요. 나는 당신이 등산 갈 때 가지고 다니던 스틱이 베란다에 놓인 것을 보고 이상한 생각이 들기도 했지만 당신은 충분히 가능성이 있어요. 새가 나뭇가지와 부드러운 검불을 물어다 입으로 둥지를 짓는 걸 당신도 본 적이 있을 거예요. 자기 생존에 필요한 물건들을 입으로 물어다 사는 것이 물론 처음엔 불가능하고 아주 힘든 일이겠지만 그것이 차츰 습관이 되고, 수족처럼 익숙해지면 불편한 걸 모르고 살아가는 거예요."

정임네는 남편에게 한껏 희망을 불어넣어 주었다. 물론 한두 번 되풀이해본 말이 아니었다. 휠체어를 타고 앉아서도 등받이에 몸을 잘 기대지 않으면 고개가 맥없이 툭 꺾이고, 어깨가 굽었다. 보료 위에 자세를 잡고 앉지도 못하던 남편은 손가락 한두 마디를 꼼지락거리는 반응을 엿보이기도 하며 호전의 가능성이 아주 없지도 아니했다.

"당신 헛고생하지 말아. 나는 오래 살지 못해. 죽을 것 같아. 그래 죽고 말 거야. 아무 쓸모없는 고깃덩어리가 산다 한들 얼마나 버티고 살겠어,나는 내가 잘 알아. 당신, 공연히 부질없는 애를 쓸 것 없다구."

남편은 숫제 구차한 삶을 접고 싶은 눈치였다. 집을 수십 채씩 지어 남김없이 분양하던 남편이 사업 크게 규모를 확대하는 과정에 동업자를 잘못 만난 것이 불구의 몸을 가져온 화근이었다. 동업자가 주도면밀하게 주선한 땅에 연립주택을 짓고 분양 단계에서 토지가 엉뚱하게 다른 사람의 소유로 밝혀지고, 법정 다툼이 벌어지면서 파산을 면치 못한 남편은 차츰 기력을 잃어가더니 끝내 불구의 몸이 되어버린 것이었다.

정임네는 건강하던 남편이 몰라보게 기력을 잃어가며 허약해지는 몸을 보다 못해 보약이라도 한 첩 지어 먹일 생각을 하고 제법 용하다고 알려진 한의원을 찾아갔다.

"검사를 해봐야 알겠지만 아무래도 뇌졸증이 의심됩니다. 입원을 하는 것이 좋겠군요."

남편의 안색을 살펴보며 진맥에 들어간 한의사는 약간 절룩거리는 남편의 왼쪽 다리를 이쪽저쪽 짚어보고 나서 기가 몹시 허해졌다는 말과 함께 입원을 권유했다.

한의사의 진단에 남편은 자기가 무슨 뇌졸중이 왔느냐고 펄쩍 잡아떼면서 별다른 이상이 없이 멀쩡한 사람을 병원에 입원시킨다고 역정을 내었지만 정임네는 달랐다. 남편의 입이 돌아가고 사지가 뒤틀려 움직이지도 못하는 몸이 될 수도 있다는 한의사의 뇌경색 진단에 펄쩍 놀란 정임네는 남편을 한의원에 입원을 시켰다.

한의원에 입원한 남편은 종전처럼 건강한 몸으로 회복

되기는커녕 날이 갈수록 몸이 무골충처럼 흐늘흐늘해지면서 혈관 압박으로 인해 팔다리, 얼굴이 돌아간다는 뇌졸중과 별로 상관이 없는 사지 근육의 이완현상이 더 심각해지고 있었다. 그런데도 한의사는 하루에 열 개가 넘는 침을 남편의 몸 곳곳에 찔러대었고, 그렇게 한 달이 되어가도 사지가 이완 병세가 더욱 악화 일로를 걸으며 손가락 하나 까딱하기 힘든 지경에 이르고 있었다.

"우리 남편이 왜 저래요? 왜 그런지 말씀을 좀 해보시라구요?"

한의사의 처방에 조금씩 불안을 느끼며 의구심을 품어온 정임네는 한의사의 앞자락을 움켜쥐고 다그쳤다.

"뇌졸중은 단기간에 호전되는 병이 아닙니다. 곧 좋아질 테니 조금 더 두고 보시지요."

한의사는 몇 번씩이나 천연스럽게 똑같은 소리를 되풀이했다.

"우리 남편이 조금이라도 호전되기는 고사하고 숨 쉬는 것조차 어려운 이유가 도대체 뭡니까? 어디 말씀해 보세요?"

정임네는 열불이 터지는 아우성을 떨었지만 아무 것도 달라지는 것은 없었다. 그렇게 며칠이 더 지났을까. 한의사는 잘못한 염치라곤 털끝만큼도 없이 무책임한 소릴 지껄이고 나왔다.

"큰 병원으로 옮겨보시지요."

"뭐라구요? 당신 의사 맞아? 그게 지금 의사가 할 소리냐구? 찢어진 입을 가졌으면 어디 말을 좀 똑바로 해봐, 엉터리 돌파리 놈아?"

환자가 산송장으로 실려 나갈 때가 다되어 생뚱맞게 시치미를 떼고 앞뒤가 안 맞는 말을 거듭하는 한의사를 정임네는 불같이 토했다.

"당신 의사 맞아? 그 잘난 입을 가졌으면 어디 말을 해보라구. 이 돌팔이 놈아?"

악에 받쳐 난리를 치는 사이에도 남편은 축 늘어진 사지로 누워 의식을 잃어가고 있었다. 처음부터 개기름이 번질거리는 낯짝을 들고 환자를 대하는 수작질이 암만해도 사람 잡는 돌파리 한의사의 썩은 피 냄새가 난다는 생각이 찾아들어 이곳저곳을 찾아가 소문을 들어보니 아니나 다를까. 그곳은 사람이 죽어 나가는 병원이라고 했다.

"이 악귀 같은 돌파리 놈아, 펄펄하게 제 발로 걸어 들어온 사람을 붙잡아 입원시켜 놓고 이제 와서 낯짝 쳐들고 뭐 어째? 큰 병원으로 가보라구? 맥도 모르고 침통만 흔들어댄 주제에 의사라니? 에이, 사기꾼 놈아! 어서 우리 남편 살려내, 이놈아?"

한의사를 다잡고 소리치는 그 순간 남편은 벌써 의식이 흐릿해지며 시시각각 죽어가고 있었다. 정임네는 절박했다. 아직 숨이 붙어 있는 남편부터 살려 놓고 보자고 정임네는 촌각을 다투며 택시를 불러 남편을 싣고 대학병원으로 촌각을 다퉈 달렸다. 대학병원 응급실은 병세가 다급해 보이는 환자와 보호자들이 초췌한 모습들로 로비에 붐비고 있었다.

"우리 남편을 좀 살려주세요."

혼수상태에 빠진 남편을 살펴보는 젊은 의사의 얼굴에 환자 상태가 위급한 긴장이 역력했다. 간호사와 의사 두 사람이 더 다가왔다. 두 의사의 표정 역시 심각했다. 남편에게 곧바로 호흡 보조기가 꽂히고, 응급환자용 들것에 실려 MRI촬영에 들어갔다.

이미 사망 쪽으로 기운 남편의 기적 같은 소생을 바라며 정임은 조마조마한 가슴을 끌어안고 보낸 시간이 얼마나 지났을까. 검사를 마치고 긴급 처방이 끝난 남편은 때마침 비어 있는 1인용 중환자 병실에 인공 호흡기를 쓰고 잠잠히 누워 있었다.

"오늘 내일이 고비입니다."

나이가 약간 들어 중후해 보이는 의사는 믿음직스럽게 말했다.

"환자를 어쩌다 저 지경이 되도록 놓아두었는지 모르겠습니다."

"제가 못난 탓에 하마터면 남편을 생으로 죽일 뻔했습니다."

정임네는 얼굴을 바로 들지 못했다.

"환자는 경추 척수염입니다. 세 번째 목뼈의 척수에 염증이 생겼어요. 척수라는 건 뇌에서 나와 목뼈 속을 지나는 신경입니다. 사지四肢로 가는 이런 신경 다발은 머리의 뇌와 함께 중추신경계를 구성하는 것이지요. 척수에 오고 가는 척수신경은 일정한 간격으로 척수에서 나오고, 이런 척수 전체는 뇌로부터 각각 이어진 수막髓膜에 싸여 있지요. 척수는 두 가지 중요한 작용하는데, 하나는 몸통이나 사지에 일어나는 반사운동의 조절과 통합작용을 하고 다른 하나는 머릿속의 뇌나 또는 뇌로부터 신경으로 가는 통로가 되는 것입니다."

의사는 될수록 남편의 병세를 쉽게 알아들을 수 있도록 바다 해마같이 생긴 척추 모양을 그려가며 자상한 설명해 주었다.

"환자는 세 번째 목뼈에서 염증이 시작되어 1번 경추까지 올라가 운동신경과 감각신경을 차례로 눌러가며 지금은 호흡 장애까지 일으키고 있는 것입니다."

214

"그런 척수염인 걸 가지고 한의원에서 뇌졸증이라고 한 달 가까이 입원시켜 붙잡아 놓은 바람에 환자를 저 지경이 되도록 만들어 놓은 것입니다."

정임네는 좀 더 두고 보자며 매일같이 가당찮은 헛소리를 늘어놓으며 연일 침을 찔러대던 한의원의 오진이 어이 없었다.

"처음에는 증상이 뇌졸중과 비슷해서 아마 오진을 할 수도 있었을 것입니다. 척수염은 척추 속의 척수에 염증이 생기는 병입니다. 그 원인은 폐렴이나 인플루엔자 독감에서도 촉발되는 수가 있지요. 급성이나 만성으로 경과하는 척수염은 악성 빈혈이 원인이 되기도 합니다. 처음 증상은 몸에 열이 나고 팔다리가 아픈 사지통에다 두통 이외에도 사지의 이완성 마비가 일어납니다. 경련성 마비가 일어나는 수가 많구요. 또 배뇨와 배변의 장애가 일어나고, 땀의 분비나 욕창褥瘡이 생기는 수도 있어요."

"다 죽은 사람을 이렇게 살려주셔서 감사합니다."

무사히 살아난 남편을 보며 정임네는 안도했다.

"환자를 조금만 일찍 병원으로 데리고 오셨더라면 좋았을 텐데 아무래도 힘든 고비를 넘겨야 할 것 같습니다. 척수염 치료 시기에는 환자가 절대로 안정을 취해야 합니다. 일단 환자에게 척수의 심한 염증이 가라앉도록 강력하게 소염작용을 하는 스테로이드를 주사해 놓았습니다. 스테로이드는 면역억제 작용을 하는 것이므로 항체 생산을 저하시켜 감염증에 걸릴 수도 있고, 당뇨를 유발하는 수도 있지만 지금 환자에겐 다른 방법이 별로 없습니다. 너무 그런 염려는 하지 마시고 그럴 수도 있다는 것만 알고 계십시오. 환자는 아마 오랫동안 잠이 들어 있을 것입니다."

중후하게 새치가 희끗거리는 의사는 병실을 나갔다. 정임네는 때마침 인술이 뛰어난 의사를 만나는 바람에 남편이 살았다는 안도와 동시에 허둥지둥 당황했던 긴장이 풀리면서 그동안 쌓이고 겹친 피로가 한꺼번에 몰려와 몸을 짓누르고 있었다.

"당신은 건강한 몸으로 다시 일어날 거예요. 힘들어도 며칠만 잘 견디세요."

정임네는 금방이라도 쓰러질 것처럼 녹초가 된 몸에도 불구하고 남편 곁에서 떠나지 않고 간절히 빌고 또 빌었다. 남편은 인공 호흡기를 쓴 채 사흘 밤낮을 깊은 잠에서 깨어나지 못하고 있었다.

"준비를 하시는 게 좋겠군요."

하고 의사는 무겁게 입을 떼었다. 정임네는 정신이 나간 사람처럼 의사를 쳐다보았다. 다가올 것이 앞다퉈 다가왔다는 생각에 정임네는 남편을 다시 바라보았다.

"우려되는 부작용은 일단 다음에 생각하자고 스테로이드를 좀 많이 투여해봤습니다만 지금으로선 가망이 보이질 않는군요."

담당 의사는 최선을 다하고 있었다. 아무리 울고불고 외쳐 불러보아도 붙잡을 수 없는 게 사람의 죽음이었다. 집으로 잠깐 돌아온 그녀는 남편의 영정 사진을 준비하며 가까운 친척들에게 전화를 걸어주고 다시 병원으로 서둘러 돌아왔다.

"어딜 갔다 오셨어요. 환자분이 방금 전에 깨어나셨어요."

진료 차트를 손에 들고 옆에 지켜서 있던 간호사가 밝은 얼굴로 정임네를 반겼다.

"예? 우리 남편이 살았났다구요?"

정임네는 남편에게 달려갔다. 남편은 얼굴에 쓰고 있던 인공호흡기가 온데간데없이 사라지고 부연 얼굴로 누워 있었다.

"경추 신경을 누르던 척수염증이 다 가라앉으셨나 봐요."

간호사가 놀라운 소리를 했다. 푸둥푸둥한 남편의 얼굴이 거칫하게 살이 빠지나 싶었는데 부기 탓인지 보얗게 혈색이 피어나는 생기로 말쑥해 보이었다.

"나예요. 내가 누군지 알겠어요? 소가지 사나운 당신 마누라라구요."

하고 정임은 남편의 손을 가져다 꼭 쥐었다.

"당신 과부 만드는 줄 알았더니만 내가 다시 살아났구먼."

남편은 기력이 없는 눈길로 길게 바라보았다.

"소가지 사나운 여편네 또 한 번 시집을 가나 했더니만 황천길에서 왜 돌아오셨수? 부탁하는데, 제발 좀 앞으론 소가지 못된 마누라 흰떡 자위 눈알 홀렁 뒤집고 놀라 자빠지게 하딜 마시구려."

정임네는 눈가에 배어난 눈물을 훔치며 큰 소리로 웃었다.

"서방이 죽었다 살아났는데 시방 눈물 짜고 우는 것인가, 웃는 것인가?"

"내가 언제 울었다고 그래요. 저승길에서 돌아오셨으니 당신은 이제 오래 사시겠구려."

정임네는 감격의 눈물로 활짝 웃음꽃을 피웠다.

그때를 생각하면 정임네는 사람이 죽는 것보다 더 무서운 것이 없다는 것을 새삼 깨달았다.

"시장바닥에서 두 손으로 기어 다니는 목판 방물장수를 본 적이 있지요?"

정임네는 남편에게 물었다. 남편은 시무룩한 모습으로 아무런 대꾸가 없었다. 정임은 얘길 잘못 꺼냈나 싶어 얼른 말을 끊고 남편을 돌아보았다.

"그 방물장수는 자기가 길바닥을 기어 다니는 사람이라고 부끄러워해 본 적이 한 번도 없다고 하더이다. 누구나 자기 생긴 대로 세상을 사는 것인데 굳이 자기 못생긴 걸 부끄럽게 탓하며 살 게 뭐 있느냐고 하더라구요."

남편은 아무런 반응을 보이지 않았다.

"그거 진짜 맞는 말 아닌가요?"

정임네는 꺼낸 말을 계속했다.

"길거리 거지가 창피하고 불쌍한 생각을 하면 하루 한 시인들 살 수가 있겠어요. 혀라도 깨물고 칵 죽어버려야지요."

남편은 두 눈을 멀뚱거리다 다른 곳을 멍하니 바라보았다.

"우리가 전생에 무슨 업業을 짓고 살았는지 모르지만 그 과보果報를 받는 것이라면 어쩌겠어요. 우리보다 사는 게 더 어렵고 힘들며 처지가 딱한 사람들이 많지 않겠어요. 작은 거 하나라도 베푸는 인정으로 공덕을 쌓고 선善을 짓고 살아야 다음 세상에 좋은 인연으로 태어나지 않겠느냐구요."

하고 정임네는 슬그머니 남편의 눈치를 살펴보았다. 남편은 잠을 청하듯이 잠잠히 누워 있었다. 집 안에 남편의 배변 구린내가 콧속이 무르도록 배어도 정임네는 싫은 내

색으로 잠자리를 따로 해본 일이 없었던 것처럼 그녀는 남편 곁으로 살을 비비고 누웠다.

"우리가 만나 함께 살아온 세월이 얼마나 되었을까요? 그동안 나는 줄곧 당신 속에 살아왔지만 당신 마음속을 다 읽지 못하고 살았던 것 같아요. 당신 얼굴만 봐도 무슨 생각을 하고 있는지 알고도 남긴 하지만요."

남편 곁에 누워 나직나직한 말을 하면서 정임네는 알 수 없는 눈물이 자꾸만 배어 나왔다.

"그동안 당신에게 너무 심한 말을 해서 미안해요. 제 못된 성깔머리도 그렇지만 깊지 못한 속이 여전히 그 모양이니 하늘의 뜻을 안다는 쉰 줄 나이를 헛먹은 거지요. 그렇지만 당신에게 마구 해댄 말들은 제 본심이 아니라는 걸 당신도 아마 알 거예요. 조금도 서운한 마음을 속에 두지 마세요."

정임네는 남편에게 포악을 떨어도 너무 떨었던 후회가 가슴을 쳤다.

"다시 말하지만 내가 때맞춰 집어 오지 못하거든 혼자 쓸데없이 수치스런 생각하지 말고 마음 편하게 볼일을 보고 해요. 애써 고통스럽게 참지 말구요. 당신이 그렇게 볼일을 보는 건 부끄러운 수치가 아니라구요. 수치스럽다는 건 오직 당신 생각일 뿐이라구요. 시장 방물장수가 살기 위해 시장바닥을 기어 다니며 장사를 하는 것처럼 당신도 앞으로 아무런 마음을 쓰지 말고 마음 편하게 사세요."

시장 굵은 장대비 속에 한 걸음 한 걸음 기어가던 방물 장수의 치열한 생존을 보지 않았더라면 정임네는 남편에 게 얌전하게 말 한마디 나긋나긋하지 못하고 여일하게 못 된 패악을 떨었을 터였다.

"여보, 주무세요?"

정임네는 남편을 돌아다보았다.

"오늘은 낮잠을 한숨도 못 잤던가 봐요."

말이 없는 남편은 잔잔한 숨소리가 일정하게 들려오고 있었다. 정임네는 한 손을 가만히 가져다 남편의 두툼한 아랫배를 거슬러 내려갔다. 우묵한 배꼽 아래 거웃이 무성 하게 손끝을 간지럽히며 민감하게 말초신경을 자극했다. 몸에 마비가 오기 전엔 아내의 손길이 닿으면 금세 빳빳하 게 방아깨비처럼 꺼떡거리던 물건이 힘없는 살덩이로 축 늘어져 있었다. 정임네는 왕성한 욕망을 즐기던 시절을 다 시금 돌이킬 수 없다는 걸 깨달으며 조용한 한숨으로 손길 을 거두었다.

남편은 커다란 몸으로 반듯이 누워 있었다. 좀처럼 떨어 질 줄 모르는 감기에 수척해진 얼굴로 시름겹게 앉아 있는 모양새가 몹시 외로워 보였던지, 파장 무렵 달희네가 권하는 소주를 얻어 마시고 집에 들어와 잠자리에 들었다 억누르고 살아온 육욕이 은근히 발동하여 엉덩이를 가만히 들고 기어 올라가 요상한 짓을 하는데, 죽은 듯이 몸을 내맡기고 누워 있던 남편의 두 눈에서 눈물이 주르르 흘러내리고 있었다. 그 눈물을 보고 난 정임네는 그 뒤로 돌계집처럼 방자한 육욕과 담을 쌓고 살아온 것이었다.

"내가 죽일 놈의 죄인이야."

잠잠히 누워 있던 남편의 입에서 한마디가 불쑥 솟았다.

"잠이 안 드셨군요."

정임네는 고개를 돌리고 물었다. 남편은 다시 말이 없었다. 정임네는 간간이 스치는 바람결에도 야릇한 기분을 느낄 때가 있듯이 오늘 밤 따라 유난스럽게 몸에 신열이 타고 있었다. 예전엔 남편이 건설 현장에서 수염이 텁수룩한 얼굴로 집에 들어오기 무섭게 덮치고 올라오면 폭발적인 흥분이 절정에 달하면서 행복했던 때를 돌이켜보노라면 인생이 어느새 속절없이 덧없이 늙어가고 있었다.

"당신을 너무 희생시켜온 것이 얼마나 되었는지, 내가 죄를 지어도 아주 못된 죄를 짓고 있구먼."

"무슨 말씀을 하는 거예요. 다시는 그런 말을 하지 말아요. 희생은 뭐고 죄는 또 뭐랍니까."

"당신은 참으로 어질고 착한 사람이야. 천사가 따로 없지."

여느 때와 다르게 남편은 말하는 어조가 처연했다.

"날이면 날마다 북적거리는 시장 사람들 속에 부대끼면서 꽃다운 얼굴에 거미줄 같은 주름살이 가득하게 겉늙어 가고 있으니 하는 말이라네."

그게 업보인 것처럼 남편은 괴로워하고 있었다.

"밤이 깊어가나 봐요. 잠을 좀 청해 보세요."

노천시장 야채장사와 남편 병수발이 매일 반복되면서 만성적으로 익숙해진 정임네는 모든 일을 다 끝내기 무섭게 만사가 귀찮은 몸으로 쓰러져 혼곤한 잠에 곯아떨어지던 때와 달리 잠이 오지 않고 있었다.

"몸이 고단할 텐데 당신이나 어서 자요."

하고 남편은 긴 한숨을 내쉬었다. 지금까지 살아온 생애에 온갖 정경들이 그의 맑은 뇌리에 파노라마처럼 펼쳐지고 있었다.

"무슨 생각을 하느라고 잠을 못 자는 거예요?"

정임네는 내일 시장에서 팔 물건을 받아오려면 이른 새벽 도매시장에 나가야 해서 애써 잠을 청하고 했지만 최근 예민해진 신경이 그만 잠을 밀어내고 있었다. 억지로라도 잠을 자야 한다는 생각에 그녀는 이불을 머리 위로 끌어올리며 얼굴을 묻었다. 이상하게 심장에서 뛰는 소리가 귓속을 윙윙 울리고 있었다.

밤이 지날수록 나직하던 남편의 숨소리가 귓전에 크게 들리고, 뱃속에서 쪼르륵거리며 흐르는 물소리에 텅 빈 차도를 내닫는 자동차 소리가 더불어 수면을 방해하고 있었다.

"어서 잠을 자야 내일 장사를 나가는 것을….."

밤은 자꾸만 지나가고 있었다. 고단한 몸에도 불구하고 불면에 시달리던 정임네는 까닭을 알 수 없는 불길한 기운에 두근거리는 가슴을 안고 뒤척거렸다. 최근 몇 년 동안을 하루같이 남편의 병수발을 하면서 지친 일종의 신경증인 것 같기도 하였다. 밤 시간이 얼마나 지났을까. 꼬리를 무는 온갖 상념에 시달리다 새벽녘 그녀는 겨우 잠이 들었다.

혼곤한 늦잠에 빠져들었다 도매시장에 나갈 시간에 맞춰 습관적으로 잠이 깨어난 정임네는 무의식적인 손길로 옆자리를 더듬었다. 손이 허공에 나부끼듯 허전했다. 그 순간 정임네는 이상한 예감에 소스라치며 이불을 걷어차고 벌떡 일어났다.

방안에 싸늘한 서릿바람이 감돌고 있었다. 남편이 누워 있던 잠자리는 차갑게 식어 내리고, 멀지 않은 산사의 범종 소리가 은은히 들려오고 있었다. 정신을 차리고 거실로

나온 정임네는 소스라치면서 베란다로 뛰어나갔다. 녹이
붉게 슬어 덜렁거리던 난간에 휠체어가 덩그렇게 놓여 있
고, 남편은 어디에도 보이지 않았다. 베란다 깨진 유리창에
걸어 놓은 담요가 쌀쌀한 새벽 찬바람에 펄럭거리며 산사
山寺의 범종 소리가 끊기는 듯 다시 길게 울렸다.

<창작노트>

　사람이 살면서 무슨 일이 잘못되어 재앙이 생기면 전생에 무슨 죄를 지었더란 말인가? 가슴을 치고 한탄한다.

　전생은 바로 현재 자신의 모습이다. 사주팔자라는 것은 생시를 그 집의 네 기둥이라고 보아 붙여진 것인데, 간지 두 글자씩 모두 여덟 자로 나타내므로 팔자라고 해서 사주팔자가 되는 것이요, 그 사람의 생김새를 잘 살펴보고 운명과 재수 따위를 판단하게 되는 것이다. 불가의 전생과 사주 또한 누구나 알 수 있다. 다시 말해서, 남 따라 살면 자기를 잃어버린 허깨비가 되어 가벼운 실바람에도 이리저리 나부끼는 삶이 연출되며, 자기 생긴(DNA) 대로 살면 되는 것이다. 생명은 가장 소중한 근본이기 때문이며, 한 생각이 바뀌면 자기 삶의 세상이 달라진다.

기
적

한 생애가 다 가도록 오지 않는 기차를
기다리는 노인의 애달픈 망향의 생애

　해가 바뀌어 따뜻해진 봄날 노인은 춥고 음산한 겨울의
오랜 동면에서 깨어나듯 언덕 위의 움막집에서 이른 봄볕
이 부신 눈으로 천천히 걸어 나오고 있었다.
　한쪽 어깨에 망태기를 걸멘 노인은 이마에 손을 얹고 햇
볕이 하얗게 쌓이는 북녘땅 아득한 골짜기를 한동안 바라
보고 나서 조심스런 발길로 언덕길을 내려섰다. 산자락 비
탈진 언덕은 금년 역시나 무성한 쑥대와 엉겅퀴, 억새가
기세 좋게 자라 가시덤불로 뒤덮이면서 생쥐나 한 마리 오
갈 만한 자귀를 남겨 놓고 있었다.

노인은 지난해보다 왜소하게 더 늙어 보였다. 홀쭉한 얼굴에 주름살이 깊게 얽혀 야윈 얼굴은 광대뼈가 툭 불거지고, 얼룩점들이 새똥처럼 깔려 있었다. 그동안 생애의 온갖 험로와 풍상의 세월을 다 헤치고 허위 넘어 북망산을 바라보는 널감이 다 되었지만 노인은 아직 굳게 더 버티고 살 만한 여력을 지니고 있었다.

"꿈속 같은 마음이야. 항상 그랬지. 어느새 다 늙어버렸는 것을."

하얀 명주실처럼 성긴 머리칼을 바람결에 설렁거리며 언덕에 올라선 노인은 깊은 한숨을 쉬었다.

"세월을 이길 장사가 없지."

견디기 힘든 것이 있다면 고향을 지척에 두고 갈 수 없는 서글픔이 항상 가슴을 눌렀다. 인생의 모든 것이 먼 옛날이야기가 되어버린 기나긴 세월, 그때 그날로 멈춰버린 처자식 피붙이들의 환영은 언제 어느 때나 눈앞에 선연한 정경으로 떠오르고, 그러한 세월은 갈수록 더 가슴에 사무치고, 그리움은 고단하게 지친 삶을 더욱 힘들게 하고 있었다.

"살아 온 세월은 왜 그리도 모질기만 했던지…."

노인은 군인들의 민통선 초소가 있는 마을 모퉁이에 우두커니 발길을 멈추고 갈잎이 설렁설렁 나부끼는 갈대밭 벌판을 저 멀리 바라보았다.

기차역은 갈대가 우거진 벌판 한가운데 고요하게 묻혀 버린 세월의 망각 속에서 소리 없이 솟아나듯이 새롭게 말끔히 단장된 목조건물로 솟아 있었다. 오가는 사람들의 발길이 끊긴 역사는 더할 나위없이 고요했다.

봄볕이 안온한 갈대밭엔 해를 넘긴 갈꽃이 보드라운 명지바람에 나부끼며 잔잔한 은빛 물결을 이루면서 가물가물 아지랑이 피어오르는 갈대밭 하늘에 종달새가 날아오르고 있었다.

노인은 이제 천천히 갈대밭 길을 걸어갔다. 흐드러지게 피어 있는 갈꽃들이 고요한 벌판 외로운 길손에게 하얀 손이라도 흔들어주듯 나부끼고 있었다.

기차역엔 손님 한 사람 보이지 않았다. 북녘을 거슬러오는 벌바람은 아직 차가운 냉기를 품고 있었다. 갈대밭 한가운데 고요에 잠긴 역사驛舍는 언제나처럼 유령이 깃든 흉가 분위기를 이루고 있었다. 물론 유령의 집은 아니었다. 역전 앞마당 잘 다듬어진 회양목과 벤치, 누군가 벌써 성급하게 심어놓은 화초가 보이었다. 잔디밭엔 개나리가 노란 꽃망울을 터뜨리고 있었다. 노인은 화단 가에 뒹구는 음료수 깡통 하나를 주워 휴지통에 집어넣고 허리를 세웠다.

쇠불알처럼 커다란 자물통이 내내 걸려 있던 기차역 대합실 출입문이 활짝 열려 있었다. 수심이 무겁던 노인의 얼굴에 좀처럼 볼 수 없던 온화한 미소가 떠올랐다.

"오늘은 기차역에 손님들이 많이 찾아오는 모양이군."

어떤 손님들일까? 노인은 출입문이 열린 기차역으로 발걸음을 옮겨 놓았다.

텅 비어 있는 대합실은 아직 싸늘한 냉기가 설렁거리었다. 우중충해진 회벽에 혀를 한 자나 길게 빼물고 예리한 총검에 등창이 꿰뚫린 괴뢰군과 김일성 부자의 흉측한 그림과 낙서가 가득했다. 노인은 의자에 부옇게 올라앉은 먼지를 한 손으로 쓸어냈다. 노인은 하얗게 얼어붙은 서리를 쓸어낸 것처럼 손이 시렸다. 노인은 몸이 으스스한 한기를 느끼며 대합실에서 걸어 나왔다.

기차가 막 손님들을 모두 다 싣고 떠나버린 것처럼 아무도 없이 비어 있는 승강장엔 쓸쓸한 찬 바람이 불고 있었다. 철길 맞은편에 서 있는 이정표가 유별나게 외로워 보였다. 기차역 밖으로 가시철조망이 가로질러 나간 갈대밭엔 붉게 표시된 지뢰표지판이 걸려 있었다. 노인은 갈대밭 멀리 뻗어 있는 철길을 바라보았다. 기름진 땅에 무성하게 파도치던 갈대숲을 가르며 뻗어 나간 철길은 여러 해 묵은 갈대숲에 묻혀 사라지고 있었다. 노인은 힘차게 대지를 누비며 달려오는 기차의 육중한 진동과 우렁찬 기적소리에 귀를 기울이듯 한동안 움직일 줄을 모르고 서 있었다.

기차는 오지 않는다.

노인은 저린 발을 천천히 움직이며 걸어온 승강장 벤치에 등을 붙이고 기대앉았다. 개천을 낀 철책선 길목에 뗏장을 두텁게 쌓아 올린 군인들 방벽 초소에 총을 비껴든 병사 하나가 보였다. 산모퉁이 기슭에 나지막하게 들어앉은 파견부대 오두막 막사는 초소 병사들이 모두 어디 갔는지 조용하다. 개천 기슭에 흰 띠를 두르듯 길게 나 있는 군사 도로엔 군부대의 보급 차량이 뽀얀 흙먼지를 일으키며 달려가고 있었다. 논밭들이 펼쳐진 벌판 한가운데 몇 채 안되는 집들이 옹기종기 모여 있는 민통선 마을엔 교회의 십자가 종탑이 평화롭게 솟아 있었다. 마을 가운데 학교 운동장, 갈대밭 벌판길을 길게 바라보고 있던 노인의 흐린 시야에 노란 햇병아리 같은 소녀 하나가 나타났다. 노란 책가방을 등에 멘 소녀는 개천 언덕을 올라와 신발주머니를 빙글빙글 돌리며 강종강종 뛰어온다. 민통선 초등학교 학생이다. 소녀가 노랗게 메고 있는 책가방이 반짝반짝 빛을 내고 있었다. 소녀는 민통선 밖 찻길 삼거리에 사는 소녀였다.

소녀가 귀엽게 강종강종 뛰어오는 비포장도로에 갑자

기 육중한 군용트럭이 나타나면서 소녀를 가랑잎처럼 길섶으로 밀어내면서 뽀얀 흙먼지로 소녀를 가뭇없이 삼켜버렸다.

"저 저런?…."

뜻밖의 사태에 놀란 노인은 비명으로 자리에서 벌떡 일어났다. 군용트럭이 폭풍처럼 달려 나간 뒷길의 뽀얀 흙먼지가 차츰 사라지면서 소녀의 모습이 드러났다. 바싹 긴장한 채 숨을 물고 있던 노인은 비로소 긴 안도의 한숨을 토했다. 이번엔 무장한 군인들이 길게 꼬리를 물며 냇둑 길을 달려가고 있었다. 고요한 벌판길에서 흙먼지를 담뿍 뒤집어쓴 소녀는 장난질이 없이 달려왔다.

"어서, 오너라."

노인은 소녀를 반갑게 맞이했다.

"할아버지, 오늘도 나 많이 기다렸지?"

기차역으로 달려온 소녀는 먼저 철길로 쫓아 내려갔다. 노란 책가방을 등에 멘 채 철길에 납작 엎드린 소녀는 레일에 귀를 갖다 대었다. 레일이 울지 않는다.

"할아버지. 기차가 안 와."

따끈해진 철길에 귓바퀴를 붙이고 있던 소녀는 고개를 들고 일어나 승강장으로 뛰어 올라왔다.

"오늘은 학교에서 일찍 오는구나."

노인은 소녀가 손주처럼 귀여웠다.

"토요일이야, 할아버지."

소녀는 3학년이었다. 가까이 다가온 소녀는 긴 벤치 할아버지 곁으로 바짝 붙어 앉았다.

"그새 또 한 주일이 지나갔구나."

노인은 오늘도 깊은 회한의 한숨을 길게 내쉬었다.

"학교에서 친구 애들이 자꾸만 놀다 가라고 하는데, 할아버지가 여기에서 맨 날 나를 기다리잖아. 그래서 애들과 안 놀고 그냥 막 달려왔어."

벤치에 올라앉은 소녀는 짧은 두 다리를 오그렸다 폈다 가동거렸다.

"이 할아버지가 기다릴까 봐 빨리 달려왔지 뭐야. 그럼이따 집으로 돌아갈 때 이 할아버지가 너를 업고 가야겠구나."

노인은 까만 눈망울이 닦은 방울처럼 반들반들한 소녀를 보며 약속했다.

"할아버지, 기차는 왜 안 오는 거야? 할아버지가 말했잖아. 철길에 한쪽 귀를 갖다 대고 있으면, 바람이 불 때 전봇대 전깃줄이 씨잉 씨잉 우는 것처럼 기찻길도 기차가 달려오면 씨잉 운다고 했잖아. 그런데 나는 난 매일같이 들어봐도 한 번도 씨잉 씨잉 우는 소리를 들어 보지 못했단 말이야."

"허허…, 글쎄다."

"할아버지가 나 놀려 먹으려고 거짓말을 했지. 그치?"

소녀는 여느 때와 다르게 통통해진 양쪽 볼로 아주 깐진 소리를 했다.

"이 할아버지도 그걸 모르겠구나. 아무래도 기차가 오다가 빵구가 났나보다."

"할아버지두 참, 기차 쇠바퀴가 어떻게 빵구가 나? 난 맨날 봐도 기차가 안 오던데 뭐, 할아버진 참말로 거짓말쟁이야."

소녀는 동그란 눈동자를 굴리며 투정을 부렸다.

"기다리다 보면 언젠가 기차가 달려오지 않겠느냐."

노인은 얼굴에 수심이 가득 서렸다.

"칫, 할아버진 바보야. 기차는 안 온단 말이야. 난 한 번도 기차가 오는 걸 못 봤단 말이야. 엄마도 그랬어, 선생님도 기차는 오지 않는다고 그랬단 말이야. 난 알아. 할아버지가 혼자 맨날 심심하니까 나를 놀려먹으려고 거짓말을 하는 거야."

소녀는 선생님과 엄마가 들려준 대로 또박또박 반박했다.

"기차는 온단다. 저렇게 철길이 있는데 기차가 왜 안

오겠느냐. 이 할아버지는 너와 내가 앉아 있는 이 정거장에서 저 철길에 달려오는 기차를 타고 집에 돌아가곤 했단다."

"아니야, 난 여기에서 기차를 타려고 기다리는 사람을 한 번도 못 봤어. 기차를 기다리는 사람은 할아버지뿐이야."

오늘따라 소녀는 영특한 소견을 보였다.

"할아버지는 고향에 돌아가야 한단다. 멀지도 않구나. 여기에서 딱 한 정거장만 가면 할아버지 집이야. 할아버지도 집에 돌아가면 너 같이 아주 예쁘고 귀여운 딸이 있단다."

노인은 시간이 멈춰버린 먼 기억 속의 기차역 정경을 이야기했다. 이랑처럼 주름살이 깊은 노인의 얼굴에 무수한 회한들이 떠올라 서리었다.

모진 착취와 수탈이 극심하던 왜정의 패망, 태극기를 흔들며 해방을 맞이하던 기쁨도 잠깐, 삼천리 강토를 피로 물들이던 전쟁 끝에 남쪽바다 거제도 반공포로 수용소에서 기사회생으로 탈출하여 곧장 달려온 기차역. 고향으로 가는 기차는 오지 않았다. 늙은 어머니, 아내와 어린 자식에 대한 그리움. 낯선 타향에서 혼자 늙어가는 서러움. 기나긴 세월 동안의 오랜 기다림. 그는 언제나 꿈을 꾸었다.

꿈속에선 모든 것이 가능했다. 벌판으로 뻗어 있는 철

길을 바라보고 있노라면 어디쯤 기차가 오고 있고, 마음은 고향에 가 있었다. 그러나 철길은 끊기고 높은 철책 장벽으로 막혀버린 고향길, 마음은 지난 과거사가 아니라 언제나 어린 딸아이와 함께 기차표를 손에 들고 기차를 기다리던 기차역에 머물러 있었다. 이제는 시들어가는 힘과 얼마 남지 않은 생존의 시간, 한 자락 꿈결이 마음을 달래주는 마지막 가없은 삶의 순간이기도 했다. 육신이 다 허물어져 늙은 몸으로 정신이 가장 흐렸을 순간에도 그는 고향의 모든 것들이 떠오르고, 어린 딸아이의 모습이 선연히 어른거렸다.

조선인민공화국. 남반부 인민해방. 제국주의 군대의 네이팜탄 폭격. 패전. 한恨 많은 이별, 삶의 평화와 따뜻한 안식이 없는 세상의 춥고 배고프고 외로운 떠돌이….

"우리 순지 배고프지?"

노인은 소녀에게 물었다. 소녀는 고개를 가로저었다. 노인은 언제나 한쪽 어깨에 메고 나오는 걸망에서 보자기에 싼 것을 꺼냈다. 주먹밥이었다.

"오늘은 너를 주려고 할아버지가 고소한 깨소금 밥을 해왔구나."

노인은 고소한 깨소금으로 둥그렇게 뭉친 주먹밥 한 덩이를 배고파 보이는 소녀에게 건네주었다.

"어서 먹어보려므나. 깨소금에 뭉친 밥이라서 고소하고 아주 맛이 있을 게야."

인적이 드문 벌판길에서 소녀를 만나기 시작한 노인은 매번 맛깔스런 주먹밥 한 덩이를 더 만들어 오곤 했다.

"어서 먹어 봐라."

노인은 소녀 앞으로 주먹밥을 내밀며 옛날 생각에 잠겼다. 어린 딸아이 작은 손에 들려주던 쑥 버무림 한 덩이, 그것은 말이 쑥떡이지 옥수수 가루를 묻힌 둥 마는 둥 한 퍼런 쑥덩이였다. 그런 쑥 버무림 한 덩이라도 얻어먹기 힘들었던 시절의 딸아이, 이 기차역 승강장 의자에서 딸아이의 조그만 손에 퍼런 쑥 버무림 한 덩이를 쥐어 주던 마지막 기억, 노인은 지금 그 딸아이와 마지막 멈춰버린 시간의 회상에 잠겨 있었다. 그 정경은 노인에게 언제나 눈에 밟히는 현실이 되었다.

"맛있어, 할아버지."

녀석은 퍼런 쑥 버무림을 한 입씩 맛있게 아껴가며 베어 먹고 있었다.

"우리 순주 배가 아주 많이 고팠구나. 목이 메거든 물도 좀 마셔가며 천천히 먹어라."

쑥 버무림을 야무지게 베어 먹고 있는 소녀를 바라보는 노인의 눈에 딸아이 순주의 모습이 선연히 겹치면서 눈물이 철철 흘러넘친다.

"할아버지, 왜 울어? 내 이름을 금방 또 잊어버렸어. 난 순주가 아니라 순지야, 순지?"

소녀의 옹골찬 소리에 노인은 딸아이의 환상에서 깨어났다.

"허허 그렇구나. 그래, 네 이름은 순지라고 했지. 이 할아버지가 그만 네 이름을 깜박하고 말았구나."

노인은 슬픔을 잔뜩 머금은 얼굴로 민망스럽게 말했다.

"이젠 내 이름 잊어먹지 마, 할아버지. 또 잊어먹으면 난 할아버지 하고 동무 안 할 거니깐. 알았지?"

순지는 할아버지에게 다짐을 주었다.

"아이구우, 이 할아버지가 순지 이름을 깜박 잊어버렸다가 그만 크게 혼이 나는구나."

노인은 순지가 남의 핏줄 같지 아니했다. 비록 칠순이 넘은 나이로 늙어버린 늙은이일지라도 순지는 먼 기억의 딸아이 순주였다.

"이제 그만 집에 가, 할아버지."

순지는 갑자기 할아버지의 손을 그러잡으며 말했다.

"할아버지 손은 영락없이 나무껍질을 만지는 거 같아."

순지는 안쓰러운 표정으로 말했다.

"할아버지가 많이 늙었나 보다."

노인은 아쉬운 미련을 남겨두고 벤치에서 일어났다.

"우리 순지, 학교에서 빨리 돌아오지 않고 어디에서 놀다 온다고 엄마한테 혼날까 봐 그러는구나?"

"아냐."

순지는 고개를 절레절레 내저었다. 엄마가 큰 소리로 야단을 치거나 무서운 얼굴로 화를 내기보다 불쌍한 것처럼 빤히 쳐다보다 품에 꼭 끌어안고 울 때가 많았다.

"엄마, 난 왜 아빠가 없어?"

순지는 엄마에게 또박또박 물었다.

"엄마가 가게에 나오지 말랬잖아. 어서, 들어가 공부니 해."

엄마는 묻는 말에 대답 대신 엉뚱한 소리를 꽥 질렀다. 그 뒤로부터 순지는 두 번 다시 소리 지르는 엄마 얼굴을 보지 않으려고 아빠 얘기를 하지 않았다. 엄마는 매일 밤마다 술손님들과 어울려 술상을 두드리는 장단으로 목이 쉬도록 노래를 불렀다. 순지는 술손님들에게 부대끼는 엄마가 불쌍했다. 손님이 밤늦도록 돌아가지 않던 날이었다.

"미선이는 앞길이 창창한 구만린데, 누가 슬쩍 한번 손을 내밀기라도 하면 뎅겁게 손살을 치면서 허둥지둥 체머리를 흔들더니만 이젠 아예 시집을 가지 않을 작정을 하고 툭툭 털어버리는 것인가?"

술을 따르는 엄마 어깨에 팔을 두르며 손님이 물었다.

"나한테 혹 덩어리가 달린 걸 보고도 그런 소릴 하세요?"

엄마는 시큰둥하게 고개를 들고 쏘아붙였다.

"혹 덩이라니? 미선이는 팔자에 달라붙은 혹일지 몰라도 나한텐 귀염둥이 딸자식인 것을 모르나. 장교 계급장을 달고 치근치근 달라붙어 단물만 쪽쪽 다 빨아먹고 후방으로 전속명령이 나면 뒤도 안 돌아다보고 산 넘고 바다 건너 달아난 놈들이 무슨 애인이고 남자란 말인가?"

"그런 얘기 그만하고 술이나 드세요. 이년 팔자는 벌써 볶아먹었으니 술맛 떨어지는 소리 그만하고 다른 여자를 찾아봐요."

술이 잔뜩 취해서 장사를 끝낸 엄마는 술 냄새를 풀풀 피우는 딸꾹질을 하며 곤히 잠든 딸 양쪽 볼에 몇 번씩이나 입을 맞춤을 하던 엄마 얼굴에 도랑물 같은 눈물이 줄줄 흘러내리고 있었다.

엄마는 날이면 날마다 밤이면 밤마다 손님들과 어울려 목청이 쉬도록 노래를 부르고, 군인 아저씨들은 또 엄마의 팔을 억지로 붙잡아 끌고 뒷방으로 헤쳐 들어가기도 했다. 그런 일이 생길 적마다 엄마는 어서 자지 않고 뭘 하느냐고 소리쳐 나무랐고, 공부하라는 성화로 방에서 꼼짝달싹 못하게 했다.

손님들은 밤새껏 돌아가지 않을 때도 있었다. 손님들이 없는 날은 군부대들이 며칠씩 외출, 외박이 없이 비상이 걸린 때였다. 그런 군부대 비상이 걸려 며칠씩 쥐 죽은 듯 고요하게 파리를 날리는 날들을 빼고 술을 파는 엄마 가게는 매일같이 쿵작거리고 술상을 두드리며 손뼉 치는 노랫소리로 소란스러웠다.

순지는 어느 다리 밑에서 주워온 아이처럼 언제나 혼자 심심하고 외로웠다. 굴속 같은 움막집에서 혼자 밥을 먹고 혼자 잠을 자는 할아버지처럼 순지는 언제나 혼자서 밥을 먹고 혼자 이불 쓰고 드러누워 잠이 들었다. 그런 데다 군인 아저씨들이 총을 비껴들고 지키는 민통선 초소 안으로 1킬로미터가 조금 넘게 들어간 초등학교를 함께 다니는 동무도 한 명이 없었다.

어쩌다 한번 학교 동무 생일날 해가 지는 것도 모르고 함께 놀다 보랏빛 노을로 어두워지던 날 순지는 엄마한테 무섭게 혼날 생각을 하며 벌판길을 허겁지겁 달려오다 다행히 갈대밭 가운데 기차역에서 걸어 나오는 할아버지를 만나 함께 삼거리 집으로 돌아온 것이었다. 그 뒤 순지는 학교에서 공부가 끝나고 집으로 돌아올 때마다 기차역 벤치에 혼자 앉아 있던 할아버지와 다정다감한 동무가 되었고, 그렇게 만날 때마다 할아버지는 나긋나긋하게 재미있는 옛이야기도 들려주고, 푸른 갈잎을 따서 풀피리를 불어주는가 하면 구부정한 등에 업어주었다.

"핵교 운동장에서 뜀박질하고 놀다 달려와서 배가 픽 고프겠구나."

노인은 얼굴이 벌겋게 익은 순지를 안쓰럽게 바라보며 깨소금 주먹밥 한 덩이를 다시 건네주었다. 메마른 입술을 다물고 새들하게 바라보던 순지는 작은 손을 내밀어 주먹밥을 받았다.

"먹어 보려무나. 맛이 있을 게야."

노인은 밥 덩이를 손에 든 순지는 지켜보며 말했다. 점심때가 한참 지나 배가 몹시 고프던 순지는 주먹밥을 한입 크게 베어 물고 오물오물 씹어 삼키면서 깨소금 밥이 고소한 감칠맛을 가져다주는지 손에 든 주먹밥을 금방 다베어 먹고 나서 손에 묻은 밥알까지 떼어먹었다.

"사람 사는 세상의 모든 인연이 다 그런 것인가."

노인은 피죽도 한 그릇 제대로 못 먹고 살던 옛날, 삼동이 지나 양식이 떨어지고 보리가 익을 때를 기다리며 초근목피로 견디던 보릿고개, 찢어지는 그 가난 속에 여기저기 공사판을 찾아 떠돌다 만난 여자는 또 왜 그렇게 한구석 믿을 수 없이 야속하던지, 노인은 회한에 묻힌 생각들이 꼬리에 꼬리를 물고 일어났다.

고향이라는 것이 어디 따로 정해져 있는 것이던가. 그곳이 어디인들 낯설면 타관이고, 따뜻이 정을 붙여 살다 보노라면 그곳이 안식과 평화를 가져다주는 고향이지. 사람 사는 것이 별것 아니다 싶게 그러구러 한세월 살자고 속을 모르고 만났던 여자는 어느 사내놈의 씨인지도 모르는 자식을 넉살 좋게 낳아 살던 여자는 어느 날 공사판 일을 마치고 돌아와 보니, 옷가지 하나 남김없이 싸가지고 도망가 버린 것이었다.

"바보 같은 사람 같으니."

땅 설고 물 설은 타관을 고향 삼아 사는 사람이 남의 씨인들 내 새끼 삼아 살지 못할 게 무엇인가. 노인은 제출물에 자취도 없이 훌쩍 도망가 버린 여자를 굳이 원망하지 아니했다.

"이북 땅 고향에 돌아가지도 못할 지척에 평생 몸을 붙이고 살아온 내가 어리석었어."

노인은 어디 마음 한구석 붙일 수 없던 세월의 시린 가슴을 안고 눈물을 흘렸다. 여기저기 고단한 공사판 노동자로 떠돌던 끝에 고향 땅이 가까운 휴전선 전방 인근에 처음 들어와 살기 시작한 것은 육이오전쟁의 뒤치다꺼리 후환이 웬만큼 가셨을 때였다.

전쟁을 멈추고 최전방이 형성된 전방 산골짜기는 이따금 군용 트럭들이 덜커덩거리며 황토 먼지를 뽀얗게 피워 올리는 한길 가에 움막 같은 집들이 띄엄띄엄 자리를 잡고 있었다. 전쟁이 끝나자 본래 거주하던 주민들이 저 살던 고향의 생활 터전으로 돌아온 것이었고, 휴전선 너머 지척에 고향을 둔 사람들이 다시 돌아갈 날을 학수고대하며 살고 있었다.

설마 내 집이 휴전선 이북 땅으로 넘어갔을까, 하고 달려온 사람들은 지척의 고향 전답을 넘볼 수도 없이 군부대의 높직한 나무울타리 목책이 가로막고 있었다. 금방이라도 달려갈 것만 같던 고향 마을은 몇 날 며칠, 몇 달, 아니 수십 년이 흘러도 기약없이 무심한 세월만 막막하게 흘러가고 있었다. 전쟁 난리 통에 뿔뿔이 헤어진 가족들 가운데 누군가는 살아서 돌아왔을 고향을 하염없이 먼산바라기로 사는 것도 억울하고 분통이 터질 노릇인데, 수복지구 주민들은 수시로 적성분자 빨갱이 취급하기 일수였고, 외딴집 사람들은 아예 강제 이주를 당하기도 했다. 비로소 노인은 지척의 북녘땅 고향으로 쉽게 돌아갈 수 없다는 것을 깨달은 것이었다.

"돌아가야지. 야밤에 가로막힌 울타리를 뚫고서라도 돌아가야지. 부모, 처자식이 있는 집으로 돌아가야지. 하루

한날한시를 살다 죽더라도 고향 집에 가서 살다 죽어야
지."

　하늘이 한꺼번에 와르르 무너지는 실의와 좌절, 암담한
절망 속에서도 노인은 고향에 돌아갈 희망을 버리지 아니
했다. 북망산을 지척에 바라보는 칠순 고희를 넘어 한 올
명주실 같던 희망마저도 뚝 끊어질 것만 같은 불안과 공포
가 연이어 찾아들었다. 이제는 돌아가고 싶은 고향을 저버
리고 싶어도 버려지기는커녕 악귀처럼 끈질기게 늘어 붙
어 심사心思를 괴롭히고 있었다.

　"고향 집 아내도 지금쯤은 흰머리로 쪼글쪼글하게 늙어
버렸겠구먼."

　노인은 서글픈 세월의 회한에 가슴을 쳤다. 그놈의 전
쟁 난리 속에 인민군 총이든 국방군 총이든 맞아 죽던지,
소나기 쏟아지듯 퍼부어대던 B29 폭격에도 죽지 않고 살
아남은 것을 보면 명줄은 모질게 타고난 모양이었다. 어떻
게도 고향에 돌아갈 수 없도록 가시철조망에 가로막혀 흘
려보낸 세월이 끝이 없고, 세상 물정은 하루가 다르게 바
뀌면서 군인들 일색이던 전방에 면회객이나 간혹 볼 수
있더니 난데없이 부동산 투기꾼들이 때없이 몰려들면서
땅을 사겠다는 사람들로 넘쳐나고 생면부지 부재지주들
이 나타나 곳곳에 '개인소유지'라는 푯말을 꽂아 가시철

조망을 둘러치고, 주인없이 마냥 묵어 나자빠져 있던 묵정밭, 자갈밭 떼기 임자들까지 나타나 오달진 소작료를 요구하고 나섰다.

그뿐이 아니었다. 시커멓게 다 썩어 허물어지던 기차역 목조역사가 새롭게 단장되고 향나무, 무궁화, 단풍나무 관목 같은 조경수에 개나리, 철쭉꽃이 피는 진입로가 반듯하게 닦여진 것이었다. DMZ(비무장자대) 남방한계선 철책을 가로지른 개활지 무성하게 우거진 갈대밭의 녹색 파도가 출렁거리는 사이에 옛날 붉게 녹슨 철길 노반이 제 모습을 드러기 시작한 것이었다. 기차 철길을 덜커덕거리고 달려오는 기차의 기적소리가 금세 푸른 갈대벌판에 울려 퍼질 것만 같았다.

"할아버지, 여긴 기차 정거장이지만 기차가 안 댕기잖아?"

주먹밥 한 덩이를 다 먹고 난 순지는 식곤증이 오는지 게슴츠레한 눈으로 물었다.

"기차가 안 다니긴. 기차는 이제 곧 다닐 게다."

노인은 지금 기차가 어디쯤 힘차게 달려오고 있는 환상을 가지고 말했다.

"나도 기차가 빨리 달려왔으면 좋겠어."

따뜻한 햇볕 아래 몸이 나른해진 순지는 자꾸만 눈꺼풀

이 감기는 고개를 끄떡거렸다. 바로 그때 역전 앞마당에 사람들이 한 떼거리 몰려들며 웅성거렸다. 대형관광버스 세 대가 연이어 역전 마당으로 들어오고 있었다. 따뜻한 봄볕에 햇병아리처럼 자꾸만 눈이 감겨 고개를 꾸뻑거리던 순지는 버스에서 쏟아져 내리는 사람들을 놀란 토끼 눈으로 지켜보았다.

"할아버지, 우리 나가요. 빨리요."

순지는 얼른 할아버지 손목을 그러잡았다.

"왜 그러느냐?"

노인은 천연스럽게 움직일 줄을 몰랐다.

"여기 기차역을 구경하려고 사람들이 찾아올 때 기차역에 들어와 있으면 군인 아저씨들한테 혼난단 말이야."

순지는 의자의 할아버지 팔을 잡아당겼다.

"무슨 소리를 하는 게냐? 군인 아저씨들에게 혼나긴 왜 혼이 나. 네가 학교 동무들하고 기차역에 놀러 와서 여기저기에 낙서를 하고 그러니까 혼이 나는 거야. 괜찮으니 가만히 앉아 있거라."

대형버스에서 한 무리 쏟아져 내린 관광객들이 떼를 지어 기차 역사와 승강장으로 몰려들어 오고 있었다.

"어서요, 할아버지, 그게 아니래두. 관광객들이 몰려오고 있잖아."

"괜찮다고 해도 그러는구나. 관광을 온 사람들은 갈대밭 벌판 한가운데 기차역이 신기해서 구경하려는 거란다. 조금만 더 기다리면 기차가 달려 올 게야. 어서 이리와 앉아 있으라."

노인은 소녀에게 꿈꾸듯 말했다. 무섭게 긴장한 얼굴로 대합실과 승강장 이쪽저쪽을 두리번거리던 순지는 할아버지 말에 마음이 조금 놓이는지 할아버지 곁에 다시 앉았다.

"뭐가 그리도 신기한 것인지 많이도 몰려왔구나."

기차역 승강장으로 우르르 몰려 들어온 관광객들은 벌써 한 바퀴 휘젓고 돌아나가는 사람들이 있는가 하면 역전 마당에 길게 늘어서서 은빛이 반짝거리는 갈꽃벌판 철책선 너머 북한 땅을 신기하게 바라보고 했다. 산허리 능선을 따라 구불구불하게 특이한 토종 뱀처럼 굽이치는 가시철조망이 감긴 철책선, 육중한 콘크리트 방벽을 관심 깊게 살펴보며 북한 공산당의 남침에 대비한 국군 방어 요새의 견고함에 입을 벌리며 놀라고들 했다.

"승강장으로 들어와 보세요."

안내자는 크게 소리를 지르며 뒷전 관광객들을 불러들였다. 안보 관광객들은 흡사 서둘러 기차를 타려는 사람들처럼 우르르 몰려 들어왔다. 관광객들은 승강장 철로와 시커멓게 놓인 철마, 흰 입간판 이정표를 의미심장하게 바라보았다. 관광객들은 하나같이 슬프고 안타깝고 미처 알지 못했던 사건들을 조금씩 알아가듯 놀랍고 신기하고 착잡한 모습들이었다.

"여러분들이 보시다시피 여기 이 기차역은 남한 최북단에 자리를 잡고 있는 기차역입니다. 다음 기차역은 휴전선 너머 북한 땅에 있습니다. 여러분들은 지금 대한민국 분단의 현장에 계신 것입니다. 여기 다음은 남침야욕을 버리지 못한 북괴가 땅굴을 파고 내려온 현장을 보시게 될 것입니다."

안내자는 설명을 계속했다.

"이곳은 삼팔선 이북의 수복지구입니다. 저기 민통선 안으로 들어간 마을은 참담한 민족분단의 현장에서 가장 가슴 아프게 살아가는 주민들이라고 보시면 될 것입니다." 하고 안내자는 녹슨 철길을 가리키며 부연 설명을 했다.

"이 철길은 왜정이 경술국치 한일합방을 강제하고 조선의 물자를 수탈해 가기 위해 부설한 경원선의 일부분이지요. 금강산의 빼어난 경관 때문에 한때 내륙관광의 꽃이 되기도 했던 곳입니다. 우리에겐 혈맥과도 같은 철길이지요. 이 철길이 북으로 이어지고, 철마가 우렁찬 기적을 울리며 달릴 때 우리나라는 통일이 되는 것이지요."

안내자는 안내 설명을 이어갔다.

"북한 김일성은 겉으로 평화공존을 내세우며 각종 협상에 우호적으로 나서고 있다고 하지만 그것은 김정일로 대를 이어가려는 것이지요. 세습으로 주체적 사회주의 건설을 견고하게 이끌어가는 동시에 국제적 고립을 모면해 보려는 전략 전술의 일환이라는 것을 우리는 알아야 합니다."

안내자의 설명과 때맞춰 북한의 대남 선전방송이 우렁우렁 철책선 능선을 넘어오고 있었다.

"북한도 우리와 똑같은 한 핏줄 한민족인데, 언젠가는 이 철길이 이북으로 이어져 금강산으로 기차가 힘차게 달릴 수 있지 않겠습니까."

"길고 긴 오랜 세월 늙어가는 실향민, 이산가족들이 애처롭고 딱할 따름이지요."

한 사람이 말했다. 난생처음 보는 듯한 기차역을 찾아와 두루 구경하고 난 관광객들의 한 무리가 빠져나가고 뒷전에 남아 천천히 얘기를 주고받던 여인들이 고개를 돌리며 벤치의 노인과 소녀를 쳐다보았다.

"여기에서 뭘 하는 거니?"

안경을 쓰고 다가온 여인네가 앳된 소녀에게 물었다.

"할아버지가 고향에 타고 갈 기차를 기다려요."

순지는 깔끔하게 안경을 쓴 아줌마를 쳐다보며 대답했다.

"할아버지 고향에 타고 갈 기차라니, 그게 무슨 말이야?"

한마디 대수롭잖게 물어보던 여인네는 이상한 것처럼 표정을 달리하고 가까이 다가왔다.

"우리 할아버지 기차요."

순지는 똑같은 말을 되풀이했다.

"원 애두, 할아버지랑 기차역으로 놀러 온 왔구나?"

여인네는 가엾은 눈길로 물었다.

"여기는 기차역이에요. 구경하고 장난치며 놀러 오는 데가 아니라 기차를 타는 기차역이에요."

순지는 두 눈을 동그랗게 곧추 뜨고 말했다. 별다른 관심 없이 승강장을 지나가던 관광객들이 한둘씩 모여드는 가운데 보안 이중 턱으로 푸둥푸둥하게 비곗살이 오른 아줌마가 커다란 얼굴을 들고 물었다.

"그게 무슨 소리니, 정말로 기차를 기다리는 거야?"

살진 여인네는 코웃음을 치며 재차 물었다.

"기차역에서 기차를 기다리지 그럼 뭘 기다리는데요?"

상냥스레 대꾸하던 순지는 아줌마를 향해 되물었다. 소녀가 묻는 소리를 들은 뚱보아줌마는 일행 쪽을 돌아보며 어이없는 웃음을 지어 보이면서 볼품없이 벤치에 앉아 있는 노인 쪽을 돌아다봤다. 노인은 따뜻하게 비춰드는 봄볕을 음산한 그늘을 가리고 모여드는 사람들이 거추장스러웠다.

"너는 어디 사니?"

안경을 쓴 여인은 정색하면서 다시금 물었다.

"저 민통선 초소가 있는 바깥 마을에 살아요."

순지는 가벼운 고갯짓으로 민통선 바깥 마을을 가리키고 나서 입을 조그맣게 조그맣게 오므리고 차분히 앉아 있었다. 여인은 안경 너머로 이상스러운 눈동자를 굴리며 다시 쳐다봤다.

"거기 살면 이 기차역엔 기차가 오지 않는다는 것 알 거 아니야?"

여인은 알 수 없다는 듯이 재우쳐 물었다.

"우리 할아버진 고향에 꼭 가야 해요."

순지는 다부진 소리로 말했다.

"그렇구나."

그제야 알겠다는 듯이 여인은 고개를 주억거렸다.

"네 할아버지니?"

뚱보아줌마가 물었고, 순지는 고개를 끄떡거렸다.

"여기는 기차가 오지 않는 기차역이야."

안경을 고쳐 쓴 여인은 혀를 끌끌 차며 노인과 소녀를 다시 번갈아 가며 가엾이 바라보았다.

"기차는 기다리면 언제든 온댔어요. 우리 학교 선생님도 그랬어요."

순지는 큰 소리로 말했다.

"아줌마도 기차가 좀 빨리 달려오게 해주세요. 기차역을 구경 오는 사람들도 다같이 기차가 달려오도록 기다리면 기차가 빨리 달려온댔어요. 우리 선생님도, 엄마도 분명히 그렇게 말씀하셨어요."

순지는 또박또박하게 호소했다.

"허허허, 기차역에서 기차를 기다리는 게 뭐 어드레 이상해서리 그럽네까."

여인네들 뒷전 승강장으로 늙수그레하게 지나가던 중년이 발길을 멈칫거리며 말했다.

"기차야 손님이 기대려야 오디요. 안 그렇습네까? 기차는 덩거장에서 기대리는 사람이 있어야 달려오는 거이디요, 기차역에 기대리는 손님이 없으믄 기차가 뭐하러 오갔습네까?"

다가와 벤치 한쪽에 걸터앉은 노신사는 중절모를 고쳐 쓰고 나서 담배를 꺼내 피워 물었다.

"틸렀디. 노상 말만 금방 남북통일이 될 것처럼 앞세우구 고향, 친지 방문 어쩐든서리 핏줄이 그리운 사람들 애간장만 바싹바싹 태우구 있딜 안갔습네까."

혼자 중얼거리는 소리로 길게 내뿜는 담배 연기가 허공에 둥그런 원을 그리며 흩어지고 있었다. 여인들은 벤치의 노인과 소녀 애의 가엾은 정상이 애처로운 동정의 눈길을 던지면서 승강장을 빠져나간 일행들 쪽으로 빠른 발길을 옮겼다. 아까부터 사진기를 이리저리 돌려대며 연방 셔터를 눌러 사진을 찍던 젊은 사람이 수첩을 펴들고 다가왔다.

"저는 민족공론이란 잡지사 기잡입니다. 죄송합니다만 어르신께 몇 말씀 여쭤봐도 되겠는지요?"

기자가 서글서글하게 다가와 물었다. 노인은 앞에 다가온 젊은이를 들떠보지도 않았다.

"할아버지 고향이 이북이신지요?"

기자는 좀 더 다가앉으며 물었다. 노인은 고향이 이북 어디라는 대답보다 먼눈을 들고 한숨을 쉬었다. 이따금 기차역 승강장 벤치의 협수룩한 노인을 보고 지나가는 사람들이 한 마디씩 물어가며 던지는 소리였다. 새로 단장된 기차역에서 이북땅으로 가는 북행 기차 이야기를 꺼내는 사람은 한 명도 없었다. 신문사나 방송국 기자라고 신분을 밝히는 사람들은 구차한 말소리로 몇 번이고 사진을 찍어

가면서 찍은 사진 한 장을 가져다주는 사람이 없었다.

"언제 월남하셨습니까?"

기자는 끈질기게 성화를 바치며 물었다.

"사람들은 전쟁이 끝났다고 하지만 사지가 갈기갈기 찢기고, 가슴이 공중으로 흩어진 생사람의 피로 붉게 물든 강토가 두 동강으로 잘려버리는 바람에 북의 고향으로 돌아가질 못했지요."

기자의 거듭되는 물음에 노인은 깊은 한숨으로 말했다.

"이북에는 지금도 가족들이 살고 있으신가요?"

"어머님과 처자식이 살아 있다면 아마도 지금 내 모양으로 쪼글쪼글하게 늙었겠지요. 한 민족 가족들 간에 참으로 큰 싸움이었구먼. 생각하면 생지옥 같던 그 난리 통에 죽은 사람들이 부지기순데 과연 누가 살아남아 있을지나 모르겠소."

기자는 노인의 탄식을 수첩에 낱낱이 직어 나갔다.

"언제부터 이 기차역에 나오셔서 기차를 기다리셨습니까?"

"기차표를 손에 들고 기차를 기다린 것이 어느새 내 한 평생이 다 지나갔다우."

하고 노인은 품속에서 희읍스름하게 낡고 바랜 기차표 한 장을 꺼냈다.

"이 기차표를 끊어가지고 기차를 기다린 것이 바로 엊그제 같은데 수십 년 세월이 그만 지나가 버렸구려."

"정말 오래된 옛날 기차표군요."

노인의 기차표를 자세히 살펴보고 난 기자는 카메라를 들이대었다.

"그대로 기차표를 들고 저를 좀 보세요."

기자는 카메라 앵글을 잡고 셔터를 찰칵 눌렀다.

"이 기차역은 왜정 때 일본 놈들이 물자를 수송하려고 부설한 중간역인데, 지난 육이오전쟁 포화에 그만 산산이 부서져 폐허가 다 된 것을 언젠가 금방 통일이라도 되는 것처럼 다 낡은 기차역을 복원해 놓덜 안 했겠소. 그때는 막힌 숨통이 터지듯 우렁찬 기적소리가 벌판을 쩌렁쩌렁 울리며 기차가 달려올 것 같더니 또 무슨 변덕인지 오랫동안 방치하더니 작년에 또 요란법석을 떨어가면서 기차역을 말끔하게 단장해 놓덜 않았겠어. 그래서 나는 이제 정말로 기차가 오나 보다 하고 매일같이 기차역에 나와 기차를 기다린 것이 벌써 언젠지 모르겠구먼."

노인은 기차에 맺힌 한을 늘어놓았다.

"그때부터 줄곧 기차역에 나와 기차를 기다리셨다는 말씀이세요."

"그랬지. 다 늙어 북망산이나 바라보는 이 늙은이에게

여한이라면 고향에 가고 싶은 것밖에 더 있겠는가."

"할아버진 지금도 기차가 달려올 거라는 생각을 하세요?"

기자는 마지막 질문처럼 재차 물어보며 노인을 애처롭게 바라보았다.

"오고 말구. 지난 세월 고향에 가려고 애써온 늙은이를 생각하면 기차도 더는 무정할 수가 없을 게야. 지성이면 하늘도 감동하는 법인데, 내가 평생을 기다려왔는데 언젠가는 가차가 오지 않겠어 젊은이."

노인은 철길 노반이 묻힌 벌판을 멀리 바라보며 우묵히 들어간 눈을 몇 번 씀벅거렸다. 기자는 구차스럽게 더 무슨 말을 더 캐묻지 않고 수첩을 접었다.

"할아버지, 사진 한 장 더 찍겠습니다."

기자는 고향 가는 기차를 기다리는 노인의 애달픈 정경을 한 번 더 카메라에 담았다.

"기차는 할아버지 생전에 꼭 기적을 울리며 달려올 것입니다. 절대로 희망의 끈을 놓지 마세요."

돌아갈 시간이 늦은 기자는 노인에게 용기를 불어넣으며 기차역을 나갔다. 한동안 기차역을 메우고 들어섰던 관광객들이 일시에 빠져나가고 역전 마당은 아무도 남아 있는 사람이 없이 고요하게 적막이 찾아들고 있었다.

"할아버지, 우리도 빨리 집에 가."

순지는 심드렁하게 할아버지를 졸랐다.

"그러자구나. 내일은 기차가 오겠지."

노인은 또다시 내일을 기약하며 서쪽 산등성이로 풀리 없이 붉게 기우는 햇덩이를 바라보았다.

"순지가 학교에서 늦는다고 엄마가 퍽 걱정을 하겠구나."

"이젠 할아버지랑 동무하고 노는 거 엄마도 다 알아."

"허허허… 그렇게 되었구나."

노인은 미처 몰랐던 것처럼 밝게 웃었다. 봄볕 속에 고요히 올라와 있던 벌판의 갈목들이 서서히 일렁이는 벌바람에 물결치듯 나부끼기 시작하고 있었다.

"어서 가자구나."

노인은 저녁 무렵 벌판에서 불어오는 바람이 아직 차가웠다. 노인은 발길을 잠시 멈추고 너른 갈대밭 벌판의 철길 노반 흔적을 바라보았다. 기차가 육중한 쇠바퀴를 굴리며 벌판 철길을 힘차게 달려올 때 울리던 진동을 노인은 온몸으로 느끼고 있었다.

"할아버지, 기차가 안 오는데 어디를 그렇게 자꾸 쳐다 봐?"

순지는 할아버지 손을 잡고 물었다.

"어딜 쳐다보긴. 어서 가자꾸나."

지칫거리는 발걸음으로 승강장을 걸어 나오면서 노인은 다시 기차역을 돌아다보았다. 할아버지의 마음을 알아챈 순지는 아무런 말없이 고개를 푹 숙이고 터벅터벅 걸어갔다.

"우리 순지, 다리가 아픈 모양이로구나. 할아버지가 업어주럼?"

노인은 순지를 돌아보며 물었다.

"할아버지가 나를 정말 업을 수 있어?"

"암만, 업을 수 있고 말구."

"진짜?"

순지는 손뼉을 치며 깜짝 놀랐다.

"기운이 없는 꼬부랑 할아버지 같지만 아직 너를 등에 업을 힘이 있단다. 어디 한번 보려무나."

하고 노인은 어깨를 쭉 펴고 팔을 힘 있게 흔들어 보였다. 노인은 시간이 멈춰버린 옛날 기억 속의 딸아이에게 못다한 애정을 순지에게 퍼부어주고 싶었다.

"자, 어디 할아버지 등에 업혀 보려무나."

노인은 구부정한 등을 순지 앞에 돌려대고 내려앉았다. 순지는 딴전을 피우듯 고개를 돌리며 이른 봄맞이를 하고 나온 흰 나비를 쫓아갔다.

"원, 녀석두…."

노인은 나비를 쫓아가는 순지를 즐겁게 바라보았다. 언덕진 풀밭으로 하늘하늘 날아가는 흰 나비를 쫓아가던 순지는 저만큼 놓치고 서운하게 돌아섰다.

한 주일이 더 지난 봄날은 아주 화창했다. 노인은 오늘도 변함없이 기차역 벌판길을 걸어갔다. 햇볕이 제법 뜨겁게 깔리는 벌판엔 아지랑이가 가물가물 피어오르고 있었다.

철책선 아득한 북녘 땅 하늘엔 흰 뭉게구름이 뽀얗게 떠 있었다. 노인은 흰 구름이 떠가는 하늘 아래 아늑하게 자리를 잡은 고향이 얼마나 천리만리 머나먼 곳인지 새삼스레 깨닫고 있었다. 북망산을 바라보는 노년에 고향이라는 게 무엇인지, 노인은 북녘땅 고향하늘을 바라보고 있노라면 한겨울 문풍지를 갈기던 삭풍에 식어 내린 가슴에 따뜻한 온기가 서리고, 고단한 인생 여정에 지친 마음을 조금은 달랠 수가 있었다.

"이제 세월이 다 달아난 것을…."

해그림자를 등지고 벌판길을 걸어온 노인은 기차역 대합실을 들어서면서 오늘은 순지가 학교에 가지 않는 공휴일이라는 걸 문득 생각했다.

"오늘도 관광객 떼거리들이 얼마나 몰려올는지 모르겠구나."

기차역 대합실은 언제나처럼 기차를 기다리는 손님 한 사람 없이 비어 있었다. 벌판길을 헤쳐온 노인은 매일같이 기차역을 찾아와 기차를 기다릴 수 있는 날도 얼마 남아 있을 것 같지 않은 예감이 찾아들고 했다. 오지 않는 기차를 죽도록 기다리며 늙어버린 날들이 서럽고 억울하기도 했다. 죽는 것이 억울한 것이 아니라 기차를 더 기다려 볼 수 없는 것이 서럽고 한스러웠다.

노인은 오늘도 기차역 개찰구를 통해 승강장으로 들어갔다. 승객이 하나도 없이 텅 빈 승강장엔 해맑은 햇볕이 비치고 있었다. 노인은 드넓은 갈대밭 벌판을 가른 철길에 눈길을 던졌다. 기차는 오지 않는다. 노인은 육중한 기차의 쇠바퀴가 벌판을 구르는 진동과 우렁찬 기적 소리를 듣고 싶었지만 기차는 달려올 줄을 몰랐다.

"기차가 언제나 오려는지…."

노인은 눈이 피로했다. 승강장 벤치로 걸어가던 노인은 갑자기 이상한 예감에 놀라면서 고개를 번쩍 쳐들었다.

—할아버지는 고향에 가고 싶습니다—

문구가 적힌 종잇장을 앞가슴에 펼치고 앉아 있는 순지는 고개를 꺾고 잠이 들어 있었다. 노인은 가슴이 뭉클, 지금까지 한 번도 느껴보지 못한 감동에 놀라면서 순지를 바라보았다.

  "쯔쯔, 녀석두…."

  애잔하게 벤치로 다가간 노인은 고개를 아프게 꺾고 잠이 든 순지를 두 팔에 가만히 받아 안았다.

  "할아버지이."

  순지는 부스스 깨어나 눈을 떴다.

  "우리 순지가 오늘은 일찍도 기차역에 나와 있었구나."

  노인은 다른 애들과 다르게 영리하고 착하게 마음속까지 따뜻한 순지의 등을 토닥토닥 두들겨 주었다.

  "봄볕에 얼굴을 그을리면 늘 보던 님도 몰라본다는구나."

  노인은 봄볕에 얼굴이 붉게 익은 순지를 안쓰럽게 쳐다봤다.

  "할아버지, 기차는 오늘도 정말 안 오려나 봐."

  순지는 볼멘소리로 울먹거렸다.

  "앞가슴에 걸린 종이 딱지는 네가 글을 써서 매단 게냐?"

  노인은 순지가 커다란 글씨로 써서 목에 걸고 있는 종잇장을 거듭 바라보며 녀석의 기특한 소견에 놀랐다.

"맨날 오지 않는 기차를 기다리는 할아버지가 불쌍해서 텔레비전에서 이렇게 하는 것을 보고 배웠단 말이야. 할아버진 고향에 가야 하잖아."

순지는 눈물이 비치는 눈을 쏨벅거렸다.

"이 할아버진 기차를 기다리는 것이 익숙해졌단다. 기차가 안 온다는 생각은 한 번도 해본 일이 없단다."

노인은 고개를 들고 한숨을 크게 쉬었다. 오늘은 아무래도 기차는 오지 않으려나 보았다. 그런 생각이 드노라면 노인은 마음이 불안해지곤 했다. 새롭게 단장된 기차역과 벌판의 철길에 기차가 오지 않을 것처럼 다시 뻘건 녹이 슬고, 무상한 갈대밭에 파묻혀 버리는 날엔 수십 년을 하루같이 기차를 기다려온 자신의 일생이 허수하게 날아가 버리는 것이었다.

"기차를 기다리는 것은 할아버지뿐이야. 엄마도 그랬어. 할아버지가 맨날 기차역에 나가 오지 않는 기차를 기다린다면서 할아버지가 불쌍해 주겠다고 그랬단 말이야."

순지는 동그란 눈으로 잔뜩 부아가 났을 때처럼 말했다. 노인은 눈물이 글썽하게 젖은 눈으로 아지랑이가 가물거리는 벌판을 바라보았다. 종달새 한 마리가 하늘 높이 날아오르고, 북녘 쪽엔 멧비둘기인지 산 까치인지 몇 마리가 능선 너머로 훨훨 날아가고 있었다. 불현듯 노인은 제 둥지를 찾아 날아갈 수 있는 새들의 자유와 평화가 한없이 부러웠다.

"오늘은 일요일이라서 기차역을 구경하러 오는 사람들이 많을 거 같아, 아버지."

"구경하러 오는 사람들은 이 기차역이 신기한 모냥이더구나."

순지와 몇 마디 주고받던 노인은 벤치에서 일어나 승강장 끝머리 파래진 풀밭으로 걸어갔다.

"어디 가, 할아버지?"

"할아버지가 너에게 예쁜 꽃반지를 만들어주려고 그러지."

노인은 풀밭을 더듬으며 민들레꽃을 찾다가 잔디밭 쪽에 핀 오랑캐꽃을 보고 다가갔다. 오랑캐꽃에서 그윽한 꽃내음이 풍겼다. 노인은 허리를 굽혀 보라색 오랑캐꽃 한 떨기를 땄다.

"할아버지가 예쁜 꽃반지를 만들어 줄께."

노인은 오랑캐꽃의 줄기를 동그랗게 만들어 꽃받침 속으로 끼워 넣어 예쁜 꽃반지를 만들었다.

"이 꽃은 병아리처럼 귀엽게 생겨서 병아리 꽃이라고 부르기도 한단다. 봄나물로 살짝 데쳐서 먹기도 하고, 꽃잎을 모아 데친 다음 잘게 썰어 밥에다 섞어 꽃밥을 만들어 먹기도 하는구나. 몸의 신열을 내리고 독을 풀어주고, 가래를 삭이고 잠이 안 오는 데도 효과가 있다고 하는구나."

오랑캐꽃 반지를 예쁘게 만든 노인은 순지의 보동보동한 가운데 손가락에 끼워주었다.

"이 꽃반지 진짜 예쁘다, 할아버지."

순지는 생글생글 웃음꽃을 피우며 꽃반지를 신기한 눈빛으로 바라봤다.

"꽃반지가 그렇게도 좋으냐?"

"응, 할아버지. 학교 가서 우리 반 애들한테 자랑해야지. 엄마한테도 보여주구."

순지는 뛸 듯이 기뻐했다.

"이 할아버진 오랑캐꽃 반지보다 순지 네 얼굴에 핀 웃음꽃이 훨씬 더 예쁘구나."

"아니야, 할아버지 이 꽃반지가 더 좋단 말이야."

능선을 구불구불 가로지른 철책선을 넘어와 갈대밭에 깔리던 북한의 대남방송이 주춤하게 숨을 죽이고 있었다. 바로 그때 마을 삼거리 쪽에서 벌판을 가르며 요란한 차량의 경적이 들려왔다. 순지는 몸을 움찔, 놀라면서 고개를 번쩍 쳐들었다. 한낮인 데도 전조등을 빨갛게 켠 군부대 헌병 차가 쏜살같이 기차역으로 달려오고 있었다. 뒤따라

서너 대의 검정색 승용차와 대형버스들이 기차역으로 달려들어 오고 있었다. 물론 처음 벌어지는 광경이 아니었다.

"아마 오늘도 높은 분들이 많이 오시나 보다."

노인은 중얼거리듯이 말했다. 역전 마당으로 들어선 까만 승용차와 대형버스에서 늘숙하게 양복을 차려입은 사람들이 하나둘 차례로 내려오고 있었다. 보통 키에 희끔한 살집으로 우둥퉁한 사람들의 주위에 반짝이는 별 계급장을 단 장군과 영관장교들이 분주하게 움직이고 있었다. 군인들 속에 살면서 삼엄한 분위기를 감지한 순지는 커다란 눈으로 할아버지를 돌아봤다.

"무서워할 것 없다. 우리는 아무것도 잘못한 게 없지 않으냐."

예사롭지 않은 거동으로 거드름을 피우는 무리를 시름없이 바라보던 노인은 고개를 바로잡고 갈대밭 사이에 나 있는 철길 노반을 바라보았다.

"국가안보시찰단이 지금 막 도착해서 여기로 들어오고 계십니다. 여기를 잠시 나가주세요."

허리에 권총을 찬 장교가 헐레벌떡 뛰어와 다급하게 서둘렀다. 뒤따라 대위가 인솔하는 병사들이 총을 비껴들고 달려들어 와 역사 승강장 주변으로 쫙 흩어지면서 곳곳에 긴장한 부동자세로 경계 태세를 취했다.

"할아버지, 여기 계시면 안 됩니다. 빨리 좀 나가세요. 어서요?"

기차역 주위를 뺑 둘러 에워싸면서 국가안보시찰단 신변 경계에 나선 병사들 가운데 대위는 눈발을 세우고 말했다.

"애야, 어서 할아버지를 모시고 나가?"

대위는 벤치에 노인의 손을 잡고 앉아 있는 소녀에게 말했다.

"아저씨는 이게 안 보여요? 우릴 보고 어디로 나가라는 거에요?"

순지는 야무지게 말했다.

"너, 지금 뭐라고 했어?"

하고 대위는 가소롭게 물었다.

"아저씨는 우리나라 한글도 몰라요? 내가 들고 있는 이게 뭔지 안 보이냐구요?"

겁먹은 한구석 없이 당돌하게 나오는 소녀의 말에 당황한 대위는 갑자기 혼이 천리만리 달아나듯 머쓱하게 바라보았다.

"용감하고 씩씩한 군인 아저씨가 꽁꽁 언 동태 같은 두 눈으로 쳐다보지만 말고 내가 쳐들고 있는 종잇장에 뭐라고 적혀 있는지 한번 읽어보세요?"

순지는 불같이 재촉했다. 노인은 굳은 얼굴로 지켜보았다.

"읽을 줄 모르면 내가 읽어줄게요. 잘 들어보세요, 군인 아저씨. 할아버지는 고향에 가고 싶습니다. 한글은 몰라도 내 말을 똑똑히 알아들으셨죠?"

"이봐, 그 애와 노인을 빨리 내보내지 않고 뭘 하는 거야?"

민첩하게 달려온 소령이 대위의 어깨를 치며 나무랐다. 대위는 그제야 제정신이 돌아오듯 자세를 바로잡았다.

"네 할아버지가 북한 고향에 가셔야 하는 걸 몰라서 이러는 거 아니야. 알겠어? 그러니까 어서 할아버지를 모시고 어서 나가?"

대위는 버럭 소리를 질렀다.

"얼마나 높으신 높은 분들이 오시는지 몰라도 여기는 기차를 타는 기차역이우. 아마도 높으신 분들이 오신 모양인데 이 늙은이가 한 말씀 물어볼 말이 있소."

노인은 언제 북녘 고향에 보내줄 것이냐고 물어볼 작심이었다.

"누구한테 무슨 말씀을 하시겠다는 거에요, 할아버지? 안보시찰단이 나가거든 그때 다시 들어오세요."

"다 썩어 허물어지는 기차역을 새로 단장해 놓았으면 기차가 댕길 게 아니야, 내 한평생 기차를 기다리다 눈뿌리가 다 빠질 지경이야. 늦장을 부리는 것도 유분수지 그놈의 기차가 언제 오느냔 말야."

노인은 울화가 치미는 얼굴빛으로 소리쳤다.

"할아버지 왜이러세요?"

"내가 저 사람들한테 한번 보고 싶어서 그래. 이 늙은이 널감이 다 되었지만 여기에서 내 어린 딸아이 손을 잡고 기차를 타던 사람이라네. 사정이 그러하니 서둘러 내쫓덜 말고 이 늙은이 소원 한 번만 들어주시오."

노인은 차분히 애원했다.

"시간이 없어요, 어서 나가세요?"

안보시찰단의 기차역 진입이 임박해지자 다급해진 대위는 총을 비껴들고 서 있는 경계병을 불렀다.

"이 애와 할아버지 좀 잠깐 모시고 나가."

사태가 급박해진 대위는 경계병에게 명령했다. 상등병은 벤치로 달려들어 어린 소녀의 팔과 구부정한 노인의 뒷덜미를 잡아끌었다.

"군인 아저씨, 이러지 말아요. 우린 여기서 기차를 타야해요."

군인 앞자락에 매달리며 발버둥을 치던 순지는 와락 울음을 터뜨렸다.

"군인 아저씨, 팔이 아파요. 빨리 놔주세요. 우리 할아버지 고향 가는 기차를 타야 해요."

"기차는 무슨 기차? 이 할아버지는 우리가 알아. 제정신이 아닌 할아버지란 말이야. 미친 노인이라구."

병사는 소녀를 막무가내 잡아끌었다. 노인은 군인이 떠미는 힘에 밀리며 승강장 바닥으로 나동그라지는 생벼락을 당했다.

"군인 아저씨, 할아버지를 놓아주세요. 할아버진 기차를 타고 고향에 가셔야 해요. 진짜예요."

순지는 병사의 옷섶을 재차 부여잡고 매달렸다.

"빨리 나가지 못해?"

병사는 부여받은 임무에 충실했다. 안보시찰단원들은 하나같이 근엄한 면상들로 보아 그 됨됨이가 가볍지 않은 인사들이었다. 어깨에 번쩍이는 별을 군부대 장군이 기차역과 시설물 쪽으로 안보시찰단원들을 안내하고 있었다.

"왜, 우릴 자꾸 나가라는 거죠?"

순지의 울부짖는 소리가 승강장으로 퍼져 나갔다.

"울지 말고 가만히 있으랬잖아?"

노인과 소녀를 승강장 밖으로 끌어내던 병사는 울부짖으며 앙탈을 부리는 소녀와 밀려 들어오는 안보시찰단 사이에 당황하면서 소녀를 겁박했다.

"쉿, 어서 그치지 못해?"

소녀에게 울지 말라고 얼른 자기 입술에 손가락을 갖다
붙이며 강다짐을 한 병사는 재빠르게 경비 자세를 취했다.
소란을 피울 것 같던 순지는 울음을 뚝 그친 뒤 할아버지
의 손을 잡고 벤치로 들어앉아 종잇장의 글씨들이 잘 보이
도록 쫙 펼쳐 들었다.

—할아버지는 고향에 가고 싶습니다—

화창한 봄 날씨에 머리가 희끗거리는 안보시찰단 인사
들의 근엄하게 번질거리는 얼굴들에서 역한 비린내가 풍
기고 있었다.

"앞으로 땅굴과 연계한 안보 관광지로 확대 개발해서 국
민들의 안보교육장으로 만들 계획입니다."

근엄하게 장군의 설명을 듣고 있던 인사는 흐무진 얼굴
로 고개를 끄떡거렸다.

"예측할 수 없는 저들의 도발에 대비한 국방이 중요하다
는 걸 항상 잊으면 안 될 것이오."

앞에서 마치 하마상 같은 인사가 말했다.

"반드시 그렇게 하겠습니다."

설명을 덧붙이던 안내자는 두 손을 비비며 머리를 깊게

조아렸다. 안보시찰단은 다시 자리를 움직였다. 종잇장을 쫙 펴든 순지는 꼼짝도 하지 않고 앞을 지나가는 사람들을 한 사람도 놓치지 않고 지켜보았다. 고개를 돌리고 쳐다보거나 눈길을 주는 사람 하나 없었다. 순지는 앞가슴에 내려온 피켓 종잇장을 높게 고쳐 들었다. 간간이 눈길을 던지는 사람이 있기도 하였지만 별다른 관심을 보이지 않고 지나갔다. 나름대로 기대했던 순지는 실망의 빛이 역력했다. 차츰 사람들 끊기고 있었다. 종잇장 피켓을 힘없이 자락에 내려놓은 순지 눈가엔 은구슬 같은 눈물이 그렁그렁 맺혔다. 한동안 위세를 떨치던 국가안보시찰단은 싱겁게 발길을 돌리며 찾은 기차역을 썰물 지듯 빠져나가고 있었다.

승강장은 순식간에 텅 빈 황량감이 찾아들었다. 얼굴이 벌겋게 익은 순지는 병아리 같은 입술을 꼭 오무리고 금방이라도 아앙 울음을 터뜨릴 것처럼 보였다.

노인은 다른 날보다 유난히 피곤하게 빈창자에 나리꽃, 독버섯이 깊은 뿌리를 내리는 것처럼 기력 축 늘어진 어깨와 얼룩덜룩 검버섯이 핀 얼굴에 허망하고 창백한 빛이 떠올랐다. 움직일 줄을 모르는 할아버지를 돌아보던 순지는 자리를 일어났다.

"할아버지, 기차가 달려오나 보고 올게."

하고 승강장을 뛰어나간 순지는 풀밭 철길로 내려섰다.

"오늘은 기차가 안 오려나보다."

노인은 철길에 귀를 붙이고 엎드린 순지를 보며 말했다.

"정말인가 봐, 할아버지. 철길이 아무 소리도 없이 잠을 자고 있나봐."

납작 땅바닥에 배를 깔고 엎드린 순지는 철길에 한 번 더 귀를 가져다 붙였다. 따끈한 봄볕에 온종일 달아오른 철길에 귓바퀴가 따끔했다. 철길이 울지 않았다. 할아버지 항상 말하는 것처럼 기차 쇠바퀴도 진짜 펑크가 나는 것인가 보았다.

"오늘도 기차가 또 빵구가 난 모양이다. 그만 집으로 돌아가자."

노인은 벤치에서 일어났다. 힘없이 늘어진 어깨를 한번 추켜올리며 아직도 몸에 당찬 힘이 많이 남아 있는 것처럼 노인은 어깨를 으쓱으쓱 움직이고 두 팔을 크게 벌려서 앞뒤로 흔들어가며 펄쩍펄쩍 뛰기도 하였다.

"할아버지, 누가 또 기차역으로 달려오고 있어?"

누군가 급한 발걸음으로 달려오고 있는 사람을 바라보며 순지는 할아지에게 말했다. 가방을 어깨에 걸 멘 사람은 훤칠하게 큰 키로 바람처럼 달려오고 있었다. 노인도 고개를 들고 기차역으로 들어오는 젊은이를 바라보았다. 어디에서 본 듯한 젊은이였다. 역전 마당에서 곧장 승강장으로 달려들어 온 젊은이는 말끔하게 텅 비어 있는 승강장을 둘러보며 노인의 벤치로 다가왔다.

"할아버지, 오늘도 기차역에 계셨군요."

젊은이는 반갑게 다가왔다. 노인은 젊은이가 누구인지 선뜻 알 수가 없었다. 젊은이는 벤치의 노인 앞으로 가까이 다가섰다.

"할아버지, 저번에 이 기차역에서 할아버지 사진을 찍어간 민족공론 박 기자입니다."

어디 무슨 기자라면서 성가시게 이북 땅 고향을 캐묻고, 월남은 언제 어떻게 단행했느냐면서 사진을 찍어간 사람들이 한 둘이던가. 노인은 가느스름한 눈길로 기자라는 젊은이를 쳐다보았다.

"할아버지, 저를 모르시겠어요, 민족공론 잡지사 기자요?"

"가만있자. 그러니까 언젠가 한 번 여기에 와서 앞으로 이 기차역에 기차가 다니게 될지도 모른다는 소릴 하던 바로 그 기자인가 보구먼?"

노인은 젊은이를 어렴풋이 기억했다.

"다 저녁에 뭔 일로 또 오셨소?"

"땅굴 쪽 취재를 들어왔다 지난번에 할아버지 찍은 사진을 전해 드리려고요."

기자는 한쪽 어깨에 메고 있던 서류 가방을 벗어 지퍼를 쭉 갈랐다. 기자는 서류 가방에 손을 밀어 넣고 꺼낸 봉투에서 사진 두 장을 꺼냈다.

"할아버지 사진입니다. 이쪽 사진은 벤치에서 순지 소녀와 나란히 찍은 사진이구요."

"사진 한 장을 주려고 예까지 먼 길을 찾아왔단 말인가?"

노인은 젊은 기자의 성의가 고마웠다.

"그런데 할아버지 사진 한 장을 다시 찍어야겠어요."

"이 사진을 먼 길에 갖다줘 고마운데 뭔 사진을 또 찍나?"

"보시는 것처럼 이 사진은 할아버지가 눈을 감으셨어요."

노인은 사진을 찍으면서 두 눈을 지그시 감고 있었다. 눈자위가 우묵히 들어간 데다 눈을 감고 있어서 노인은 마치도 이제 고달팠던 생애를 모두 다 마치고 평화로운 저승길을 떠나듯 고요하고 잔잔한 모습이었다.

"죽은 사람처럼 눈을 꼭 감은 게 할아버지야?"

사진을 들여다보던 순지는 두 눈을 뒤집고 소스라쳤다.

"참말로 내가 죽은 사람 같구나."

노인은 죽은 사람처럼 두 눈을 꼭 감고 잠이 들어 고향

가는 꿈을 꾸고 있었다. 기차는 덜커덕거리며 우렁찬 기적을 울리며 철길을 힘차게 달리고 있었다.

<창작노트>

우리가 기다리는 기적奇蹟

　우리는 언제나 무엇인가를 기다리면서 산다. 그 기다림의 대상이 비록 사람마다 다르고 때로는 허망한 것이라고 해도 우리는 기다린다. 기다리는 것은 어쩌면 숙명인지도 모른다.

　매일 같이 텅 빈 기차역에서 기차를 기다리는, 그래서 기적을 기다리는 노인의 기적은, 기차의 기적汽笛이기도 하고 통일의 기적奇蹟이기도 하다. 그의 기다림은 부조리하고 희망이 없는 베케트의 「고도孤島를 기다리며」의 그 고도孤島와는 달리 희망이 있고 구체적인 희망이다. 우리 한민족 모두가 기다리는 기적이라고 볼 수 있다.

– 문학평론가 김승옥

세
모
녀

　낡은 임대주택 반지하에 사는 세 모녀는 매일같이 폐지를 주워 살아가는 사람들이었다. 쉰 살 고비에 이른 소라댁은 별로 가진 것 없이 모진 세월을 살면서 잔잔한 얼굴에 자글자글 얽힌 주름살이 따스함이 느껴지는 초로의 여인네였다. 큰딸 하나는 커다란 육덕에 지능이 모자란 장애자였고, 엄마를 빼닮은 작은딸 두나는 어수룩해도 제법 똘똘하고 야무진 데다 귀여운 백치미를 지니고 있었다.

　"엄마, 비가 그쳤어."

　반지하 방 조그만 창문을 열고 밖을 내다보며 두나는 소리를 질렀다. 그 소리와 동시에 바깥에서 앞집 노인의 성화가 빗발쳤다.

"쓰레기들을 좀 치워요?"

자기네 집 앞에 티끌 하나만 떨어져도 극성스럽게 난리를 떠는 노인이었다.

"한두 번도 아니고 남의 집 앞에 뭣 하는 짓이야? 냄새가 고약해 코피가 나게 생겼다구. 어서 나와 치우지 못해?"

노인네의 성화가 매우 요란스러웠다.

"그만 자고 일어나거라, 앞집 할머니가 집 앞에 쌓인 폐지 치우라고 벼락을 치신다."

소라댁은 작은딸을 흔들어 깨웠다.

"엄마, 왜 그래? 나 금방 흰 말에서 뚝 떨어졌단 말이야."

두나는 잠자리에서 응석을 부렸다.

"너한테 무슨 백말이라니, 당키나 한 소리니?"

"기분 좋은 꿈을 꿨다고 누가 돈 달라는 것도 아닌데 엄만 왜 꾸지람이야?"

두나는 지르퉁한 얼굴로 쫑알거렸다.

"밤새 물속에 빠진 것처럼 잠을 못 자고 날 샐 녘에 겨우 잠들더니 고작 개꿈을 꿨구나."

"뭔 놈의 집이 비만 오면 줄줄 새는 물벼락에 하수구까지 꽉 막힌 물구덩인지 모르겠네, 정말."

밤새껏 새우등지고 뒹굴다 부수수한 얼굴을 들고 방문간에 기어 나온 두나는 하마처럼 입을 쩍 벌리고 늘어지는 하품이다.

"집이 안 무너지고 사는 것만도 다행인 줄 알아라."

곰팡이가 방구석을 돌아가며 시꺼멓게 핀 반지하 단칸방은 비만 오면 견디기 힘들게 비가 줄줄 새고 습기가 차는 바람에 사람 살기가 힘들었다.

"움막집에 살 때보다 그래도 훨씬 낫지 않으냐."

그때는 비가 조금만 와도 머리에 줄줄 쏟아지는 빗물에 시달리고, 해가 중천에 떠올라 이글거리면 가마솥 속에 들어앉은 것처럼 무덥고, 겨울이면 시베리아 에스키모 얼음굴속에 사는 것만 같았다. 그런데도 소라댁은 구차한 소리 한마디 없이 숙명처럼 견디며 두 딸을 데리고 살았던 것이다.

"시궁창 썩은 냄새가 코를 뭉개는 개천 다리 밑이 차라리 낫다 싶을 때도 있었구나."

빗물에 미끄러지지 않도록 조심스럽게 반지하 계단을 올라온 세 모녀는 지난밤 퍼붓는 비에 무겁게 젖은 폐지를 가져다 양지쪽에 죽 널어놓고 다시 지하로 내려온 두나는 빗물에 더러워진 옷가지를 벗어놓고 반 팔 셔츠와 청바지로 갈아입었다. 큰딸 하나는 계단 밑에 넣어둔 손수레를 밖으로 끌고 나갔다. 폐지를 주우러 나갈 차비를 다 해 놓은 세 모녀는 머리에 물을 찍어 바른 뒤 대충 윗머리만 군빗질을 하고 손수레를 끌고 길거리로 나섰다.

"소라댁 세 모녀가 일찍들 나가는구먼."

3층에 사는 노인이 집 앞에 나와 말했다. 세 모녀가 국민임대주택에 들어와 함께 살면서 두 딸을 데리고 살아가는 엄마에게 '소라댁'이라고 부른 것은 바로 소싯적에 바닷가에서 배를 부리고 살았다는 구순九旬 노인이었다.

"어딜 나가시려구요?"

소라댁은 노인을 보며 물었다.

"아들 내외가 손주들을 데리고 온다구 허는구먼."

"아 참, 맞아요. 오늘이 바로 어르신 생신이시지요?"

"소라댁은 기억력두 좋구먼. 내 귀빠진 날을 아직도 잊어먹덜 않구 었구먼?"

"아드님 내외와 손주들을 데리고 온다니 참으로 좋으시겠어요."

"좋다마다."

3층 독거노인은 사실 아들 내외, 손주 이야기를 처음 하는 게 아니었다. 혼자 적적한 고적감이 들 땐 입까지 궁금

한 것처럼 미국에 사는 아들 내외 이야기를 수시로 입에 올리고 하였지만 아들 내외가 손주들을 데리고 찾아오는 것을 임대주택 사람들은 아무도 본 사람이 없었다.

"생일이 별스러운 날인가. 난 내 생일이 언제인지 기억두 잘 못하는구먼."

노인은 몹시 쓸쓸하고 허전해 보이었다.

"올해 아흔 번째 생신이시잖아요. 어르신을 자주 찾아오는 복지관 생활 관리사도 그랬어요. 금년에 아흔 번째 생신이시라구요?"

하고 세 모녀는 노인과 마주하던 눈길을 거두고 돌아섰다. 사나흘 요란한 천둥 번개로 퍼붓던 비 끝에 햇볕이 뜨겁게 내려 쪼이고 있었다. 하나는 앞에서 손수레를 탈탈거리며 비스듬한 아랫길을 내려갔다. 단독주택들이 들어선 오른쪽에 새로 지은 신축 빌라들이 산뜻한 모습으로 들어서 있었다.

"엄마, 저 아래 쓰레기가 많아."

"비가 많이 와서 환경미화원들이 치우질 못해 그렇구면."

"우리한테 복이 터진 거지 뭐야."

두나는 손수레를 끌고 가는 언니를 뒤따라갔다. 곧장 쓰레기 더미에 달라붙은 세 모녀는 비에 젖은 신문지, 골판지상자를 주워 한쪽에 가지런히 쌓아놓았다. 비닐봉지에 담긴 잡동사니 쓰레기들은 한쪽에 모아놓으면서 헌책들을 골라낸 뒤 종이쇼핑백을 주운 두나는 속에 담긴 쓰레기를 쏟았다. 먼지가 풀풀 날리며 쏟아지던 쓰레기들 가운데 구겨진 신문지에서 무엇인가 반짝하고 떨어졌다.

"엄마, 이게 뭐야?"

두나는 반짝거리는 것을 집어 들었다.

"그거 반지 아니냐?"

소라댁은 돌아다보며 물었다.

"맞아 엄마, 반지야."

두나는 손가락에 반지를 끼워보았다. 햇빛에 반짝거리는 것이 아주 눈부셨다.

"예쁘다, 엄마."

두나는 반지 낀 손가락을 움직일 때마다 하얀 불꽃이 튀는 것처럼 눈부시게 반짝거렸다.

"엄마, 이거 진짜 좋다."

두나는 펄쩍거리며 좋아했다.

"누가 그런 반지를 버렸는지 다 모르겠구나?"

소라댁은 의아하게 고개를 갸웃뚱거렸다.

"요즘 사람들 좋고 나쁜 게 뭐 있나, 저 싫으면 버리는 거지."

"그거 애들 장난감 반지 같지 않니?"

"그러니까 내버린 거지 뭐. 그래도 난 예쁘구 좋아, 엄마."

"젖은 폐지라도 햇빛이 좋아 금방 마를 거야. 다 주워 수레에 실어라.

하고 소라댁은 남은 골판지상자를 모두 주웠다. 하나는 두나 동생의 손가락에 반짝거리는 반지에 눈독을 들였다.

"두나야 그거 나두 한 번 끼워보자?"

"언니는 손가락이 커서 안 들어간단 말이야."

하고 두나는 반지 낀 손을 얼른 뒤로 감췄다.

"두나야, 나두 그거 손가락에 한 번 끼워 보자, 응?"

하나는 동생에게 어리광을 부리듯 졸랐다.

"반지 하나 주워 가지고 싸우지 말고 폐지 다 주웠으면 다른 데로 가 보자."

너절해진 쓰레기더미 잡동사니들을 다시 정리해 놓고 자리에서 허리를 펴고 일어난 소라댁은 수레를 끌고 나가는 두 딸을 뒤따라 나섰다. 동네 길에서 큰길로 나온 세 모녀는 큰 마트 쪽으로 수레를 끌고 한참을 걸어갔다. 마트에서 내놓는 골판지상자들을 주워야 할 때를 놓쳤다 생각하며 발걸음을 재촉하는데, 앞서 달려가던 두나가 발걸음을 멈칫하고 말했다.

"엄마, 오늘은 마트에서 버린 게 하나도 없어?"

두나는 무척 실망스럽게 울쌍을 지었다.

"그새 누가 골판지 폐상자를 모두 다 걷어가 버렸구나."

소라댁은 마트에서 항상 폐상자 처리장처럼 내놓는 곳을 자기 폐지수집 구역으로 전신주에 리어카를 매 놓았건만 미리 선점한 딱지를 붙여 놓은 것도 아니다 보니 먼저 눈에 띄는 사람이 주워가는 게 당연히 임자일 수밖에 없었다. 하루살이 세 모녀의 희망이 사라져 버린 것이었다. 폐지와 폐비닐을 다른 나라에 수출할 수가 없다고 폐지값을 개똥값 만큼도 안쳐주더니, 하루 벌어 하루 사는 사람들이 갈수록 자꾸만 늘어나면서 사는 것들이 어려워지니 길거리 폐지마저 불티가 나고 있었다.

"어쩌겠느냐, 쓰레기봉투 속에 든 것들이라도 주워야 빵한 개라도 사 먹지 않겠느냐."

세 모녀는 엊그제 판매량이 안되어 팔지 못하고 리어카에 남아 있는 폐지와 종이컵들 마저도 지난밤 비에 모두 젖어버린 상태였다. 세 모녀는 물을 먹어 당장 팔 수 없는 폐지들을 햇볕에 잘 마르도록 펼쳐놓고 쓰레기 봉투 쪽으로 나란히 돌아앉았다.

"고물상에 팔 만한 것들이 있겠느냐만 종이컵 몇 개라도 주워봐야지."

세 모녀는 쓰레기봉투를 하나씩 앞으로 가져다 놓고 속속들이 뒤집어가며 종이컵 나부랭이와 음료수 깡통을 있는 대로 골라내었다. 두나는 자잘한 종이컵과 헌책, 폐지를 차례로 골라가며 손을 움직일 때마다 손가락에 끼고 있는 반지가 줄곧 눈부시게 반짝거렸다.

　"골판지 한 조각만 눈에 띄어도 재빠르게 주워가는 사람들이 자꾸만 생겨나니 우리들이 살아기도 더 힘들어지겠구나."

　매끈한 이마에 땀방울을 은구슬처럼 매단 엄마는 흘러내린 머리칼을 몇 번이고 긁어 올리며 쓰레기더미 속에 뒤섞인 종이컵 하나를 놓치지 않았다.

　"더 쓸만한 게 없겠다. 주운 것이나 고물상으로 가져가 보자."

　하나는 음료수병과 알미늄 깡통이 든 자루를 가져다 보조 짐받이가 달린 손수레에 실으면서 땀에 젖어 힘없이 주저앉아 있는 엄마를 쳐다보았다.

　"왜, 내 얼굴이 더러우냐?"

　소라댁은 목에 두른 수건을 걷어 얼굴과 목덜미에 흘러내리는 땀을 닦았다. 두나는 언니가 끌고 나선 수레를 따라갔다. 고물상은 인접해 있었다.

　"하필이면 3층 할아버지의 생신날 벌이가 안 되는구나."

소라댁은 시름겹게 말했다. 3층에 구순九旬 노인께서 자장면 한 그릇도 맛보실 복이 없다는 생각을 하며 소라댁은 너절한 쓰레기들을 긁어모아 봉투에 꾹꾹 눌러 담아 놓고 잠시 앉아 있으려니 고물상으로 폐지를 팔러 갔던 딸들이 빈 손수레를 덜커덕거리며 끌고 돌아왔다.

"엄마, 음료수 깡통이 좀 많아서 모두 5천 원 받았어."

두나가 심드렁하게 말했다.

"우리 셋이 하루에 번 것이 5천원이라니, 그나마 많이 받았다는 생각이 들긴 하지만 아무래도 안 되겠다. 두나야, 네 손가락에 낀 반지를 다시 좀 보자."

"왜 엄마?"

두나는 깜짝 놀란 소리로 물었다.

"그거 팔면 얼마나 줄까?"

하고 소라댁은 딸을 다시 쳐다보았다.

"애들 장난감 반지 같은 걸 누가 사기나 한대?"

하고 두나는 반지 낀 손을 얼른 뒤로 감췄다.

"안 사면 말구."

"엄마, 나 배고파."

하나는 울상으로 칭얼거렸다.

"알았다. 조금만 참아라."

세 모녀는 아침밥도 거른 것이었다. 엄마는 두 딸과 함께 바로 앞에 보이는 편의점으로 들어갔다. 세 모녀는 빵 세 개와 팩 우유 하나를 사 들고 바깥 탁자로 나와 둘러앉 았다. 배가 고프다고 투덜거리던 하나는 정신없이 빵부터 한 입 크게 베어 먹었다. 그들은 우유를 돌아가며 한 모금 씩 나눠 마셔가며 빵을 다 먹은 다음 주운 반지를 팔러 나 섰다.

세 모녀는 번화한 상가로 거리를 걸어갔다. 핸드폰 아울 렛, 애견용품, 약국, 양품점, 커피숍, 안경점, '설화당'이란 돌출간판 밑에 '쥬얼리'라는 작은 간판이 하나 덧달려 있 었다.

"엄마. 저 집에 시계도 있구, 저 노란 반지들 좀 봐."

하나가 반가운 손뼉을 쳤다. '설화당' 쥬얼리 금은방은 뒷벽으로 크고 작은 시계들이 주렁주렁 내걸리고, 그 앞의 유리 진열장 속에 누런 목걸이, 금반지들이 가득 들어 있 었다.

"들어가서 물어보자."

'설화당' 앞에서 주춤거리던 세 모녀는 가게 안으로 들 어갔다. 의자에 비스듬히 턱을 괴고 앉아 텔레비전을 보던 남자가 고개를 들고 바라보았다.

"아저씨, 이런 반지 얼마나 줘요?"

두나는 대뜸 손가락에 낀 반지를 내밀어가며 물었다.

"반지를 파시게요?"

가게주인은 얼핏 보기에도 허접한 행색에 어울리지 않는 보석반지를 끼고 가게에 들어온 세 여자를 차례로 살펴보면서 물었다.

"이 반지를 팔면 얼마나 줘요?"

두나는 재차 물었다.

"어디 좀 봅시다."

"자요."

두나는 반지 낀 손을 쑥 내밀었다. 가게주인은 반지보다 손가락에 보석반지를 끼고 있는 여자를 다시 쳐다보았다.

모녀들로 보이는 세 사람이 하나같이 보석 반지에 어울리지 않게 허수룩한데다 이상하게 모자란 사람들로 보였다.

"그런 반지는 안 사는데요."

반지를 설핏 거들떠본 가게주인은 한 마디로 잘라 말했다.

"조금도 값이 안 나가요?"

소라댁은 안타깝게 물었다.

"어디 반지를 한번 빼줘 봐요."

가게주인은 돌연 태도가 일변하여 친절한 호의를 보였다.

"애야, 두나야, 뭐하고있어? 얼른 반지를 빼 드리지 않구.”

소라댁은 손가락에서 반지를 빼줄 마음이 없이 머뭇거리는 두나를 채근했다.

“알았어, 엄마.”

미적거리던 두나는 반지가 꼭 끼는 손가락에 침을 발라가며 어렵게 반지를 빼주었다.

“잠시만 좀 기다려 보세요.”

반지를 받아 들고 유리 진열장 안쪽 책상으로 들어간 가게주인은 서랍에서 꺼낸 플래시 같은 것으로 반지를 이리저리 비춰가며 살펴보고 다시 진열장 앞으로 나왔다.

“이거 가짜 반집니다. 유리 조각을 박은 거예요.”

가게주인은 느긋하게 코웃음이 밸린 얼굴을 들고 말했다.

“반지가 아주 예쁜데요. 그래도 돈을 하나도 안 주나요?”

반지를 빼주며 가뜩이나 서운하던 두나는 실망스러운 울상을 지었다.

“어디 돈을 쓰실 데가 있는 것 같은데 제가 그냥 돈을 조금 드릴게요.”

“반지 값을 쳐주신다구요, 얼마나요?”

소라댁은 반색했다.

“3천 원을 드리지요.”

가게주인은 반지값을 말했다.

"조금만 더 주실 수 없을까요?"

"그것도 손님이 너무 돈이 필요하신 것 같아서 그나마 값을 조금 쳐드리는 겁니다."

가게주인은 어이없는 것처럼 나왔다.

"만 원만 주시면 안 될까요? 어디 꼭 쓸 데가 있어서 그럽니다요."

소라댁은 안쓰러운 얼굴로 사정했다.

"무슨 소리야, 엄마? 적어도 5만 원은 가져야 맨 끝 방 꼬부랑 할머니도 모셔다 함께 밥을 먹을 수 있어."

두나는 몸이 후끈 달아오른 낯빛이었다.

"사장님께서 돈을 더 줄 수 없다지 않으냐."

엄마는 시든 풀잎처럼 맥없는 소릴 했다.

"무슨 사정들이 있는 모양인데, 제가 손해를 보더라도 만 오천 원을 드리지요."

가게주인은 생각잖게 후덕한 인정을 썼다.

"고맙습니다, 정말 고맙습니다."

돈을 받아든 세 모녀는 가게주인에게 허리를 연신 굽실거리는 코방아를 찧으며 설화당 가게를 나왔다.

"할아부지 생일 케익도 하나 사면 안 될까, 엄마?"

세 모녀는 갑자기 큰 부자가 된 것처럼 행복했다.

"어서 가자. 우리가 올해도 할아버지 생일잔치를 해드린다고 했으니까 지금은 우릴 기다리고 계실 거야."

설화당 가게주인이 고마운 소라댁은 두 딸과 함께 고맙고 행복한 웃음을 지으며 보금자리 다세대 임대주택으로 빈 수레를 털털거리며 끌고 걸어갔다.

오늘도 세 모녀는 폐지를 줍기 위해 손수레를 탈탈거리며 마을 길을 걸어 내려오고 있었다. 날씨는 혼탁한 미세먼지가 없이 거리는 맑고 조용했다.

"엄마, 할아부지 생일이 매일 있었으면 좋겠다."

큰딸 하나는 어제 할아버지 즐거운 생일을 생각하고 있었다.

"어제 먹은 자장면, 탕수육 입맛이 아직도 혀끝에 남은 모양이구나."

소라댁은 몸매가 드럼통같이 둥실한 하나를 보며 탕수육 한 접시를 여럿이 나누어 먹었으니 간에 기별도 가지 않았으리란 생각이 들었다.

"너만 혀끝에 탕수육 맛이 남은 게 아니라 엄마도 그렇고 두나, 할아버지도 똑같을 거야."

어제는 무척이나 기분이 좋은 하루였다. 세 모녀는 높직한 언덕의 보금자리 국민임대주택에서 반지를 주운 주택가를 걸어가는데, 뒷전에서 빵빵거리는 자동차 클랙션 소리가 들려왔다. 세 모녀는 얼른 길섶으로 비켜섰다. 미끄러지듯 곧장 세 모녀 앞을 가로막고 내려온 승용차는 브레이크를 밟고 멈추면서 깔끔한 40대 안팎의 중년 부인과 열몇 살쯤의 딸애처럼 보이는 소녀가 따라 내렸다.

"말 좀 물어볼게요. 어제 여기에서 폐지 주은 거 맞죠?"

날씬한 몸매에 사슬 모양의 금목걸이가 목에 걸린 중년 부인은 다짜고짜 물었다.

"그런데요?"

두나가 앞나서 대꾸했다.

"반지 하나 줍지 않았어요?"

"반지요?"

두나는 두 눈이 휘둥그렇게 뜨고 중년 부인을 바라봤다.

"그래요, 반지. 그거 아주 비싼 다이아몬드 반지거든요."

중년 부인은 빈곤한 모녀들로 보이는 세 여자를 향해 말했다. 단박에 주눅이 든 세 모녀는 두 손을 앞가슴에 모으고 몸을 조그맣게 움츠리며 서로 슬금슬금 눈치를 보았다.

"역시 내 다이아몬드 반지를 주웠군요. 어서 이리 내놔요?"

겁에 질려 바들바들 떠는 모습들을 보며 중년 부인은 폐지를 뒤지다 다이아몬드반지를 주운 확증을 잡고 나왔다.

"놀라는 걸 보니 반지를 주웠군요? 그 반지 1케럿짜리 다이아몬드 반지에요. 내가 좀 바쁜 일이 있어 서둘러 나가면서 손가락에서 뺀 반지를 신문지에 싸 놓고 나왔더니, 우리 딸이 방 청소하면서 그 신문지를 함께 버렸답니다. 그러니까 어제 여기에서 폐지를 주우면서 틀림없이 반지를 주웠겠지요?"

"반지요?"

두나는 다시금 놀랐다.

"그래요, 다이아몬드 반지. 그거 내 결혼반지라구요."

"그 그거는…."

두나는 말을 머뭇거렸다. 소라댁의 얼굴도 붉게 일그러지고 있었다.

"맞아요. 우리가 예쁜 반지 하나 주웠어요."

멀거니 지켜보고 서 있던 하나가 말했다.

"두나야, 네가 주웠잖아. 어서 돌려드려."

하나는 사정도 모르고 채근했다.

"어서 돌려주세요. 그 반지를 돌려주면 오늘 폐지를 줍지 않아도 될 만큼 돈을 들릴 게요."

하고 중년 부인은 핸드백에서 오만 원짜리 몇 장을 꺼내 서슴없이 내밀었다.

"이걸 받고 그 반지를 어서 돌려주세요."

중년 부인은 거듭 돈을 내밀며 사정으로 나왔다.

"두나야, 어서 줘. 아줌마가 돈도 많이 주잖아."

하나는 중년 부인이 내밀고 있는 돈을 받으려고 넙죽 손을 내밀었다.

"왜 그래, 언니? 그 반지 지금 없잖아."

두나는 화나는 소릴 질렀다. 소라댁은 무슨 말을 못하고 눈물을 흘리고 있었다.

"다이아몬드 반지라구요. 그게 어떻게 생긴 건데요?"

두나는 다이아몬드 반지가 어떻게 생긴 것인지 모르고 아줌마에게 되물었다.

"엄마, 이 사람들은 다이아몬드 반지가 어떻게 생긴 것인 지도 모르나 봐."

다이아몬드 결혼반지를 잃어버린 엄마 얼굴이 붉으락푸르락하는 것을 보며 딸아이가 안타까운 소리를 했다.

"제가 청소를 하면서 방 쓰레기와 함께 엄마 반지를 잘못 버린 거예요. 반지를 주웠거든 돌려주세요. 그 대신 엄마가 돈을 드리잖아요."

이번엔 딸애가 사정했다.

"다이아몬드 반지를 버렸다는 걸 믿지 못하시나 본데요, 사실은 우리 집에 도둑이 들어 엄마가 모아놓은 보석을 다 훔쳐 가 버렸거든요. 엄마는 하나 남은 다이아몬드 결혼반

지를 손가락에 끼고 다니는 것도 불안하고, 집에 두는 것
도 안심할 수가 없다면서 헌 신문지에 싸놓으면 도둑이 들
어도 훔쳐 가지 않을 거라며 헌 신문지에 싸 놓으셨던 거
래요. 그런데 엄마가 화장하고 나간 뒤 제가 방 청소하면
서 반지를 감춰 싸놓은 헌 신문지 조각을 종이 쇼핑백에
다른 쓰레기와 함께 쓸어 담아 버린 거죠. 그러니까 폐지
를 주우면서 반지를 틀림없이 주웠을 거 아니에요. 반지를
어서 돌려주세요."

딸아이는 자기 잘못인 것처럼 울며 사정했다.

"예쁜 반지를 하나를 줍긴 했는데 지금은 우리에게 없어
요."

소라댁이 솔직하게 털어놓았다.

"다이아몬드 반지를 주웠다면서 없다니요? 그게 무슨
말이에요?"

몸이 부쩍 달아오른 부인은 몹시 당황스럽게 물었다.

"팔았어요."

두나는 부르퉁한 얼굴로 말했다.

"팔았다구요, 어디다요?"

중년 부인은 시퍼렇게 일변한 얼굴로 펄쩍 뛰었다.

"저 아래 큰길 가게요. 반지와 시계 같은 걸 파는 가게
요."

두나는 사실대로 털어 놓았다.

"죄송합니다. 저희들이 큰 잘못을 저질렀습니다요. 우리 애들이 아무것도 모르고 그랬으니 한번만 용서해 주세요."

소라댁은 머리를 조아리며 두 손을 싹싹 빌었다.

"가게주인은 그 반지가 가짜라고 하던데요."

두나는 설화당 주인이 하던 소리 그대로 말했다.

"그 다이아몬드 반지가 가짜라구? 저런 죽일 놈의 사기 꾼이 있나?"

중년 부인의 눈에서 불꽃이 튀었다.

"당장 경찰을 불러야 되겠군."

중년 부인은 시뻘게진 얼굴로 핸드폰을 꺼내 들고 사정 이 다급한 신고를 했다.

"112지요? 지금 제 다이아몬드 결혼반지를 훔친 도둑들 을 붙잡았는데, 빨리 좀 와주세요. 예, 부탁합니다."

중년 부인은 다급한 도난신고를 하고 세 모녀와 마주 했다.

"다시 말해 봐요, 누가 그 다이아몬드 반지를 가짜라고 그랬어요?"

중년 부인은 두 눈에 쌍불을 켜고 세 모녀를 다그쳤다.

"금붙이 같은 걸 파는 가게주인이 그랬어요."

소라댁은 풀죽은 소리로 대답했다.

"그 다이아몬드 반지를 도대체 얼마에 판 거예요?"

"처음에 3천 원을 준다고 해서 조금 더 달라고 사정하니까 우리 세 모녀를 불쌍하게 쳐다보더니 자기가 크게 인심을 쓰겠다면서 만 오천 원을 줬어요."

"천하에 죽일 놈의 사기꾼을 봤나."

중년 부인은 부르르 떨며 소리쳤다.

"사모님, 죄송합니다. 우리는 폐지를 주워 겨우 먹고 사는 사람들입니다. 저희가 아무것도 모르고 죽을죄를 지었습니다. 한 번만 용서해 주세요."

세 모녀는 번갈아 가며 눈물겹게 애원했다.

"가긴 어디로 가요, 경찰들이 곧 달려올 테니 조금만 그대로 기다려요."

"사모님, 경찰서라니요? 우리가 잘 모르고 그랬습니다. 용서해 주세요."

중년 부인은 세 모녀를 꼼짝 못 하도록 붙잡아 놓고 있었다. 신고를 받은 경찰차가 금세 달려오고 있었다. 세 모녀는 겁에 질려 서로 부둥켜 안고 울음을 터뜨렸다.

"바로 이 사람들이에요?"

경찰관들은 세 모녀를 민첩하게 에워싸고 덤벼들었다.

"세 사람이 모녀지간이라네요."

중년 부인은 주택가 쓰레기더미에서 폐지를 줍는 세 모

녀를 가리키며 말했다.

"어서들 가요."

경찰관은 세 모녀를 연행했다.

"우린 잘못한 거 없어요."

세 모녀는 숨도 크게 못 쉬고 어찌할 줄을 몰랐다.

"경찰서에 가서 얘기해요. 어서, 차에 타세요."

경찰관은 세 모녀를 호송 차량에 태웠다. 중년 부인은 경찰차를 뒤따라 붙었다.

곧장 경찰서에 도착한 세 모녀는 조사실로 끌려가 다이아몬드 결혼반지 절도에 대한 조사가 시작되었다. 세 모녀는 목덜미가 잡혀 온 강아지들처럼 서로 꼭 부둥켜 안고 바들바들 떨었다.

"남의 귀중한 다이아몬드 결혼반지를 주웠다고 해도 그걸 함부로 팔아먹으면 절도죄로 감옥에 간다는 걸 몰랐어요?"

형사는 날카로운 눈빛으로 쳐다보며 취조했다.

"우린 남들이 버린 폐지와 폐품을 주워 살아가는 사람들이에요. 다이아몬드가 뭔지도 모르구요. 그런 반지가 어떻게 생긴 것인지 한 번도 구경해본 적이 없는 사람들이에요."

소라댁은 사실 그대로 말했다.

"정말이에요. 우린 그저 장난감 같은 반지인 줄 알았어요. 그렇게 비싼 반지인 줄 몰랐어요. 정말입니다요. 먼지가 부옇게 풀썩거리는 쓰레기 속에서 나와 버린 것인 줄만 알았어요."

"엄마 말이 맞아요. 우린 진짜 그런 거 몰랐어요. 그렇게 비싼 보석 반지인 줄 알았으면 어떻게 수소문을 해서라도 잘못 버린 주인을 찾아주었을 거에요. 진짜라구요. 그렇게 비싼 반진 줄 알았으면 아무리 바보천치라도 만 오천 원을 받고 팔았겠어요?"

"그렇구면요. 지금 돌이켜 생각하니 그 가게주인이 우릴 감쪽같이 속인 거로군요. 누추해 보이는 우리 세 모녀를 불쌍하게 보고 크게 인정을 쓰는 척하면서 만 오천 원을 주고 그냥 빼앗아간 거군요."

"엄마 말이 맞아요. 설화당 그 가게주인 아저씨 참말로 나쁜 사람이에요."

세 모녀는 기가 막히는 것처럼 하소연을 했다.

"이봐 장 형사, 설화당 주인이 아직 반지를 어디로 빼돌리거나 깊이 숨겨놓았을 것 같지 않으니까 조 형사와 함께 가서 장물아비로 잡아 오는 것이 좋겠구만."

형사반장의 지시가 떨어지기 무섭게 두 형사는 민활하게 움직였다.

"세 분이 모녀 사이 같은데 이제부터 묻는 말에 사실대로 말을 해야 해요. 그 다이아몬드 반지를 주웠다고 했는데, 어디에서 어떻게 주웠어요?"

"비에 젖은 쓰레기더미에서 폐지를 줍다 반짝하고 땅에 떨어지는 걸 보고 주웠어요."

평소 말을 더듬고 주저하던 것과 다르게 두나는 향사에게 또박또박 대답했다.

"그래요. 어제 동네 길목에서 비에 젖은 쓰레기들 속에서 우리 작은 딸애가 그렇게 주웠답니다."

"내가 깨끗한 폐지를 챙기다 흰 종이 쇼핑백 하나를 주워 들고 그 속에 든 쓰레기를 죽 쏟아버리는데 뭐가 반짝하고 땅에 떨어지잖아요. 그래서 뭔가하고 주워보니까 예쁜 반지였어요."

하고 두나는 차근차근 말했다.

"쓰레기 속에서요? 좀 더 자세히 말해 봐요."

형사반장은 의아한 듯이 다시 캐물었다.

"우리는 하루하루 폐지를 주워 먹고 사는 사람들입니다. 비가 와서 밤길에 조금 주워 놓은 폐지까지 몽땅 젖어 팔지도 못하고 있는데, 비가 그치기에 집에서 나와 폐지를 줍는데, 우리 작은애가 종이 쇼핑백을 주워 그 속에 들어 있는 것들을 버리는데, 먼지와 함께 머리카락, 빈 화장품 병, 휴지가 쏟아지는 데서 반지 하나를 주웠답니다."

소라댁은 자초지종을 털어놓았다.

"우리 엄마 말이 다 맞아요."

두나는 큰 소리로 말했다. 두나는 지금도 제 손가락에서 예쁘게 반짝거리던 반지가 없어진 것이 서운하고 손가락이 불쌍했다.

"말하는 얼굴이 어째 그래요?"

하고 형사반장은 부르퉁하게 투덜거리는 두나를 보며 싱거운 웃음을 지었다.

"그다음 어떻게 했어요?"

형사반장은 다시 물었다.

"우린 아주 거지처럼 살아서 다이아몬드 반지가 어떻게 생긴 건지 몰라요. 그 반지를 주웠을 때 울 엄마가 말해 줘서 처음으로 반지라는 걸 내 손가락에 끼어 봤어요. 그런 반지를 끼면 손도 어쩌면 그렇게 예뻐지는 것인지 처음 알았어요. 나는 그 반지를 손가락에 끼고 파란 가을하늘을 올려다보며 펄쩍펄쩍 뛰면서 빙글빙글 도는 춤을 추었다구요. 어젠가 누가 누가 한 번 말하던 그 신데렐라가 된 것만 같았어요."

두나는 아직도 그때 황홀경에서 벗어나지 못하고 있었다.

"딴소리하지 말고 바른대로 말해 봐요, 그 다이아몬드 반지를 팔았다고 하지 않았어요?"

형사반장은 양미간이 두드러진 얼굴로 세 모녀를 번갈

아 보았다.

"엄마, 무서워….."

큰딸 하나는 형사의 큰 목소리에 깜짝 놀라면서 엄마를 굵은 팔로 끌어안고 매달렸다.

"괜찮다. 가만 있거라. 형사님, 반지를 판 것은 저구먼요."

큰딸을 달래고 난 엄마는 형사를 보며 말했다.

"엄마, 가만히 있어 봐. 우리가 반지를 훔친 것도 아니구, 남들이 내버린 쓰레기 속에서 주운 반지를 팔면 또 어때서 그래요?"

두나는 거칠게 항의했다.

"말해 보세요, 우리가 도대체 뭘 잘못했느냐구요?"

두나는 대찬 용기와 형사를 닦아세우는 말솜씨가 갑자기 어디에서 생겨나는 것인지, 세 모녀는 함께 놀랐다.

"그 반지가 얼마짜리인 줄이나 알고 지금 그런 말을 해요?"

형사반장은 두 눈을 부릅뜨고 소리쳤다.

"얼마짜리면 어떻구, 구리반지, 양철 조각 반지면 어때요. 우리가 길거리 더러운 쓰레기 속에서 주운 걸 팔았는데, 우리가 무슨 죄를 지었다고 잡아다 이러는 거냐구요? 우린 세 모녀는 비록 거지 같이 살지만 남의 물건을 욕심내거나 손끝 하나 대지 않고 살았어요. 거짓말, 해코지한 적도 없구요."

두나는 형사반장이 말을 머뭇거릴 정도로 닦아세웠다.

"그 다이아몬드 결혼반지는 자그마치 천만 원짜리에요."

"그 반지가 천만 원짜리고 뭐고 그보다 더해도 우린 그런 거 몰라요. 그렇게 귀중한 보석이면 몸에 지니고 다닐 일이지 뭐가 무섭고 아까워 헌 신문지에 감춰놓고 사느냐구요. 그 아줌마한텐 천만 원짜리 비싼 다이아몬드 반지라고 해도 내 손가락에선 고작 일만 오천 원짜리라구요. 우린 죄 지은 거 하나 없으니까 빨랑 보내 주세요. 우린 폐지 한 조각이라도 주워야 빵 한 개라도 사 먹고 살아요."

두나는 못난 자존심으로 소리쳤다.

"형사님, 우리 작은딸 말에 신경 쓰실 것 없습니다. 뭐가 더 궁금하세요. 뭐든 제가 자세히 말씀을 드릴 테니 뭐든 물어보세요."

소라댁은 작은딸 두나의 불뚝거리는 성미를 다잡고 나섰다.

"모든 잘못은 이 에미한티 있구면요. 철딱서니 없는 우리 딸들을 용서해 주세요. 조금 더 자세히 말씀드리면 우리 세 모녀가 사는 다세대 국민임대주택에 함께 사는 3층 어르신 한 분이 혼자 사시는데, 어제가 구순 생신이었구면요. 그래서 우리가 짜장면 한 그릇이라도 대접해 드리려고 했는데 폐지도 얼마 줍지를 못하고, 주운 반지를 팔아 그 어르신 생일잔치랄 것도 없는 짜장면 한 그릇을 대접해 드렸습니다. 사정이야 어쨌거나 잘못한 죄를 지은 건 우리 세 모녀고, 나라 법에 죄를 지었으면 합당한 벌을 받아야지요. 받아야 하고 말구요."

소라댁은 이야기하면서 자신도 모르게 흘러넘치는 눈물을 두 손으로 번갈아 닦아내었다.

"아주머니가 직접 반지를 파셨다고 하셨지요?"

"예, 제가 가게에 사정해서 반지를 팔았습니다요."

그때 가벼운 실랑이와 함께 설화당 주인이 두 형사에게 장물아비로 붙잡혀 왔다.

"아닙니다, 절대로 아니에요. 나는 그런 다이아몬드 반지를 산 적이 없다니까 왜 자꾸 그러십니까?"

설화당 주인은 형사들에게 잡혀 오면서 연해 배짱 좋은 큰 소리를 질렀다.

"저 아저씨다, 저 아저씨야!"

시커먼 황소 눈알 같은 두 눈을 힘없이 끄먹거리고 앉아 있던 큰딸이 벌떡 자리를 차고 일어나 소릴 질렀다. 경찰서에 세 모녀가 앉아 있는 것을 쳐다본 설화당 주인은 가슴이 덜컥, 무너지는 것처럼 곤혹스러운 얼굴을 딴 데로 돌리며 세 모녀를 외면했다.

"저 아저씨 맞아요. 맞다니까요. 저 아저씨가 바로 가짜 반지라고 우릴 속이고 돈을 줬어요. 첨엔 3천 원을 준다고 했다니까요."

"멀쩡한 인두껍을 쓰고 나와 왜 못된 짐승의 탈을 쓰고 살아요? 양심이 있으면 고개를 똑바로 쳐들고 세 모녀를 쳐다보세요."

형사는 시커먼 윗눈썹을 씰룩거리며 장물아비를 질책했다.

"저 아저씨 정말 나빠요. 우릴 불쌍하게 잘 봐주는 척하면서 아주 감쪽같이 속였다구요. 내가 손가락에 침을 발라가며 반지를 억지로 빼 줬는데. 반지를 산 적이 없다고 잡아떼잖아요?"

"세 모녀가 다이아몬드 반지를 잘 모른다 것 같고, 허수룩하니 어딘가 모자란 바보 같으니까 아주 손쉽게 속인거잖아요? 조사해보니까 당신 전과도 여남은 차례나 있더구만. 그런 마당에 눈앞에 뻔한 사실을 가지고 엉뚱한 소릴 늘어놓고 발뺌하면 되겠어요?"

형사는 장물아비를 숨 못 쉬게 몰아세웠다.

"아저씨가 반지를 보고 가짜라고 그랬잖아요? 돈도 많고 잘 사는 아저씨가 시커먼 창자 속까지 훤하게 들여다보이는 거짓말을 해요?"

두나는 억울한 소릴 빽 질렀다.

"이 에미도 마찬가지지만 우리 딸들은 솔직히 반지라는 걸 손가락에 끼워 본적이 없답니다. 그런데 다이아몬드 반지를 어떻게 알겠어요."

소라댁은 퍽 서럽고 속이 아픈지 눈물을 흘리며 깊은 한숨으로 말했다.

"가짜 반지를 만 오천 원씩이나 받아 지하실 구석방 꼬부랑 할머니와 구순 할아버지를 모시고 자장면 잔치라도 해 드렸으니 이런 일을 당해도 아무런 후회가 없구먼요. 죄송합니다. 형사님들."

솟구치는 눈물을 훔치고 난 소라댁은 다시 고개를 들었다.

"설화당 사장님, 벼룩도 낯짝이 있다는데, 양심이 있으시면 솔직히 다이아몬드 반지가 욕심이 나서 우리 세 모녀를 속였다고 바른 말씀을 하세요. 그게 이 풍진세상을 함께 살아가는 사람이 아니겠어요? 그 결혼반지 주인 사모님 말이 1캐럿짜리 다이아몬드 반지라는데, 그 귀한 걸 아저씬 뭐라고 말씀하셨어요? 사나운 짐승도 배가 부르면 사냥하지 않는다는데, 어디 한번 물어봅시다."

두나는 자리를 벌떡 일어나 되알지게 쏘아붙였다.

"설화당 사장님, 그게 돈 많은 사장님의 양심인가요? 걸레 조각 같은 양심딱지를 가져야 돈 벌고, 부자로 떵떵거리며 살 수 있는 것입니까? 어디 말씀 한번 들어봅시다요? 저는 비록 못난 가난뱅이로 폐지를 주워 살지만 마음이 불편해 본 적이 없었답니다. 비록 우리 딸들은 생긴 것이 맷돌에 장승배기 천하대장군 같고, 당돌한 말버릇이 거칠고 멋이 없다고 해도 속 마음들은 버들잎처럼 부드럽고, 햇솜처럼 따뜻합니다."

소라댁은 두 딸자식을 두남두어 포용했다.

"에잇 퉤, 이 더러운 사기꾼 아저씨야?"

큰딸 하나가 소리쳤다.

"이제 그만들 하세요."

한바탕 소나기처럼 퍼붓고 난 때를 맞춰 장물(반지)을 찾아 나갔던 형사들이 들어왔다.

"다이아몬드 반지를 자택 금고 깊숙이 넣어 놓았더군요."

"내 결혼반지를요?"

다이아몬드 결혼반지를 찾은 중년 부인은 죽은 자식이라도 살아 돌아온 것처럼 반갑게 달려들었다.

"어디 좀 봐요?"

중년 부인은 화급히 다이아몬드 결혼반지를 찾았다. 형사는 찾아온 다이아몬드 반지를 중년 부인에게 보여주었다.

"맞아요, 이건 내 다이아몬드 결혼반지에요. 사태가 어떻게 돌아갈지 몰라 집에 가서 다이아몬드 반지 보증서를 가지고 왔어요. 명품 브렌드 엔조 R100이에요."

귀중한 다이아몬드 결혼반지를 다시 찾은 중년 부인은 핏기가 사라졌던 얼굴에 장미꽃 같은 화기가 붉게 피어올라 뛸 듯이 좋아했다.

"이것이 진짜 다이아몬드 반지라니, 우리 세 모녀는 난생처음 다이아몬드 반지라는 걸 구경합니다요."

세 모녀의 여섯 개의 휘둥그런 눈동자가 화려한 다이아몬드 반지에서 좀체 떨어질 줄을 몰랐다.

"도깨비 사장님, 사람 사는 세상이 거대한 사기판이라고 하지만 당신 같은 속임수론 귀신같은 마법사가 되긴 틀렸수다. 노름판에서 장땡을 잡으면 한 끗 따라지는 끗발로 안 보이지 않는다고 하지요. 어설프게 야비한 사기질로 못된 장물아비가 되지 말고 앞으론 부드럽고 착한 마음을 가지고 살아가세요."

형사반장은 장물아비의 잘못된 양심을 질타했다.

"세상이 시끌시끌한 도떼기시장이요, 가면을 쓴 도깨비들 신바람 난장판이니, 이 사람 또한 사기꾼 중의 하나겠지요."

설화당 장물아비는 뒤늦게 세상 사는 이치에 화끈한 물

리라도 터져 신명풀이를 하듯 호방하게 지껄였다.

"개똥 바다 같은 세상은 돈 많은 떠세를 부리며 잘난 사람도 살고, 소박하고 착한 사람도 살고, 등꼬부리, 절름발이도 살고, 빈대 같이 뻔질한 낯짝 들고 사는 사람들이 있는 것이 아닙니까?"

"사람들이 뜻밖에 다이아몬드 반지를 가지고 가게에 나타나면 얼씨구 절씨구 오늘은 복 터지는 횡재를 하는구나, 속으로 무릎을 치며 반색하겠소, 그려."

형사는 어처구니없는 혀를 끌끌 찼다.

"그야 당연하지요."

설화당 장물아비는 눈 한번 깜짝하지 않고 잘난 듯이 응수했다.

"죽어봐야 저승을 알고, 죽는 데는 급살이 제일이라더군, 아무래도 당신은 뜨거운 맛을 한번 봐야 세상 사는 이치에 눈을 뜨고 정신을 차리겠소이다."

보다 못한 형사반장이 충고했다.

"1캐럿짜리 다이아몬드 반지가 일만 오천 원이라. 야바위 장물아비가 아니라 당신은 난장판 도깨비올시다."

장물을 찾아온 형사도 한마디 거들었다.

"이중삼중 덧칠한 도깨비 가면을 쓰고 먹구름 속에 살아가는 세상살이, 염병이 창궐한 세상 도깨비 제 세상 만나듯 독판치고, 상가 마네킹 화려한 차림새로 혀 꼬부라진 소리 서툴게 뒤섞어가며 찾아온 손님은 가짜가 진짜 되고, 진짜가 가짜도 되며 어리숙하고 순진한 사람에겐 고급 브랜드, 다이아몬드 반지도 값싼 유리 조각으로 둔갑하여 가짜가 된다 그 것이 아니겠소?"

보석상 장물아비는 능청스럽기 이를 데가 없었다.

"그게 현대인들의 적나라한 모습이 아닌지요? 형사님은 나를 줄곧 가르치려고 드시는데, 세상을 똑바로 배우고 알아야 할 사람은 형사님이 아닌지 모르겠소이다. 내 앞에 계신 형사님을 욕하는 게 아니니까 화를 내진 마시오."

보석상 장물아비는 자존감이 불뚝거리는지, 은근히 저항했다.

"좋소이다. 돈을 많이 벌어 여기저기에 쌓아놓고 떵떵거리는 장물아비도 앞으론 빳빳하게 풀기 한 점 발린 데 없이 연약하고 순박하니 어수룩하더라도 티 없이 맑은 영혼과 신념으로 알뜰하게 살아가는 사람들도 많다는 것을 부디 알기 바랍니다."

조사를 마무리하면서 형사반장은 다이아몬드 반지 주인인 중년 부인을 불렀다.

"값비싼 다이아몬드 보석 반지라서 손가락에 끼고 다니시는 것도 불안하고, 집 안에 두는 것도 도둑이 끓어 마음을 놓질 못하시는 모양입니다. 사모님의 다이아몬드 결혼 반지는 저희들이 물증으로 보관하고 있다가 사건이 끝나는 대로 돌려드리겠습니다."

형사반장은 조사를 끝낸 형사 한 사람을 불러 다이아몬드반지를 금고에 잘 보관하도록 하였다.

"다시 말씀드립니다만 우리는 다이아몬드 반지가 어떻게 생긴 것인지도 모르던 사람들입니다. 세상 여자들이 팔찌에 반지, 목걸이, 귀걸이를 귓불에 걸고 다니지만 우린 몇백 원짜리 양철 조각, 유리알 반지 하나 손가락에 낄 처지가 못된 답니다. 온종일 리어카를 끌고 돌아다니며 폐지를 주워 겨우 사는 사람이 천만 원짜리 다이아몬드 반지라는 걸 바로 알았다면 아마 손이 떨리고 가슴이 떨려 어디로 한 발짝을 움직이지도 못했을 것입니다. 사모님께선 천만 원짜리 다이아몬드 보석 반지겠지만 우리 세 모녀는 3천 원짜리 유리 조각, 쇠붙이일 따름이지요. 보는 눈이 그렇고, 마음이 그렇고, 생긴 것이 그렇답니다. 폐지 1킬로그램을 주우면 50원이고, 음료수 알루미늄 캔 한 자루를 주어 봐야 2천 원이 채 안 된답니다. 하루 온종일 다리품 팔아가며 폐지를 리어카에 사람 키 높이로 주워 고물상에 끌고 가면 단돈 만 원을 채 안 줍니다.

우리 세 모녀를 사람 같지 않게 보고 거짓말을 하고 속였거나 어쨌거나 가난한 사람이 불쌍해서 적선한 일만 오천 원이면 우리 세 모녀에겐 아주 큰 돈이랍니다. 귀금속 가게 사장께서 잡귀에 홀리셨는지, 어쨌는지 잠깐 다른 마음이 드셨던 모양인데 가난하고 가진 것 없이 불쌍한 사람들에게 인정을 쓰는 마음씨가 그만하면 좋으신 분이 아니시겠는지요."

"말씀을 드렸지만 나라 법은 법이고, 죄는 죄이지요. 사람이 미운 죄가 아니라 잘못한 것이 미운 형벌이 아니겠습니까요."

형사반장은 사건에 연루된 사람들 쪽으로 시선을 옮겨가며 돌아보았다.

"엄마하고 하나 언니랑 우리가 다 감옥에 갈 건 없잖아요. 남의 반지를 주워서 설화당 가게에 판 두나가 감옥에 갈게요, 형사 아저씨."

두나는 지은 죄를 인정하며 감옥살이를 자청하고 나섰다. 한순간 분위기가 숙연했다.

"그러면 이 사람은 풀려나는 겁니까?"

설화당 장물아비는 또다시 뻔뻔해졌다.

"당신은 귀신처럼 속임수나 쓸 줄 알았지, 인두겁을 쓰고 도대체 부끄러운 줄을 모르는군."

형사반장은 매섭게 일갈했다.

"이 장물아비를 유치장에 집어 넣으라구."

형사반장은 단안을 내렸다.

"이리 나와요."

하고 형사는 보석상 장물아비를 데려다 잡범들이 우글 거리는 유치장에 밀어 넣었다.

"오늘은 이만하겠습니다."

조사가 끝나자 이슥한 밤이었다. 사건에 관련된 사람들 은 모두 자리를 일어났다. 하루 종일 다이아몬드 반지 사 건에 시달리던 형사들도 피곤해 보이었다. 그들은 하나둘 자리를 일어나 사무실을 빠져나갔다.

"진짜 보석은 따로 있군."

"무슨 말이야?"

"그렇다는 말이야."

형사들의 지친 말소리가 고요하게 빈 사무실에 낭랑한 메아리를 울렸다.

<창작노트>

　거지와 광대는 사흘만 하면 죽어도 그만두지 못한다고
한다. 사람이 사는 세상이 얼마나 크고 넓은가. 세상은 자
기가 아는 만큼의 크기로 인생을 살아간다. 한 생각을 바
꾸면 세상이 달라지고, 한마음을 바꾸면 부질없는 탐욕이
없어진다고 불가는 말한다. 값비싼 보석을 지니고 있으면
잃어버릴까 빼앗길까, 도둑맞을까 두려운 불안과 긴장에
늘 시달린 순박하고 선량하고 양심이 고요한 사람들, 악수
하면 따뜻한 친근감이 느껴지고, 마음이 아름답고 고요한
사람들은 언제나 감동을 준다.

극락조 極樂鳥

　인적이 드문 산간 도로로 접어들면서 나는 그녀가 머무
는 수계사修戒寺를 거의 다 와 간다는 생각이 들었다. 하얗
게 눈이 덮여 깊이 흘러 들어간 골짜기는 마냥 고요했다.
나는 한겨울 눈 덮인 깊은 산속 절간에 들어와 있는 그녀
를 만나러 가고 있는 것이 아니라 마치도 전설에 묻힌 백
설의 골짜기로 고요히 빨려 들어가고 있는 느낌이었다.

　"이토록 깊은 산 속 절간까지 찾아 들어오다니….."

　충분히 그럴 수 있는 여자였다. 처음 만났을 때도 그녀
는 알 수 없는 것들이 너무나 많았고, 불쑥 찾아왔다가 어

디론가 바람처럼 홀연히 사라지는 것만도 그러했다. 나는 전화 자동응답기에 녹음이 되었던 그녀의 생생한 목소리를 상기했다.

"전화를 받는 사람이 없는 것을 보니 여전히 혼자시로 군요. 여기는 만불산 수계사에요. 남 선생님의 고향과 멀지 않은 곳이니까 잘 아실 거예요. 겨울 산사山寺 풍경을 스케치하며 한동안 머물 예정입니다."

다시 찾지 않으리라 여겼던 그녀의 목소리에 나는 두근거리는 가슴으로 흥분했다. 무엇을 생각하고 말 것이 없었다.

"그땐 내 생각이 짧았어. 잘못한 거야."

바람 찬 허공에 덧없이 구르는 한 잎 낙엽처럼 어디론가 자취없이 사라지던 그녀를 생각해 보면 환상을 쫓는 무명의 여류화가라고 할까. 아무튼 그녀는 특유의 화가였다. 지난 가을 뜻밖에 전화를 걸어와 마주했을 때 만도 그녀는 여자로서 참으로 꺼내기 힘든 말을 하면서 진정한 가슴을 열고 깊은 마음으로 절실한 갈망을 나는 무슨 말인지 못 알아들은 것처럼 화제를 돌렸던 것은 신문사 마감에 쫓기는 기사 원고 때문만은 결코 아니었다. 그녀는 우선 생활에 무척 지친 모습이었고, 그 모습은 마치 저녁 어둠이 지는 개펄에서 힘든 갯일을 마치고 집에 돌아오는 아낙네 흡사했다. 그때까지, 아니 이미 벌써 그녀는 자기의 삶을 이루고 있는 모든 것들을 한꺼번에 잃어버리듯 우수와 절망에 젖어 있던 모습이 사내의 욕망을 무참히 잠재워 버린 것이다.

"그땐 내가 왜 그랬을까?"

마치도 길가 돌부처처럼 무정했던 나는 곧 후회했다. 그때 나는 어디에 감성을 고스란히 몰수당해버린 밀랍인형처럼 차고 메마른 분위기로 이성에 얽매었던 것을 돌이켜 생각하면 참으로 어리석은 짓이었다. 뜨겁게 활짝 열린 사랑의 열정은 아니라 해도 그녀의 분홍빛 감정과 갈망을 받아들여 화려한 폭죽으로 피어날 줄을 모른 채 냉철한 이성의 노예가 되어버렸던 것인지 차마 모를 일이었다. 그랬다. 감당하기 힘든 감정, 철쭉꽃처럼 붉게 물들던 그녀의 얼굴을 이르집어 생각하면 나는 혼자 있으면서도 낯이 화끈거렸다.

축축한 눈으로 비밀스럽게 바라보던 여자의 불타던 갈망, 깊은 마음을 주저없이 열어 보이던 대범함과 격렬한 감정의 소용돌이, 예기치 않은 의외의 상대방 반응에 한순간 적막해 보이던 얼굴, 수모를 동반한 절대의 좌절과 쓸쓸하고 어두운 슬픔, 그녀는 여심의 핏빛 상처를 쉽게 잊을 수 없었을 것만 같았다.

이제라도 그녀의 가슴 깊은 곳에 도사린 감정의 상처를 따뜻이 위로하고 치유할 수 있다는 것이 얼마나 다행스러운지 몰랐다. 정중한 사과와 열정, 그 영혼의 입김으로 꿈결 같은 사랑을 실컷 퍼부어 주어야만 했다. 그런 행위가 한순간 허공에 불타는 격정일지라도 좋았다. 펄럭거리는 허공의 불길이 다 타버리고 식은 죽음의 잿더미에서 부활한 불사조의 영혼으로 진정한 사랑을 노래할 수 있다면 더할 나위 없었다. 나는 그런 사랑을 소망하면서 속세의 일상을 홀연히 벗어던진 채 산사山寺의 그녀를 생각했다. 아무것에도 방해받지 않는 원시의 시간, 적막한 산사를 홀로 지키듯 쓸쓸히 스치는 겨울바람에 울리는 풍경소리, 그런 정서와 분위기에서 펄럭거리며 타오르는 격정을 상상만 해도 나는 가슴이 뛰었다.

나는 차창을 조금 열어놓고 차가 달리는 골짜기를 바라보았다. 어느새 해가 다 기울며 노란 잔양殘陽이 깔리고 있었다. 나는 그녀의 둥근 얼굴에 은은히 피어나던 미소와 육감, 관능적인 모습을 다시 떠올렸다.

"그땐 미안했어요. 진심으로 사과드립니다."

이제 그런 용서나 사과 따위는 필요 없었다. 자기의 솔직한 감정을 드러내 보였던 만큼 그녀는 이제 상처가 다 아문 감정으로 미련없이 돌아갔을 터였다.

"이제 극락조를 찾았을까?"

나는 그녀가 아무도 세상에 버림받은 사람이 없는 영원한 평화의 세계, 극락조가 노니는 낙유樂有, 도솔천의 대승보살이 이룰 용화세상을 꿈꾸고 있는지도 몰랐다. 남해 풍도에서 경험한 전례로 보아 그녀의 예술세계를 조금은 이해할 수 있을 것 같았다. 환상에 불과지라도.

"당신이 찾고 있는 극락조는 없어요. 극락조는 실체가 없는 가상의 종교적인 신조神鳥가 아닙니까?"

내가 그녀를 만난 것은 종로 인사동 화랑이었다. 그녀의 작품들은 거의 나이프화였다. 그림이란 보는 사람의 마음 상태에 따라 다른 의미를 띠고 다가오는 것이라지만 그녀의 작품들은 채색이 강렬하고 빛과 더불어 신선한 생동감을 가져다주고 있었다. 질박한 녹색의 나뭇잎에서 빛이 흐르고 살랑거리는 소리가 들려왔다. 퇴색한 황갈색의 낙엽에선 어둠이 내리는 창가의 은은한 불빛과 함께 차이코프스키가 흘러드는 느낌이었다.

그 후, 나는 취재한 것들을 정리해서 한 권의 책을 내고 다시 취재에 나섰던 것이다. 땅굴 속의 콩나물시루 같은 전동차에 짐짝처럼 실려 다니는 숨 가쁜 개미의 일상, 시시각각 장맛비처럼 쏟아지는 정보홍수, 각박한 필사의 생존이 꿈틀거리는 살판에 마치 사람이 사람을 먹고 사는 것 같은 자연이 없는 시멘트 공학, 탁한 매연 속에서 나는 잠시라도 벗어나야 살 것 같았다.

시간의 수레바퀴를 거꾸로 돌리듯 오지에 소외된 사람들이 어디엔가 자기들의 생활을 억세게 고집하며 자연의 풍요 속에 살아가는 한 구석쯤 남아 있으리라는 생각에 오지 탐험을 계속하며 나는 남해 끝자락 '여랑汝浪'이라는 해안 벽지에 발을 들여놓게 된 것이다. 거리엔 할인 판매 현수막이 커다랗게 내걸린 전자상가와 가구점, 유명 브랜드 옷가게, 식당과 카페, 커피숍, 단란주점들의 크고 작은 간판, 네온사인 아크릴 간판들이 빈약한 해안 소도시의 중심가를 이루고 있었다.

"여기도 별다를 게 없구나."

실망스럽게 부둣가로 걸으면서 나는 한동안 버스 뒷좌석의 아낙네들이 돈푼께나 가진 놈들의 사악한 등살에 못 살겠다고 볼멘 소릴 하던 불만을 떠올렸다.

"어디나 다를 게 없군."

나는 혼잣속으로 중얼거렸다. 포구 밖으로 수평선이 아득한 바다는 6월의 햇볕이 뜨겁게 쏟아지고 있었다. 죽은 듯이 고요한 부두엔 작은 몇 척의 고깃배들이 말뚝에 매인 고삐를 길게 늘어뜨리고 있었다.

"아무도 없구나."

고단한 여정에 지친 몸이 한 번쯤은 사람 냄새가 물씬거리는 인정에 물씬 젖어볼 수 있으리라고 생각했던 나는 아주 멀고 낯설고 척박한 곳에서 길을 잃어버린 이방인처럼 외로움에 떨었다.

"하긴 어디를 가나 똑같기만 했어."

나는 피곤했다. 발도 아프게 부어 있었다. 나는 무겁게 처지는 몸을 가누며 한동안 앉았던 자리에서 일어나 부두 방파제를 따라 시내 쪽으로 걸었다. 도로 연변에 해당화가 붉게 피어 있었다. 우아한 동백나무숲에 깊숙이 묻힌 건물엔 '오두막'이란 카페 간판이 마치 당신이 찾아오기를 기다렸다는 듯이 반기고 있었다.

나는 카페로 걸어갔다. 손님들이 하나도 없이 조용했다. 아무도 없는 카페엔 잡다한 장식품들이 너절하게 놓여 있었다. 카페가 아니라 극장의 소품실 같기도 했다. 살이 부러진 꽃살문과 북, 장고, 물레, 베를 짜는 바디, 방패연, 얼레, 등속과 문간에 늘어진 그물 자락에 낙서 쪽지가 몇 개 붙어 있었다. 모든 물건이 낡은 잡동사니였지만 사람의 손때가 배어 있어 아련한 정취를 풍기고 있었다.

모과 바구니가 놓인 뒤주 윗벽엔 가난하게 버림받아 힘들게 살아가는 사람들 속에서 기이하고 파란만장한 생애를 보낸 빈센트 반 고흐의 홀쭉하게 턱이 빨린 초상화가

걸려 있고, 도회지의 갖은 괴로움을 구차하게 견디어낼 것
도 없이 그저 작고 소박하고 고요한 삶의 행복을 바라던
전원에서 시골 풍경을 찬란하게 그린 '감자를 먹는 사람
들'과 '두 마리의 청어'가 걸려 있었다. 이젤과 팔레트, 나
이프, 캔버스 같은 화구가 한쪽에 가지런히 놓여 있었다.
카페 주인이 화가인 것 같았다. 건물 옥탑에 살림방이 있
는지, 목조계단을 밟고 내려오는 소리가 삐걱거렸다.

"손님이 오셨군요."

수수한 옷차림새로 나타난 여자는 오디오로 다가가 카
세트를 바꿔 넣었다. 고풍스러운 실내 분위기에 걸맞게 잔
잔한 클래식이 흐를 듯 했지만 곧 판소리로 바뀌었다.

"제가 남의 화실에 잘못 알고 들어온 것 같군요."

나는 화가의 작업실을 카페로 잘못 알고 들어온 것만 같
아서 벗어놓은 배낭을 다시 집어 한쪽 어깨에 걸멨다.

"소리가 시끄러우신가 보군요."

카페 주인 여자는 잔잔한 미소를 띠고 물었다. 깨끗한
그녀의 민낯은 분홍빛이 도는 소라의 미색을 띠고 있었다.
아니 물기를 축축이 머금은 꽃잎을 연상시키기도 했다. 나
는 그녀의 이글이글 타는 듯한 눈매와 시원하고 차분한 얼
굴에 장미꽃처럼 피어나는 미소와 더불어 관능적인 몸매
에 놀랐다.

"카펜 줄 알고 들어왔습니다만…."

"네 맞아요, 카페."

하고 주인 여자는 카페 실내를 가득 채우고 있는 판소리를 나직하게 줄여 놓았다.

"소릴 하는 친구가 올 때가 돼서요. 우리 카페에 처음 오신 분 같은데 제가 차 한 잔 대접해도 괜찮으시겠어요?"

하고 돌아선 주인 여자는 곧 커피를 한 잔을 가져왔다.

"여행이신가 보군요?"

그녀는 묵직한 배낭을 보며 물었다.

"여긴 아무것도 볼 게 없어요. 경치가 좋은 곳도 아니고 고장의 무슨 특산물이 나는 것도 아니구요."

그녀는 말씨가 소박했다.

"개펄에 의지해 겨우 살아가는 사람들이지요."

"가난한 사람들이 행복한 곳이라는 말도 되겠군요."

나는 조용하고 빈약한 고장의 예스러운 풍물을 상기하며 빈센트 반 고흐의 '감자를 먹는 사람들'과 '초상화'를 번갈아 바라보았다.

"반 고흐를 보고 지상에 유배된 천사라고들 한다지요?"

나는 언젠가 들어본 말을 되풀이 했다.

"고요하게 살기를 바라던 그의 삶은 실패했죠. 생애는 한 편의 드라마였다고나 할까요."

나는 그녀가 화가라는 걸 비로소 알아차렸다.

"작품을 하시는군요?"

"작품요?"

그녀는 반문하는 소리로 어설픈 미소를 머금었다. 나는 구석에 놓인 이젤의 캔버스를 돌아봤다. 그녀는 다소곳한 자세로 잠시 말이 없었고, 중년 남자 하나가 들어와 앉았다. 연약해 보이는 사내의 좁은 어깨가 무기력하게 처져 있었다. 카페를 자주 찾아오는 손님 같았다. 사내를 돌아보던 주인 여자는 발소리가 나는 출입문 쪽으로 고개를 돌렸다. 하얗게 소복을 차려입은 듯한 여인이 카페로 들어왔다. 자그만 몸맵시에 땋은 머리를 틀어 올려 비녀를 꽂은 머리가 우아했다.

"그 집 회장님, 어딜 가셨나보지?"

"그 배불뚝인 날 미친년으로 아니까."

여인은 퉁명한 대꾸를 하고 나서 나를 크고 동그란 눈으로 쳐다봤다.

"처음 보는 손님이신데?"

"여행을 오셨나 봐?"

"이 외진 벽지 개펄 바닥에 뭐 볼게 있다구. 오늘은 나비 없는 꽃밭 청승이 싫으니까 얼른 북채나 잡으라구."

"날 보고 나비가 되라구."

주인 여자는 판소리꾼과 서로 얘기기를 주고받았다. 판소리 마당에서 창자唱者가 꽃이라면 북치는 고수鼓手는 나비에 비유되던가. 주인 여자는 북채를 집어 들고 북을 끌어안았다. 소복한 판소리꾼은 목청을 가다듬을 것도 없이 곧장 소리의 아니리 사설로 나왔다.

"남해 용왕이 우연 득병허여 백약이 무효라 혼자 앉아 탄식을 허시는디…."

판소리꾼의 애원과 비조悲調를 띤 목소리는 진양조(산조散調 및 판소리 장단의 한 가지)에 이어서 엇몰이(장단의 하나)로 들어갔다.

쿠웅 쿵따악 구웅탁 쿠웅

소리를 밀고 당기며 맺고 푸는 강유剛柔와 고저의 기복으로 능숙하게 장단을 짚어주는 고수의 솜씨도 일품이었다. 잦은몰이가 이어지면서 소리꾼의 작은 얼굴엔 은구슬 같은 땀방울이 맺히고, 북채를 잡은 카페 주인 여자는 조금도 어긋남이 없이 북을 두드렸다.

갑작스러운 소리마당에 나는 자신도 모르게 빠져들고 있었다. 토끼를 잡아먹으려는 독수리가 나타나면서 죽게 된 토끼는 수로 천리 머나먼 길에 겨우겨우 얻어온 간을 무주공산無主空山에 던져두고 왔다는 애원 청승의 중중몰이를 넘어서 다시 중머리로 치닫던 소리는 언중머리로 접혀 마지막 장단으로 끝을 맺고 있었다.

"죄송해요, 시끄럽게 떠들어서."

북채를 내려놓고 다가온 주인 여자가 사과했다.

"아닙니다. 모처럼 듣는 판소리라서 좋기만 한걸요."

취재 여행에 아무런 새로움과 사람의 냄새를 훈훈하게 느낄 수 없었던 나는 낭만적인 서민의 소리에 푹 빠져 피로에 지치고 실망에 가득 차 있던 마음이 후련해진 기분이었다.

"나는 그만 갈게."

판소리를 마치고 땀에 젖은 얼굴을 손수건으로 닦으며 엽차로 천천히 목을 축이던 판소리꾼은 내게도 가벼운 목례를 던지고 카페를 걸어 나갔다. 혼자 앉아 있던 중년도 어느 결엔가 자리에서 나가고 없었다.

"한이 많은 친구랍니다."

주인 여자는 소리꾼 친구 이야기를 꺼냈다.

"남편이 수산물 공장과 냉동공장, 제재소까지 가지고 있지요. 이 고장에서 제일가는 사업가랍니다. 제이시(JC) 회장도 맡고 있지요. 아까 보셨듯이 그 친구는 몸이 작아 요정처럼 아주 예쁘지요. 김 회장한테 매에게 채이듯 붙잡혀 일찍 결혼했어요. 남편 김 회장은 아내의 판소리를 광대나 하는 짓이라면서 인정하려고 들지 않아요. 광대 노릇은 사흘 하면 죽어도 그만두지 못한다지만 그 친구는 소리에 대한 열정이 아주 유난합니다.

광주 민주 항쟁을 아시겠지만 그때 중학교에 다니던 하나뿐인 외아들을 잃었지요. 어떻게 죽은 것인지도 알지도 못하고 시신을 찾을 수도 없이 실종된 거예요. 그 뒤로부터 그 친구는 한시라도 소리를 못하면 정신 나가 미친 사람이 다 된답니다. 아주 발작을 하는 거예요. 그 친구 남편은 사람까지 붙여가며 집에 가둬놓고 감시하는 거예요. 그처럼 모질게 갇혀 살면서도 집에서 자기 혼자 소리를 하다 틈만 나면 여기로 뛰쳐나오 거지요."

카페에 손님이 없는 시간을 메우듯 주인 여자는 판소리꾼의 사연을 풀어놓았다.

"한 번은 남편이 소리에 대한 소원을 풀어주겠다면서 이 고장에서 내노라는 유지와 사업가들을 극장에 모두 불러 모아 크게 한마당을 벌이면서 한을 풀어준 적도 있지요."

얘기하면서 주인 여자는 혼자 가벼운 웃음을 짓곤 했다.

"고장 유지들이라는 게 시내 건물임대업이나 수산물 가게, 고깃배 한두 척에 무슨 대리점을 하면서 관변단체 지부장 직함을 하나씩 얻어 가지고 있는 사람들이지요. 김 회장은 아내에게 대단한 일을 해준 것처럼 생색을 내었지만 그건 결국 김 회장 자신의 거창한 광光내기 행사에 불과한 것이었어요. 소리꾼이 그런 행사에 만족하고 잠잠해질 것은 물론 아니었지요."

"이 고장이 조용하고 좋은 곳인데요."

나는 해안 퇴락한 도시가 아무런 꾸밈없는 것이 차라리 진솔하고 소박한 인상 느끼고 있었다.

"외진 시골이잖아요."

"시골 촌닭이 관청 닭 눈알을 다 빼먹고, 서울 놈 못 속이면 보름씩 배를 앓는다고, 요즘은 어디를 가나 한 수를 더 하더라구요."

나는 보고 느끼며 경험한 사실을 털어놓았다.

"그런가요."

나는 주인 여자와 함께 웃었다.

"여긴 다른 곳보다 주민들의 성품이 유순하고 선량하니 고요해 보이기도 합니다."

"가난한 사람들이 대부분 그렇지요. 고기잡이도 시원치 않고 자연경관이 좋고 특산물이 나는 것도 없이 살기가 척박한 곳이지요."

나는 이 외진 소도시가 어쩌면 카페 주인 여자의 수수한 인상과 흡사하게 닮은 분위기를 느끼고 있었다. 그녀는 조용한 얼굴로 말이 없었다. 대화가 끊기고 나서 무덤덤해진 나는 이젤의 캔버스로 눈길을 주었다.

"화가신가 보군요?"

"화가는요."

그녀는 고개를 숙이며 좀 쑥스러운 낯을 보였다.

"이런 촌구석에서 그림을 그리면 무얼 하겠어요. 어린 학생들 몇을 지도하고 있지요."

그녀는 창밖으로 펼쳐진 바다를 바라보았다.

"꿈이나 배부르게 먹고 사는 거지요."

하고 그녀는 말끝에 토를 달며 가벼운 미소를 지었다. 가난하고 보잘 거 없이 외진 고장에서 소외당하듯 외롭게 작품을 하고 사는 화가의 모습이 해당화처럼 아름다워 보이기도 했다.

"아까 그 소리꾼 친구 얘길 좀 더 할까요."

그녀는 소리꾼 얘길 다시 꺼내었다.

"얼마 전의 일이었지요. 그 친구가 갑자기 부산 메리놀 정신병원으로 실려 갔지 뭐예요."

그녀는 어안이 없는 실소를 머금고 말을 이었다.

"그 친구가 하얀 소복을 입은 버선발로 어두운 한밤에 긴 장삼 자락을 펄럭펄럭 휘저으며 나온 거예요. 아무도 없이 텅 빈 밤거리에 소복차림 버선발로 살풀이춤을 추는 광경이 어땠겠어요?"

자리에서 일어난 그녀는 오브제(objet)로 사용했을 법한 모과 바구니에 놓여 있는 담배를 집어 왔다.

"저 담배 좀 피울 게요."

하고 그녀는 입에 문 담배에 불을 붙였다.

"한밤중에 아스팔트에 웬 소복을 입은 여자가 치맛자락을 질질 끌며 장삼이 펄럭거리는 춤을 춘다고 한번 생각해 보세요. 귀신이 아니면 영락없이 미친 여자가 아니겠어요. 까딱하면 야간 택시에 치어 죽을 수도 있을 거구요. 다행히도 그 모습을 본 방범대원 한 사람이 아스팔트 찻길로 뛰어들어 그 친구를 파출소로 끌고 간 거지요."

그녀는 자기가 생각해도 우스꽝스러운 광경처럼 말했다.

"파출소 당직 순경은 방범대원이 미친 여자라고 끌고 온 소복 여자를 자세히 바라보니까 소리꾼 김 회장의 부인인 거예요. 그 순경은 기절초풍하듯 김 회장에게 전화를 걸었지요."

"그래서요?"

워낙 기이한 소리에 나는 성급하게 물었다.

"크게 놀라서 쫓아나간 김 회장은 그 길로 부인을 데려다 부산 메리놀 정신병원에 입원을 시켰지요."

"정신질환자였군요."

나는 그렇게 단정하고 말했다.

"정신병자는요. 정신병자가 판소리를 그렇게 잘하는 명창이 어디 있어요."

그녀는 내가 얼떨떨할 정도로 말했다.

"의사가 정신감정을 다 마치고 나서 왜 아무런 이상이 없이 멀쩡한 사람을 먼 부산 정신병원에 데리고 왔느냐면서 남편인 김 회장을 오히려 이상한 사람처럼 쳐다보더랍니다."

"그래서요?"

"김 회장은 의사의 말을 도저히 믿을 수가 없어서 며칠 더 병원에 입원시켰다 다시 재감정을 받아본 다음에 집으로 데리고 온 것이지요."

판소리꾼의 기이한 얘기를 들으면서 나는 그녀의 얼굴에 깃든 우수를 보았다. 그녀는 무엇인가 깊은 고뇌에 시달리고 있었다.

"소리꾼 친구는 그때 그런 광인狂人으로 끝나지 않았어요. 집에서 옷을 훌훌 벗어 던져버린 알몸으로 소릴 하는가 하면 심지어 한밤중에 춤을 추며 공동묘지를 헤매고 했지요. 보다 못한 김 회장은 부인을 섬에 있는 별장에 데려다 가두어 놓기도 했답니다."

"김 회장이라는 사람은 소리꾼 부인을 전혀 이해 못하는 사람이었습니다."

"광대는 광대 짓을 못 하면 진짜 미치광이가 되거든요. 아무튼 그 친구는 무인도 별장에 한동안 갇혀 있다 뭍(육지)으로 나온 것이 얼마 안 된답니다."

이야기를 끝낸 그녀의 얼굴엔 힘이 없어 보였다. 미색의 선한 얼굴에 피어나던 미소와 매혹의 눈빛은 카페의 손님들에게 던져주는 일종의 예의였는지, 그때까지 아름답게 빛나던 삶의 열정이 한순간에 사라지듯 그녀의 얼굴은 가을 들녘 같은 우수가 찾아들고 잠잠한 침묵이 흐르는 동안 카페엔 손님 두엇이 들어오고, 열 몇 살쯤 되는 아이 셋이 나타났다. 큰 사내아이는 뇌성마비로 한쪽 다리가 야위어 가늘게 휘고 입이 돌아간 지체 장애아였다.

"어서 집으로 올라가. 누나가 저녁밥을 지어놓았을 거야."

그녀는 애정이 깃든 소리로 세 아이의 단추가 풀린 옷을 매만져주며 배가 고프겠다 싶게 등을 떠밀어 보냈다. 그때 희끗거리는 머리에 이마가 벗겨진 중년이 들어와 파이프 담배를 물고 유리창 가에 들어앉았다.

"김 선생님 오셨어요?"

그녀는 정중하게 인사를 했다.

"최 선생은 안 왔어요?"

머리가 희끗거리는 쉰 살가량의 중년은 초등학생같이 순박한 말소리로 물었다.

"김 선생님이 오셨으니 이제 최 선생님이 오시겠지요."

"아마 국전 출품작을 쓰느라고 먹물에 빠졌나 보군요."

하고 김 선생이란 사람은 어둠이 지는 창밖을 내다보았다. 어두운 바다엔 고깃배들의 반짝거리는 불빛이 몇 점

군데군데 떠 있었다.

"저 김 선생님은 초등학교 선생님이시고, 시인이세요."

주인 여자는 무료하게 앉아 있는 나를 보며 말했다.

"시에 매달려 학교고 뭐고 행방이 묘연하게 종적을 감추실 때가 가끔 있으세요. 아무런 목적이 없이 그냥 어디를 무작정 돌아다니시는가 봐요. 집에서 농사일을 도맡아 하는 부인께선 남편을 찾아다니느라 매일 바쁘시답니다. 시를 쓴다고 전각 같은 집 한쪽 서까래가 썩어 내려앉아 비가 새는 것도 아랑곳하지 않는 분이시지요."

시골에 파묻혀 사는 무명 시인의 광기어린 시벽詩癖이었다. 창가에 바싹 붙어 앉아 있는 김 선생은 시상詩想에 잠기듯 창밖의 수평선이 펼쳐진 바다에 눈길을 고정하고 있었다.

"아무것도 볼 게 없는 고장이지만 먼 여행을 오셨으니 가까운 섬이라도 한 번 둘러 보시지요."

아니라도 나는 연안의 섬들을 몇 군데를 더 돌아볼 예정이었다.

"연화도에 가시면 거기에서 약간 떨어져 작은 새끼 섬이 하나 있어요. 밖으론 거의 알려지지 않은 섬이지요. 이 고장 사람들은 풍도風島 혹은 끝 섬이라고도 하고, 섬에 사는 주민들은 바람섬, 미륵섬이라고 부르지요. 먼바다의 신기루처럼 나타났다 없어진다고 해서 더러는 안개섬이라고 부르기도 하구요. 무인도인데 나무숲이 열대우림 같이 우거지고 깎아지른 바위 벼랑에 오랜 세월 자연 풍화가 빚어낸 기암괴석들이 많아요."

"경치가 좋은가 보군요."

"무슨 일을 하시는지 모르겠지만 한번 가볼 만한 섬이에요."

"저는 글을 조금 쓰는 사람입니다."

"작가시로군요?"

그녀는 뜻밖인 것처럼 호감을 보였다.

"발로 쓰는 작가라고 할까요."

"발로 쓰신다구요?"

그녀는 의아한 표정을 지으며 물었다.

"쓰고 싶은 것을 마음대로 써서 신문이나 잡지에 자유롭게 기고를 하는 사람이지요."

"그러니까 취재 여행을 오셨군요?"

"그도 그렇지만 사람 냄새를 찾아다닌다고 할까요, 뭐 그런 것이기도 하지요."

나는 피로에 젖은 목소리로 말했다.

"무슨 말씀인지 알 것도 같군요."

"구수하고 따뜻한 사람 냄새요. 오만가지 오물이 뒤섞여 쥐 떼가 득실거리는 시궁창 냄새가 아니라 신선하고 따뜻한 사람 냄새 말입니다."

나는 매일같이 코가 부르틀 것처럼 도처到處 골골이 썩어 내리는 시궁창의 악취와 쥐 떼들의 끽끽거리는 소란으로 머리가 지근거리는 구토증에 시달려야만 했다.

"화젯거리나 독자들의 호기심을 불러일으킬 만한 것이 아니구요?"

"물씬한 사람 냄새 말입니다."

나는 재차 강조했다.

"인정 말씀이군요."

그녀는 농담이 섞인 말뜻을 쉽게 알아들었다.

"흔치 않겠지요. 그래도 찾아보면 어딘가 있지 않겠어요."

나도 그걸 믿고 있었다. 그래서 무작정 나선 길이었지만 산비탈에 손바닥만한 따비밭을 일궈 화전민이나 몇 집 살던 산간에도 돈벌이 속성 약초밭이 깔리고, 태백산 자락 오지마을에도 외지 사람들이 드나들면서 마을 주민들은 등산객, 여행객들의 길잡이가 되는가 하면 번거롭고 야박한 도회지 생활에 지치고 실패한 몇몇이 들어와 살면서 계곡 맑은 물을 생수로 팔아먹지를 않나, 서로 도와가며 오순도순 살던 이웃 간의 정분들이 버성기어 거친 다툼이 간혹 벌어지고 있었다. 그걸 모르고 나선 것이 아니라 너무도 잘 알기에 길을 나선 것이었고, 그래도 어딘가 가난하지만 온화하고 질박한 삶의 원형이 남아 있을 것 같은 희망을 버리지 않고 있었다. 하지만 어디를 가나 돌이킬 수 없는 것처럼 절망스럽기만 하였다. 저녁이 되어서인지 카페는 서너 사람의 손님이 들어와 자리를 잡고 앉았다. 그들은 가스레인지의 원두커피나 주전자에 끓는 물을 가져다 자기들의 취향에 맞는 차를 만들어 마시고 있었다. 그녀는 다시 중단한 섬 이야기로 돌아왔다.

"그 섬엔 풍조風鳥가 살아요. 바람새요. 우아한 청록색 깃털이 아주 아름답지요. 섬사람들은 그 새를 극락조라고 부른답니다."

"극락조요?"

놀란 나는 재우쳐 물었다.

"신조神鳥가 아니구요? 불교에서 말하는 상상의 새 말입니다."

"예. 무척 아름다워요. 수놈은 암컷을 위해 우아한 집을 지어놓고 춤을 춘답니다. 아름답고 신비로운 춤을요."

그녀는 맑은 목소리로 명확하게 대답했다.

"그렇다면 열대 산림에 사는 새 말이시군요?"

"아마 그럴 거예요. 극락조라고 부르는 새는 참새처럼 작은 것에서 비둘기만 한 것까지 수십 종류가 있다고 저도 들었어요. 그런데 그 새는 산비둘기만 해요."

"보셨습니까?"

나는 두눈을 놀랍게 뜨고 물었다.

"그 섬에 가서 한번 구경해 보세요. 아마 환상적일 거예요."

"우리나라엔 그런 새가 없을 것 같은데요?"

"저도 모르죠. 열대 삼림의 새인지 그 섬에만 사는 새인지요. 아니면 육지에서 멀리 떨어진 원양遠洋을 떠도는 선원들이 가져오던 배에서 날아들어와 서식하고 있는 것인지도 모르는 일이구요. 자연이라는 것은 우리가 쉽게 알 수 없이 불가사의한 것들이 많으니까요."

"저는 도무지 믿을 수가 없는데요."

나는 극락조를 본 일이 없었다. 다만 세상살이에 지치고 고달픈 사람들의 8만4천 괴로운 번뇌가 없는 극락을 동경하며 종교적 관념에서 극락에 노닌다는 상상의 새를 신조神鳥로 여기고 있었을 뿐, 현실에 존재한다고 생각해 본 일이 없었다. 열대우림의 새가 우리나라의 자연환경에 적응할 수 있을는지, 어떨지는 잘 모르겠지만 그런 새가 우리나라 연안에서 서식한다는 말에 나는 종교적 관념에서 현실로 날아든 극락조로 착각한 것도 사실이었다.

"그 섬엔 가보셨습니까?"

"예. 그 섬은 한번 구경해 보실 만할 거예요."

그녀는 내 물음에 대답이 없이 은근히 흥미로운 관심을 유도했다. 나는 기온이 높고 습윤한 해안 도서島嶼 지역에서 열대조熱帶鳥가 혹여 서식할지도 모른다는 생각이 들었다. 아니 반드시 그런 신비의 극락조가 아니라고 해도 어차피 섬에 나가보려던 나는 아름다운 희귀조가 산다는 섬을 찾아가 보고 싶은 충동에 사로잡혔다.

"그 섬에 들어가실 땐 언제나 해안의 파도가 높으니까 조심하시구요."

"좋은 곳을 알려줘서 고맙습니다. 다녀와서 다시 들르지요."

나는 어느새 사이가 가까워진 말로 여러 가지 대화를 나누던 카페를 나왔다.

낯선 소도시의 밤거리는 나와 무관한 곳처럼 보이었다. 그보다 한동안 그녀의 맑고 매혹적인 눈빛에 넋을 잃고 사로잡혔다 헤어 나온 기분이었다. 나는 어디로 발길을 옮기고 갈 데도 없었다. 곧장 여관을 잡고 들어왔다.

"아름다운 여자다."

나는 피곤한 몸에도 불구하고 잠이 오지 않았다. 엉뚱하게 그녀의 관능적인 아름다움과 다감한 말소리가 지닌 정감을 생각하며 밤새 몸을 이리저리 뒤척이다 새벽녘에 겨우 잠이 들었다가 날이 밝은 이튿날 부둣가로 나왔다.

조그만 고깃배들이 여러 척 모여 있는 선착장 방파제엔 그물을 깁는 노인과 아낙네들이 석화(굴)밭에서 걷어 온 굴을 따고 있었다. 물이 나간 갯가엔 폐선들이 아무렇게나 방치되어 흉물스럽게 썩어가고 있었다. 나는 방파제를 걸었다. 갈매기들이 눈앞을 스치며 낮게 날았다. 나는 수평선이 아득하게 펼쳐진 바다를 바라보았다.

"정말 아름다운 여자야."

나는 또다시 그녀를 생각했다. 여관방에서 백야의 허공에 타는 불꽃처럼 밤새껏 시달렸던 망상과 갈피를 모르던 혼몽을 떠올렸다. 그것은 부질없는 욕망의 번뇌요, 불지옥같이 몸이 뜨겁게 타오르던 밤이었다. 그녀에겐 알 수 없는 비밀 같은 것이 숨어 있었다. 그게 무엇인지 자세히 알 수는 없지만 그녀는 의외로 풍만하고 자연스러운 관능적 미모와 더불어 정감 있는 대화로 상대방을 사로잡는 마력 같은 것이 있었다.

"환상적인 신비의 여자다."

나는 그녀의 얼굴에 화사한 꽃처럼 피어나던 미소와 매혹적인 눈빛, 우수 깃든 눈매가 눈앞에서 떠나지 아니했다.

"극락조가 서식하는 섬에 어떤 사람들이 살고 있을까?"

나는 우선 섬에 한 번 들어 가보려고 여객선 선착장으로 발길을 옮겼다. 갯바위에 올연히 앉아 있는 사내가 거

무숙숙한 얼굴로 돌아보았다. 어제 카페에 잠깐 나타나 앉아 있던 사람이었다. 둘러앉아 굴을 따던 아낙네가 갯바위 사내를 흘깃 돌아보고 나서 말했다.

"고장에 인물이 났다고 해쌌등먼 저렇크럼 정신 나간 사람이 되어부렀으니 어쩌는가."

"무슨 말씀이세요, 정신이 나가다니요?"

나는 모든 것이 낯설고 이상한 생각에 한마디 던지며 끼어들었다.

"계엄군 허고 싸우다 상무댄가 어디루 붙잽혀 간 사람덜은 모다 고문을 당해 갖고 성헌 사람이 하나도 없다고 안허요. 사지가 찢겨 죽덜 않고 목심 부지허고 산 것만도 다행이지라잉."

"매질에 고문이 얼매나 숭악허고 모질었으먼 멀쩡헌 사람이 저렇크롬 되어부렀으까요잉."

곁의 아낙이 혀를 내둘렀다.

"광주 사람들은 죄다 폭도라고 몰아부치덜 안했다요."

아낙네들은 장탄식과 비분에 혀를 내두르고 치를 떨었다.

"카펜가 뭘 험서 사는 시악씨허고 산다는 말도 있등먼이라."

아낙네는 갯바위에 넋없이 먼눈을 하고 앉아 있는 사내를 다시 돌아보았다.

"그런 장시를 허먼 잘난 사내들도 숫허게 볼 거인디 무엇 땀시 함께 사능가 모르겄소잉."

"참말로 매암(마음)도 곱지라잉."

아낙네들의 주고받는 대화에 나는 줄곧 발걸음을 멈추고 있었다. 뜨거운 햇빛에 파란 모자를 눌러쓴 아낙네가 다시 말했다.

"인물은 오죽 좋소."

"자석은 못 낳능가 워디서 질거리 버린 아그들을 셋씩이나 데려다 키운다요. 그것도 번듯허지도 못헌 아그들을 말이여라."

"시장에서 옷장시를 허는 남매도 본시 도둑질허다 감옥에 잽혀들어간디 친동기처럼 데리고 산다고 안허요."

"지 살 궁리만 허고 실속을 챙기는 요즘 젊은 여자들을 보면 그 시악씬 천사 같덜 않어라."

"그나저나 우리넨 은제 두 다리 저런 오금을 피고 살라는제 모르겄고먼이라."

화제가 바뀌는 말소리를 들으며 나는 여객선 선착장으로 내려왔다. 여객선이 출항 직전이었다. 나는 서둘러 여객선에 승선했다.

여객선 승객들은 대부분 섬 주민들이었다. 고물 갑판엔 네댓 명의 낚싯꾼들이 술자리를 벌이고 앉아 날씨며 찾아가는 낚시터의 조황釣況에 대한 이야기를 나누고 있었다. 나는 뱃머리 쪽에 서서 배가 파도를 헤치며 나아가는 바다를 바라보았다.

"미륵섬, 극락조…."

나는 그 섬에서 자연이 만든 풍화의 전형을 볼 수가 있고, 꼭 극락조가 아니라도 거기에서 미처 알지 못한 의외의 것들을 얻을 수 있을지도 모른다는 생각이 들었다. 나는 무척 흥분하고 있었다.

간간이 고깃배들이 녹색의 파도를 가르며 지나가고, 크고 작은 무인도와 바위섬들이 지나갔다. 여객선은 세 시간 넘게 바다의 출렁이는 파도를 헤치며 달리고 있었다.

바닷물은 남빛을 띠고 파도가 높았다. 승객들은 대부분 잠을 자고 있었다. 장시간 뱃길 여행을 해본 적이 없는 나는 속이 거북한 뱃멀미에 시달리면서 예정과 다르게 너무 멀리 나오고 있다는 생각이 들기도 했다. 아니, 그녀에게 어떤 유혹을 당하고 있는 것인지, 극락조가 노니는 곳에 가고 싶은 욕망에 얽매인 것인지, 아니면 부질없는 환상에 매달리고 있는 것인지, 나 자신을 도무지 알 수가 없었다. 승객 몇 사람이 짐 꾸러미를 챙기고 있었다.

야트막한 방파제를 따라 집들이 옹기종기 모여 있는 섬이 나타나고, 아이들이 뛰어노는 선착장에서 배 한 척이

다가오고 있었다. 섬을 끼고 달려들어 가던 여객선이 정선하고 나서 뒤 서너 명의 승객이 여객선에서 다가온 발동선으로 건너갔다.

"여기가 연화도인가요?"

"그런디라."

짐 꾸러미를 들고 하선하는 사람이 대답했다. 나는 여객선에서 하선하는 사람들과 함께 통선으로 건너갔다. 노란 햇빛이 섬의 물이 나간 선착장을 가로질러 비끼고 있었다. 나는 늙숙하게 배에 앉아 있는 사람에게 물었다.

"풍도가 어디쯤에 있습니까?"

"뭍에서 오셨는 게라? 그라면 그 풍도는 예서 한참 더 나가야 허고먼이라."

"그 섬엔 갔다 나오자면 얼마나 걸릴까요?"

"거근 쉽게 못 들어간디라."

키를 잡고 통선을 부리는 사람이 말했다.

"먼 가요?"

"멀기야 허겄소잉. 물질(길)이 하도 험허고 파도가 높아 갖고 들어갈 수가 없은깨 그러지라."

"거그는 사람도 안 산디, 무엇 땀시 갈라고 그란다요?"

초로의 아낙네가 물었다.

"구경을 오신 거 같고먼이라."

마른 얼굴에 광대뼈가 솟은 사내는 배가 선착장에 닿는 것을 보며 짐 꾸러미를 들고 자리를 일어났다.

"거그는 날씨가 좋아도 파도와 물질이 하도 사나워 갖고 웬만해선 들어 가덜 못 허는 디고먼이라."

"게다가 파랑경보까장 내리덜 않았겄다요."

선착장에 통선을 댄 사내가 덧붙여 말했다. 그의 말을 뒷받침이라도 하듯 수평선이 아득한 섬의 갯바위 모퉁이로 파도가 하얀 포말을 흩날리며 거칠게 떠밀려오고 있었다.

"내가 여길 어쩌자고 왔을까?"

낯선 섬에 버려지듯 나는 선창 가에 막막하게 서 있었다. 여류화가의 말만 대충 듣고 찾아온 것이 한심한 생각까지 찾아들었다. 섬의 어느 집에서 하룻밤 민박하고 내일 아침 일찍 여객선을 타고 나가는 도리밖에 별다른 수가 없었다.

"민박하는 집이 없을까요?"

배에서 뒷거둠을 하는 사내에게 나는 물었다.

"여근 낚시꾼들도 잘 들어오덜 않는디 민박집 같은 게 어딨겄어라."

하고 사내는 다시 고개를 들었다.

"그전에도 기자 한 사람이 풍도를 찾어왔등먼 거그는 뭔 일로 오셨소?"

"그 섬에 극락조라는 새가 있나요?"

"극락조라고라? 모다 말은 그렇코롬 허지만 그런 새가 워딨겄소."

사내는 부처의 극락에 산다는 새는 생각하고 말했다. 그랬다. 극락조는 극락정토에 있다는 새의 머리와 팔은 사람의 모습이며 몸은 새의 모습이고, 우는 소리가 퍽이나 아름답다고 했다. 그 새는 어디까지나 상상의 새요, 종교적인 신조神鳥일 따름이었다.

"헌디 사람들 말로는 그 섬에 가면 어디서 못 보던 새가 있다고는 허긴 허등먼이라."

"혹시라도 그런 새를 보신 적은 있으신지요?"

"아무도 본 사람이 없지라잉. 누가 바다 가마우지나 갈매기를 잘못 보고 헌 말이 아니겄어라. 낼 아칙(침)에 바다가 잔잔허면 들어갈 수도 있을 것인디, 오늘은 틀려부렀소. 저짝 돌담집에 노인 내외가 산디, 그 집 아들 내외가 얼마 전에 뭍으로 나가 갖고 방이 비어 있을 것고면이라. 하룻밤 묵는 디는 어렵지 않을 거여라."

"내일 아침엔 배를 고 나갈 수 있을까요? 뱃삯은 충분히 드리겠습니다."

"어디 날씨를 조까 봅시다요."

사내는 선착장으로 올라섰다.

"첨 와 갖고 워쩌겄소. 나가 어른신께 말씸을 드릴 경께

같이 가시지라."

사내는 앞서 걸었다. 지붕이 낮게 드리워진 집들이 돌담에 둘러싸여 있었다. 푸르게 우거진 수목들은 남녘 해안의 온화하고 습윤한 기후를 말해주고 있었다. 마을 길로 들어온 사내는 조용한 돌담집 마당 안으로 들어섰다.

"어르신 지시고먼이라."

마루에 담배를 물고 앉아 있던 노인은 눈이 움푹 들어간 얼굴을 들고 낯설게 찾아오는 사람을 쳐다보았다.

"이 손님이 여그 사정을 잘 모르고 풍도 귀경을 와 갖고 하룻밤 민박헐 디를 찾는디 마땅헌 집이 워디 있겄다요. 아드님 내외가 쓰던 방이 안즉 비었으면 하룻밤 재워주시지라."

"잠을 자는 거야 어려울 것이 있능가. 대접헐 음석이 좋덜 않은께 그라제."

"그런 걱정은 안 하셔도 됩니다. 그냥 하룻밤 재워만 주십시오."

나는 겸손하게 사정했다. 부엌에서 저녁밥을 짓던 안주인이 내다봤다.

"섬구석 집이라 옹색허지만 어쩌겄소. 우리 묵는 대로 묵음서 지셔 보시지라."

"허먼 되었소. 예서 주무시고 내일 아칙 날씨가 좋으면 선착장으로 나오시요잉."

사내는 돌아서 마당을 걸어 나갔다.

"풍도 귀경을 오셨다고라?"

"예."

나는 배낭을 벗어들고 마루 위에 올라앉았다.

"워디서 누구헌티 이약을 들었는지 몰라도 거그는 귀경 삼아 아무 때나 쉽게 들어갈 디가 아니구먼."

"무슨 말씀이신지요?"

나는 노인에게 섬에 대한 이야기를 좀더 자세히 들을 수 있을 것 같은 생각이 들었다.

"그 섬은 바다 한가운디서 자라난 버섯 모냥으로 조그맣게 올라와 있는디, 풍광이 좋기 이를 디 없제. 섬 골짜기론 맑은 물이 쉬지 않고 흐름서 나무들이 빽빽히 우거지고, 섬 가장자리를 돌아감서 깍아지른 낭떠러지 바위들이 모다 갖가지 기괴한 형상을 허고 있고먼이라."

노인이 섬 얘기를 꺼내는 중에 부인이 부엌에서 지체한 밥상을 차려왔다.

"먼 뱃질에 찾어와 갖고 워디서 요기도 못했을 것인디 얼매나 시장허시겄소잉. 이약(이야기)은 나중에 허고 식사버텀 허시요잉."

야박한 문명 세태가 외진 낙도라고 번지지 않았으련만

갑자기 서둘러 마련한 가재미무침과 갓김치, 어리굴젓, 시금치국을 곁들여 지어온 밥상은 노인 내외의 순후한 인정을 짐작케 하였다.

"음석이 입에 맞으실란가 모르겄소잉?"

안주인은 친절하고 부드럽게 소반에 들고 온 숭늉을 내려놓았다.

"맛깔스런 음식인 걸요."

나는 염의 없을 정도로 큰 밥술을 입에 밀어 넣으며 신선한 반찬들을 걷어 먹었다.

"퍽 시장허셨는갑소잉."

안주인은 부엌에서 밥을 더 가져왔다. 심한 뱃멀미에 시달리며 위 속에 든 것을 모두 토해 버린 나는 빈속이 차츰 가라앉으면서 배가 고프던 참이었다. 밥상을 물리고 나자 노인은 내가 벗어놓은 겉옷과 배낭을 보고 물었다.

"헌디, 그 위험시런 디를 무엇허러 갈라고 그란다요?"

"극락조가 산다고 해서요."

"허먼 그 새를 구경헐라고 찾어온 것이요?"

"그런 새가 정말 있다면 한번 보고 싶어서요."

"극락조를 보러왔단께 이야글 허겄넌디, 그 섬 주변은 유독 파도가 사납고 험악시럽덜 않겄소. 아득헌 수평선 난바다로 이어진 가운디 쬐맨허게 솟아 있은께 그럴수 배끼,

그래 갖고 날씨가 쬐깜만 흐리먼 그 섬은 신기루 마냥 자욱헌 안개 속에 묻혀불고, 풍랑이 세찰 직엔 파도에 떠밀려남서 허공을 찢는 바람에 이리저리 흘러댕기딜 안컸능가. 수천수만 년을 그렇코롬 비바람에 얻어맞고 먼바다에서 몰아쳐 오는 파도가 치때렸응께 바위덩인들 온전히었겄능가. 물에 닿는 해안이 버섯 모냥 잘룩해져 불고 벼랑에 갖가지 기괴한 형상들을 만들어 놓안디, 그 한가운디 영락없는 돌부처 같이 솟아있는 바위가 하나 있제. 언제 그렇코롬 생겨난 바윈지는 모르겠지만 옛날버팀 어르신들은 그 신기한 바위를 미륵불이라고 히었제."

"그래서 미륵섬이군요."

"그 섬에 얽힌 이야근 미륵불 뿐만이 아니지라."

"극락조 말씀인가요?"

나는 미륵불에 대한 전설에 점점 더 깊숙이 빠져들고 있었다.

"옛날 이 연화도 본섬에 가난헌 부녀가 살고 있었제. 늙은 아부지가 병환으로 자리에 눕게 된께 처녀는 섬에 자생허는 온갖 약초를 캐다 지성으로 달여묵임서 갖은 정성을 쏟았지라. 그럼에도 불고허고 아부진 일어날 줄을 몰랐든 거여. 헌디 누구헌티 바람섬의 미륵불에 매일 삼천 배로 백일 치성을 드리먼 아부지의 병이 낫는다는 말을 듣고 처녀는 사나운 물질(길)을 건너가 미륵불에 삼천 배를 험서 치성을 드리기 시작히었제.

처녀는 몸을 불어갈 듯헌 비바람에도 잠시 쉬거나 그칠 중을 모르고 아부지의 병환이 낫기를 기원험서 치성을 드리기 백 일째가 되던 날, 처녀는 탈진해 갖고 쓰러져 그만 숨을 거둔 것이제. 그러고 얼매가 지났을까. 왼종일 먹이를 찾어 바다 하늘을 나는 갈매기들이나 둥지를 틀고 날어들던 섬에 못 듣던 새 울음소리가 들린 것이여. 뭍에 두견이만 헐까. 깃털이 여간만이나 곱덜 않은 샌디, 섬 안의 우거진 이 나무 저 가지를 보일 듯 말 듯 날러댕김서 워쩌다 자리를 잡고 춤을 추는디, 그 춤이 기가 맥히더라는 것이여. 이곳 섬 사람들은 바람섬에서 미륵불에 치성을 드리다 죽은 처녀가 극락에서 환생한 새라고 험서 그때버텀 그 새를 극락새라고 부른 것이제."

"그 새를 본 사람이 아무도 없다고 하던데요?"

나는 선착장 사내가 하던 말을 생각하고 물었다.

"세속의 업에 매인 사람들은 보이지 않는다는 것이제."

"정말 그럴까요?"

"섬에 얽힌 전설인 것이지라. 사람이 접근허기 어려운 곳인 디다 미륵불에 삼천 배를 올리고 들어가면 그 새를 본다고도 허지만 누가 새 한 마리를 귀경허자고 삼천 배를

올릴 사람도 없거니와 애써 위험시런 벼랑을 타고 들어가
우거진 나무숲 속을 뒤진 사람도 없어분께 그 새를 본 사
람이 없을 수배끼."

"그렇기도 하군요."

"헌디 그 섬엔 처녀가 죽어 환생한 극락조인제 아니먼
다른 희귀 새인제 몰라도 소란시럽게 몰려든 갈매기 떼가
바다로 날아가고 없는 날이먼 검은 새 한 마리가 물가 바
위로 나와 앉아 있고 허딜 않는가."

노인은 그 새를 눈앞에 그려보기라도 하듯이 눈두덩이
가느다랗게 주름진 눈을 허공으로 들었다.

"그렇군요."

나는 그 새를 더욱 보고 싶었다. 극락조이건 다른 어떤
종류의 새이던 지금까지 내가 내륙에서 보지 못한 희귀조
가 분명하기 때문이었다. 밤이 이슥해지는 바닷가에선 갯
바위를 때리며 부서지는 파도 소리가 크게 들려왔다.

"고단허실 것인디, 나가 괜시레 씰데없는 이야글 많이
헌 거 같고면이라. 불편허더라도 어칫크럼 하룻밤 주무셔
보씨시요잉."

노인이 피로한 모습을 보였다. 나는 이부자리가 마련된
방으로 건너왔다. 기대와 호기심을 가지고 밤을 지새운 나
는 날이 샌 아침 안주인이 차려 온 밥 몇 술 뜨고 서둘러

선착장으로 나왔다.

날씨가 무척 좋았다. 맑은 아침 햇빛이 깔린 바다는 마치 자잘한 금강석을 무수히 뿌려놓은 듯 난연하게 반짝거리고 있었다. 선착장에 매인 배에서 어제의 사내가 튼실하게 생긴 몸을 드러내었다.

"잘 주무셨는게라?"

"아저씨 덕분에요."

나는 배가 있는 데로 다가갔다.

"날씨가 퍽 좋구먼이라."

뒤따라 선착장으로 내려온 노인이 말했다.

"풍도에 들어가보실란 갑네?"

"들어가 봐야지요."

나는 배에 올라탔다.

"바다가 잔잔허니 좋아갖고 별 일없이 들어갔다 나오겄구먼이라."

노인은 잔잔한 바다를 멀리 바라보았다. 배가 쿵쾅거리는 엔진소리를 터뜨리며 선착장을 미끄러지듯 빠져나갔다.

"첫배로 들어온 여자 한 분을 아칙에 일찍 실어다 드리고 왔고먼이라."

사내는 키를 잡고 말했다.

"찾아오는 사람들이 있군요."

"별로 없고먼이라. 그 분은 오래전버텀 간혹 찾어온디, 한 번 섬에 들어가면 며칠씩 있다 안 나오요. 어느 땐 한 달도 넘게 있고라."

배는 잔잔한 해면으로 빠르게 달려 나갔다.

"얼마나 가야 합니까?"

"섬까장 거리는 얼매 안 되고먼이라."

잔잔해 보이던 바다는 겉보기와 다르게 파도가 높게 너울거리고, 배는 거친 물마루를 펄떡펄떡 오르내리며 세차게 달려 나갔다.

"볼쎄 저그 보이딜 않소."

배를 내몰고 바다 한가운데로 나온 사내는 턱을 들어 올리고 햇빛이 하얗게 쏟아지는 해면 쪽을 가리켰다. 무수한 은조각을 뿌려 놓은 듯 반짝거리는 파광波光이 해면 가득 시야를 가릴 뿐, 아무것도 눈에 보이는 것이 없었다.

"어디 말인가요?"

"저그 햇빛이 하얗게 반짝거리는 디가 있딜 않소."

"하얀 햇빛요?"

나는 부신 눈을 들고 바다를 살펴보았다.

"파도가 햇빛을 받아 쏘는 사광射光이 모여서 그러지라."

"저 하얗게 빛나는 휘광이 바로 그 섬이란 말인가요?"

눈을 바로 뜰 수 없이 빛나는 해면의 휘황한 광채를 바라보며 나는 신비롭고도 진기한 경이로움에 빠졌다.

"파도가 높게 일렁인다는 증거라. 이른 아칙엔 어렵잖게 들어갈 수 있었는디 시방은 어쩔랑가 모르겄소잉."

배가 가까이 다가갈수록 해면의 광휘가 점차 줄며 파도가 높게 일렁거리고 있었다.

"물이 들고날 때 조류의 유속이 빨러 갖고 물질이 몹시 거칠어불지라."

빠르게 달려 들어온 배는 선수가 파도를 타고 뛰어오르면서 거친 요동을 치기 시작했다.

"가만히 앉어 있으씨쇼잉."

사내는 배의 키를 밀어가며 다급히 소릴 질렀다. 파도가 세찬 격랑으로 무섭게 소용돌이를 치고 있었다.

철썩, 좌아—

물보라가 선상을 뒤덮고 우수수 쏟아져 내렸다. 배가 다시 파두를 타고 솟구치면서 선수가 높이 쳐들렸다 다시 굴러떨어지듯 파곡波谷으로 곤두박질을 쳤다.

"에이쿠."

나는 몸의 중심을 못 잡고 넘어지면서 선복船腹으로 떼구루루 나뒹굴었다.

"난간을 꽉 잡어요?"

사내는 물보라를 뒤집어쓰며 소리쳤다. 뱃전엔 물회오

리가 무섭게 휘돌고 있었다. 그쪽으로 조금만 다가가면 배가 송두리째 수중으로 휘말려 들어갈 것만 같았다. 키를 굳게 잡고 뱃길을 트던 사내는 마침내 거센 물살을 빠져나오면서 얼굴에 흠뻑 뒤집어쓴 물을 한 손으로 훔쳤다.

"되었소."

지옥과 마주하는 듯하던 물회오리가 고물 뱃전에서 세찬 격랑으로 휘돌고 있었다. 나는 겨우 살아난 조난자의 공포에 휩싸인 채 물이 흥건한 배안에 털썩 주저앉았다. 균형을 잡은 배가 다시 높게 일렁거리는 파도 위로 미끄러지고 있었다.

"저그 보이는게 풍도지라."

사내의 말소리에 나는 정신을 가다듬고 고개를 들었다. 높다란 벼랑 아래 하얀 백파가 철썩거리는 섬의 안벽을 바라보며 나는 경탄했다.

"놀랍군요."

과연 들은 대로였다. 잘록한 해안을 돌아가며 해식애를 이룬 벼랑의 모양을 각기 달리하고 있는 기암들은 신기를 지닌 조각가가 필생의 역작으로 빚어낸 조형물의 전시장과도 같았다. 기괴한 바위들도 그렇지만 사람의 접근을 거부하듯 천연요새를 이룬 해안의 절벽은 발을 붙일 데가 없었다. 섬 내륙은 원시의 생태를 고스란히 간직하듯 이름 모를 음지 덩굴식물과 울창한 나무숲이 빼곡히 우거져 있었다.

"선녀가 내려와 비경에 빠져 다시 오르질 못한 곳이 있다더니."

낯선 불청객이 침범했음인지 벼랑에 둥지를 틀고 올라앉은 바닷새들이 끼룩거리며 소란을 떨고 있었다.

"바람과 파도가 거셀 땐 바위 벼랑을 때리며 솟아오르는 물 덩어리가 다시 바닷물 위로 떨어지는 소리가 본섬까장 쿵쿵 울리고먼이라. 그땐 안벽岸壁 바윗덩어리가 온통 부서져 날아 가듯기 뿌연 물보라가 뒤덮임서 섬이 흔적도 없어져 불것 같은디 파도가 잠잠해지고 나먼 다시 섬이 지 모습으로 의연히 나타나덜 안컸다요. 바람과 파도와 안개에 따라 없어져부렀다 나타났다 헝께 바람섬이라고 부르고 안개섬이라고도 허지라."

나는 먼저 섬의 해안 쪽을 돌아보고 싶었다.

"저쪽 바닷새들이 올라앉은 바위 쪽으로 조금 돌아가 주겠습니까?"

"그러지라잉."

사내는 흰 파도가 안벽으로 치솟으며 물보라를 일으키는 해안과 거리를 두고 배를 천천히 몰아나갔다. 벼랑의 기괴한 바위 형상들은 비치는 햇빛에 따라 조화를 부리듯 시시각각 다른 음영으로 바위의 빛깔을 바꾸고 괴암, 괴석

의 형태를 달리해가면서 신기한 환상적 조형물을 만들어
내고 있었다.

"저럴 수가…."

파도가 출렁거리는 배 위에서 나는 넋을 놓고 바라보았
다. 그 순간이었다. 마치 거북이가 머리를 쳐든 것 같은 돌
출 바위에 청록 빛깔을 띤 깃털이 노릇한 햇빛과 섞이면서
펄럭 날았다.

"극락조다."

나는 이물 뱃머리로 쫓아나가면서 소리쳤다. 햇빛이 쏟
아지는 허공에 청록빛으로 펄럭이던 새는 가뭇없이 자취를
감추고 어디로 사라졌는지 보이지 않았다. 사내가 말했다.

"아직에 앞서 들어온 분이 저그 지신디라."

바위에 올라선 여자는 옷깃을 바람에 나부끼며 손을 흔
들었다.

"저 여잔?…"

나는 눈을 의심하면서 바위에 우뚝 올라서 있는 여자를
놀랍게 바라보았다.

"저분은 그림을 그리는 분이시지라잉."

사내가 배 키를 밀며 말했다.

"섬 안으로 들어갈 수 있나요?"

섬에 나타난 그녀를 본 나는 급히 서둘렀다.

"뒤로 돌아가면 물속으로 내려간 바위가 동굴처럼 깊숙이 갈라진 곳이 있지라. 거그다 배를 대놓고 바위를 탐서 기어 올라가면 섬 안으로 들어갈 수가 있고먼이라."

"거기로 갑시다."

나는 성급하게 재촉했다.

"저 손님을 태우고 나갈라면 어차피 그쪽으로 돌아가야 허고먼이라."

사내는 다시 배를 몰았다. 나는 그녀가 우뚝 올라서 있던 바위를 다시 올려다보았다. 어찌 된 일인지 그녀는 보이지 않았다. 배는 하얀 물거품을 안고 있는 안벽을 끼고 돌았다. 해는 섬의 숲 머리가 올라온 서쪽으로 비끼고 있었다. 섬의 몽톡한 동쪽으로 돌아나가던 배는 준험한 벼랑을 끼고 뒤편으로 들어갔다. 배가 차츰 섬 뒤로 돌아들어 가자 드높게 일렁이던 파도가 남쪽과 다르게 잔잔한 편이었다. 사내는 바위가 물속으로 내려간 데서 뱃머리를 돌렸다.

"여그지라."

사내는 배 엔진을 껐다. 동굴처럼 갈라진 안벽 사이로 뱃머리가 천천히 밀려들어 갔다. 동굴의 물빛이 검푸른 초록색을 띠고 있었다. 깎아지른 절벽이 아득하리만큼 치솟은 그 위로 삿갓처럼 조각난 하늘이 파랗게 올려다보였다. 사내는 바위에 발을 붙일 수 있는 곳으로 배를 붙였다. 시퍼런 바닷물이 계속 높게 출렁거리고 있었다.

"어서, 올라오세요."

머리 위로 올라간 바위에서 여자가 말했다. 그녀는 가파르게 깎아지른 바위 머리에서 아래를 굽어보고 있었다.

"어떻게 된 거예요?"

나는 소리쳐 물었다.

"보다시피 여기 있잖아요."

소리친 내 목소리와 함께 그녀의 목소리가 바위 사이에서 울렸다.

"안 나가실 건 게라?"

배를 부리고 온 사내가 그녀를 향해 물었다.

"내일 들어오세요. 날씨가 안 좋으면 며칠 있다 들어오셔도 되구요."

그녀가 말했다. 나는 바위로 올라붙었다.

"조심해서 올라가소."

사내는 불안스럽게 지켜보았다. 나는 후들후들 떨리는 두 다리에 힘을 주고 발끝을 바위너설에 단단히 박아 디디면서 가까스로 기어 올라갔다. 이마에 땀방울이 맺혀 굴렀다. 혔다. 나는 흐르는 땀방울 손으로 훔치면서 뒤 벼랑 아래 철썩거리는 바닷물을 내려다보았다. 검푸르게 수심을 알 수 없는 바닷물의 공포가 심장에 경련을 일으킬 것 같았다.

"어떻게 된 겁니까?"

나는 정신이 아찔하게 고개를 들고 물었다.

"보시다시피 여기 있잖아요."

그녀는 막연히 대꾸했다.

"지는 낼 다시 모시러 들어오겠고먼이라."

내가 바위를 타고 기어 올라가는 것을 잠시 동안 불안하게 지켜보던 사내는 천천히 배를 돌렸다.

"위험해 보이는데 괜찮아요?"

나는 그녀를 향해 떨리는 목소리로 물었다.

"경치가 좋잖아요?"

그녀는 딴소리하듯 천연스럽게 응수했다.

"여기만큼 자연이 주는 신비를 볼 수 있는 데가 없어요."

나를 기다렸다는 듯이 영접을 나온 여자는 마치 섬의 주민이라도 되는 것처럼 익숙한 길잡이가 되어 나를 숲속으로 데리고 들어갔다.

"제가 처음 여기 들어왔을 때, 이 섬이 남태평양 어디에서 해일에 떠밀려오지 않았나 싶은 생각이 들었답니다."

정말 그랬을까. 그녀를 따라 조금씩 섬 안으로 들어갈수록 열대우림에 들어온 것처럼 울창한 나무숲이 하늘을 가리고 있었다. 아름드리로 서식하는 동백나무 밑에 커다란 잎이 너울거리는 식물이 자라고, 햇빛을 탐닉하며 곧게 뻗어 올라간 침엽수와 우람한 활엽수, 쓰러 넘어져 이끼가 파랗게 덮인 고목에 더부살이 넝쿨 식물이 자라고, 물웅덩이가 보였다. 졸졸졸 흐르는 물소리가 음악처럼 들려왔다. 신선한 공기와 흐르는 물소리가 시원한 청량감을 물씬 가져다주었다. 어둠침침한 숲속을 줄곧 헤쳐 들어가던 그녀는 밋밋한 바윗등을 내려가고 있었다. 나무숲 사이로 바다가 보이었다.

"이런 데가 있는 줄은 몰랐죠?"

골짜기를 흐르는 물은 은구슬이 구르는 것 같았다. 갈증을 느끼고 있던 나는 성급히 바위를 타고 내려가 맑게 고인 웅덩이 물을 두 손으로 움큼 움키어 마셨다.

"으으윽."

나는 이가 시린 진저리를 치며 고개를 쳐들었다. 바위에 수북이 덮인 부토와 쌓인 낙엽 위에 잡초와 키 작은 나무, 햇빛을 조금 보고 자라다 쓰러져 죽은 나무들이 사방에 널려 있었다. 비탈진 언덕에 초록빛 지붕을 이루고 있는 나무들의 우듬지 사이로 노르스름해진 햇살이 습기 찬 숲속의 어둠을 가르며 비쳐 들어오고 있었다. 장관인 것은 아파트 베란다처럼 널따란 바윗장 밖으로 바다의 푸른 파도가 저녁 무렵에 비끼는 사양斜陽을 받아 반짝거리는 놀 빛이었다. 나는 숲속에서 마치 어린 소년처럼 뛰어나갔다.

"위험해요."

그녀가 기겁한 소리를 질렀다. 나는 널따란 바윗장에 서서 수평선 멀리 반짝거리는 놀빛 가득한 해면과 절벽 아래 시퍼렇게 출렁거리는 바닷물을 내려다보았다. 시퍼런 바닷물 곳곳엔 흰 파도가 거칠게 부서지며 물보라를 눈발처럼 날리고 있었다.

"이 섬 주위엔 암초가 많아요. 흰 파도가 부서지는 곳은 모두 암초라고 보면 되지요. 그래서 배들이 함부로 접근을 못하는 겁니다."

바다는 조그만 섬이나 물너울 속으로 외롭게 떠가는 배 한 척을 볼 수 없는 망망대해가 펼쳐져 있었다.

"썰물이 나가면 저쪽 울퉁불퉁한 바위 아래 자갈돌이 깔린 해변이 드러나지요. 바닷속은 군락을 이룬 연산호가 마치 단풍이 붉게 물든 가을 산 같답니다."

크고 작은 바위들이 흰 물거품을 쓰고 검게 솟아오른 해안이 뚜렷이 드러나고, 반들반들 물기 젖은 자갈돌들이 마치 바닷속에서 물을 함빡 머금고 기어 올라온 벌레들처럼 오밀조밀하게 깔려 있었다. 나는 신성한 자연의 정령 속에 빠져든 기분으로 그녀를 돌아보았다. 나는 기름진 녹색의 숲속에 한 처녀가 옷을 벗은 이브의 몸으로 걸어 나와 바위를 타고 내려가 바닷물에 뛰어들어 울긋불긋한 산호초 사이를 헤엄치는 물고기 떼와 한데 어울려 헤엄쳐 다니는 모습을 머릿속에 그려보기도 하였다.

"이제야 나는 당신이 이 섬에서 한 달이 넘도록 머물고 했다는 것을 알겠어요."

"이 숲속에 살다시피 머물러 있으면 뭘 하겠어요."

그녀는 갑자기 허탈한 소리를 했다.

"없어요. 아무 것두…."

그녀는 검은 생머리를 바람에 나부끼며 다시 중얼거리듯 말했다.

"뭐가요?"

나는 절망에 찬 그녀의 말을 이해할 수가 없었다.

"새가 좀처럼 나타나지 않는군요."

그랬다. 그녀를 따라 섬 안으로 들어오면서 나는 새들이 우짖는 소리를 한 번도 듣지 못한 것이었다.

"극락조 말인가요?"

나는 이상스럽게 물었다. 그녀는 대답 대신 깊은 한숨을 쉬었다. 바다에 곱게 물들던 놀빛이 점점 짙어가면서 온종일 먹이를 찾아 바다를 고달프게 떠돌던 갈매기들이 섬으로 돌아오고 있었다. 바다의 황금색 놀은 차츰 붉어가고, 바다를 망연히 바라보고 앉아 있는 그녀의 옆얼굴에 진홍빛이 물들고 있었다.

"전설이라는 게 그런 게 아닌지요."

환상을 죽자구나 쫓아온 것처럼 허망하기는 나도 마찬가지였다.

"이곳에 사람들이 들어온 것을 알고 그 새는 멀리 날아가 버렸나 봐요."

"풍조 말씀이세요?"

"진주 같은 빛이 도는 청록색 깃털을 가진 새가 있었어요."

그녀는 앉았던 바위에서 일어났다.

"우듬지에서 뻗어 올라간 나뭇가지에 까만 깃털로 앉아 있던 새는 물까마귀나 가마우지가 아니었어요."

바닷가에서 숲속으로 돌아오면서 그녀는 자기가 본 풍조에 관한 얘기를 했다.

"머리엔 녹색의 털을 장식처럼 이고 있었어요. 부리는 길고 뾰족했구요. 입안은 노랬지요. 목은 진주 같은 빛이 감도는 청록색이었고요. 녀석은 검은 양쪽 날개를 쫙 펼치더니 발레리나가 두 팔을 벌려 머리 위에 들어올리고 동그란 타원의 동작을 만들고 숨을 크게 쉬어 고개를 쳐드는 것이었어요. 그리고 반달 모양의 은회색 깃털이 나 있는 가슴을 한껏 내밀고 노란 주둥이를 보이며 춤을 추더군요. 나붓나붓 두 발을 번갈아 놓고 날개를 바르르 떨며 동작을 취하는데 난생처음 보는 새의 기막힌 발레였어요. 그 춤은 점점 현란하고 화려한 절정에 달하는데 숲속이 어두워졌어요."

골짜기 숲으로 돌아온 그녀는 컴컴한 동굴 속으로 들어가 야외 취사도구를 꺼내왔다.

"한 살림을 섬에 두고 있었군요."

"여기 같은 데가 없더군요."

"작품도 여기서 하구요?"

나는 바위에 놓인 화구와 캔버스를 보며 물었다.

"그냥 재미 삼아 놀러 다닌 거죠, 뭐."

그녀는 돌화덕에 물 냄비를 올려놓고 마들가리를 꺾어 불을 지폈다. 어두운 숲속에선 나뭇잎이 흔들리며 멧새 한 마리 깃을 치는 소리 한 번 들려오지 않았다.

"저녁엔 불을 지펴야 해요. 나무를 좀 하세요."

그녀는 배낭에서 라면을 꺼냈다.

"그 새의 현란한 춤은 바로 구애지요. 암놈은 때까치 크기의 잡색인데 웬만해선 관심을 보이지 않더군요. 수놈은 한동안 춤을 추다 암놈이 끝내 관심을 보이지 않으면 그만 날개를 접고 침묵에 빠져 버린답니다."

"그 새가 바로 극락조란 말인가요?"

"그렇지요."

"풍조나 극락조는 결국 같은 종류의 새로군요?"

"이름만 다르게 부를 뿐 풍조와 극락조는 같은 새지요. 참새목 풍조과 새들 가운데 다만 깃털이 아름답게 생긴 새를 극락조라고 부르는 겁니다. 시장하실 텐데 이쪽으로 오세요."

그녀는 라면을 끓이고 난 돌화덕의 잉걸불을 꺼내 모닥불을 놓았다. 불땀이 좋게 타오르는 불빛이 주위를 벌겋게 물들이고 있었다.

"배는 언제 들어올지 몰라요. 솔직히 말하면 기약이 없답니다. 바람이 불고 날씨가 좋지 않으면 한 달, 아니 두세 달, 아니 기약이 없다고 봐야겠지요. 아까 그 아저씨 말고는 섬을 싸고 무서운 유속으로 휘도는 격랑의 죽음을 무릅쓰고 배를 몰고 들어와 줄 사람이 없으니까요."

그녀는 결코 농담하는 것이 아니었다.

"사람들에게 유익하고 바람직한 무엇인가를 써보겠다면서도 얼간이처럼 방랑이나 즐기는 지금 같아선 차라리 이 섬에 흙무덤을 덮고 누워 버리는 게 좋을 것도 같군요."

나는 우스꽝스럽게 허심탄회한 소리를 떠벌였다.

"가족은 없어요?"

"이 세상엔 아무런 능력이 없는 남자와 살아줄 여자가 없답니다. 어린이 학습지판매를 하면서 애써 참고 살던 아내가 있었는데 이혼하면서 아이를 데리고 나가 버렸어요."

"허지만 언제든지 다시 시작할 수도 있지 않겠어요?"

"말처럼 쉽지 않더군요."

"하긴…."

"공해에 찌든 오물구덩이에서 악착같이 살겠노라 혼탁하게 오염된 물과 공기를 걸러 마시며 바둥거리는 것보다 차라리 이런 곳에서 살 수만 있다면 바랄 게 없을 것 같군요."

나는 다시 푸념을 늘어놓았다.

"소설을 한 번 써 보지 그래요. 잘 팔리면 돈도 많이 번다고 하던데요."

"요즘 세상 자체가 제미 있는 소설이 아니겠어요. 뜬구름 잡는 얘기 아니면 황당무계한 얘기를 꾸며내는 것보다 날마다 일어나는 사건들이 끔찍한 공포와 간담을 서늘하게 하는 멋진 스릴(thrill)을 가져다주고, 감각적인 애정행각과 교활한 사기, 상투적인 눈속임과 새빨간 거짓말이 범벅이 되어 우스꽝스러운 미스테리가 꼬리에 꼬리를 무는데, 문학이니 심미적인 예술이 어쩌고 써봐야 무얼 합니까. 귀로 듣고 눈으로 보는 세상이 훨씬 더 재미가 있는 것을요."

"사실 말이지 모든 문화예술 자체가 혼란인지 타락인지 모르겠어요."

"한마디로 말해서 추악한 타락이지요. 객관성까지, 잉크를 꺼멓게 바른 신문이나 공중파나 제 입맛에 맞는 소릴 골라 지껄이며 설사처럼 줄줄 쏟아내고, 아무런 값어치 없이 뒤죽박죽 버무려진 화면은 속없는 얼간이를 양산하고,

화려하게 덧칠한 광고, 최고 어쩌고 찬사를 부르짖고 떠벌이는 소린 양심이고 뭐고 개뿔도 없이 잇속이나 후벼파는 똥 바다 악머구리 세상이 되었어요."

나는 천박하게 배알이 뒤틀린 소릴 줄줄 쏟아냈다.

"모두가 생존을 위한 몸부림이 아니겠는지요."

"그러니까 더 슬프지요."

"광주 민주항쟁을 겪으면서 시국사범으로 한때 쫓기기도 했고, 이곳 여랑如郎에 와서 살기 전엔 보육원에서 보모 노릇을 한 적이 있었지요. 생활이 어렵다고 자기 자식을 버리듯 맡겨놓고 간 아이들이 대부분이었어요. 어차피 사람은 사는 게 힘들고 어려운 것인데 그걸 마다한다면 몸을 둘 데가 없는 거잖아요. 아내가 떠나 혼자라니 암튼 홀가분하시겠어요. 내일은 제가 바닷가에 나가 해삼과 소라도 잡고 물고기도 잡아서 구워 드릴게요."

그녀는 따분한 얘기를 접은 뒤 모닥불 빛이 물든 얼굴에 밝은 웃음을 지었다.

"저어, 카페에 앉아계시던 분은?"

나는 문득 부둣가의 아낙네들이 주고받던 말들이 생각나서 물었다.

"며칠이고 바닷가에 앉아 있기에 오갈 데 없는 사람 같아서 그만 함께 살게 된 사람이에요."

그녀는 모닥불 빛이 어른거리는 얼굴을 들어 올리고 어깻숨을 쉬며 말했다.

"세상엔 슬프고 불쌍한 사람들이 너무 많아요."

그녀의 한숨 짓는 말에 나는 동의했다. 밤이 깊어가면서 섬의 어두운 골짜기 숲은 고요했다. 불꽃을 펄럭거리며 타오르던 모닥불도 재가 쌓이며 사위어 들고, 가까운 해안 바위틈에선 간간이 잠을 설치는 갈매기들의 끼룩거리는 소리가 들려오거나 가파른 바위벽에 부서지는 파도 소리가 숲속의 고요를 흔들고 있었다.

"예술은 환상을 형상화하는 것이라죠?"

그녀는 극락조를 동경하며 어느 순간엔가 그 신비의 극락조가 다시 나타나리라는 기대를 품고 있었다.

"캔버스에 물감만 찍어 바르면 화가인가요?"

하고 그녀는 돌아보았다.

"먼 길을 오신 분에게 제가 괜히 부질없는 소리를 해서 엉뚱한 고생을 하시는군요."

"항상 허상을 보고 사는 것이 사람이 아니겠어요. 누구나 한번은 죽는 것인데 아무것도 아닌 일에 안달하면서 좀 더 갖겠다고 아우성을 치고 말이에요."

하고 나는 혼자 맥없는 헛웃음을 지었다.

"주무세요, 고단하실 텐데."

374

그녀는 잠자리를 마련했다. 외딴섬 우거진 숲속의 어두운 밤이 지나가고 있었다. 역시 극락조는 나타날 줄을 몰랐다. 그녀의 캔버스에도 물론 어떤 채색 한 점을 볼 수가 없었다.

마침내 수계사 들머리 길로 접어들면서 나는 그녀에 관한 생각을 잠시 접고 일주문이 바라보이는 매표소 앞까지 차를 몰고 올라갔다.

흰 눈이 쌓여 어둑해진 진입로엔 철제 바리케이드가 가로놓여 있었다. 나는 절에 들어가는 진입로를 가로막아 놓는 사찰도 다 있구나 싶었다. 나는 바리케이드 앞에 승용차를 세워놓고 나왔다. 기념품 가게들은 불이 희미하게 켜져 있건만 서너 곳 식당들은 어둡게 문이 닫혀 있었다. 나는 주위를 둘러보다 불빛이 조금 새어 나오는 식당 문을 두드리며 주인을 찾았다.

"여보세요, 절엔 들어갈 수가 없나요?"

"비구니 스님들만 계신 절이라서 저녁엔 들어갈 수가 없어요."

방 안에 튼실한 몸으로 앉아 있는 주인 남자가 말했다.

"그래서 매표소 앞에 바리케이드를 막아놓았군요."

"절에 안 좋은 일이 좀 생겼어요."

"무슨 일이 생겼다구요?"

"그런 일이 있어요."

주인 남자는 대꾸가 무거웠다. 나는 주인 남자의 수심에
찬 말소리에 무참 말을 더 물어볼 수도 없이 나는 식당 앞
에서 돌아섰다. 어두운 거리엔 여관 하나가 보이지 않았다.
난감하기 이를 데 없었다. 나는 다시 식당 문을 두드렸다.

"왜 그러세요?"

주인 여자의 말소린 불편하게 느껴지지 않았다.

"죄송합니다. 초행길이라서 부탁 좀 드리려고 그럽니다."

"무슨 일인데요?"

"못처럼 찾아왔더니 어디 하룻밤 묵을 곳도 없고, 식사
를 좀 할 데도 없군요."

"들어오시라고 해."

방 안의 남자가 말했다. 주인 여자는 식당 문을 열어주
었다.

"고맙습니다."

나는 염치 불고하고 몸을 들이밀었다. 전등불이 환한 방
엔 주인 남자와 텁수룩하게 젊은 사람이 겸상하여 밥술에
산채 나물을 걷어 먹고 있었다. 나는 시장기를 느끼면서
이제 별수 없이 이 집에서 하룻밤 묵어가야겠다는 생각이
들었다.

"식사를 좀 할 수 있겠습니까?"

"절에 무슨 변고가 생겨서 며칠째 장살 안 하고 있어요."

"식당을 안 하신다구요?"

"절에 오는 손님이 있어야 장사를 허지요."

하고 주인 여자는 고개를 들었다.

"이 시간엔 다른 식당들두 문을 닫었을 것인디 어디 가서 식사를 허시겠어요. 남이 먹는 밥상이지만 남은 밥이 있으니 들어오세요."

주인 여자의 습습한 말씨에 나는 훈훈한 인정을 느끼며 방으로 즐어갔 다. 주인 여자는 시장한 객의 허기를 알아채고 수저를 챙기며 전기밥통을 열어 밥을 퍼담은 밥주발을 두 사람의 밥상에 올려놓았다.

"무신 일루 밤중에 절간을 들어 가시려구 그러우?"

주인 남자가 물었다.

"절간에 있는 사람을 좀 찾아보려고 왔습니다."

"여자분이신 게로구려?"

주인 남자는 비구니 스님들만 있는 절이라서 만나러 온 사람이 여자라는 생각을 하고 있었다.

"화가입니다. 그림을 그리는 사람요."

"허먼 암자에 올라가 있을까나?"

주인 남자는 고개를 갸우뚱거렸다.

"내가 이 절 매표소 관리를 허구 있는 사람인디, 그런 여자분은 보덜 못한 것 같네요."

"산속 암자가 어디 한둘인가요?"

부인은 남편에게 말한 뒤 밥을 다 먹고 수저를 내려놓는 나를 바라보았다.

"밥이 모자라지 않으셨는지 모르겠네요?"

"아닙니다, 든든하게 잘 먹었습니다."

나는 비운 밥상에서 물러나 앉았다. 주인남자는 사찰로 전화를 걸었다. 나는 전화를 거는 주인남자를 바라보며 긴장했다.

"전화를 받덜 않는구먼."

하고 주인 남자는 수화기를 덜컥 내려놓았다.

"보이지 않던 비구니 스님 한 분이 죽은 시신으로 발견되어 정신들이 없는 것 같구먼요."

"스님께서 어쩌다가?"

절간 스님도 자살하는구나 싶은 것이 나는 그만 아연실색했다.

"아마 달포 전에 자살한 모냥이예요."

주인 남자는 충격적인 소리를 했다.

"자살요?"

나는 일순 넋을 놓았다.

"절에 들어온 지 얼마 안 되는 비구니 스님이셨지요. 처음엔 달포 간 들어와 머리를 안 깎구 있다 다시 나갔는디, 서너 달 뒤 다시 돌아와 머리를 삭발헌 비구니 스님이 되었지요. 그런 스님이 또 환속했는가 어쨌는가 갑자기 뵈질 않더군요. 절간이라는 디가 원래 누가 오면 오는가부다 가면 가는가부다 허구, 안 뵈믄 떠났나보다 허는 곳이 아니겄어요. 헌디 오늘 아침 산골짜기 눈길을 헤치고 암자에 오르시던 스님께서 눈 더미 속에 뻣뻣허게 얼어 죽은 비구니 스님 시신을 발견했구먼요. 갑자기 안 뵌다 싶던 그 비구니 스님이었지요."

"어떻게 그런 일이?…."

나는 무슨 말이 나오지 않았다.

"내가 여기에서 태어나 가지고 절밥을 얻어 먹구 산 것이 사십 년인디 절간에서 중이 자살헌 일은 첨 봤어요. 눈이 오기 전에 죽었나 본디, 고통 없이 생목숨을 끊구 죽는 약도 있는가. 눈을 헤치구 본께 잠을 자듯이 반듯이 누워 있더라 잖겄어요."

"무슨 까닭이 있을 게 아닙니까?"

나는 무척 의구심이 들었다.

"업이지요. 무슨 까닭이 따로 있겄수. 끊구 자르구 벗어날 수 없는 속세의 번뇌지요."

주인은 어처구니없는 것처럼 담배를 피워 물었다.

"그 스님이 머물던 암자는 골짜기를 한참 따라 올라가 산 중턱 비탈길두 험헌 디다 기거허는 스님도 없이 비바람에 황폐해진 잔암殘庵인디 왜, 그런 곳까지 올라가서 그랬는지 모르겄어요. 아주 참하니 얼굴두 예쁘구 잘 생긴 비구니 스님이셨지요. 시신을 발견헌 스님 말씀이, 티 없이 맑고 평온헌 얼굴이 관음보살처럼 은은헌 미소로 얼어 있더라더군요."

안타깝게 말을 마치고 난 주인 남자는 다시금 사찰로 전화를 걸었다.

"매표소 황씹니다. 밤늦게 전화를 걸어서 죄송스러운디 묵구 있는 사람을 좀 찾어보려구요. 여기 찾어 온 손님이 있어서 그런디 혹시 절 안에 그림을 그리는 보살님이 있는가요? 없다구요?… 예, 알겠습니다요."

주인은 또다시 시들한 모습으로 전화를 끊었다.

"어디 딴 디 들어가지신 것인가?"

주인 남자는 혼잣소릴 중얼거리다 다시 전화 송수화기를 집어 들었다.

"혜인스님이시오? 매표소 황씹니다. 주무시는디 죄송헙니다만 거기에 혹시 그림 그리는 분이 지신가요?… 없다구요?"

뒤 군데 연거푸 전화를 더 걸어보고 난 주인 남자는 전화기를 밀어놓고 바로 앉았다.

"지실만헌 디는 전화를 다 걸어 봤는디 그런 분은 안 지시다는구먼요."

"그래요."

하고 나는 전화 자동응답기에 목소리를 남겨놓은 그녀는 분명히 사찰 어딘가에 머물고 있다는 생각을 지을 수가 없었다.

"그 화가는 어딘가에서 분명히 그림을 그리고 있을 것입니다. 분명히 제게 그렇게 전화를 걸었거든요."

"글쎄요. 알어 볼만 헌디는 다 전화를 걸어본 셈인디 자살헌 스님 때미 경황들이 없는 디다 깊어가는 밤이라서 지대루 알어보구 대답을 히었겠어요. 내일 일찍 들어가서 찾어 보시는 도리밖에 없구먼요."

주인 남자 말마따나 나는 별다른 방법이 없었다.

"여관에서 유숙허자믄 읍내로 되 나가야 허는디, 그럴 거 없이 우리 식당 방에 연탄불을 한 장 넣어디릴 겡게 그냥 주무시지요."

주인남자는 스스럼없이 인정을 베풀었다.

"밥값하고 숙박빕니다."

고마운 생각에 나는 그에 합당한 돈을 내밀었다.

"먹든 밥을 드린 것인디, 무신 밥값이래요. 이부자릴 갖다 디릴 게게 씻을라믄 수돗가에 담아 놓은 물을 쓰시지요."

주인 여자는 자리를 일어나 장농의 이불 한 채를 꺼내들고 나갔다. 나는 내외의 후덕한 인심을 마음속 깊이 느끼며 부인을 따라 나갔다.

"불편허시드라두 그냥 하룻밤 지내보셔요."

"감사합니다."

나는 잠자리에 누웠다. 일이 어떻게 된 것일까? 커다란 냉방에 덩그렇게 누워 있으려니 전후 사정을 자세히 모르고 성급하게 달려온 것이 한편 우스꽝스럽기도 했다. 하지만 그녀의 반가운 목소리를 듣는 순간 나는 무엇을 생각하고 말 것 없이 없었다. 하지만 막상 찾아와 발이 묶이고 보니, 깊은 잠을 자다 벌떡 일어나 허황하게 밤거리를 헤매는 몽유병자 같은 생각이 들기도 하였다.

"그건 아니야."

그랬다. 나는 윤 화백을 다시 돌이켜 생각해 봤다.

"극락조를 찾았을까?"

나는 문득 그녀가 동경하며 화폭에 담고 싶어 하던 극락조를 찾았을까 싶은 생각이 문득 떠올랐다.

"정말 극락조는 없어. 그건 불교에서 말하는 극락의 새, 하늘 궁에 불현듯 나타난다는 신조神鳥야. 왜 그런 상상의 새에 매달릴까?"

사람은 허상을 보고 산다고 했던가. 윤 화백과 나 자신이 언제나 소원하고 그리는 미륵세상(理想:Utopia)은 이 세상에 없는 것을 찾아 헤매고 사람이었다.

"모든 사람들이 그럴지도 몰라."

그녀는 극락조를, 아니 다른 어떤 그림도 전혀 그리지 못하고 있었다. 전혀 그림을 그리지 못하고 있는 것이 아니라 어디론가 둥지를 옮겨 훌쩍 날아가 버린 새처럼 나타나지 않고 있었다. 내가 발길이 닿는 대로 오지 산간이나 외딴섬 어디고, 발길이 닿는 대로 돌아다니며 취재한 원고 정리를 하면서 '여랑'을 거의 잊다시피 하는 동안 뜻밖에 그녀의 카페 '오두막'카페에서 몇번 마주했던 김 소암 선생을 거리에서 만난 것이었다.

"소암 선생님이 아니십니까?"

"예, 자식 놈이 서울에 있어 잠깐 올라왔습니다. 바쁘신데 제가 크게 결례를 한 것은 건 아닌지 모르겠군요."

"결례라니요, 별 말씀을 다 하십니다. 그간 별고 없이 잘 지내셨습니까? 시도 많이 쓰시구요?"

"시라고 할 수나 있겠는지요. 부끄럽습니다만 제가 칠순 나이에 처음으로 시집을 한번 내보았습니다."

소암 선생은 손에 들고 있던 황색 서류 봉투를 내밀었

다. 시집이었다. 시집의 제목은 '달빛 그림자'였다.

"저는 시를 잘 모르지만 소암 선생님의 시는 사람의 가슴을 따뜻게 해주더군요. 해안 지방의 풍물과 소박하게 살아가는 사람들의 조용하고 순수하고 평화롭고 질박한 정경이 그대로 나타나 있지를 않습니까. 향토의 소박한 정서와 심리적인 감정이 고스란히 우러나온 '여랑'의 꿈결같은 시들이지요."

나는 소암 선생의 시를 극찬했다.

"그렇게 말씀하시니 제 낯이 다 화끈거립니다."

어린이들과 평생을 살아온 탓인지 소암 선생은 이순이 넘은 연세에도 숫진 얼굴이 붉게 물들고 있었다.

"소암 선생님 찬사가 쏟아지겠습니다."

"그만하시지요. 늙은 촌놈 쥐구멍이라도 들어가고 싶습니다."

기쁜 흥분을 가라앉히고 난 소암 선생은 얼굴을 바로 들었다.

"오두막 윤 화백 소식은 못 들으셨소?"

묻는 어감이 안 좋았다.

"여랑 오두막 말씀입니까?"

나는 천연덕스럽게 반문했다. 소암 선생은 내가 그녀와 다감하게 지내던 것을 알고 있었다.

"나는 진작 알고 계신 줄 알았더만 모르고 계셨는갑소잉."

"무슨 말씀이신지요?"

"윤 화백이 어디로 갔는지 종적이 아주 묘연해져 부렀어라."

"윤 화백이 갑자기 어디로 가다니요?"

나는 농담이 아닌 걸 알아차리고 당황스럽게 물었다.

"남 선생이 서울로 올라가고 얼마 안 되어 갖고 나가 '오두막'에 가 본께 문이 닫혀 있딜 않겠소. 그 뒤로 아주 종적이 묘연해져 부렀지라잉. 말을 들어 봉께 윤 화백한티 얹혀살던 이 선생은 집에서 찾어 와 데려갔다고 그라고, 피붙이같이 한 집에 데리고 살던 승범이 남매도 즈이들 갈 길로 갔다고 안 해라. 거그 명창 말로는 부모님이 살고 계신 집으로 갔다고 하등면 또 한참 있다 하는 말이 부모님 집에서도 세 아그들을 부모님께 맡겨놓고 어디론가 훌쩍 가부렀다요."

소암 선생은 몹시 걱정이 되는 말투였다.

"여랑에서 아주 떠났다는 거군요?"

나는 전기 충격을 받은 사람처럼 잠시 몸이 굳어 있다 맥이 탁 풀린 소리로 물었다. 뒤늦은 그녀의 파산인지, 기행奇行인지 도무지 나는 알 수가 없었다.

"내가 모르고 있던 것이 무엇일까?"

풍도, 그 미륵섬에서 그 여류화가와 함께 보낸 사흘은 순수했다. 좀처럼 사람의 발길이 좀처럼 닿을 수 없는 무인도에서 아무런 흠결이 없이 갈망을 채우던 꿈결 같은 시간이었다.

"당신이 찾아 헤매는 극락조는 환상입니다."

나는 그녀가 빼앗고 타투고 성냄이 없는 사람들의 영원한 평화, 그런 미륵의 용화세상을 꿈꾸고 있다는 생각을 하고 있었다.

"으흐음…."

사람의 훈기 하나 없이 비어 있던 방이 추운 것보다 나는 행방이 묘연해진 여류화가 생각에 잠을 이룰 수가 없었다.

"설마, 그 여자가?"

나는 잠을 못 이루고 계속 몸을 뒤척거리다 부옇게 어둠이 씻기는 창문을 바라보았다. 날이 새고 있는 것이 아니었다. 나는 잠자리에서 일어나 창문을 열고 사찰 골짜기를 바라보았다. 흰 눈이 덮인 산등성이 위로 둥근 달이 창백하게 떠 있었다. 달빛은 사찰 골짜기까지 골고루 비추고 있었다. 어쩌면 그녀가 수계사에서 다른 곳으로 떠나고 없을지도 몰랐다. 나는 그런 생각이 날이 샌 아침까지 계속되고 있었다.

밤새 얼음장 같은 방에서 추위에 떤 나는 자동차 히터를 켜놓고 몸을 좀 녹였다. 절로 들어가는 눈길은 한두 사람이 오르내린 발자국 흔적에 숫눈길 그대로 눈이 쌓여 있었다.

"산속 어디에서 그림을 그리고 있을까?"

나는 승용차에서 내렸다. 산골짜기의 찬 공기가 몸을 싸늘하게 휘감았다. 나는 옷매무새를 단정하게 여미고 절을 향해 걸어갔다. 간밤에 눈발이 세게 나부꼈는지 발자국이 찍힌 숫눈길엔 가랑눈이 덮여 있었다. 나뭇가지마다 탐스러운 눈꽃이 나붙어 있고, 하얀 눈 더미 위엔 설치류의 발자국들이 이리저리 나 있었다. 길 양쪽으로 앙상하게 헐벗은 나무들이 하늘로 뻗어 올라간 것을 보면 녹음이 우거졌던 여름엔 절길이 어두컴컴한 동굴 같을 것만 같았다. 나는 석탑과 대웅전이 보이는 경내로 들어섰다.

고요했다. 스님의 입적으로 경황이 없을 절간에 어디로 어떻게 찾아가 물어야 할지를 몰라 나는 머뭇거리며 경내를 오가는 스님을 찾았다.

보이는 스님이 없었다. 스님이 입적한 탓인지 경내는 더욱이나 엄숙한 분위기가 느껴지고 있었다.

"혹시 요사체에 머물고 있는 것은 아닐까?"

생각하며 나는 절 마당에 쌓인 눈 더미를 돌아나갔다.

프드드득

별안간 깃을 치는 소리가 허공을 스쳤다. 나는 반사적으로 주위를 두리번거리며 살펴보았다. 환청이었나 보다. 햇빛이 비쳐드는 나뭇가지에 반짝이는 눈꽃을 털며 박새가 한 마리 날아가고 있었다. 높직한 석축 위에 우람한 극락전이 올려다보였다.

"저 저건…."

순간 나는 발길을 무르춤, 극락전을 다시 바라보았다.

"저 새들은?"

극락조였다. 사찰에서 '선禪의 십우도尋牛圖' 같은 벽화는 보았어도 화려한 깃털로 노니는 극락조 벽화는 처음 보는 것이었다. 흰색의 머리에 빨간 깃털이 우아하게 목을 덮고 내려오면서 밝은 주홍빛 배가 차츰 희고 노란 색으로 변하여 새하얀 꼬리를 해오라기처럼 길게 드리우고 있었다. 부리는 푸른색이고 눈 밑에 검은색을 띠고 있었다. 날개를 펴고 나는 놈이 있는가 하면 머리를 위로 쳐들고 노래하는 놈이 있고, 살포시 깃을 접고 내려앉는 놈과 허공으로 솟구쳐 오르는 놈, 양 날개를 쫙 펴고 춤을 추는 놈이 있는 한편 어떤 놈은 나뭇가지를 물어오고, 고개를 아래로 숙이고 먹이를 찾는 놈도 있었다.

"여기로구나."

나는 극락전 벽화에 한순간도 눈을 떼지 못하고 탄성을 연발했다. 화려한 새들의 즐거움과 평화, 극락세계는 한마디로 현생을 옥죄는 온갖 속박에서 벗어난 대자유의 궁전, 즐거움과 온전한 평화의 세계였다.

"여기에 있다."

나는 추운 식당 방에서 밤잠을 못 이루고 불안에 떨던 마음을 추스르며 그녀가 고요하게 순백의 눈이 쌓인 산골짜기 어디에서 그림을 그리고 있으리라는 확신을 갖기 시작했다.

"그녀는 여기에 있어."

무수한 새들의 화려한 벽화에서 나는 좀처럼 눈길을 떼지 못하고 뒷걸음질로 극락전을 물러서는데 누군가 옷깃을 가벼이 스쳤다.

"죄송합니다."

스님이 합장으로 다소곳이 고개를 숙였다.

"스님. 말씀 좀 한마디 묻겠습니다. 여기에 그림 그리는 화가가 있다고 들었는데 어디 계신지 아시는지요?"

"그림 그리는 분이시라면 보덕스님께서 잘 아실 텐데요."

"보덕스님요?"

"지금은 다비식 준비에 바쁘실 겁니다."

스님은 돌아서려고 했다.

"스님께선 그 화가가 어디에 거처하고 있는지 모르십니까?"

나는 지나치려는 스님을 다시 붙잡고 물었다.

"어쩌다 한 번씩 공양하시는 걸 보긴 했습니다만 어디에 계신지는 잘 모르겠습니다. 그림을 그리고 계시다면 아마 암자에 올라가 계시겠지요."

"암자라면?"

"어느 암자에 그림을 분이 계신지 잘은 모르겠지만 저쪽 개울이 있는 골짜기로 올라가시다 첫 번째 암자가 나타나거든 거기에 계신 혜인스님께 한 번 물어보시지요."

스님은 몸을 돌리고 다시 걸어갔다. 나는 개울의 바위들이 둥글둥글하게 눈에 덮여 있는 골짜기를 바라보았다. 개울을 따라 올라간 언덕에 발자국이 찍힌 길이 나 있었다. 사천왕상이 큰 주먹과 통방울눈을 무섭게 부릅뜨고 있는 응징전膺懲殿 앞을 지나 바위가 쌓인 골짜기로 걸어 올라갔다. 음지에 난 눈길은 몹시 미끄럽게 얼어붙어 있고 하얗게 쌓인 눈이 무릎까지 올라왔다. 나는 바위 모퉁이를 돌아 눈길을 계속 헤쳐 올라갔다. 허름한 암자 하나가 음습한 한풍 속에 삭막해 보이는데, 좁다란 마루에 노승이 하나 목인木人처럼 앉아 있었다.

"스님, 말씀을 좀 여쭙겠습니다."

미동도 하지 않을 것 같던 노 스님은 천천히 고개를 들었다.

"혹시 그림을 그리는 사람이 어느 암자에 있는지 아시는지요?"

"뭐, 탱화幀畵를 그리는 사람요?"

"글쎄요. 불교 내용을 그리는 것인지는 모르겠습니다."

"이 앞으로 오르내리는 보살(윤 화백)을 보긴 했습니다만 어느 암자에 계신지는 모르겠군요."

"이 골짜기에 암자가 몇이나 있습니까?"

"여러 개가 있어요. 중들이 없는 암자는 세진암밖에 없을게요."

"그 세진암이 어디에 있는지요?"

"골짜기를 다 올라가서 오른쪽으로 큰 바위를 보고 조금 들어가면 있어요. 거긴 누가 기거하질 않을 터인데…."

노 스님은 가늘게 주름진 눈을 다시 들었다. 산자락 너머 골짜기에선 연기가 피어오르고 있었다. 입적한 스님을 화장하는 다비장의 연기였다. 그녀가 있을 것 같은 암자를 찾아 올라갔다. 바위 골짜기는 올라갈수록 어디가 길이고 골짜기인지 분간할 수 없이 험난했다. 나는 눈 속을 허우적거리며 골짜기를 올려다보았다. 크고 둥글게 하늘을 보고 올라간 바위가 있었다.

"그림도 좋고 예술도 좋지만 이렇게 험한 산속까지 들어와 그림을 그릴 게 뭐람."

사람이 쉽게 오르내릴 수조차 없는 산골짜기 눈 더미 속에 꼼짝달싹 못하고 얼어 죽거나 굶어 죽지 않았을까 싶은 생각이 드는 산골짜기 헤쳐 올라가는데 하얗게 눈 속에 파묻힌 암자가 보였다.

"저기로군."

나는 정신없이 눈길을 헤쳐가며 바위 골짜기를 기어 올라갔다. 가파른 비탈에 산제비 집처럼 올라앉은 암자는 한풍 속에 잠적했다. 다리에 힘을 주며 마지막 돌계단을 기어오른 나는 암자 방문 앞으로 성큼 들어섰다.

"윤 선생님?"

"…?"

아무런 대답이 없었다. 나는 벌컥 방문을 열었다. 텅 빈 방 안의 써늘한 한풍과 함께 유화 오일 냄새가 물씬 풍겼다.

"떠났구나."

허탈감이 한꺼번에 밀려들었다. 배가 고파 남의 가게에서 두부 한 덩이를 훔쳐 먹고 양심의 가책을 느낀 사람이 자수한 뒤 응분應分의 형벌을 받고 부랑아들과 한 가족을 이루어 살아가는 충청도 〈달맞이 집〉에 취재를 다녀와서 재생해 본 전화 자동응답기에 녹음된 곳이 며칠 전 그녀의 목소리였음을 나는 비로소 생각해 낸 것이다.

"그땐 내가 정신이 없었던 거야."

나는 골짜기를 내려왔다. 경내로 들어선 나는 그녀가 산골짜기 비바람에 황폐해진 잔암殘庵에서 내려와 보덕스님을 찾았다.

"보덕스님을 좀 뵈려고 하는데요?"

나는 법당에서 나오는 스님을 붙잡고 물었다.

"보덕스님이 다비장에서 내려오셨는지 모르겠군요."

극락전 골짜기를 얼핏 돌아보던 스님은 대웅전 마당을 걸어가 고개를 들고 다비장 쪽을 바라보았다. 다비장 골짜기에서 연기가 피어오르지 않고 있었다.

"아, 저기 내려오시는군요."

석탑을 돌아가던 스님은 돌아보며 말했다. 극락전 모퉁이로 내려오던 스님은 극락전 앞마당을 가로질러 걸어갔다. 나는 얼른 잰걸음으로 쫓아갔다.

"보덕스님이시지요?"

"그러합니다만?"

"이 절에서 그림을 그리고 있는 화가분이 어디에 계시나 해서요?"

나는 성급하게 물었다. 화가를 찾는 물음에 보덕스님은 작은 몸을 멈칫했다.

"윤 선생님 말씀이신가 보군요?"

조용한 얼굴이 경직되는가 싶던 보덕스님은 고개를 들어 올리고 말했다.

"떠나셨지요."

보덕스님의 말 소릴 듣는 순간 나는 전신의 힘이 쭉 빠졌다.

"골짜기 먼 세진암까지 올라갔다 내려오셨나 보군요."

보덕스님은 숨차게 지친 모습을 보고 알아차렸다.

"어디로 간다는 말도 없었는지요?"

그런 말을 남기고 떠날 사람이 아니라는 것을 알면서도 나는 혹시나 하는 생각으로 물었다.

"남 선생님이지요? 잠깐만 기다리시지요."

보덕스님은 몸을 돌리고 극락전 마당을 걸어 나갔다. 나는 극락전의 벽화에 눈길을 던졌다. 마치 살아있는 것처럼 생동감이 있는 새들은 금방이라도 프드드득 날개를 치며 허공으로 날아오를 것만 같았다.

"기다리시게 해서 죄송합니다. 남 선생님이 찾아오시면 드리라고 제게 맡겨놓고 간 그림입니다."

하고 보덕스님은 들고 온 그림을 내밀었다. 나는 포장이 된 그림을 받아들었다.

"언젠가는 다시 만나시겠지요."

보덕스님은 곱게 합장하고 돌아섰다.

내가 수계사에서 돌아와 집에 막 도착했을 때 전화벨이 울렸다. 그림의 액자를 부탁해 놓은 화구상이었다.

"선생님, 그림을 잘못 가져오신 것 같습니다."

"그게 무슨 말씀입니까, 제가 그림을 잘못 맡기다니요?"

나는 어리둥절했다.

"제가 작업 몰딩을 꺼내놓고 선생님께서 가져오신 그림 포장지를 뜯어보니 아무것도 그린 것이 없는 캔버습니다."

"아무것도 없다니요, 그게 무슨 말씀이십니까?"

나는 도무지 믿을 수가 없었다.

"발색과 내수성이 뛰어난 유화 캔버스인데 물감 하나 묻어 있지 않은 캔버스입니다. 선생님께서 그림을 잘못 가져오신 게 틀림없습니다."

수화기에서 흘러드는 화구상의 말소린 또렷했다.

"그럴 리가 없어요. 그건 분명히 여류화가의 명작입니다. 사장님께서 다른 작품의 포장을 잘 못 풀어 보신 것 아닌지 모르겠습니다."

"아니에요, 아닙니다. 제가 그런 실수를 할 리가 없어요. 틀림없습니다. 분명히 말씀들리지만 선생님께서 가져오신 캔버스엔 아무것도 없습니다. 아무 것도 없어요. 물감 하나 묻어 있지 않은 화이트 캔버스입니다."

나는 마치도 유령의 유혹에 빠져 한동안 미망의 세계를 헤매다 돌아온 사람처럼 우두커니 넋을 놓고 서 있었다. 어두운 창밖의 밤하늘엔 둥근 달이 새하얗게 떠올라 있었다.

<창작노트>

환상의 형상화를 위해 극락조를 찾아 헤매는 여류화가. 그가 언제나 소원하고 바라는 것은 미움도, 뺏고 빼앗는 다툼이 없이 누구나 평등하고 평화로운 용화세상 같은 지고의 이상(理想: Utopia)이다. 따뜻한 삶의 풍경들은 이미 벌써 세상에 사라지고 없지만 어딘가에 조금은 남아 있을지 모르는 곳을 찾아 헤매는 이야기이다.

붉은
바다

　바다 깊이 뻗어 들어간 산줄기가 쪽빛으로 아득하게 반원의 해안선을 이루며 돌아가는 가막만灣은 동쪽으로 석산도, 남서쪽으로 공진반도半島가 옹위하면서 크고 작은 섬들이 꿈꾸듯 떠 있는 바다 뱃길이 수십여 리에 이르렀다.

　천혜의 바다였다. 들고 나는 해류의 흐름과 수온이 적당하여 기름진 갯벌에는 어패류가 쌓이고 물고기가 들끓음에 따라 숱한 바닷새들이 날아들었다. 갯가는 게딱지 같은 집들이 올망졸망 모여 마을을 이루었고, 언제 보아도 아득한 바닷새들의 둥지같이 평화롭고 연년이 풍요로웠다.

가막만 한가운데 기다랗고 까맣게 솟아오른 바위섬이 하나 있었다. 물이 들면 이 까만 바위섬은 넘실거리는 파도에 묻히는 듯 드러났다 다시 묻히고 가뭇없이 사라졌다 어느 결엔가 또다시 까만 널쪽처럼 떠올라 있었다. 그러다가 다시 물이 나기 시작하면 바위섬은 마치 물속에서 자라나듯이 바다 가운데로 길게 깔리며 장엄한 모습을 드러내었다. 갈머리 사람들은 이 바위섬을 까막섬이라고 불렀다.

섬에는 많은 바닷새들이 모여들었다. 그중에 바다 까마귀 흑조黑鳥 가마우지는 사철 떼 지어 날아들었다. 가마우지들은 물속 깊숙이 부리를 박으며 풍부한 먹이로 배를 채운 뒤 까막섬을 날아와 마을을 뒤덮고, 당산나무와 포구나무에 올라앉았다.

초봄에는 곳곳에 둥지를 틀고 알을 낳아 새끼를 치기도 하였는데, 그때는 놈들의 노랗던 목과 얼굴에 흰 털이 나고, 아랫배에 큰 무늬가 생겨 볼품없는 흑조가 아니라 영롱한 청록빛 깃털로 자태를 뽐내면서 마을 사람들의 찬탄을 자아내었다.

가마우지 흑조는 마을의 길조吉鳥였다. 이 바닷새들이 멀리 떠나는 날이면 마을은 흉어가 들고, 해일이 덮치면서 망할 거라고 일찍이 노인장들은 말했다.

바닷가에 갯마을 사람들이 하나둘 모여들어 살기 시작

하면서 줄곧 그래왔듯이, 온화하고 습윤한 해안 기후와 기름진 갯것들의 풍요로움 속에 마을 사람들은 언제나 화목하고 의초롭고 다정다감하게 살면서 어느 누구에게도 빼앗길 수 없는 삶의 터전을 이루고 있었다.

마을 수호신을 모시는 당산堂山이 갯바위를 깔고 바다로 갈게 뻗어 들어가면서 '사랑의 뱃길'이라고 부르는 마을 앞바다에 장도. 가덕도. 까막섬이 먼 난바다에서 떠밀려오는 파도와 거센 해륙풍로부터 바람막이가 되어주는 갈머리는 언제나 평온했다. 바닷가 갯마을 사람들은 쌓아놓은 노적가리 없어도 고기 풍년이 들면 두둑한 배를 두드려며 잘살 수 있었다.

생존이 바다에 매달려 있는 어부들은 치 오 푼 뱃전 거센 풍랑의 바다가 지옥이었다. 그들의 삶은 언제나 죽음에 맞선 사투와 피비린내의 고약한 악취를 수반하고 있었다.

배를 부리고 바다에 나가 고기를 잡고 개펄에서 조개를 잡아 풍요롭게 살아가던 갈머리 사람들의 배가 벌써 여러 날 선착장에 묶여 있었다. 그뿐만이 아니라 고기잡이를 나갔던 사람들의 입에서 끔찍한 소문이 흉흉하게 게 나도는 가운데 연안어장으로 고기잡이를 나갔던 배들까지 연이어 난파당하고, 잡은 고기를 약탈당하는 것은 물론 뱃사람들이 하나같이 겨우 목숨을 부지하고 돌아오는 해상강도들의 잔인한 만행이 온 마을을 발칵 뒤집어 놓고 있었다.

"언제는 험한 바다 풍랑이 저승인 걸 몰랐는가. 밥숟가락 내려놓구 얼씨구절씨구 저승이나 갈라믄 몰라도 천직이 뱃놈이 괴기잡일 못허믄 어칫크럼 산단가?"

임덕술은 동네 고샅길을 나와 마을 배들의 고삐가 매여 있는 선착장으로 걸어갔다. 날씨가 제법 쌀쌀한 선착장엔 늦가을의 누런 석양이 비끼고 있었다. 여느 때 같으면 고깃배들이 고기잡이를 나가려고 어구를 챙기고, 발동기에 기름을 넣어가며 한창 부산할 때이건만 움직이는 배 한 척을 볼 수가 없다. 그는 방파제의 타래망 그랭이를 배간에 실어 놓고 고물간으로 건너갔다. 이제 살기 좋던 갯마을 시절이 다 가버린 것인가? 한 마을에 오랫동안 이웃지간으로 고기잡이를 하며 지내던 절친이 대처로 훌쩍 떠나고 보니 임덕술은 한동안 허전한 마음을 잡지 못하다 다시 낡은 발동선 손을 보고 있었다.

"성님, 흉악헌 소문을 못 들으셨소, 괴깃배 손을 보시게라?"

마을 선창에 나타난 당산 머리 장가가 말했다.

"그런 소릴 듣덜 못헌 갈머리 사람이 있단가."

하고 임덕술은 심난하게 배 난간에 걸터앉으면서 석양이 타는 까막바다를 바라보았다.

"그라도 괴기잡일 나가실라요?"

며칠 전 고대구리 배(저인망: 불법 어선)를 몰고 나갔다 혼 겁하게 초죽음을 당하고 천신만고 목숨을 부지하고 살아 돌아와 마을에 또다시 해상강도 소문을 퍼뜨린 장본인이 었다.

"괴기 잡일 안 허믄 밥숟가락을 내려놔야 헌디 어쩌는 가?"

임덕술은 힘없는 넋두리를 했다. 저녁놀이 물든 선착장 바다에 자잘한 고기 떼가 해면에 번쩍번쩍 뛰어오르고 있었다. 물고기 떼를 보고 사방에서 모여든 갈매기들이 쏜살 같이 내려와 물속에 부리를 박고 먹이를 낚아채며 날아오르고 하였다.

"옛날버텀 하느님이 바닷가 사람들에게 주신 천혜의 어 장인 것을 남항가진 관변놈들이 뒤배로 이잔 잡는 어업이 아니라 기르는 어업을 장려해야 헌담서 수 십 수백 헥타씩 양식어장 면허를 따갖고 까막바다를 싹 쓸어 점령해부렀 다고 안해."

"놈들이 주둥아리 까는 것처럼 어디 양식을 헐라고 양 식어장 면허를 땄겠는가. 까막만 갈머리 앞바다는 종패 하 나 뿌리딜 안 해도 도리까이(새조개), 아까가이(피조개) 자 연 서식허는 갈머리 앞바다 밭인 것을 뒷배 좋게 가진 자들이 까막바다를 강제로 뺏어간 것이지라. 인자 우리 갈머리 가진 것 없고 심(힘)없는 갯투생이들 처지만 딱허게 되어부런 것이제. 우리 큰애 우만이 말대로 갈머리 갯투생이들 생존권을 대번에 약탈해 간 것이먼이제."

임덕술은 까막바다 사태가 난감한 지경이었다.

"가진 것 만고, 뒷배 좋아 놈들이 잘 먹고 잘사는 거는 존디, 문제는 양식 어장들마다 남항 시내 바닥 하릴없이 껄렁거리는 깡패놈들을 모다 불러 모아 갖고 즈 놈덜 어장 관리선에 태워 놓았다고 안는가. 그놈들이 밤이면 모다 눈깔에 쌍초롱을 달고 저승사자들이 되어분다는구먼이라. 예나 이제니 아무 심없는 우리 갯투생이들만 불쌍한 것이제."

임덕술은 가슴을 쳤다.

"그 숭악헌 놈들에게 걸리면 죽도록 치도곤을 당험서 시커먼 밤바다에 수장당을 당해 분다요."

한 차례 혼겁한 장가는 아예 고깃배 고삐를 매놓고 까막바다 먼산바라기만 하고 있었다.

"그저 분수껏 요령 껏 배질허고 개펄밭 갯것으로 사는 수백이 없제."

그러나 임덕술은 힘이 빠졌다.

"숭(흉)악헌 깡패놈들은 그렇다 치더라도, 저인망을 달고 외끌이든 쌍끌이든 글갱이질을 헐라면 어장을 차례로 돌아감면서 해야 헐 것인디, 이자 수심 3미터 안팎의 3종 어장은 모다 놈들의 수중에 들어가 부렀으니 이를 어쩌는 가잉. 게다가 마을 코앞까장 글갱이 한 방울 담글 수 없게 크럼 어업 단속선에 관리선 깡패놈덜은 놈덜 대로 두억시니 패거리처럼 날뛰니 마당에 처자들 목구멍에 풀칠이라도 험서 살자먼 망사생으로 이판사판일 수백이 없지라."

"어칫거나 벌건 대낮에 남의 양식어장을 보란듯기 들어갈 수 없는 것이고야밤에 숨어 들어갈 양이먼 맴을 단단히 묵고 조심들 하소."

장가는 무릎을 세우고 일어나면서 몹시나 염려스러운 걱정을 했다. 임덕술의 작은아들 우길이가 뻘(갯벌)바지를 차려입고 제 어머니와 함께 뒤룩거리며 선착장으로 나오고 있었다.

"아부지, 이거요."

우길이는 손전등과 막소주가 반병쯤 담긴 대병을 아버지에게 건네주었다.

"저놈을 데리고 나갈 모양이시우?"

장가는 선착장을 돌아서다 다시 돌아보며 말했다.

"사나흘이나 공휴일이라느먼. 괴깃배 탈 사람도 없는디 누가 작은 통통배를 탈 사람이 있는가. 어린 걸 혼자 집에

냉겨 놀 수도 없고라."

선착장으로 내려온 아내가 가까이 다가왔다.

"날씨는 존 것 같은디라잉."

저녁놀 지면 외아들도 배에 보낸다고 했듯이 화정댁은
별 걱정 없이 들고나온 야참夜(군음식 거리와 물통)을 배 안
에 들여놓으며 이물간으로 들어섰다.

"언젠 날씨 나빠갖고 괴기를 못 잡었드란가. 시월 선 보
름 좋았으면 후 보름은 궂는다고 안 해라. 변덕이 심헌 가
을 날씨의 조화 속을 누가 알 것드란가."

임덕술은 고개를 들고 바다를 멀리 내다보며 하늘을 한
번 우러러보았다. 가을이 되어 수온이 내려가기 시작하면
고기가 떼로 몰려다니고, 도리까이 아까가이赤貝 살이 차
서 개펄에 가득할 때였다. 바닷물 속 뻘밭에 갈퀴 발이달
린 그랭이질 한 번이면 살이 실팍해진 새조개, 피조개가
그물이 터질 것처럼 들어차 올라올 것이었다. 임덕술은 벌
써 설레는 가슴을 안고 고물간에 그랭이를 가지런히 밀어
놓았다.

"다른 집들은 오늘도 안 나갈란가 보요."

화정댁은 선착장에 고삐가 매인 배들을 돌아보았다.

"괴기 잡일 안 허먼 어칫크럼들 살겄는가. 알어서들 나
오겄제."

임덕술은 말하는 것이 본래 멋없고 투박스러워도 아내를 향해 온화한 마음은 움숭 깊었다.

"살다봉께 별시런 시상을 다 보는고면이라."

임덕술은 심사가 불편한 한숨을 쉬었다. 마을 앞 까막바다는 양식장 면허를 가진 어장들의 스티로폼 부구浮具가 하얗게 깔려 점령하고 있었다. 마을 사람들의 조업이 일체 금지 되었고, 배를 부리고 나갈 뱃길마저 없다시피 되어버린 것이었다. 갯마을 지선어민들의 어로행위를 제한하고 단속하였지만 고기잡이, 개펄밭의 갯것으로 살아가던 갯마을 사람들은 생존을 위해 불법조업을 감행할 수밖에 없었다. 그물코가 촘촘한 타래망과 고막 그랭이의 작은 갈퀴틀로 바다 밑 뻘밭을 긁어가며 치어까지 마구잡이로 잡아들이는 부정어업 단속이 강력해지면서 기실 어민들은 경찰서 유치장을 제집 드나들 듯하며 과중한 벌금에 시달리고 있었다.

"지는 노을을 보면 오늘 바다 날씨는 이대로 좋을 것두 같구먼이라."

임덕술은 닻줄을 거둬들이었다.

"아부지, 이자 바다로 나가는 거여?"

우길이는 밤바다가 무서운 줄을 모르고 들 뜬 소리로 물었다.

"어디 한번 나가보자구나."

임덕술은 수리를 마친 발동기의 시동을 걸었다. 아내와 아들은 숨을 죽이듯 입을 다물고 지켜보았다. 발동기는 뒤번 쿵쾅거리는 소리를 반복하다 시동이 걸릴듯 벌컥거리다 스크루가 돌기 전에 뚝 멈춰버렸다. 아들은 입을 꾹 물고 발동기를 지켜보며 긴장했다. 임덕술은 발동기 시동을 다시 걸었다. 벌컥거리며 빠르게 돌아가는 소리를 내는가 싶던 발동기는 세차게 쿵쾅거리기 시작했다. 거먼 흙빛 얼굴로 걱정스럽게 지켜보던 화정댁은 발동기가 마치 꽉 막혔던 숨이 터지듯 쿵쾅거리며 스크루가 세차게 돌아가자 화정댁은 얼굴이 밝게 피었다.

"와— 신난다, 아부지."

우길이는 기쁜 소리를 질렀다. 연통에서 흰 연기가 뿜어나오고 고물 뱃전 스크루가 휘돌며 물살이 세차가 튀었다. 배는 선착장 밖으로 쭉 빠져나갔다. 임덕술은 까막바다를 곧장 가르고 나갈 작정이었다. 배가 순항하자 임덕술은 키를 잡고 앉아 담배를 한 대 피워 물었다.

"아부지, 어장을 깽패들 땀시(때문에) 아무 데서나 조업을 못헌단디 괜찮어라?"

"무섭기로 말허믄 파도가 출렁거리는 바다야 항상 무섭제."

임덕술은 아들이 묻는 말뜻과 다른 소릴 했다.

"아부지는 그런 바다에서 평생 괴기잡이를 험서 살어왔구나. 느이 할아부지도 그랬고라, 아마 너도 중핵교를 들어가서 공불 못 허구, 대학 공부를 못 허믄 아부지처럼 파도가 무섭게 날뛰는 바다에서 괴깃배를 타야 헐 것이다."

임덕술은 짠 바닷바람 속에서 햇볕에 타고 거칠어진 얼굴로 어린 아들을 애정 어린 눈으로 바라보았다.

"그동안은 아부지가 남의 삯배를 잠깐씩 빌려 타고 발동기 기름값두 못 허는 괴기를 잡었지만 우리도 이자는 배가 생겼은게. 연안어장까장 나가 큰 괴기를 많이 잡것라."

밤물잡이가 얼마나 무섭고 힘들며 위험한 모험이라는 것을 임덕술은 지난 세월의 밤바다 고기잡이를 통하여 잘 알고 있었다. 어린 자식을 배에 태워 밤물잡이를 나가는 것이 어쩔 수 없는 사정이라고 하지만 그는 마음이 아팠다. 하기야 어린 자식놈이 앞으로 성장하면서 세상을 살아가자면 어둡고 험한 바다 경험을 일찍 해 보는 것도 괜찮을 성불렀다.

"아부지도 너만 헐 적버텀 할아부지 배를 타고 댕기믄서 괴기잡일 했구나. 큰 괴기가 뱃장 위로 올라와 꼬리를 탁탁 침서 바다로 달아날 것처럼 허연 배를 뒤집음서 펄떡거리는 놈을 한 대씩 갈겨서 담불에 넣어 부렀구나."

임덕술은 말에 다부진 힘까지 주었다. 아들을 모든 것이 미숙하고 깨달아 아는 것이 없지만 닦은 방울같이 또렷한 눈이 영민한 총기를 보이고 있었다.

"워디로 나가실 것이다요?"

화정댁은 불쑥 물었다.

"까막바다는 관리선 관리원 깡패들이 염라대왕 같단 소릴 못 들었는가? 그란께 멀찍이 나가부야제. 세포를 돌아 낭도수로나 여자만汝自灣에 들어갔으면 딱 좋겠구먼서도 거그까장은 통통배를 부리구 들어갈 수가 없을 것인께 물 때를 봐감서 한발수로 근방에서 잡괴기라도 쪼깨 잡어야 쓰겄네."

임덕술은 다소 멀긴 해도 낭도수로나 여자만 쪽으로 물 때를 맞춰 들어가면 문어와 갈치, 제법 값이 나가고 빛깔 좋은 농어에 조기까지 수월찮게 잡을 수 있었지만 통통배로는 어림도 없는 노릇이었다.

"다른 집덜은 빚을 얻어서라도 통통배를 바꾸고 성능 좋은 엔진을 단다고 안 허요."

화정댁은 그게 부러웠다.

"어장 관리원들을 따돌리구 들입다 내빼자면 어쩌겄는가."

"그게 워디 양식어장이고 관리원들이우. 말이 양식어장이제 면허장 딱지 하나 달랑 받어 갖고 종패 하나 뿌린 거 없이 밭(바다)을 그냥 냅둬두 도리가이, 아까가이 바글바글헌 노다지를 숭악(흉악)시럽게 뺏어 묵어분 해적놈들이 지라."

"입바른 소리 함부로 허다간 사지육신이 사정없이 결단나는 시상인 걸 모르는가?"

"그걸 모르는 사람들이 워디 겄소만, 사실이 안 그냔 말이려라."

"말허는 거 보먼 큰애 우만이가 임자 성품을 꼭 빼닮었제."

임덕술은 조금씩 어두워지는 바다를 주시하며 배를 몰고 나아갔다.

"한발수로 쪽에서 잡괴기라도 조께 잡으먼 세포 새벽 공판장에서 괴기를 팔어부고 다시 여자만으로 나가볼 작정이구먼."

임덕술은 조류가 다소 빠르더라도 한발수로에서 그물질을 해볼 요량이었다. 그는 까막바다 포구 들머리로 통통배를 배를 몰았다. 멀지 않은 가장도를 돌아 수성목 옆으로 돌아나는데, 가마우지 몇 마리 머리 위로 날았다. 괭이갈매기들도 바다 위를 낮게 날고 있었다. 작은 고기떼가 해면으로 올라와 이리저리 몰려다니고 있었다. 수성목은 세찬 격류로 물회오리를 일으키면서 물이 들고 나기 때문에 정유왜란 당시 주민들이 수중에 성을 쌓아 왜선들이 모두 파선토록 하는 동시에 이미 들어온 왜선들을 가둬 넣고 공략하던 전략적 요충 수로 물목이었다. 바닷속 벼랑을 이룬 곳엔 세찬 해류가 감돌고 있어서 많은 고기들이 모여들고 먹이를 찾는 갈매기들이 날아드는 것이었다. 화정댁은 연약한 갈매기들이 바다를 떠돌며 힘들게 사는 것처럼 보이는지, 어망의 고기를 가릴 적마다 작은 잡고기들은 날아드는 갈매기들에게 모두 던져주었고, 파도 물머리에 사뿐히 내려앉은 새끼 갈매기를 선하고 가냘프게 바라보았다.

배가 서서히 수성목을 빠져나가고 있었다. 커다란 외항선 한 척이 어항으로 접어들면서 커다란 물너울을 일으키며 작은 배를 몹시 뒤흔들었다. 넘실대는 물너울이 잔잔해질 즈음 불무섬 모퉁이를 돌아 나온 발동선 한 척이 다급하게 달려오고 있었다. 불법으로 고막 채취하던 배였다. 단속선이 바로 뒤따라 나타났다. 불법 어업으로 걸려든 배는 동백골 쪽으로 재빠르게 달아나고 있었다. 다른 동물을 먹이로 삼는 포식자에게 쫓기는 한 마리 토끼 같았다. 도둑이 제 발 저리다고, 단속선에 흠칫 놀란 임덕술은 무인도 푸른 안벽 모퉁이로 피양하면서 단속선이 멀어지는 섬 바깥으로 내달았다.

"단속을 헐라거든 살길을 맹글어 주구 어쩌든지 해부야
제, 이래 갖구 괴길 잡어 살 수 있겠다요."

화정댁은 불안한 소리를 하면서 바다가 흐릿하게 어둠
이 깔리는 박모薄暮 속으로 날아가는 바닷새들이 부러운
듯이 바라보았다.

"없는 사람들이 핍박을 받고 살어온 거야 어제 오늘이
아니지라."

"우리도 까막어장과 개펄 밭에서 진작 발을 빼고 대처로
나가 살 걸 그랬지라."

화정댁은 밤바다의 추위가 드는지 목에 두른 수건을 다
시 여미었다.

"씰데 없는 소린, 대처로 나가면 누가 밥을 멕여 준단
가?"

"아무리 별다른 재주가 없어도 목구멍에 풀칠을 못허고
살겄소. 이건 어디 가슴 조마조마 해갖고 남의 어장 도둑
괴기를 잡아먹고 살겄다요."

"도둑 괴기라니? 임자 시방 뭔 소릴 그렇코롬 허는 것이
여? 우리가 언제 남의 것을 손끝 한 번이라도 대본 적이 있
는가? 이거는 도둑 괴기가 아니라 수산 당국의 일이 잘 못
되어도 아주 단단히 잘못된 일이시. 당신도 아다시피 마을

에 고대구리 배가 몇 척이나 있는 게라? 모다 걸핏 허믄 못된 쪽으로 몰아부친께 그런 것이구먼."

임덕술은 어떻게 된 세상이 갈수록 갯마을 뱃놈들까지 숨 못 쉬게 꼭뒤가 눌림서 귀 닫고, 눈 감고, 입을 틀어막은 청맹과니로 살아야 허는지 도무지 모를 일이었다.

"즈이 놈덜 허기 좋은 말루 치어고 뭐고 어장 괴기 씨를 말리는 해적이라니, 그거이 어디 우리 갈머리 사람들 한티 헐 소리란가? 그야말로다 심없는 백성들 약탈에 강도 짓은 지놈들이 모다 해쳐묵음서 잘난 주뎅이나 씨부리는 진짜 도적놈들은 바로 즈이 놈덜이 아닌가 말이여."

임덕술은 가슴에 치밀고 올라오는 울화를 견딜 수가 없었다.

"모다 가진 없고 심없는 죄가 아니것다요."

"죽든 살든 맞서 싸우덜 않고는 살 수 없는 시상이 되어부렀고먼이라."

임덕술은 전에 없이 눈발이 싸늘했다.

"갯버러지들이 뭘 심으루 싸운다요?"

화정댁은 부질없는 세상처럼 맥없이 쳐지는 몸으로 싸늘한 바닷바람으로 어둠이 지는 해상을 바라보았다.

"앞으론 죽기 아니믄 살기로 브딪쳐 싸워야 살구먼이라. 우리가 애써 일군 밭에서 도둑괴기 잡는다는 소리를 듣덜

안나, 애꿎게 붙잡어다 벌금을 물리덜 안는가? 갖다 붙여
두 숭악헌 해적海賊이라니? 우리가 뭣을 어칫케 훔치고 무
신 심으루 약탈을 했다고 쥑일 놈 때려잡듯기 허는가 그것
이여. 다덜 떠나도 나는 여글 못 떠나네. 그건 지 풀에 고
꾸라져 죽어 번지는 것이지라."

임덕술은 몹시 애성이 받쳤다.

"나가 은제 당신 두고 떠나분다고 했어라? 우리가 죄없
이 당허고 산께 그라지라."

화정댁은 볼멘소리로 대구했다.

"긍깨 앞으론 당최 그런 소릴 허덜 말란께. 나가 죽어도
갈머리 까막바다에서 물귀신 원혼이 되어불란께, 뻘밭에
쎄(혀)를 박고 죽더라도 악착같이 살어불란께."

"나는 죽을 때까장 당신 따라 살라요, 그리 아시요."

"나랏일 허는 사람덜이 모다 잘못 되어부러 갖고 시상이
요 모양 요꼴이 되어부렀고먼이라."

임덕술은 말소리를 죽이며 조심스레 배를 몰고 나갔다.
뭍(육지)은 완전히 어둠에 묻히고, 점점이 피어난 불빛들이
또렷하게 반짝거리고 있었다. 임덕술을 불빛이 은하수처럼
깔린 남항 시가지를 바라보았다. 그 앞바다에 떠 있는 형
형색색의 부표와 오가는 배들이 붉고 푸르게 수놓고 있는
불빛들이 물감으로 그린 한 장의 그림처럼 아름다웠다.

414

바다의 신선한 냄새가 풍기고 바람결이 차가웠다. 어린 아들은 바닷바람이 추운지 조그맣게 몸을 움츠리고 있었다. 뻘 바지에 속옷가지를 두툼하게 껴입은 화정댁은 목에 두른 수건을 꼭꼭 밀어 넣었다. 배가 나갈수록 바닷바람이 더 차가워지고 있었다.

"아부지, 추워."

우길이는 몸을 쥐어짜듯 몸을 움츠리고 기관실 쪽으로 들어앉았다.

"춥긴 뭐가 추운 것이여. 인자사 괴기를 잡으러 들어가는 것인디라, 아부진 할아부지 배를 타고 따라댕김서 한번도 그런 소릴 헌 적 없니라."

임덕술은 근엄한 소리로 밤바다 추위를 타는 아들을 타일렀다. 화정댁은 담요를 꺼내 추위에 떨고 있는 아들에게 둘러주었다.

"사내 자석이 요까짓 추위를 견디딜 못허고 춥다는 것이냐?"

"추운 걸 어떻게."

"추위도 괴기는 잡어야제."

"이런 때 우만이 성만 있어도 좋겠어라."

"이놈아, 집에 없는 성은 왜 찾는 것이여?"

속을 뒤집어 놓는 막내아들에게 지엄한 소리를 하면서

임덕술은 바다로 눈길을 돌렸다. 시퍼런 시그리불빛(인광: 燐光) 번쩍거고 있었다. 바닷물 속에 도깨비불같이 시퍼렇게 날리는 시그리불을 보면서 임덕술은 어린 녀석이 뱃전 파도가 무섭고, 양쪽 볼때기를 때리는 뱃바람이 얼마나 매서울까 싶었다.

"사내는 아무 때나 죽는 소릴 허구 잔망을 떨면 못 쓰는 것이다. 좀생이처럼 자꾸 못난 방정을 떨믄 나중에 커서 큰 사람이 못 되는 것이여."

거세게 부서지는 뱃전 파도의 물보라와 몰아치는 뱃바람이 서릿바람처럼 매웠다. 움쑥한 자라목으로 담요를 둘러쓰고 앉아서도 몸을 연신 옹송그리는 아들에게 다가간 화정댁은 뱃바람에 너펄거리는 담요 자락을 다독다독 여며주었다.

"아부진 이런 바다가 좋구나. 겉살을 찢구 떼어갈 것 같지만 이런 밤바다 추위는 견딜만 허니라."

임덕술은 아들이 밤바다 추위를 굳세게 견디기를 바랐다.

"괴기 잡을 생각은 안 허고 어디까장 들어갈 참이다요?"

"인자사(인제) 당신 친정 화정리 조께 넘어 들어왔고먼이라."

임덕술은 어둠에 묻힌 뭍(육지)을 건너다보며 말했다. 화정리 앞바다 쪽으론 멸치잡이 배들의 집어등 불빛이 길게 늘어서 반짝거리고 있었다.

"아직 근처 양식장 부구들이 보이는구먼."

배가 지나는 어둠 속으로 길게 줄지어 떠 있는 부구浮具들이 선상 불빛에 희뜩희뜩 드러나곤 했다. 임덕술은 될수록 부구들이 떠 있는 양식어장과 일정한 거리를 두고 배를 몰아나갔다. 바다가 잔잔한 것은 다행이지만 발동기의 통통거리는 소리가 밤바다에 울리는 것이 거슬렸다.

"지발 무신 사달이 없어야 헐 거인디라."

배가 나갈수록 파도의 저항이 조금씩 느껴지고 있었다. 바닷바람은 한결 더 싸늘한 한기寒氣로 겉살을 갈겼다. 밀물이 들고 있는 것이었다. 해안 갯마을 불빛들도 멀고 희미하게 가물거렸다. 아들 녀석과 아내는 밤바다의 추위보다 양식어장 관리선원들의 공포에 떨고 있었다.

"밤바다는 언제나 한겨울날씨로구먼."

화정댁은 줄곧 콧물을 훌쩍거렸다. 임덕술은 발동선의 키를 왼손으로 바꿔 쥐었다. 평생 뱃사람으로 살아온 그는 마을 천혜의 까막만을 비롯해 연근해어장을 손바닥을 들여다보듯이 알고 있었다. 그는 이제 고물 뱃전에 놓인 그랭이를 확인하면서 조금 헝클어진 본줄을 가지런히 사려놓았다.

배는 계속해서 앞으로 나가고 있었다. 세포 쪽으로 희미하게 가물거리는 불빛을 바라보며 맞은편으로 들어온 석산어장을 바라보고 있었다. 내륙의 뒷배가 좋은 자본가에게 넘어간 황금어장이었다. 어장주는 광주 사람이라고도 하고, 대단한 뒷배를 업고 있는 투기꾼이라고 했다. 도청 수산과에서도 그의 비위를 함부로덤부로 거스를 수 없는 세력으로 보고 있었다.

"어촌계를 팔어묵은 놈들 문제시."

임덕술은 중얼거리며 배를 계속 몰고 나갔다. 석산 앞바다 일대는 군이 돈을 처들여 어장시설을 할 것도 없는 천혜의 자연 어장이었다. 7, 8미터 적당한 수심으로 난류가 들고나면서 해류가 부딪쳐 일어나는 소용돌이에 물고기가 떼로 모여들고, 새우와 갑오징어가 숨어 있고, 우럭과 돔이 몰려 있기도 하였다. 그뿐만이 아니었다. 푸른 모래 뻘 속에 자연산 고막과 키조개가 노다지처럼 쌓이기도 하는 곳이었다. 임덕술은 한발수로 쪽으로 방향을 잡아 나가면서 선상 등을 올려다보았다.

"다 들어온 것이다요?"

화정댁은 남편을 보며 물었다.

"암만해도 놈들에 대한 소문이 좋덜 않은깨 선상등 버텀 끄는 것이 좋겠구먼이라."

화정댁은 웅크리고 있던 몸을 일으키며 그랭이를 쪽으로 다가갔다. 임덕술은 잠깐 배 키를 놓고 일어나 도르래에 걸린 방줄을 확인한 뒤 선상등을 툭 껐다. 배는 새까만 어둠이 금방 달려들어 뒤덮었다. 인근 바다는 먹물처럼 어둠이 짙게 깔려 있었다. 임덕술은 배를 몰고 들어갔다. 뱃전에 부딪는 파도 소리가 요란했다. 밀물이 한창 들어오고 있었다. 그는 그랭이들의 굵은 본줄을 다시 확인했다.

　"여그서버텀 담글라요?"

　화정댁은 남편을 돌아보며 물었다.

　"그래봐야제."

　임덕술은 바다부터 주의 깊게 둘러보았다. 화정마을의 작고 희미한 불빛이 몇 점 희미하게 가물거리고 있었다. 그는 조수의 흐름에 배를 맡겨놓고 아내와 함께 외끄리 그랭이를 뱃전 바다에 풍덩 밀어 넣었다. 바다 밑을 긁어 나가는 그랭이 판자틀 뒤에 그물이 둥그렇게 붙은 불등개 그물을 쭉 빨아들이면서 물속으로 내려갔다. 수심을 예상해서 얼마쯤 사려놓은 본줄과 방줄이 드르륵거리고 뱃시울 난간을 훑으면서 깊숙이 따라 내려갔다. 빠른 조수 흐름을 예상해서 사려놓았던 수심 10미터쯤의 그랭이줄이 배 안에 남김이 없이 다 내려가면서 팽팽해지기 시작했겄다.

　"아부지, 나가 할 일은 뭐다요?"

우길이는 담요를 훌쩍 걷고 일어났다.

"배에서 일어나면 위험한께 너는 가만히 앉아 있어라."

임덕술은 아들에게 주의를 주며 조수潮水에 맡겼던 배 키를 다시 거머잡았다. 앞에서 불어오는 맞바람이 세찼다.

"뭔 놈의 바닷바람이 이렇코롬 매섭게 분다요."

"추울 때도 되어부렀제."

임덕술은 그랭이 양쪽 방줄과 가운데 본줄이 뱃전 물속에 비스듬히 내려간 것을 보며 그랭이가 적당한 수심으로 팽팽해지도록 배를 천천히 몰아나갔다.

"은제나 좋은 시상 한번 살어볼까나."

화정댁은 고달픈 푸념을 했다.

"까막만은 도리까이, 아까가이에 게불, 키조개, 전어와 숭어 같은 괴기가 노다지처럼 난다는 곳인디, 갈수록 요상헌 난리판에 뭔 조화속인제 모르겄고먼이라우."

한평생 지키고 일궈온 밭(바다)을 송두리째 빼앗기고 밤물잡이에 나선 덕술은 시절이 야속하기만 했다.

"누굴 원망허겄소. 불법인 중 뻔히 알면서도 묵고 살란께 불법 고대구리라도 허는 수 백이 더 있겠는가."

남이 애써 일군 고막밭이요, 알에서 갓 나온 치어까지 싹쓸이 하는 고대구리들이 화근이기는 했다.

"허먼 그런 고대구리들이나 단속헐 일이제, 무엇 땀시

어구를 마구잡이루다 빼앗어가붐서 연승어업(낚시), 통발 어업이나 해먹으라는 것은 또 뭣이란가?"

고기를 길러 잡는 것도 좋지만 어장을 일구자면 돈 몇 푼 가지고 하루 아침에 되는 일도 아니었다. 수년씩 돈을 들여가면서 투자를 거듭해야 하는 것이었다. 게다가 먹고 살기도 숨 가쁜 갯마을 어민들에겐 그런 돈을 장롱에 묻어 두고 있을 수가 없었다.

"뭔 놈의 불법어로 단속은 그리도 잦은 것인제, 십수 년 이 넘도록 해봐도 안 되는 일을 어쩌자고 가진 것 없는 영세어민들만 잡도릴 허는제 모르겠다요."

화정댁은 답답하고 억울한 심사를 달랜 수가 없었다. 밤바다 매운 추위에 떨어가며 볼멘소릴 하는 아내의 푸념을 듣고 있던 임덕술은 갑자기 속력이 약해지는 배에 깜짝 놀라 허리를 숙이면서 물속으로 내려간 그랭이 줄과 본줄을 살펴보았다. 본줄은 물속으로 팽팽하니 잠겨 있었다. 임덕술은 배의 속력을 유지하면서 그랭이 줄을 감아 들이기 시작했다.

"지발 많이 들었으면 좋으련만…"

화정댁은 마음이 들뜬 기대를 했다. 아들도 눈을 밝히며 뱃전을 연신 오가고 했다.

"가까이 가덜 마라."

임덕술은 아들에게 주의를 시켰다. 첫 번째 마수걸이에 거는 기대가 컸다. 갯것들이 얼마나 올라올까, 조마조마하기는 화정댁이 더했다. 그랭이가 내려간 바다를 지켜보던 화정댁은 한 손을 가슴에 가져다 누르며 뱃전을 굽어보았다.

임덕술을 밧줄을 걷어 올리기 시작했다. 차츰 밧줄이 팽팽해지면서 그랭이가 묵직하게 올라왔다. 임덕술은 발동기를 껐다. 그는 배를 천천히 돌리며 물 위로 가까이 올라온 본줄을 재빨리 움켜잡았다. 화정댁이 밧줄 뒷전으로 붙으면서 힘을 썼다. 그랭이가 뱃전 가까이 올라올수록 손아귀에 거머쥔 본줄에서 시커먼 뻘물이 미움죽처럼 줄줄 흘러내렸다.

"뱃바닥에 뻘물이 묻어갖고 미끄러운께 조심하소."

임덕술은 아내를 걱정스럽게 돌아보았다. 물 위로 올라오던 그랭이가 무겁게 처지면서 배가 한쪽으로 기울며 돌아갔다.

"다 올라왔네."

뻘물이 시커멓게 뒤집혀 올라오고 있었다.

"되었는가? 쐬매만 심을 더 보소."

임덕술은 아내 쪽으로 신호를 주었다. 화정댁은 재빨리 방줄이 올라오는 그랭이 쪽으로 붙었다. 우길이도 함께 달려들었다. 그랭이를 힘들게 난간에 걸쳐놓은 세 식구는 이번에 그랭이에 붙은 고기그물 불등개를 끌어올렸다.

"엄청시럽게 무겁고먼이라잉. 이게 모다 고기라면 얼매나 좋을까잉."

화정댁은 끙끙거리며 죽을 용을 섰다. 마침내 그랭이가 배 난간을 조금씩 넘어오면서 배가 곧 뒤집힐 것처럼 기울어 바닷물이 찰랑찰랑 넘쳐 들어왔다.

"에쿠머니?"

화정댁은 겁을 먹었다."

"아부지! 배가 뒤집히겄라."

우길이는 기겁한 비명을 질렀다.

뻘이 가득 들어찬 불등개는 다시 바닷물 속으로 처지면서 내외가 움켜쥔 밧줄이 빠져나가고 있었다.

"조께만 심을 더 써보더라고잉."

어린 아들까지 죽을힘을 합세하면서 무겁게 처지던 불등개가 이윽고 배 난간을 넘어오고 있었다.

"뻘물만 가득 찼구먼이라."

임덕술은 실망스럽게 지친 한숨을 토했다. 임덕술을 꺼 놓았던 선상 전등을 다시 켰다. 배 안은 온통 뻘물로 시커 멓게 뒤덮여 있었다.

"괴기는 별루 안 잽혔구먼이라."

화정댁은 불등개 속에서 계속 밀려 나오는 뻘물을 넋없이 바라보며 맥이 탁 풀리는 소릴 했다.

"큰 괴기는 한 마리도 없어라, 아부지."

우길이는 실망하면서 고기망에서 쏟아진 뻘물과 돌덩이, 너절한 쓰레기들을 멀뚱멀뚱 쳐다보았다.

"첫술에 배부를 수 없는 것이제."

고기는 뱃장에 납작하게 누워 파닥거리는 가자미 몇 마리와 문절이 새끼 들 뿐이었다.

"밤물잽이 고생허는 품삯이라도 조께 나와야 헐 것인디라잉."

화정댁은 몹시 아쉬운 소리를 했다.

"다음번엔 많이 잡히겄지라."

임덕술은 그랭이 줄을 사리기 무섭게 두 번째 뱃전에 그랭이를 담그고 나서 선상 등을 다시 껐다. 그는 다시 배 속력을 일정하게 유지하면서 수로를 따라 내려갔다.

"몹쓸 전염병이 창궐허면 도깨비 시상이 된다등면 그 많던 도리까이, 아까가이, 키조개는 어디루 모다 내빼 불구 잡괴기만 잽히는지 모를 일이구먼."

임덕술은 알다가도 모를 바닷속에 실망스러운 소릴 중얼거렸다. 어두운 바닷물 속으로 경사를 이루고 내려간 밧줄이 팽팽해지면서 그랭이가 묵직하게 끌려오고 있었다.

길게 한 바퀴 돌고 난 임덕술은 조금씩 배의 속력을 늦추면서 밧줄을 서서히 감아나갔다. 완만하게 경사를 이루고 있던 그랭이 줄이 뱃전 서서히 수직을 이루고 있었다.

"이번엔 어떨란가 모르것소."

화정댁은 다시 배 난간으로 붙었다. 우길이도 덤벼들었다. 세 식구가 뱃전 난간에 붙어 그랭이를 끌어 올려 뱃간에 고기망을 쏟았다. 아까보다 뻘이 무겁게 차지 않아 손쉽게 그랭이를 끌어올릴 수 있었지만 고기는 몇 마리 없었다. 안타까운 것은 청정헌 바다가 언제부턴가 잡동사니 쓰레기로 오염이 되면서 수온 이상으로 플랑크톤이 급격히 번식하면서 바다가 붉게 변하는 적조赤潮 현상이 일어나면서 죽고 썩은 고기들이 적잖이 생겨나고 있었다.

"차라리 고막 그랭이를 가지고 들어올 것을 잘못했구면이라."

화정댁은 돌덩이와 새끼 고기, 죽어 썩은 물고기들을 뱃전으로 집어 던졌다.

"그러게 말이시."

임덕술도 아내와 똑같은 생각이 들었다.

"아부지, 괴기가 많이 잽히는 디로 가이다(가다)."

잡히라는 고기는 아니 잡히고 죽은 고기에 뻘만 가득한 것을 보고 우길이는 눈물을 찔끔거렸다.

"춥진 않으냐."

임덕술은 딴소리 하듯 아들에게 물었다.

"괜찮어라."

하고 우길이는 힘없이 떨리는 말소리로 깜깜한 밤바다를 바라봤다.

"괴기가 안 잽이니 더 추운 것 같구나. 뱃사람에겐 오뉴월이 없는 거이다. 티끌을 서(세) 말 먹어야 온전히 뱃사람 구실을 한다고 했구나. 잔잔한 것 같은 바다는 언제나 파도가 일구, 바다는 바람이 항상 불어가며 기온이 육지보다 낮아 추운 것이니라. 어부는 잡일도 많구, 일 년 내내 한가한 날이 별로 없이 제철 없이 바쁘기 땀시 그렇구, 그물 일을 허자면 이빨로 물어뜯는 일이 많은깨 티를 서 말 먹어야 헌다는 거이제."

임덕술은 아들에게 말귀를 알아듣도록 가르쳤다.

"물갈래 생기는 곳에 어장이 스고(생기다), 북동풍 높새바람이 불면 괴기가 골치 아프다고 허니라, 하늬바람이 불면 괴기가 군집을 이룸서 연안으로 몰리는 것이제. 그게다 저기압과 기상 요소가 다른 두 기층 지표指標와 만나는 불연속선 탓이니라. 귀신은 속여도 그물코는 안 속이는 법이제. 서투른 어부가 걸핏허면 용왕님 탓허구, 한 마리 썩은 괴기가 애써 잡은 담불(어창)의 모든 괴기를 죄다 망치는구나."

뱃사람들이 아는 말 몇 마디로 단번에 아들에게 모두 다
알려줄 수야 있을까만, 임덕술은 아들을 앞에 두고 있을
적마다 못 배운 아비일지라도 무슨 말이든지 알고 있거나
생각이 나는 대로 가르쳤다.

"재물에 너무 어두운 사람은 지(제) 몸을 망치는 법이구,
썩은 괴기처럼 냄새가 나는 것이다. 사람은 그저 부족함이
없다 잖게 살면 되는구나. 너무 큰 괴기에 욕심을 내다보
면 높은 파도를 만나게 되는 것이구, 오히려 물괴기에 잽
혀 멕히듯기 물에 빠져 죽게 되는 수가 있느니라."

밤하늘엔 별들이 총총히 깔려 있었다. 검푸른 밤하늘에
박혀 있는 별빛이 흐릿하게 흔들리고 있었다. 해안 뭍의
불빛 한 점을 볼 수가 없었다. 한쪽으로 기다랗게 흐르던
멸치잡이 배들의 집어등 불빛들도 먼 데로 흐르면서 점차
줄어들고 있는 것을 보니 어느새 밤바다가 이른 새벽으로
접어들고 있었다.

"힘들어하는 사람을 보면 도와줄 중 알어야 허구, 슬픈
사람을 보면 따뜻헌 말로다 위로허구, 가난한 사람을 만나
거든 나누어줄 중 알어야 허구, 아픈 사람을 보거든 그 아
픔을 같이 해감서 고통을 덜어줄 중 알어야 시상을 함께
사는 사람의 도리가 되는 것이니라. 사람이 시상에 나와

가장 큰 은혜는 생명을 준 부모구, 다음이 함께 사는 이웃이요, 스승의 은혜인 것이다."

간간이 배 안으로 쏟아져 들어오는 물보라를 맞으면서 아들은 흔들리는 기척없이 묵적하게 듣고 있었다. 임덕술은 하룻밤 사이에 어린 막내둥이 녀석이 벌써 다 큰 것처럼 음전해 보이었다.

"아부지가 오늘 괴기를 담불(어창)을 가득 채울 겡께 걱정을 말거라."

임덕술의 신소리는 뱃전에 부서지는 파도와 통통거리는 발동기 소리에 이내 묻히고는 했다.

"안즉 발동선 타고 괴기잡이를 허는 것은 우리밖에 없고 먼이라."

화정댁이 불쑥 말했다.

"돈이 있어야 심(힘) 좋은 엔진을 바꿔 달제."

임덕술은 말 대꾸를 하면서 제발 펄떡거리는 고기를 배에 가득 만선할 수 있기를 바랬다. 그는 어두운 바닷속에 담근 그랭이를 이번엔 조금 길게 끌고 나아갔다.

"우만이가 집에 있었드라먼 막내 녀석을 배에 태우고 나오덜 안 했을 것인디."

화정댁은 고대구리(불법어로)를 하다 감옥에 들어간 큰아들 우만이를 생각하고 눈물을 찔끔거렸다.

"그놈은 유별난 혈기 땀시 지 몸뎅이를 망치고 말 것이여. 뎀벼들 디가 따로 있제, 어로 단속허는 사람들에게 대들어 주먹질을 허먼 지 놈이 온전허겄는가?"

"그 애가 오죽 복장이 터져불먼 손찌검을 해부렀겄소."

화정댁은 당국의 못마땅한 처사에 복장 터지는 소리를 했다.

"암만해도 우만이 그놈은 나중에 큰일을 저지를 놈이시. 경찰서에서 무신 소리루 잡도릴 허든 잠자코 있었으면 함께 고대구리 배를 탄 장 익순이 처럼 순순히 풀려나왔을 거 아닌가 말시. 지놈이 뭔 심이 그리 좋다고 죽먹질이여, 주먹질이…."

감옥에 잡혀 들어간 큰아들 생각만 하면 임덕술은 부아가 치밀고는 했다. 나라 법이라는 것이 연안 갯마을 지선 어민들의 형편에 맞도록 해야 마땅하거늘, 바다 수온과 해류에 따라 어패류가 자연 서식허는 천혜의 노다지밭을 어장 사설 어쩌고 종패, 치어 한 마리 방류헌 적이 없는 권력자들에게 면허장 딱지를 남발한 관리 도적놈들을 먼저 잡아다 감방에 쳐넣어야 할 일이었다.

"시방 그랭이 방줄을 보덜 않고 뭘 하신다요?"

아내의 채근에 팽팽해진 그랭이 줄을 본 덕술은 서둘러 감기 시작했다. 그랭이틀 뒤에 붙은 고기 타래망이 무거웠다. 그는 상당한 어획에 기대를 걸고 아내와 어린 아들까지 합세하여 그랭이와 고기 그물을 배 위로 건져 올렸다.

고기 그물에선 또다시 시커먼 뻘 물과 쓰레기, 자잘한 돌덩이만 와르르 쏟아졌다. 덕술은 쇠갈퀴 고막 그랭이를 가지고 들어오지 않은 것을 무척 후회했다. 그는 다시 그랭이를 바다에 첨벙 던져넣고 어두운 바다를 헤쳐 나가는데 바람이 몹시 차가웠다. 신선한 새벽 냄새보다 바닷바람이 서리를 쫙 끼얹듯 날아들며 매운 추위가 옷깃을 파고들었다.

"아부지, 추워. 집으로 가자."

우길이는 추위에 울상을 짓고 바들바들 떨었다.

"이자 밀물이 다 들었나 보다. 바다가 잔잔해지고 있덜 않느냐. 이자버텀 괴기가 많이 잽힐 것이다."

임덕술은 고기가 많이 잡힐 것 같은 예감이 들었다.

"바닷바람이 한겨울 서릿바람보다 더 사납고먼이라."

화정댁은 추위에 턱을 덜덜거렸다.

"춥더라도 쬐매만 참고 견디소."

임덕술은 추위에 오들오들 떨고 있는 아내가 애처로웠다. 임덕술은 화정리에서 아내를 맞이해 오던 때가 생각났다. 역시나 바닷가 갯투성이 딸이었다. 몸매가 작아도 실팍하고 야무졌다. 까마무트름하면서 오목조목한 얼굴이 여간

곱지를 아니했다. 마을 사람들은 이쁘고 복스러운 색시를 데려왔다면서 칭찬을 아끼지 않았다. 처가에선 신랑이 듬직하고 사내답게 생겼다고들 했다. 화정리 처가에서 첫날밤을 치르고 색시를 데려오고 사흘 만에 신행 이바지 가서 마을 청년들에게 처녀를 훔쳐 갔다는 죄로 사랑방 천장 대들보에 거꾸로 매달려 목침과 빨랫방망이로 발바닥이 부르트게 얻어맞아 가며 새색시 억지로 불러다 노래를 시키며 푸짐한 술상을 차려내었다. 임덕술은 그때의 기억들이 엊그제같이 눈앞에 선연하였다.

"여자가 배를 타면 재수 없다는 말들을 해도 갈머리는 옛날버텀 큰애기 배 둘러낸다는 말이 있듯기, 배를 부리고 뱃일을 옴팡지게 잘 헌단디, 지는 아무것도 헐중 모르고면 이라우."

색시는 수줍게 말했다.

"나가 은제 고운 색시 데려다 괴기잡이 뱃일에 부려먹자고 했드란가요? 그런 염려는 꽉 붙들어 매도 되구먼이라."

바닷바람 소금기에 절어버린 떠꺼머리 뱃놈 임덕술은 총각 신세를 모면하면서 덕성스럽고 아리따운 색시를 만나 살게 된 것이야말로 하늘이 내려준 선물이요, 은덕이 아닐 수 없었다. 여자는 작을수록 좋고, 품에 쏙 들어야 제맛이라고 하였던가, 작은 새 한 마리가 문득 날아들어 팔딱거리며 따뜻한 숨결에 멋없고 거칠한 뱃놈을 그만 한순간에 녹아버리었다.

어디 그뿐이랴, 질퍽한 개펄에서 갯것을 하는 것에 아이들을 타이르고 가르치는 것이나, 옷가지 하나 마련해 입히는 것에 이웃집 궂은일에 손끝도 여간 여물지 아니했다.

마을 사람들은 갈머리에 복덩이가 들어왔다고 했다. 그런 복덩이가 갯일로 소금기에 절고, 따가운 햇볕에 그을리면서 어느새 자글자글한 주름살로 늙어가는 아낙일지라도 예나 지금이나 임덕술에게 고운 복덩어리로 남아 있었다.

"당신은 많은 세상 사내 중에 하필 배운 것도 가진 것두 없는 뱃놈을 만나 갖고 험한 고생만 실컷허고 살았구먼."

고깃배를 타는 뱃놈은 뱃일이 힘들고, 저 사는 땅이 싫다고 모두 대처로 나가 불고 바다 밑바닥을 긁어 치어에 실하게 여물도 않은 조개를 모두 긁어 올리는 행망을 단속하면서 마을 구석구석 이잡듯이 하며 그랭이틀에그물 한 조각 눈에 띄어도 종주먹을 대가며 모진 닦달로 과중한 벌금으로 갯투성이들의 산먹통을 옥죄는 처사가 이만저만 고약한 것이 아니었다.

문제는 고기를 잡는 어업에서 기르는 어업으로, 어가漁家의 소득을 증대시킨다는 명분은 그럴듯하지만 어가에 양식 어장의 막대한 시설자금이 어디에 있을 것이며, 수산

자원을 보호 육성한다는 진흥정책이라는 게 바다를 가만 놓아둬도 해류와 수온에 따라 어패류가 노다지처럼 자연 서식하는 어장들을 관변 세력가 놈들이 아니면 수산 고위 관리, 투기꾼들 배나 불려주는 짓거리들에 불과한 노릇이었다.

나라 관리들에게 매여 살아온 것이 어제 오늘이 아니건 만 야박한 행패를 당하면서 처자식 건사하며 산멱통에 풀 칠이라도 하고 살자면 어찌 해볼 도리가 없는 민초民草들 이었다. 그것이 불법이든 해적질이든 살고 보자면 불가피 한 밤바다 해적질이었고, 조상들이 누대로 일궈온 바다를 한꺼번에 투기꾼, 자산가 해적들에게 약탈을 당하고, 무참 히 치도곤을 당하는 형국이었다. 이런 억울한 심사를 바다 가 알까, 하늘이 알까, 임덕술은 어두운 밤바다를 헤쳐 나 가는 바닷바람이 맵차기만 하였다.

"광주에 올라간 길순이는 어떻코롬 된 거인제 소식이 없 는제 모르겄소잉."

한동안 말이 없던 화정댁은 봉제공장에 들어가다고 광 주에 올라간 딸내미 얘기를 꺼냈다.

"잘 있겄제, 다 큰 놈이 무신 걱정이여."

"당신은 다 큰 딸애가 객지에 나간디 글코롬 무심허다 요."

"무소식이 희소식이라고 안 허는가."

까만 칠흑으로 어둡던 바다가 갑자기 밝아 보였다. 모자반 해초, 발광 해파리에서 생겨나는 시그리불이었다. 멸치 떼가 몰리고 있었다. 시그리불로 갑자기 훤해지는 바다를 바라보던 임덕술은 고기떼가 몰리자 몸이 후끈 달아올랐다. 멸치 떼의 번뜩거리는 시그리불(燐光)이 훤하게 번질 정도라면 먹이를 찾아 헤매던 고기들이 한바탕 떼지어 모여들게 되어 있었다.

"인자사 괴기가 쪼매 잽힐란갑고먼이라."

임덕술은 가슴이 벅차 올랐다. 시그리불이 밝은 쪽으로 배를 몰아나가는 그때 우길이 녀석이 춥다고 둘러쓰고 있던 담요를 걷어 던지며 벌떡 일어났다.

"아부지, 괴기다, 괴기 떼요?"

어둠이 가신 바닷물 속으로 얕게 몰려가는 멸치 떼를 보며 우길이는 소릴 질렀다.

"멸따구(멸치)다, 아부지, 멸따구야!"

"소리를 지르지 말고 가만히 앉아 있거라, 어둔 밤바다에 빠지면 널 찾덜 못혀 이놈아?"

화정댁은 설치는 아들의 꽉 팔을 붙잡아 앉혔다. 배는 출렁이는 파도를 가르며 빠르게 달려 나가는데, 무엇인가 선체를 투두두둑 때리고 지나갔다. 양식어장 경계 표시로

띄워 놓은 부표(스티로폼)였다. 까막만 외곽에서 조업하던 임덕술은 양식어장들이 깔린 바다로 들어온 것 같았다.

"이자 만선헐 거 같구먼이라."

양쪽 방줄 가운데 굵은 본줄이 팽팽해지고 있었다. 임덕술은 시그리불이 번진 쪽을 가로질러 둥그렇게 반원을 그리며 배를 몰고 나갔다. 우길이는 바닷물 위를 부유하듯 몰려가는 멸치 떼에 정신이 팔렸다. 임덕술은 고기떼가 그랭이 방줄을 마구 치고 나가는 것을 확연히 느끼고 있었다.

"물속 방줄을 치고 난리를 떠는 것을 봉께 큰 괴기들이 멸따구 떼를 따라붙은 거 같구나."

"아부지, 불등개 고기 그물이 터져불면 어쩐다요?"

"그런 걱정헐 거 없니라, 큰 괴기를 많이 잡으면 좋제."

임덕술은 신바람 나는 소리로 진청색 밤하늘을 올려다보았다. 아까부터 띄엄띄엄 박혀 있던 별들이 깜박이고 있었다. 밤하늘이 순조롭지 않은 징조였다. 아직 염려할 단계는 아니었지만 언제 거센 풍랑이 불어올지 모르는 것이었다.

"파도가 자꾸만 높아지는 것 같덜 않어라?"

바다 날씨가 불안정한 기미를 보이자 화정댁은 지레 겁을 먹었다.

"배를 조게 빨리 몰아서 그란깨 너무 걱정을 말더라구."

아닌 게 아니라 배는 높아지는 파도를 타면서 거칠게 펄떡거리고 있었다.

"아부지, 그랭이 건질 때 안됐어라?"

우길이는 불안스럽게 떨었다.

"다 된 것 같구나."

임덕술은 배의 속력을 줄이며 그랭이 본줄을 감아 들이기 시작했다. 양쪽 방줄과 가운데 본줄이 감겨 돌아가면서 도르래가 삐걱거리고, 파도가 들이치면서 배가 못 견딜 듯이 요동했다. 고물 뱃전으로 그랭이가 올라오기 시작했다. 그랭이는 굵은 본줄과 양쪽 방줄을 수직이 되면서 타래망이 무겁게 처지고 있었다. 임덕술은 배 키를 아들에게 넘기고 뱃전 가까이 올라온 본줄을 냅다 거머잡았다. 화정댁이 곁으로 달라붙었다.

"억시(세)게 무겁고먼이라"

화정댁은 바싹 긴장하고 있었다. 우길이는 키를 잡고 배가 돌아가지 않도록 키를 고정하며 뱃전에 올라오는 그랭이를 지켜봤다. 불등개가 조금씩 제 모습을 드러내면서 타래망에 갇힌 고기들이 펄떡거렸다.

"아부지, 무지무지 많이 잽혔어라."

우길이는 환성을 질렀다. 화정댁도 불등개를 억세게 거

머쥐고 죽을힘을 썼다. 배가 기울며 파도가 세차게 들이쳤다. 우길이는 밀려드는 파도를 이물 뱃전으로 비스듬히 받아내면서 올라오는 그랭이를 지켜보았다.

이윽고 그랭이 뒤에 붙은 불등개가 뱃전 난간을 넘어왔다. 세 식구는 넘쳐나는 고기를 받아안으면서 뒤로 나자빠졌다. 배 안으로 와르르 쏟아지는 고기들이 선상 불빛 아래 산지사방으로 흩어져 펄떡거렸다.

"와— 굉장하다 아부지. 한 방만 더 담그면 담불(어창)이 꽉 차불겄어라." 우길이는 좋아 어쩔 줄을 몰랐다. 바다 밑이 모랫바닥이라서 시커먼 뻘물은 거의 없는 편이었다. 한바탕 고기를 거두고 난 뒤 임덕술은 곧장 그랭이를 배전 바닷물 속에 다시 던지고 줄곧 켜놓을 수 없는 선상 전등을 꺼버렸다. 뱃장(목선 안쪽 바닥)엔 은은하게 연록빛 띠는 농어와 가자미, 우럭, 볼락이 많이도 섞여 있었다. 화정댁은 뱃장에 펄쩍거리는 고기들을 정신없이 어창에 쓸어 넣었다.

어두운 바다는 시그리불이 계속 번지고 있었다. 덕술은 뱃간 사물함 뚜껑을 열고 소주병을 꺼냈다. 고기를 어창에 쓸어 넣던 화정댁은 굵은 놈으로 몇 마리 남겨 놓았던 멸치를 집어 들고 껍질을 죽죽 벗겨 고추장과 함께 내어놓았다.

"우길이 너도 한 마리 먹어보려무나."

화정댁은 고추장을 듬뿍 바른 멸치 한 마리를 아들의 입에 넣어주었다.

"달콤허제잉?"

화정댁은 자기도 입에 한 마리 밀어 넣고 우물거리며 라면 끓일 준비를 했다. 거친 파도가 계속해서 뱃전에 부서지며 물보라를 소나기처럼 우수수 들씌우고 했다.

"우길아, 바닷바람이 춥제?"

임덕술을 아들을 보며 물었다.

"괴기를 잡은께 하나도 안 춥고먼이라."

"그라제잉. 바다에서 괴기가 잘 잽히면 심(힘)든 중도 모르고, 배고픈 것도 모르는구나."

고깃배를 타고 밤바다에 나와 고생하는 막내아들 녀석과 이야기를 주고받던 임덕술은 아내를 돌아봤다. 뱃장 한 구석 널쪽을 걷어내고 석유곤로를 꺼낸 화정댁은 불을 붙여 양은 냄비를 올려놓았다. 배는 발동이 꺼지는 법 없이 순탄하게 잘 나아가고 있었다. 어둠 속에 시커멓게 산발한 마녀가 미친 춤을 추듯 출렁거리며 뱃전에 거세게 부서지던 파도가 한풀 꺾이며 숨을 죽이고 있었다. 바닷물은 만조가 되면서 조류가 완만한 흐름을 뒤바뀌고 있었다.

임덕술은 그랭이를 길게 끌고 나가면서 바다를 어림해 본 뒤 뱃전 물속에 손을 담그고 배가 나가는 속도를 가늠해 보았다. 유속이 빨랐다. 갯바닥을 훑고 가는 그랭이가 조금 떠오르고 있는 것 같았다. 큰 돌덩이가 불등개 그물 망으로 들어가 무거워지지 않아야 먹이를 찾아 빠르게 유영하는 고기들을 잡아야 하는 것이었다. 배의 속력을 유지하면서 시그리불이 이동하는 쪽으로 가로질러 들어갔다. 그 사이에 라면이 다 끓은 화정댁은 라면 냄비를 들어내고 팔랑거리는 석유곤로 불빛에 겨우 의존하면서 라면을 그릇에 나눠 담았다.

"불을 조깨 켜야 쓰겠소."

"날씨가 차가워진깨 도리까이 철이 돌아와 양식어장 관

리선 놈들이 눈에 시뻘건 쌍초롱을 켜고 악귀처럼 날뛴다는 소릴 못 들었는가. 그놈들이 필경 어장마다 관리선을 타고 들어왔을 것인디 야단이고먼, 어두워도 음식은 콧구멍으로 들어가덜 않은깨, 불을 킬 거 없이 그냥 얼른 묵어불자구나."

"알었은깨 라면을 받으소."

화정댁은 남편에게 라면을 갖다주었다. 임덕술은 라면 그릇을 받아들기 무섭게 뜨끈한 국물부터 후룩후룩 들이마셨다. 뜨겁고 얼큰한 라면 국물이 뱃속에 들어가니 뱃바람에 얼었던 몸이 후끈하게 풀리었다.

"조깨 살겄구먼이라."

임덕술은 평소 주량대로 대병 소주를 몇 모금 벌컥벌컥 마시고 나서 크윽 하고 트림을 했다. 냄비에 남은 국물까지 다 마시고 난 화정댁은 옷소매로 입가를 문지르며 목에 두르고 있는 수건을 다시 고쳐 매었다.

"아부지, 라면이 맛있어라."

"음식이란 항상 그렇코롬 먹어야 허는 것이다. 그래야 심들게 일허는 보람을 아는 법이제."

임덕술은 다소 마음의 여유를 가지고 담배에 불을 붙여 물었다. 때맞춰 팽팽해지는 그랭이 방줄을 본 덕술은 속력을 줄이면서 모터 스위치를 넣고 방줄과 본줄을 감아들이

기 시작했다. 바로 그때 화정댁은 고개를 번쩍 쳐들며 놀랐다.

"저쪽에 뭔 불이다요?"

뱃장 구석으로 라면그릇을 밀어놓던 화정댁은 갑자기 몸을 옴쏙, 소스라치게 놀랐다. 작은 불씨 하나가 깜박거리는 듯하던 어둠 속에서 갑자기 강렬한 서치라이트 불빛이 쭉 뻗어 밤바다 훑는데, 양식어장 경계를 이룬 부표들이 희뜩희뜩 드러나고 있었다.

"여근 까막바다가 아니디요?"

화정댁은 고개를 번쩍 들어 올리고 서치라이트가 휩쓸고 나가는 바다를 바라보았다. 아까부터 어두운 바다 한가운데 반짝거리는 것이 보여서 해양 경비정인가 했더니 양식어장 관리선들이었다.

"얼른 여글 빠져나가부야제 뭘 허신다요?"

지레 겁먹은 화정댁은 배를 부리는 남편을 다그쳤다.

"염려 놓게. 여근 시방 양식장들 사이에 나 있는 공유수면이구먼이라."

공유수면은 양식장 사이에 2백 미터 사이를 두고 있는 바다였다. 수산 진흥을 명분으로 갯마을 어민들의 생존이 걸린 자연 어장을 강탈한 사업자들이 패류 채취기가 다가오면서 양식어장에 여러 척의 관리선을 배치해 놓은 것이었다.

"괴기가 조께 잽힌다 잖은께 놈들이 도깨비처럼 나타나는고먼이라."

임덕술은 바싹 긴장했다. 또다시 서치라이트가 밤바다로 쭉 뻗는가 싶더니 느닷없이 발동선으로 늘어 붙었다. 커다란 메기 주둥이 같이 뭉툭한 선수육중한 타이어 밴디지를 보니 양식어장 관리선이 분명했다.

"그랭이를 걷어 올리고 빨리 돌아갑시다."

화정댁은 남편을 재촉했다.

"여그는 공유수면이여. 들자면 공유수면은 작은 동력선 잠수부가 어패류를 채취허는 잠수기 어업권역인께 별일 없을 거구먼."

"암만 그래도 나는 가심(심)이 조마조마해 갖고 못 살겄소."

"아부지, 저 사람들이 글코롬 무섭다요?"

"양식장 사람들은 우릴 보고 야밤 해적이라고 허덜 않느냐."

양식업을 펼치고 있는 사람들은 어장 인접한 갈머리 갯사람들이 한밤중에 어패류를 훔쳐 가는 해적 놈들이라는 딱지를 붙여 놓고 있었다.

"양식장 관리선 경비원들은 대부분 남항 깡패들이라는

구나.”

갈머리 사람들은 모두 그렇게 알고 있었다.

“어창 괴기에 채취헌 조개류고 뭐고 인정사정없이 죄다 빼앗아불고 붙잡은 뱃사람을 꼼짝달싹 못허게 결박을 지어 마구 개패듯기 헌다는구나.”

“저 배엔 그런 사람이나 몇 명이나 타고 있는디라?”

우길이는 버티고 서서 물었다.

“태(타)긴 건 영락없는 즈이 아부지제. 몇 놈이고 뭐고 늬는 감당 못헐 놈들인께 아부지를 도와 얼른 그랭이나 건지거라.”

화정댁은 아들을 다그쳤다.

“에잇, 괴기를 많이 잡게 생겼는디라.”

우길이는 투덜거리면서 서치라이트 불빛을 다시 돌아다 보았다. 관리선이 더 가까워지면서 강렬한 서치라이트 불빛이 또다시 발동선으로 늘어 붙었다.

“아부지, 놈들이 우릴 봤어라.”

화정댁은 혼겁한 소리를 질렀다.

“어서, 그랭이를 건져 올리소.”

“거의 다 올라왔네.”

임덕술은 뱃전으로 올라오는 그랭이로 붙었다.

“우길이는 배 키를 잠깐 잡고 있거라.”

다급한 아버지의 말에 우길이는 배 키를 잡았다. 뱃전 가까이 그랭이가 올라오면서 배 중심이 기울었다. 뱃간 물건들이 제멋대로 떨어지고 나뒹구는 가운데 어창에 든 고기들까지 사뭇 요동을 쳤다.

"놈들 배가 쫓아오요."

화정댁은 쫓아오는 놈들의 관리선을 쳐다보기 바빴다. 그랭이 불등개엔 고기가 가득 들어 있었다.

"이를 어쩌면 좋다요?"

불등개가 무겁게 쳐지면서 배는 위태롭게 기울고 있었다.

"여보, 괴기고 뭐고 그랭이 방줄을 끊어불고 달아납시다."

화정댁은 다급하게 발을 동동 굴렀다. 높은 파도는 가뜩이나 위태롭게 기우는 뱃전을 들이치며 물보라를 벼락치듯 들씌웠다.

"화급히 달아날 거 뭐 있는가? 조개고 괴기고 즈 놈덜 어장에서 잡은 것도 아닐 것을."

임덕술은 빠르게 쫓아오는 관리선을 뒤돌아보았다.

"시방 그런 걸 따지고 뭣 허요. 저 놈덜이 얼매나 숭악헌 놈들인제 말도 못 들어봤소. 괴기고 뭐고 사람이 먼자 살고 봐야 헝께 방줄버텀 잘라불고 얼릉 내빼붑시다. 우길이

444

아부지? 이러다간 바닷물이 들어 배가 뒤집이겄소."

화정댁은 놈들에게 금방 붙잡힐 것처럼 발을 동동거렸
다.

"다잡은 괴기가 아닌게라. 쬐매만 심(힘)을 더 써 보소."

임덕술은 고기망에 매달렸다. 우길이는 키를 놓고 어머
니 쪽으로 달려들었다. 세 식구가 온 힘을 모아 그랭이와
불등개를 끌어올렸지만 쉽사리 올라오지 아니했다. 배는
기울어 바닷물이 넘칠 듯하고, 거친 파도는 뱃전을 때리며
솟구치는 물보라가 소나기처럼 우수수 쏟아졌다. 게다가
뻘물이 매우 미끄럽게 질퍽거렸다. 불등개에 매달린 세 식
구는 뱃바닥 뻘물에 쭉 미끄러지면서 뱃전 바닷물에 곤두
박일 것 같았다. 또 다른 관리선이 시커먼 바위섬 쪽에 나
타나면서 서치라이트를 비추며 달려들고 있었다.

"조깨만 심(힘)을 내보소."

세 식구는 온 힘을 다해 배 난간머리에 불등개를 막 걸
쳐놓을 때였다.

"아부지, 배가 뒤집히겄어라!"

우길이는 기겁한 소릴 질렀다. 기운 뱃전 바닷물이 찰랑
찰랑 넘어 들어오고 있었다.

"한번만 더 심(힘)을 써보자."

셋이 죽을힘을 다하는 한순간 불등개가 아슬아슬하게 난

간머리를 넘어오는 순간 임덕술은 불등개에 냅다 갈쿠리를 박아 끌어당겼다. 불등개 고기망이 난간을 넘어오면서 피조개, 새조개, 온갖 잡고기들이 뱃간에 와르르 쏟아졌다.

"이자 됐다, 얼릉 내빼야 쓰겄다."

임덕술은 뒤집힐 듯 다 기울었던 배가 복원하자 전속으로 줄달음을 쳤다.

"저놈들이 도망친다아."

거리를 바싹 좁혀 쫓아 오던 관리선 놈들이 목청이 찢어지는 고함을 내질렀다.

"저놈들이 거반 다 쫓아왔고면이라."

화정댁은 발을 동동 굴렀다. 두 척의 관리선은 코부라(독사) 같이 넓적한 뱃머리를 치올리며 세차게 바다를 가르는 물 갈기를 양 독수리 날개처럼 쫙 펼치고 서치라이트를 쏘며 발동선 고물 선미船尾 가까이 따라붙고 있었다.

"빨리 달아나요, 아부지."

우길이는 눈부시게 늘어 붙는 서치라이트 불빛을 피하며 다급한 소리를 질렀다.

"뭐든지 꼭 붙잡구 있어라."

임덕술은 진로를 바꿔보았지만 고속엔진을 장착한 관리선을 따돌릴 수가 없었다.

"어떡크럼 놈들을 따돌려야 우리가 사는구먼."

임덕술은 바다 어둠 속으로 재빠르게 도망치고 있었지
만 두 척의 관리선이 불 대포처럼 쏘아대는 서치라이트에
발동선은 거미줄에 걸려 달아나려고 버둥거리는 매미 꼴
이 되었다.

"아부지, 저놈들이 다 쫓아왔어라."

"놈들에게 붙잽히진 않을 겅께 걱정마라."

임덕술은 배를 줄곧 몰아나갔다. 파도가 뱃전 높이 널
뛰듯 하면서 폭포수 같은 물보리에 날아오르는 비말飛沫이
서릿바람처럼 선체를 들씌우고 있었다. 비록 발동선이지만
임덕술의 배를 부리는 솜씨도 만만치 않았다. 관리선 두
척이 협공으로 나왔다. 덕술은 옆으로 치고 들어오는 놈을
재빨리 피하면서 전속으로 빠져나갔다. 화정댁과 우길이는
배 안에 차는 물을 정신없이 퍼냈다. 목표를 잃은 듯 잠깐
주춤하던 관리선은 달아나는 고대구리가 서치라이트에 되
잡히는 순간 대번에 낚아챌 기세로 코부라 같은 밴디지 선
수를 치올리고 맹렬하게 육박해 들어왔다.

"아부지, 저 배가 받으려고 허요."

우길이는 두 눈을 훌렁 까뒤집고 혼겁했다.

"아부지도 알고 있구나."

순순히 투항하고 잡힐 발동선도 아니었다. 한차례 민첩하게 선수를 돌리고 어둠 속으로 숨어들어 한차례 관리선을 보기 좋게 따돌렸지만 임덕술은 방향을 가늠할 수가 없었다. 두 척의 관리선은 무섭게 위협하면서 주위를 맴돌았다. 놈들은 고대구리를 사로잡을 것 없이 발동선을 아예 들이받아 난파시킬 태세였다. 숨바꼭질 같은 장난이 해전이 아니라 탐학한 무리와 싸움이었다. 순순히 굴복하는 것은 못난 뱃놈의 수치요, 자존심이 상하는 패자의 비극이었다. 뒷전에서 달라붙는가 싶던 관리선이 앞으로 재빠르게 돌아왔다. 그 순간 발동선은 스크루가 이상한 소리를 내는 듯하다 이내 힘없이 멈춰버렸다.

"배가 왜이나?"

임덕술은 놀랐다. 그때를 기다렸다는 듯이 관리선 두 척의 서치라이트가 발동선으로 쫙 늘어 붙었다.

"으으으윽…."

서치라이트 불빛에 갇힌 임덕술은 허둥거리며 갈피를 잡지 못하고 있었다. 물살을 가르며 맹렬하게 육박하던 관리선이 고물 선미를 아슬아슬하게 스치고 지나갔다. 임덕술의 발동선은 순식간에 뒤집힐 것처럼 맹렬히 휘돌았다.

"이 새끼들아, 배 세우지 못해?"

쏜살같이 빠져나간 관리선에서 한 놈이 대찬 고함을 질렀다.

"우리 세 식구 모다 죽게 생겨부렀소?"

화정댁은 아들을 부둥켜 안고 울부짖었다. 관리선은 육중한 밴지디 뱃머리로 괴물처럼 달려들면서 번개 치듯 발동선 고물을 치고 나갔다.

"아부지이?"

외마디 비명과 함께 우길이는 뒤웅박처럼 밤바다에 나가떨어지고, 화정댁은 시커먼 뱃전 바닷속으로 곤두박질을 쳤다. 요란한 물너울과 함께 드높은 파도가 뒤집힌 발동선을 또다시 거듭 덮쳤다.

"여, 여보? 우길아?"

사납게 넘실거리는 파도 속에 겨우 널쪽을 잡고 떠오른 임덕술은 미친 듯이 이 울부짖었다.

"여보, 어딨소?"

무슨 일이 있었나 싶게 밤바다는 파도만 넘실거리고 있었다.

"여보, 여보? 우길아?"

임덕술은 목이 찢어지게 아내와 아들을 찾아 불렀다. 아무도 대답이 없었다. 밤바다의 높은 파도 소리만 귓전을 때렸다. 실종된 아내와 아들을 찾아 울부짖는 소리는 파도가 거친 바닷바람에 이리저리 날았다. 바로 그때였다.

"이 새끼야, 빨리 기어 올라와?"

타이어 밴디지가 육중한 관리선이 다가오면서 구명튜브가 바다에 철썩 떨어졌다.

"안식구와 어린 자식놈이 어둔 바다에 빠져부렀소. 우리 집사람과 아들을 조께 찾어주소?"

"이 도둑놈의 새끼야, 뒈지는 암상떨지 말고 빨랑 기어 올라와."

관리선에 서 있는 놈은 몽둥이를 흔들며 말했다.

"우리 안식구와 아들 몬자(먼저) 찾어주소. 글 않으면 난 올라갈 수가 없소이다."

임덕술은 차가운 바닷물 속에 허우적거리며 사정했다.

"이 새꺄가 어디서 주접떨고 염병을 까? 바닷속에 아주 처넣기 전에 기어올라와 이 새끼야?"

무거운 뻘바지에 장화까지 신은 임덕술은 파도치는 바닷물 속에 계속 허우적거리고 있을 수가 없었다. 그는 한 손으로 튜브를 거머잡았다. 관리선에서 사천왕처럼 툭 불거진 퉁방울눈으로 내려다 노려보던 놈이 튜브를 끌어 올렸다.

"이 새끼 뱃속에 된똥만 가득 들어부렀나 무겁긴 되알지게 무겁네잉."

관리선 갑판으로 올라오기 무섭게 임덕술은 코앞에 버티고 서 있는 놈의 바짓부리를 부여잡고 매달렸다.

"지발 부탁이오. 물에 빠진 우리 안사람과 아들 놈을 살려주소. 나가 이렇코롬 두 무릎을 꿇고 빌었어라. 뭔 일이든지 시키는 대로 헐란께 안사람과 어린 자석 놈을 살려주소?"

임덕술은 자식뻘 되는 애송이 발아래 두 손을 파리처럼 싹싹 빌며 애원했다.

"주접떰서 나발통 까지마, 새꺄? 니 새끼가 우릴 얼마나 악살을 먹인 줄 알아? 이자버텀 그 댓가를 톡톡히 치러야 헐 거여, 그거 알겄제잉?"

작달막한 땅딸막이는 입매를 비틀며 되알지게 나왔다.

"야, 꽁치. 이 새끼를 묶어라. 점백이 너는 써치를 조께 이쪽으로 비춰 봐."

땅딸막이는 강파르고 호리호리한 애송이에게 명령했다. 한 손에 길찍한 쇠파이프를 거머쥔 애송이는 배시시 웃음을 흘리며 다가와 구두코로 임덕술의 턱을 걸어 올렸다.

"미련한 쇠새끼가 백정을 모른다더니, 니 새끼가 간뗑이가 부었제. 시방 니 새끼가 대구리를 들어온 곳이 어딘 줄 알아? 바로 우리 양식어장 한가운데 기어 들어와 갖고 알량헌 주뎅이 나불거리는 건 영락없이 방앗간 참새 새끼네."

놈은 냅다 팔을 비틀어 꺾고 뒷결박을 지었다.

"야 이 새끼야, 여그가 어디라고 싸가지 없이 어딜 기어 들어와 대구리질이야, 대구리질이?"

"도리까이, 잡괴기들은 공유수면에서 잡은 것이요, 어둔 바다에 배를 몰다본께 나도 모르게 양식장에 들어완디 한 번만 용서해 주소."

"공유수면 좋아하네, 이 새꺄, 파도와 바닷바람 땜시 경계선 부표가 밀려드와 그라제 니놈이 대구리질한 디도 우리 어장이야, 알아 이 새꺄?"

놈은 구두발로 턱을 걸어찼다.

"에이쿠!"

뒤로 벌렁 나동그라진 덕술은 몸을 벌떡 일으키면서 칠흑 같은 밤바다를 휘둘러보았다.

"우리 안사람과 어린 자석 놈을 조께 살려주소. 지발 부탁이우?"

못되어 먹은 깡패놈들이 염라국 망나니 새끼들이 무슨 짓하던 임덕술은 파도가 출렁거리는 밤바다를 향해 아내와 아들을 찾아 불렀다. 놈들의 서치라이트에 언뜻언뜻 드러나 보이는 것은 파손된 발동선 고물간의 널쪽과 어구들이 높은 파도에 얹혀 넘실거리고 있을 뿐이었다.

"이 도둑놈의 새끼야, 밤바다에 늬놈의 알량헌 발동선 부서진 널조각밖에 더 있어?"

아무리 바다를 더듬고 살펴보아도 안사람과 아들은 보이지 않았다. 아무리 야차가 날뛰며 칼춤을 추는 세상이라도 이렇게 몰인정하고 험악할 수가 없었다.

"당신이 죽다니? 아니여, 살아 있을 것이여. 우길이와 함께 바다 어딘가에 살아 있을 거구먼."

아내와 어린 자식은 어디엔가 분명히 살아 있고, 꼭 살아 있을 것만 같았다. 어둡고 사나운 밤바다의 원혼이 되어 지아비와 아버지 품을 훌쩍 떠나버릴 아내와 아들 녀석이 아니었다.

"이 보소, 지발 조께 안사람과 어린 아들 녀석을 찾아봐주소, 다 늙어가는 이놈이야 아무렇게나 쥑이든제 살리든제 맘대로 해도 좋은께 불쌍한 우리 안사람과 아들놈이나 찾아 주시오."

"야, 이 새끼야, 그만큼 밤바다 고대구리 해적질로 실컷 투식허고 살았으면 망나니 작두에 모가지 들이밀 줄도 알어야제, 어디서 싸가지 없는 주뎅이 나불대는 지랄염병이여? 밤바다 추운 거는 알어 갖고 잔뜩 입은 옷에다 뻘바지까장 처입고 밤바다에 빠져 살어나는 놈 봤어?"

메주볼로 꺼먼 상판에 깨알이 깔린 놈이 다가와 가세하면서 오이씨 같으은 눈깔을 날카롭게 거추뜨고 소리빼길질렀다.

"니놈의 새끼라도 살려준 걸 감지덕지로 알어라, 이 염치 없는 갈머리 해적海賊 새끼야?"

놈들은 말끝마다 해적질에 바다 도둑놈이었다. 꽁치라고 불리는 애송이는 슴베가 허옇게 번쩍거리는 칼을 흔들어가며 앞 바투 다가왔다.

"야밤을 도와 남의 양식장 도리까이, 털조개를 대구리질을 해 처먹는 해적 놈들은 갈머리 느이 새끼들밖에 없지라. 안 그냐, 요 해적 놈아? 남이 애써 기른 양식어장 해적질로 잘 처묵고 산 놈의 눈깔 하나쯤 빼구, 볼따구니 칼자국 하나쯤 있어야 해적 새끼로 제격이지리잉."

꽁치 놈은 눈 밑에 칼끝을 바싹 들이대고 죽 그어 내리다 턱밑 숨통에 들이대었다.

"내가 외과 의사 칼잡이는 아니지만 눈을 하나쯤은 뽑아 애꾸 눙깔을 맨들어 줄 수는 있다 이거여."

꽁치는 능청스럽게 칼 장난질을 했다.

"볼따구니에 거룩하신 예수성님 십자가를 파줄까나? 눙깔 하나를 후벼서 애꾸눈 해적을 만들어 줄까나?"

놈들에게 당해본 마을 사람들의 입에서 흘러나온 소문대로 매미나방 애벌레처럼 징그럽고, 저승사자 같은 놈들이었다. 임덕술은 하늘이 무너지는 절망에 고개를 툭 꺾고 입술을 터지게 깨물었다.

"이놈들아, 미친년 개구멍받이라도 느이 놈들같이 숭(흉)악헌 개망나니는 없을 게다."

임덕술은 커다란 육덕에 짐승 같은 포효로 으르렁거렸다.

"새끼가 빨리 뒈지고 잪어 안달이구먼?"

꽁치는 눈깔을 위아래로 훌근 번쩍, 예리한 칼로 사타구니 뻘바지를 쭉 찢었다.

"예끼, 이 숭(흉)악헌 놈 같으니."

애걸복걸 놈들에게 매달리던 임덕술은 우람한 두상에 송충이 같은 눈썹을 서릿발처럼 곤두세우고 소리쳤다.

"마루 밑 강아지처럼 웃기는 소린. 암만, 꽁치는 주둥이로 망한다고 했지라잉."

점박이 놈은 굴뚝같은 콧구멍을 벌쭉거리며 애송이가 손에 들고 있던 쇠파이프를 냉큼 빼앗아 들었다.

"이 도둑놈의 해적 새끼, 몽뎅이 맛 조까 봐라."

놈은 쇠파이프를 머리 위로 쳐들어 어깨를 내려치면서 가슴과 등짝을 연타했다. 임덕술은 놈들에게 난장을 당하면서도 두 눈을 매섭게 부릅뜨고 망나니 놈들을 앙증맞은 승냥이 새끼처럼 노려보았다.

"새끼가 곰 같은 육덕값을 허는구먼. 네놈은 우리 양식장에 와이어가 든 밧줄이 깔려 있는 줄을 몰랐겠지라잉?"

놈의 살진 얼굴표정이 영락없는 야차였다.

"다시 말하지만 네 놈은 이 나라 수산 진흥정책을 방해하는 해적 놈이시. 바다 도둑놈의 새끼 말이여라? 막대한 돈을 투자해 감서 기르고 가꾼 남의 양식어장 도적질을 일삼는 해적 놈에게 인정을 쓰구 사정 봐주는 거 봤나? 니놈은 우리가 경찰에 넘기기 전에 드럼통 시멘트 반죽에 산 채로 집어넣어 바다에 수장시킬 수도 있다 이거여, 그거 알아?"

얼마든지 그런 만행을 저지르고도 남을 놈들이었다. 임덕술은 사나운 야수와 저승사자 같은 사람들이 저 잘났다고 독판치는 세상에 울분을 토했다.

"이놈들아. 날 쥑일 티면 어서 쥑여라."

임덕술은 거대한 짐승의 포효로 울부짖었다.

"사잣밥을 덜미에 지고 남의 어장에 들어온 놈이 저승길을 서둘긴…."

살기로 기세등등한 놈은 코웃음을 쳤다. 그 사이에 칠흑 같던 밤은 어둠이 한 꺼풀씩 벗겨지면서 부윰하게 동살이 잡히며 썰물이 지고 있었다. 조류가 매우 빨랐다. 임덕술은 썰물이 지는 새벽 바다를 이리저리 바라보며 아내와 아들을 목이 터져라 찾아 불렀다. 아무런 대답 소리도 들려오지 않았다.

"마누라, 새끼가 밤바다에 빠져죽은 것은 니놈의 해적질이 불러온 악살이라는 걸 알어."

날이 밝아오면서 놈들의 관리선은 석산도 모섬으로 향하고 있었다.

"따뜻헌 에미 뱃속에서 생살을 찢고 나와 아무리 헐짓이 없기로 생사람을 때려잡는 백정질을 허는 것이냐?"

"이 씨펄 놈, 마누라, 애새끼를 밤바다에 물귀신 만들더니 약이 바싹 올랐잖아? 이 새끼 아가리 이빨 딱딱거리지 못하게 칵 조저부러라."

땅딸막이는 뒷전에 서 있는 놈의 쇠파이프를 냉큼 뺏

어 들었다.

"경찰서에 넘겨서 오진 벌금에다 감옥살이 안 살게 허는 것도 감지덕지인 줄을 알어야제, 어디서 주뎅일 까고 개나발이야 이 새끼가?"

놈은 어금니를 갈며 쇠몽둥이가 펄펄 춤을 추며 임덕술의 몸뚱이로 무지막지하게 떨어졌다. 놈의 무지막지한 쇠 파이프가 펄펄 춤을 추며 덕술의 몸뚱이로 인정사정없이 떨어졌다.

"에이쿠우, 사람 죽네에…."

임덕술은 뼈가 부러져나가는 비명을 질렀다. 놈은 깨진 질그릇 서슬 같은 독기로 쇠 몽둥이를 휘두르며 구둣발로 연달아 옆구리를 제겼다.

"싸가지 없는 해적 놈의 새끼가 살려 주는 것도 고맙제 주뎅일 나불거리긴."

땅딸막이는 잇새로 침을 찍 내갈겼다.

"이놈들아, 도마에 오른 괴기가 칼 무서워허구, 죽는 년이 아랫도리 감추는 걸 봤드냐? 나도 여그서 밤바다에 원귀가 된 내 식구들 허구 함께 죽을란다. 어서 쥑여라. 어서 쥑여, 이놈들아?"

임덕술은 붉은 피를 불었다. 덕술의 땡고함에 애송이 두어 놈은 갑자기 어쩌지를 못하고 멀뚱멀뚱 썩은 동태눈깔

로 바라보았다. 그런 중에 한 놈이 고개를 돌리며 썰물이
다 나간 갯벌을 바라봤다. 땅딸막이는 점퍼 주머니에서 손
칼을 꺼냈다.

"두 번 다시 우리 양식장으로 해적질을 들어오면 그땐
이 칼로 네 놈의 목을 딸 테다."

눈앞에 예리한 칼을 들이대며 겁을 주던 놈은 임덕술의
두 손목에 묶여 있는 밧줄을 우두둑 끊었다.

"재수 없은께 썩 꺼져부러, 이 새꺄."

놈은 뱃간에 피를 쓰고 축 널브러진 임덕술을 끌어다 질
펀한 개펄에 처박았다.

초죽음이 되어 혼자 마을로 돌아온 임덕술을 본 갈머리
사람들은 아연실색, 딱 벌리고 놀란 입들을 좀처럼 다물지
못했다. 허울 좋은 양식어장 관리원 깡패들의 만행을 소문
으로 들어온 갈머리 사람들은 비탄에 넋을 잃었다.

"쳐쥑일 놈들, 멀쩡헌 생사람을 떡치듯기 반죽음을 맹글
어 놓았구먼이라."

"이게 모다 심(힘)없는 백성들의 설움인 것이여."

"즈놈들 말마따나 우리가 도둑 괴기를 잡는 해적질을 해
갖고 애써 기른 양식어장 도리까이, 키조개를 몇 마리 잡
었다고 해도 처자석허고 살랑께 별 수 없는 노릇이제. 글

안허면 바다로 배를 부리고 나갈 뱃질(길)을 터주든가. 허면 그냥 집에 문 걸어 잠그구 굶어 죽어부라 그것이여, 안근가? 나 말이 워디 틀려부렀는가? 형편들이 그런 것을, 바다 해적질 허는 강도로 몰아 부쳐 갖고 생사람을 삼복 개잡듯기 두둘겨패는 난장질로 수장시켜 부러야 허는가? 양식어장으로 강탈해분 까막바다가 본시 뉘 밭이여? 우리 갈머리 갯투생이들의 생활 터전이 아닌가 그 것이시."

"인두껍을 쓰고 하늘에 머리를 둔 놈들이라먼 물에 빠진 사람들버텀 살려 놓고 봐야 헐 일이제, 사나운 욕지거릴 퍼부음서 반죽음을 시켜 놓아야 허는가? 그야말로 염라국의 집장사령이요, 숭악헌 야차 놈덜이 아닌가?"

"천하에 못된 놈들이구먼이라. 처자식을 한꺼번에 밤바다에 잃고 비통헌 사람의 심정을 몰라도 유분수제. 그렇코롬 악귀 같은 만행을 해부야 쓰겄는가? 참말루 시상이 끝갈 데까장 다 간 것이여."

"사람은 선량허니 물썽해 보여도 육덕이 좋은 덕술인께 망정이제, 웬만한 사람 같었으믄 놈들에게 뭇매질을 당험서 피를 쏟구 죽었을 것이구먼."

대처로 공사판을 떠돌다 돌아온 백 선장과 마을 청년 장두식, 이천수, 박점곤이 하며 여러 마을 사람들이 밤바다에 실종된 화정댁과 우길이를 찾아보자고 나섰다.

"아자씨, 절통헌 상심을 우덜이 어칫크럼 모르겄다요. 시상은 산 사람들의 몫이라고 안 허요. 맴을 모질게 잡숫구 가신 분 원혼이라도 달래드려야 허덜 않겄어라."

모여든 마을 사람들은 여남은 명이 되었다. 당산 너머 동백골 사람들이 거반 다 모인 것이었다. 거기에 장씨와 안강망 선원으로 원양에서 돌아온 사람이 함께 나서주었다. 뱃일을 하던 사람들이나 팔뚝 힘에 살진 완력으로 보면 어장 관리선 놈들 못지 아니했다.

"먼저 찾아봐야 할 곳이 면허권을 따낸 남항수산 어장인 만큼 놈들이 위세가 만만찮을 것이구먼이라."

함께 타고 나갈 배는 선창의 배들 가운데 고속엔진을 장착한 10톤급 두 척과 발동선을 인양할 배에 서너 명씩 나누어 승선했다.

"놈들이 양식어장에 와이어 밧줄로 덫을 놓았을 줄은 미처 몰랐던 것이구먼이라."

"아무리 낡은 발동선이라고 해도 덕술 아자씨는 배를 부리는 솜씨가 아주 좋아 갖고 아마도 놈들이 잡을 수가 없은깨 뱃사람이야 죽건 말건 그놈의 육중한 관리선으로 박어분 것이제."

세 척의 배는 마을 앞바다 가장도, 까막섬을 지나 빠르게 달려 나가고 있었다. 뱃바람이 제법 쌀쌀했다.

"까막바다 동쪽이라고 했는가?"

백선장은 장 두식을 쳐다보며 물었다.

"그쪽은 전직 국회의원이 해수면 관리어장 면허권을 따 낸 해상이지라."

마을 선착장을 나온 세 척의 배가 바다로 나가는 걸 보고 지나는 마을 사람들이 손을 흔들었다.

"어칫거나 산 사람은 살어야 허지라. 이번 사태는 저놈 들이 먼자 걸어온 싸움인께 결판을 내부야제."

"암만, 이자 우리 갈머리 사람들은 한 발짝도 물러설 수가 없고먼이라."

"우리 갯투생이들은 차라리 개펄 밭에 세(혀)를 박고 칵 죽어불야제, 언제까장 이런 참상을 겪고 살겠는가?"

"처자석들 두 눈 멀뚱멀뚱 뜨고 쳐다본다. 죽고 잪어도 죽을 수가 없구먼이라."

"죽기 아니면 살기로 어금니 사려 물고 싸우면 무신 결판이 나도 나겠제."

배에 탄 사람들은 너나없이 억울한 하소연을 했다.

"이렇코롬 모다 덜 나서준께 참말로 고맙구먼이라."

두식은 대병 소주를 들고 한 잔씩 죽 돌렸다.

"아자씨두 한 잔 허시지라우."

두식은 넋을 놓고 앉아 있는 임덕술 어른에게 다가가 술

잔을 내밀었다.

"어르신께서 당한 것은 우리가 모다 갚어드릴란께 마음 굳게 잡수시고 기운 채리시씨요잉."

임덕술은 술잔이고 뭐고 아무 소리도 귀에 들어오지 않는 것처럼 뱃머리로 썰썰 기어나가 파도 물머리 허연 꽃늬로 넘실거리는 까막바다를 하염없이 바라보았다.

세 척의 배는 잔잔한 까막바다를 미끄러지듯 달려 나갔다. 포구 밖 외해로 열린 까막만은 크고 작은 바위섬들이 솟아 있고, 맑은 햇빛 아래 있는 잔잔하게 펼쳐진 까막바다는 은가루를 뿌려놓은 것처럼 반짝반짝 빛나고 있었다.

"여그서버텀은 면허권을 가진 양식어장이 수십 헥타씩 펼쳐져 있지라."

"쥑일 놈덜 같으니, 말이 좋아 가르는 어업 양식어장이제, 뒤론 썩어빠진 관리 놈들과 결탁해서 황금 노다지 까막바다를 모다 나눠 묵덜 안 했는가 그 말이시."

백 선장은 일찍부터 몹시 불만에 차 있었다.

"죽일 놈들 같으니, 정유왜란 왜놈들이 쳐들어왔을 때 아녀자들까장 모다 떨치고 일어나 나라를 지킴서 일궈온 밭(바다)이 아닌가 말이여. 그런 긍지와 떳떳한 양심 갖구 이날 이때까장 누대로 내리 살아왔건만 어디서 말똥부스러기 같은 놈들이 염라국 저승사자에 집장사령 같은 행셀

허구 자빠졌구먼이라."

"왜란 때버틈 우리 조상님들이 이 까막바다를 죽기 살기로 싸워 지키지 않었으먼 시방 이 나라는 온전히 남어 있겄는가?"

한마디씩 하는 가운데 백 선장은 뱃머리에 넋을 놓고 앉아 까막바다를 하염없이 바라보고 있는 덕술아재에게 물었다.

"지난밤 사건이 생각 나시는가요?"

"석산어장 쪽이구먼. 첨엔 세포 앞바다로 나가든지, 조께 멀드라도 여자만으로 멀찍이 나갈 생각을 허다 헌 통통배가 시원찮어 갖고 한발수로에서 그랭이를 몇 방 담그다 그리되어부렀다네."

"그라요."

백 선장은 까막바다 끝머리 석산 쪽으로 뱃머리를 돌렸다.

"놈들 관리선 두 척이 서치라이트를 마구 쏴대고 쫓는 바람에 정신을 채릴 수가 없었구먼. 몇 방 뻘물 허탕을 치구 새벽 막판에 도리까이에다 괴기가 제법 들었다 잖은디 관리선 놈들에게 그만 그랭이를 달고 쬐끼다 그만 스크루에 밧줄이 감겨부는 바람에 육중헌 놈들 관리선에 들이 받침서 배가 뒤집혀 부렀다네. 그 무서운 충격에 안사람, 우

길이가 튕겨 나가불면서 밤바다에 바다로 빠져부딜 안했
는가. 처자식을 조깨 살려달라고 애걸복걸을 히었건만 놈
들은 아랑곳없이 발길질에 쇠몽둥이를 휘둘러 대던구먼.
멀쩡한 생사람을 그렇코롬 찰떡뭉치로 맹글어 갖고 개펄
에 던져불더구먼. 한참 만에 개펄에 누워 있다 정신을 차
리고 봉께 어둑새벽인디 우뚝하니 솟아 있는 석산 봉두리
매바위가 보이더구먼이라."

임덕술은 가슴이 미어지는 신음으로 깊은 한숨을 쉬었
다. 그 시점에 해안 쪽으로 나갔던 배에서 두식이가 소리
쳤다.

"놈들의 배가 나타났소."

석산 매바위 안벽 모퉁이에 관리선 한 척이 나타나 선수
를 돌리고 있었다. 푸른색 비닐 선실 지붕이 덮인 것으로
보아 제철이 지난 유람선을 잠시 빌려 띄운 양식어장 관리
선이었다.

"어쩌면 좋겠소, 성님?"

천수는 벌떡 자리를 차고 일어나 물었다.

"저 배는 한낮에 양식어장 주변에 잠시 빌려 띄운 유람
선이시. 신경 쓸 거 없네."

백 선장은 곧 유람선을 알아차리고 말했다. 세 척이나
들어온 갈머리 배들을 감시하던 유람선 쪽은 수적으로 감

당하기 어렵다고 판단한 것인지. 아니면 고대구리 해적들이 아니라고 여긴건지 놈들은 더 이상 접근하지 않고 멀찍이서 이쪽을 관망하고 있었다.

"생각 같아선 이참에 놈들의 대갈통을 비지떡으로 부숴부렀으면 좋겠구먼이라."

허연 항적을 일으키며 맴돌이를 하고 있는 놈들을 지켜보던 응수가 분개했다.

"놈들이 사납게 나오덜 않으면 우리가 군이 문제를 일으킬 거 없네."

백 선장은 불끈거리는 젊은 축들의 감정을 다독였다. 백 선장은 배의 속력을 줄이고 해상과 해안을 살펴보며 나아갔다. 바다는 잔잔했다. 두식이 쪽에서 또다시 소리쳤다.

"저기 널쪽 같은 게 보인디요."

자기네 통발배를 몰고 나온 장씨가 빠른 속력으로 달려갔다.

"맞고먼. 덕술성님네 통통배가 맞구먼이라."

장씨가 외쳤다. 거북이 등처럼 뒤집힌 배 밑바닥을 파도가 찰싹거리며 연신 핥고 있었다. 응수와 점곤이 쪽의 배도 합류했다. 앞서 달려간 장씨는 이물 갑판으로 쫓아나가 상앗대로 뒤집힌 배를 떠밀어보았다.

"지독헌 놈들, 남의 배를 이 지경으로 박살을 내놓다니.

천벌을 받을 놈덜 이시."

"삼발이 닻이 있어야 겄소."

이물 갑판에서 돌아서 삼발이 닻을 찾아든 장씨는 다시 이물 갑판 뱃머리로 올라가 삼발이 닻을 뒤집힌 발동선 밑으로 밀어 넣었다.

"스크루에 와이어 바가 칭칭 감겨 있구면."

장씨는 삼발이 밧줄 사리를 풀어가며 배가 큰 백 선장 쪽으로 넘겨주었다.

"앞으로 끌고 나가 보소."

밧줄을 넘겨받은 백 선장은 서서히 배를 움직였다. 뒤집힌 발동선은 삼발이에 걸려 난간이 조금 쳐들린 상태로 천천히 이끌려 돌았다. 양식어장 쪽의 관리선은 움직임이 없이 선체 인양을 지켜보고 있었다. 장씨는 뒤엎어진 발동선 뱃머리 쪽에 닻 하나를 다시 걸어 반대편으로 이끌고 나아갔다. 뒤집힌 발동선 배 난간이 서서히 들려 올라왔다.

"아짐씨요."

장씨는 느닷없이 소리쳤다. 화정댁이 보이었다. 뱃머리에 넋을 놓고 망연자실 앉아 있던 임덕술은 펄쩍 자리를 차고 달려들었다.

"아자씨, 맘을 굳게 하소."

백 선장은 부인의 시신이 떠오른 뱃전 바닷물로 곧장 뛰어들 것 같은 덕술아재의 팔을 단단히 붙잡았다. 장씨는 바닷가로 발동선을 끌고 나왔다. 화정댁의 시신이 물이 가득한 고인 고물간 쪽에 머리를 둔 몸에 밧줄에 칭칭 감겨 있었다. 스크루에 와이어 바가 칭칭 감겨 들입다 바치던 배의 충격에 튕겨 나감과 동시에 배 안으로 빨려 들어버린 것이었다. 몸애 밧줄이 감긴 걸 보면 살려고 버둥질한 흔적이 역력했다.

"여, 여보오, 우 우리 우길이는 어딨나?"

아내의 시신을 끌어안은 임덕술은 막내아들을 찾아 울부짖었다.

"이눔아, 우길아, 어디 있는 것이냐? 애비한티 대답 조께 해 보거라. 이 애비가 니 놈을 찾어 부르덜 않느냐?"

임덕술이 비통하게 울부짖는 소리는 파도가 거친 바다 멀리 울려 퍼지고 있었다.

"여보, 대답을 조깨 해보소? 시상애 어칫케 이런 일이 있단가?"

바다에 소리쳐 물어도 대답이 없고, 하늘에 소리쳐 물어도 대답이 없었다.

"임자, 이렇코롬 혼자 먼자 훌쩍 가불면 이 늙은이는 어쩌는 것이요, 어쩌는 것이요오오."

임덕술이 우렁우렁 울부짖는 소리는 거대한 바다짐승이

소리쳐 울부짖으며 포효하고, 요란한 태풍이 한꺼번에 몰려와 바다가 크게 우는 소리 같기도 하였다.

"배를 타고 뒤집히면 서로 끌어안고 붙잡는 바람에 서로 살아나기가 어려운 데다. 배가 들이받는 충격에 튕겨나감서 파도 넘실대면서 어둔 밤바다에 빠져부렀으니 어칫크럼 살아날 수 있단가?"

장씨는 너무나 안타깝고 가슴이 사뭇 미어지는 눈물을 지었다. 화정댁을 찾아 나온 사람들 모두 하늘을 우러르며 탄식에 눈물을 삼키고, 두 손으로 얼굴을 감싼 채 꺼억꺼억 흐느껴 울기도 하였다. 바다 위를 떠도는 갈매기도 갈머리 갯투성이들의 가엾고 애달픈 슬픔을 아는 듯 머리 위를 끼룩끼룩 날아가며 빙글빙글 맴돌았다. 양식어장 관리원들은 유람선을 타고 참담한 비극을 즐기듯 지켜보고 있다.

"웬수같은 놈들 같으니."

백 선장은 울분을 삼켰다. 찾지 못한 막내아들 우길이가 물살이 빠른 조류에 떠내려가다 갯가에 걸렸을지도 모른다는 생각에 찬찬히 살펴 보던 사람들이 돌아왔다.

"그만 마을로 모시구 들어가시지라우?"

임덕술에게 목이 메는 소릴 건네며 장씨는 서서히 뱃머리를 돌렸다. 막내아들을 끝내 찾지 못한 임덕술은 다시 아들을 찾아 불렀다.

"우길아, 이놈아, 어디 있느냐아?"

까막바다는 무심한 파도만 출렁거리고 있었다.

"이자(제) 니 놈들에게 반드시 모진 피바람이 불 것이다."

임덕술은 철썩거리는 파도 소리가 아니라 노호한 해신海神의 소리로 들려오고 있었다. 성난 파도가 허연 꽃뉘로 거칠게 넘실거리며 드높게 밀려오면서 우레와 같은 소리가 쿠웅쿠웅 들려오고 있었다. 이는 폭풍우의 전조였다.

"바다가 점차 거칠어진디라."

배의 키를 잡은 웅수는 바다 날씨를 심상찮게 보았다. 세 척의 배는 거친 바닷바람에 떠밀리듯 갈머리로 돌아오고 있었다.

"악귀 같은 놈들을 나가 확 쓸어내 불 것이요."

두식은 잇몸이 두드러지게 어금니를 깨물었다.

"이렇코롬 피눈물을 쏟음서 핍박과 개 무시를 당허구 살 수 없지라잉."

"맞는 말이시. 우리 갈머리 갯마을 사람들도 살 만한 시상을 만들어야 허구먼이라."

두식은 두 주먹을 불끈 거머쥐었다. 억울한 분노가 서린 백선장의 몰골은 그야말로 악귀의 형상이었다.

"하늘이 무심치 않을 것이여. 나쁜 놈들에겐 천벌이라는

게 있덜 않은가 그 말이여. 하늘이 반드시 놈들을 모다 전
깃불(번개)로 새까맣게 지저불고 말 것이요잉."

바로 민심이 천심이요, 천심이 민심이었다.

수중에 떠도는 원혼의 넋을 건져 올리는 날은 유난히 바
닷바람이 차갑게 파도가 높이 출렁거리며 생죽生竹 혼대에
나붙은 댓잎과 종이 깃발이 찢겨나갈 듯이 나부끼었다.

바다로 나갔던 굿배가 넋을 건져 돌아온 날이었다. 검은
갯바위가 쌓인 바닷가에서 몇 걸음 안으로 걸어 들어가 나
지막한 언덕바지 돌담이 둘러싸인 임덕술의 집 마당에 차
일遮日이 쳐지고, 마을 사람들이 문상객으로 모여들었다.

머리에 흰 두건을 쓴 또 한패가 길목에 들어서고 있었
다. 뱃널로 임시 만든 교자轎子 위에 갓을 쓴 사람을 태워
높이 메고 오던 패거리 중의 하나가 길게 늘어지는 진양조
(판소리 장단) 타령을 하였다. 다름이 아닌 상주와 유족들의
슬픔을 덜어주고 위로하기 위하여 상여놀이를 벌이는 다
시래시굿패였다.

"어디로 갈거나, 어디로 갈거나아—."

사람은 누구나 이승에 와서 한 번 죽는 것이 당연하고,
오늘 고통스러운 것이 아니요, 다른 세상에서 다시 태어나
곱게 사는 것이니, 어찌 이런 날 즐겁지 않을 것이냐, 노래

하고 춤추고 풍악을 울리며 놀이판을 벌이는 다시래기패 늘이었다. 무당이 신에게 제물을 바치고 노래와 춤으로 사람의 운명을 비는 다시래기 패는 익살과 너스레를 떨며 덕술의 마당 안으로 들어섰다.

"암만해도 오늘 이 집에 임덕술이가 뭔 좋은 일이 있는 갑소. 어르신네들 말씀도 못 들었소? 흉년에 논마지기나 팔지 말구 방 안에 있는 입 하나 덜라구 안 했소. 이 얼마나 얼씨구절씨구 헐 일이구 영광스럽소." 에이, 예끼, 빌어먹을, 하는 추임새가 들어오고, 죽 둘러서서 구경하는 아낙네들이 깔깔거리며 한바탕 웃어젖히었다.

요란한 풍물이 잡히고, 곱사춤이 나오면서 꽹과리 북 잡이가 제자리에서 뜀박질하며 여덟 팔자 그리는 춤사위에 이르는 춤사위, 더엉 더엉 느리게 치다가 점차 어지러운 고갯짓으로 빨라지는 북 치기로 떼굴떼굴 뒹굴어대기도 하고, 가랑이 사이로 북을 밀어 넣어 다리를 넘기고, 잉아걸이, 완자걸이에 북을 놓고 치고 위로 던져 받아치고, 엉덩이로 깔고 앉을 듯하다가 곤두서는 북 치기로 별의별 재주를 다 부리는 자반 뛰기로 뱅글뱅글 바퀴테를 그리며 주위로 돌아나갔다. 동백골의 고복만이었다. 구경꾼들은 깔깔거리는 소리를 그치질 아니하는데, "얼쑤, 좋다" 추임새를 함께 넣어가며 들썩거리는 어깨춤을 어쩌지 못하였다.

곱사등이와 북잡이가 한바탕 휘젓고 나자, 이번엔 세상일이 어떻게 돌아가는지 모르는 눈뜬 장님과 음흉한 파괴승의 익살과 재담이 흘러나왔다.

바랑을 짊어진 스님 앞으로 함지박을 뒤엎어 놓은 것처럼 배가 불룩한 부인네가 벌렁 나자빠져 버둥거리며 모진 산고로 힘을 쓰고 있는데, 눈뜬 장님은 손으로 대충 쓸어보고,

"뭔 놈의 배가 이렇코롬 불러가지구 자빠져 악을 쓰나?"

"산고 달이오. 애기나 낳게 싸게 경문이나 읊으시오."

스님은 누워 있는 산모의 둥덩산 같은 손을 얹고 땀을 뻘뻘 흘리며 쓸어주고, 눈뜬 당달봉사는 허연 눈자위를 까고 희번덕거리며 북을 치고 경문을 읊었다.

"동해동방 절귀귀신 너두 먹구 물러가거라, 남해남방 절귀귀신 너두 먹구 물러가거라, 북해북방 절귀귀신 너두 먹구 물러가거라아…."

북을 치며 경문을 읊어도 뱃속에서 아기가 안 나오고 산모가 소리를 지른다.

"애기는 자네가 낳게. 힘은 나가 쓸 것잉께."

당달봉사는 두 눈을 흰떡 자위로 홀렁 뒤집고 혀를 빼물며 힘을 쓴다.

"쏟아져라 쏟아져라, 에헤 에헤…."

드디어 쑥 빠져나오는 아기를 받은 파괴승은 산모의 사타구니 치마 폭에서 아기를 안고 일어서는데, 에워싸고 둘러선 구경꾼들의 깔깔거리는 웃음소리가 자지러들었다. 둥둥둥 북이 울리며 풍악이 다시 잡히고,

"아리아리랑 쓰리쓰리랑 아라리가 났네. 백년해로 헤어지지 말자구 맹세를 허더니…."

모든 사람들이 자리에서 함께 일어나 어우러지는 놀이마당으로 한바탕 흐드러지게 돌아간다.

방안에서는 굿을 올리게 된 연유를 고하는 안굿이 있고 나서, 흰 장삼에 고깔을 쓴 단골네는 넋올림굿으로 임덕술의 머리에 종이로 오린 넋을 올린다. 마을 사람들이 그의 절통한 슬픔을 위로하겠다고 모여들어 다시래기 놀이마당을 벌이며 시끌쩍하게 떠들고 하지만 임덕술은 여전히 가시지 않는 울분으로 심기가 편치를 않아 단골네가 그의 머리 위에 얹고 있는 넋이 자꾸만 아래로 흘러내린다.

"넋시야 넋시야 넋시야 이 넋시가 뉘 넋신가. 네경동창이에경에 박낭자 넋시든가 아니 거넉 아니 노세. 낭군을 이별허구 자녀자는 넋이든가 아니 거넉 아니 노세. 오늘날 망제씨 오늘날 망제씨 진 시상 살으실 제 무슨 발을 갱허였든고…."

단골네는 격렬하게 고조되는 목소리로 서너 번을 반복

해서 겨우 넋을 올려놓는다.

이제는 상시의 때와 모든 부정의 죄를 씻어 깨끗하고 자유로운 넋으로 저승을 보내는 씻김의 차례였다.

"넋시로세 넋시로세 넋신 줄을 몰랐드니 오늘 보니 넋시로세."

북과 장고 소리와 함께 닐니리 소리가 더욱이나 구슬픈 가락으로 임덕술과 구경꾼들의 애간장을 끊는다. 장삼에 흰 꽃술을 손에 든 단골네는 또 하나 넋으로 대신한 두 개의 망인들 관 주위를 너울거리며 춤사위를 잡고 돌아간다.

"…삼팔목은 동문이구 이칠은 다문이구 소금은 서문이요 일육순은 북문이라. 나무아미타불 대왕이 가라사대 선공 선심한다 하옵기에 인간 환생하였드니 무신 신공하였느냐 바른대로 아뢰어라."

맑은 물과 쑥물, 향물 보시기를 차례로 왼손에 들고 오른손의 무명천으로 찍어 바르며 단골네는 솥뚜껑을 씻어 나갔다. 임덕술은 나이든 어른인 것을 잊은 것처럼 큰소리를 내어 울부짖고 아내와 아들을 찾아 불렀다.

"여보오. 이놈아, 우길아— 애비를 이렇코롬 벌판 같은 시상에 막무가내 버려두구 어디를 가느냐? 끝내 가려거든 애비 부르는 소리에 대답이나 한번 해보구 가거라아—"

이 세상에서 모든 부정을 씻고 저승으로 가는 이승과 저승의 갈림길이요, 이제까지의 집이며 가족과 함께 살던 삶으로부터 망자를 완전히 떠나보내는 순간이었다. 뜨겁게 젖어 올라오는 눈시울을 닦으며 흐느끼는 사람들이 임덕술의 억울하고 절통하게 애끓는 이별의 슬픔을 더욱 깊고 애절하게 자아낸다.

"얼굴도 맑구 그렇코롬 덕성스럽게 자상하며 좋드니, 복을 받어 살지를 못허구 훌쩍 떠나버리다니 웬일이여."

"염라국 사자들두 시상에 데려갈 사람이 따로 있제, 곱고 곱기만 헌 화정댁을 데려가다니."

아낙네들은 슬프고 애처로운 가락으로 곡을 뽑아가며 이웃 간의 못다한 정분으로 흐느껴 울었다. 울부짖으며 아내와 아들을 찾아 부르다가 지친 임덕술은 꺼억꺼억 잠긴 소리로 흐느끼고 있었다.

이 세상의 맺힌 한과 원을 풀어나가는 고풀이로 이어졌다. 단골네도 갈머리 마을 사람들과 한 몸처럼 살아왔으니, 고깃배를 타고 나갔다가 풍랑에 죽은 수중 원혼이나 병들어 죽은 사람의 넋이 아니며 살벌하고 뒤숭숭한 세상, 마을에 갑자기 불어닥친 흉액으로 죽은 원혼들의 억울한 한을 대저 모를 턱이 없었다. 힘없는 가난이 죄인 줄을 모르고 개펄밭 갯투성이의 삶을 숙명으로 여기고 살아온 사람들에게 드리워진 암울한 삶의 현실과 억울한 죽음으로 피

맺힌 한을 모를 리가 없었다.

그녀는 어느 때보다도 고베를 잡고 맹렬한 도무跳舞를 하며 모두거리로 뛰어 생죽의 곳대 밑으로 나갔다가 같은 동작으로 되돌아오고 하였다. 그녀는 제정신이 아닌 듯 흰 거품을 입에 북적북적 물고 악귀의 형상으로 일그러진 표정을 하였고, 널브러져 눈을 뒤집고 버둥거리며 땅을 쥐어뜯고 기어가다 벌떡 일어나 장삼을 뿌리고 빙글빙글 돌아나가며 고베의 맺힌 고를 칼로 사뭇 찍었다.

"박씨 망제님 원통히 생각 설리 생각 마르시구 걸린 고두 푸르시구 매친 고두 푸르시구 설설이 푸르소사. 서럽고 가는 관은 오늘날은 다 풀어드릴 것이니, 아무쪼록 받들구 안뜰구 치뜰어서 걸린 고 매친 고를 푸르시구…."

단골네는 북과 장고와 징 소리의 무악에 앞뒤로 오가면서 맺힌 고를 하나씩 풀어갔다.

"넋이라두 혼이라두 원통이 생각 마르시구 못다 살구 못다 묵구 살구 가시니 어찌 아니 원통하리. 걸린 고, 매친 고를 푸르시구 시왕 길을 발켜 가웁소사."

살풀이춤으로 이어지면서 그려 나가는 단골네의 휘젓는 사위, 뿌리는 사위, 여미는 사위, 모으는 사위, 앉아서 휘젓는 사위, 수건 튀기고 어깨걸치기, 뒤꿈치 올리며 발 들기, 뒤로 도는 사위로 너울거리며 그려 나가는 그녀의 춤사위는 마치 마을의 암울한 흉액을 한꺼번에 몰아내고 걷어낼 듯이 끝도 없이 이어지는데, 새하얀 저고리 등바대와 도련이 배어나는 땀에 흠뻑 젖어들고 있었다.

<창작노트>

「붉은 바다」는 3공화국에서 5공화국으로 이어진 단군 이래 최대의 도적 시대를 사실적으로 관통한 대하 장편소설「해적들: 海賊」(전10권)을 집필하기에 앞서 써본 초기 중편소설이다. 갯마을 어민들의 개펄 밭과 앞바다 천혜의 자연산 어장을 관료와 지방 관변세력들이 수면점용 면허로 점령하면서 하루아침에 삶의 터전을 잃은 갯마을 지선 어민들은 행망어업이 불법인 것을 알면서 생존을 위해 양식어장 야밤 도둑, 해적이 되어 죽음의 생존투쟁이 벌어지게 된다. 이는 3, 5공화국의 호남지역 편중개발이 불러온 젊은이들의 생존폭력으로 이어지면서 춘추전국시대를 방불케 하는 낭만적 주먹 건달에서 조직폭력배들의 칼잡이 시대가 도래한다.

유령촌 幽靈村

김중태 지음

발 행 처 · 도서출판 청어
발 행 인 · 이영철
영   업 · 이동호
기   획 · 천성래
편   집 · 방세화
디 자 인 · 이수빈 | 김영은
제작이사 · 공병한
인   쇄 · 두리터

등   록 · 1999년 5월 3일
(제1999-000063호)

1판 1쇄 발행 · 2023년 1월 30일

주소 · 서울특별시 서초구 남부순환로 364길 8-15 동일빌딩 2층
대표전화 · 02-586-0477
팩시밀리 · 0303-0942-0478

홈페이지 · www.chungeobook.com
E-mail · ppi20@hanmail.net
ISBN · 979-11-6855-096-4(03810)